Ligeiramente PERIGOSOS

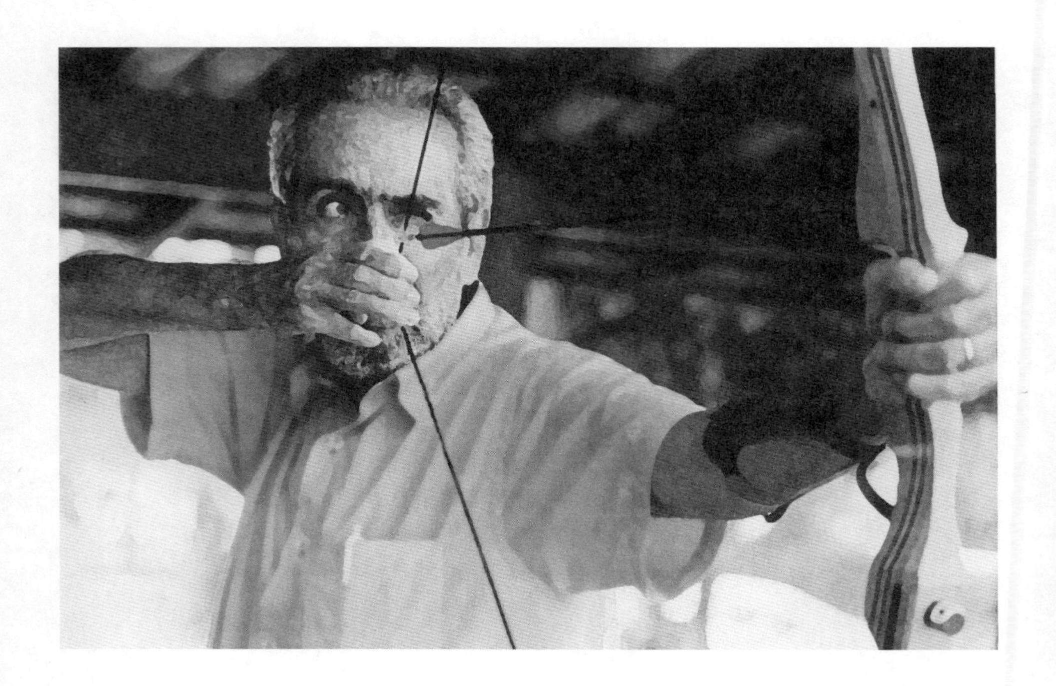

O Arqueiro

Geraldo Jordão Pereira (1938-2008) começou sua carreira aos 17 anos, quando foi trabalhar com seu pai, o célebre editor José Olympio, publicando obras marcantes como *O menino do dedo verde*, de Maurice Druon, e *Minha vida*, de Charles Chaplin.

Em 1976, fundou a Editora Salamandra com o propósito de formar uma nova geração de leitores e acabou criando um dos catálogos infantis mais premiados do Brasil. Em 1992, fugindo de sua linha editorial, lançou *Muitas vidas, muitos mestres*, de Brian Weiss, livro que deu origem à Editora Sextante.

Fã de histórias de suspense, Geraldo descobriu *O Código Da Vinci* antes mesmo de ele ser lançado nos Estados Unidos. A aposta em ficção, que não era o foco da Sextante, foi certeira: o título se transformou em um dos maiores fenômenos editoriais de todos os tempos.

Mas não foi só aos livros que se dedicou. Com seu desejo de ajudar o próximo, Geraldo desenvolveu diversos projetos sociais que se tornaram sua grande paixão.

Com a missão de publicar histórias empolgantes, tornar os livros cada vez mais acessíveis e despertar o amor pela leitura, a Editora Arqueiro é uma homenagem a esta figura extraordinária, capaz de enxergar mais além, mirar nas coisas verdadeiramente importantes e não perder o idealismo e a esperança diante dos desafios e contratempos da vida.

Ligeiramente PERIGOSOS

MARY BALOGH

Os Bedwyns 6

Título original: *Slightly Dangerous*

Tradução publicada mediante acordo com Dell Brooks, selo da Random House, divisão da Random House LLC.

tradução: Ana Rodrigues

preparo de originais: Fernanda Lizardo

revisão: Ana Grillo e Suelen Lopes

diagramação: Ilustrarte Design e Produção Editorial

capa: Raul Fernandes

imagem de capa: Elisabeth Ansley / Trevillion Images

impressão e acabamento: Bartira Gráfica e Editora S/A

CIP-BRASIL. CATALOGAÇÃO NA PUBLICAÇÃO
SINDICATO NACIONAL DOS EDITORES DE LIVROS, RJ

B156L Balogh, Mary
Ligeiramente perigosos/Mary Balogh; tradução de Ana Rodrigues. São Paulo: Arqueiro, 2017.
304 p.; 16x23 cm. (Bedwyns; 6)

Tradução de: Slightly dangerous
ISBN 978-85-8041-645-9

1. Ficção galesa I. Rodrigues, Ana. II. Título.

17-39875 CDD: 823
CDU: 821.111-3

Editora Arqueiro Ltda.
Rua Funchal, 538 – conjuntos 52 e 54 –Vila Olímpia
04551-060 – São Paulo – SP
Tel.: (11) 3868-4492 – Fax: (11) 3862-5818
E-mail: atendimento@editoraarqueiro.com.br
www.editoraarqueiro.com.br

1

— Seu rosto está assustadoramente corado, Christine – comentou a mãe dela, pousando o bordado no colo para observar a filha com mais atenção. – E seus olhos estão brilhantes demais. Espero que isso não signifique que uma febre está a caminho.

Christine riu.

– Eu estava na casa paroquial, brincando com as crianças – explicou. – Alexander quis jogar críquete, mas depois de uns minutinhos ficou claro que Marianne não conseguiria receber as bolas e que Robin não sabia rebater. Então resolvemos brincar de esconde-esconde, só que Alexander considerou a brincadeira aquém de sua dignidade, agora que já tem 9 anos, até que questionei como sua pobre tia deveria se sentir nesse caso, afinal ela tem *29*. Foi assim o tempo todo, é claro. Nós nos divertimos muito até Charles enfiar a cabeça pela janela do escritório e perguntar, retoricamente, imagino, como seria capaz de terminar de escrever o sermão com toda aquela algazarra. Aí Hazel serviu limonada para nós e enxotou as crianças do salão para que fossem ler em silêncio, pobrezinhas, e eu voltei para casa.

– Claro – comentou Eleanor, irmã mais velha de Christine, tirando os olhos do livro e observando-a por cima da armação dos óculos. – Imagino que não estivesse usando sua touca enquanto brincava com seus sobrinhos. Seu rosto não está apenas corado. Está *queimado de sol*.

– Como uma pessoa vai meter a cabeça em esconderijos apertados com uma touca enorme? – argumentou Christine.

Então começou a arrumar as flores que tinha colhido no jardim ao retornar para casa, colocando-as num vaso com água trazido da cozinha.

– E seus cabelos parecem um ninho de passarinho – acrescentou Eleanor.

– Isso é fácil de resolver. – Christine desarrumou ainda mais os cachos curtos com as mãos e riu. – Pronto. Está melhor?

Eleanor balançou a cabeça antes de voltar a atenção para o livro – e sorriu.

Restabeleceu-se um silêncio confortável na sala enquanto as três mulheres se concentravam em suas atividades. Mas tal silêncio – pontuado pelo trinado dos pássaros e pelo zumbido dos insetos, vindos da janela aberta – foi quebrado depois de alguns minutos pelo som de cascos de cavalo e pelo sacolejar de rodas, que pareciam vir da rua do vilarejo em direção a Hyacinth Cottage. Certamente havia mais de um cavalo, e as rodas eram pesadas. Devia ser uma carruagem de Schofield Park, a residência de campo do barão de Renable, que ficava a menos de 5 quilômetros dali, pensou Christine distraidamente.

Ninguém prestou muita atenção à aproximação da carruagem. Lady Renable costumava usá-la quando saía para fazer visitas, embora uma charrete pudesse servir muito bem ao seu propósito, ou um cavalo... ou mesmo seus pés. Eleanor costumava descrever lady Renable como frívola e presunçosa, e era uma avaliação bem fiel. Ela também era amiga de Christine.

E então ficou evidente que os cavalos estavam reduzindo a velocidade. As rodas da carruagem rangeram em protesto. As três mulheres olharam para cima.

– Acho – comentou Eleanor, olhando em direção à janela, mais uma vez por cima da armação dos óculos – que lady Renable deve estar vindo para cá. E me pergunto a que devemos essa honra. Você está esperando a visita dela, Christine?

– Eu *sabia* que devia ter trocado minha touca depois do almoço – disse a mãe delas. – Por favor, Christine, peça à Sra. Skinner para subir correndo e pegar uma limpa.

– Essa que a senhora está usando é perfeitamente adequada, mamãe – assegurou Christine, terminando de arrumar as flores e atravessando a sala para lhe dar um beijo na testa. – É apenas Melanie.

– É claro que é só lady Renable. O problema é exatamente este – retrucou a mãe, exasperada.

Mas não voltou a pedir que mandassem buscar outra touca.

Também não era preciso ser um gênio para imaginar o motivo da visita de Melanie.

– Ouso dizer que lady Renable tenha vindo questionar por que você recusou o convite que ela lhe fez – sugeriu Eleanor, ecoando o pensamento da irmã. – E acredito também que sua amiga não aceitará um não como resposta agora que está vindo refazer o convite pessoalmente. Pobre Christine. Quer subir correndo para o seu quarto? Posso dizer a ela que você está com sintomas de varíola.

Christine riu enquanto a mãe delas lançava as mãos para o alto, horrorizada.

Realmente, Melanie não era conhecida por aceitar um não como resposta. Fosse lá o que Christine estivesse fazendo... e ela quase sempre estava ocupada com alguma coisa: dando aulas na escola do vilarejo várias vezes por semana; visitando e ajudando idosos e enfermos ou uma mãe recém-parida, uma criança doente, ou uma amiga; ia à casa paroquial para brincar e distrair as crianças, já que em sua avaliação Charles e a irmã dela, Hazel, negligenciavam demais os pequenos sob o pretexto de que as crianças não precisavam de adultos para brincar com elas quando tinham umas às outras... Qualquer que fosse a atividade de Christine, jamais fazia diferença: Melanie sempre escolhia acreditar que a amiga vivia *vegetando* sob a esperança de que alguém fosse aparecer com alguma diversão frívola.

É claro que Melanie *era* sua amiga, e Christine realmente gostava de passar tempo com ela – e com os filhos dela. Mas havia limites. Melanie com certeza estava vindo com a intenção de reforçar pessoalmente o convite que um empregado havia levado por escrito na véspera. Christine respondera, também por escrito, com uma recusa cheia de tato, porém firme. Na verdade, já havia recusado com a mesma firmeza um mês antes, ao ser convidada pela primeira vez.

A carruagem parou diante do portão do jardim fazendo um estardalhaço, sem dúvida atraindo a atenção de todos os moradores para o fato de que a baronesa estava se dando ao trabalho de fazer uma visita à Sra. Thompson e a suas filhas em Hyacinth Cottage. Houve sons de portas sendo abertas e fechadas, então alguém – provavelmente o cocheiro, já que com certeza não seria a própria Melanie – bateu à porta da casa com determinação.

Christine suspirou e sentou-se diante da mesa; a mãe colocou o bordado de lado e ajeitou a touca; Eleanor baixou os olhos para o livro, dando um sorrisinho afetado.

Alguns instantes depois, Melanie – lady Renable – adentrou na sala, passando pela Sra. Skinner, a governanta, que abrira a porta para anunciá-la.

Como sempre, Melanie usava roupas um tanto exageradas para o campo. Estava arrumada como se planejasse dar um passeio pelo Hyde Park, em Londres. Plumas de cores vivas balançavam acima da aba larga e rígida de sua touca, fazendo-a parecer mais alta. Segurava seu *lorgnon*, um par de óculos de uma haste só, com a mão enluvada. Parecia ocupar metade da sala.

Christine sorriu para a amiga com uma expressão divertida.

– Ah, aí está você, Christine – disse Melanie num tom majestoso depois de oferecer um cumprimento de cabeça gracioso para as outras mulheres e perguntar como estavam.

– Sim, aqui estou eu – concordou Christine. – Como vai, Melanie? Sente-se na cadeira diante de mamãe.

Mas a amiga declinou o convite meneando o *lorgnon*.

– Não posso desperdiçar nem um minuto sequer – falou. – Acho que serei acometida por uma de minhas enxaquecas antes que o dia termine. E lamento que você tenha tornado esta visita necessária, Christine. Meu convite por escrito deveria ter sido suficiente, você sabe. Não consigo entender por que respondeu com uma recusa. Bertie acha que você está sendo falsamente modesta e que seria ótimo se eu não viesse persuadi-la. De vez em quando ele diz coisas ridículas. E *você* também é ridícula às vezes, e eu *sei* por que recusou. É porque Basil e Hermione estarão presentes, não é? E por alguma razão você brigou com eles depois que Oscar morreu. Mas isso foi há tanto tempo... e você tem tanto direito de comparecer à festa quanto eles. Afinal, Oscar era irmão de Basil e embora ele não esteja mais entre nós, pobrezinho, você ainda está e sempre fará parte da nossa família. Christine, não seja teimosa. Ou modesta. Lembre-se de que é a viúva do irmão de um *visconde*.

Era pouco provável que Christine fosse se esquecer desse fato, embora às vezes o desejasse. Tinha sido casada durante sete anos com o irmão de Basil, Oscar Derrick, visconde de Elrick e primo de lady Renable. Eles se conheceram em Schofield Park, na primeira festa que Melanie organizou depois de seu casamento com Bertie, o barão de Renable. Foi um belo casamento para Christine, filha de um cavalheiro dotado de posses tão parcas que se vira obrigado a completar sua renda tornando-se professor da escola do vilarejo.

Agora, Melanie queria que a amiga comparecesse a mais uma de suas festas.

– É mesmo muito gentil de sua parte me convidar – disse Christine. – Mas eu sinceramente prefiro não comparecer.

– Que bobagem! – Melanie levou o *lorgnon* aos olhos e examinou o ambiente, um gesto afetado que sempre divertia Christine e Eleanor, que naquele momento mergulhou a cabeça atrás do livro para esconder o sorriso. – É claro que você quer ir. Quem não adoraria ir? Mamãe vai estar lá com Audrey e com sir Lewis Wiseman... a festa é em homenagem ao noivado deles, embora já tenha sido anunciado, é claro. Até mesmo Hector foi convencido a comparecer, embora você saiba que ele só se renda a tais diversões quando nós o persuadimos.

– E Justin também? – perguntou Christine.

Audrey era a irmã mais nova de Melanie, e Hector e Justin, irmãos das duas. Justin era amigo de Christine desde que se conheceram, naquela temporada de festas havia tanto tempo... Ele praticamente era o único amigo dela, ou ao menos fora o que parecera durante os últimos anos do casamento de Christine.

– *É claro* que Justin também vai estar lá – confirmou Melanie. – Ele por acaso deixa de ir a algum lugar? E não passa mais tempo comigo do que com qualquer outra pessoa? Você sempre se deu tão bem com a minha família... Mas além deles, esperamos a presença de montes de convidados distintos e agradáveis, e organizamos várias atividades aprazíveis para que todos se divirtam, de manhã, à tarde e à noite. Você precisa ir. Insisto com veemência.

– Ah, Melanie – começou a dizer Christine –, eu realmente...

– Você tem que ir, Christine – manifestou-se a mãe dela –, e se divertir. Está sempre tão ocupada com o bem-estar de outras pessoas...

– Diga logo que aceita. – Foi a vez de Eleanor, espiando novamente por cima da armação dos óculos em vez de retirá-los até que a visita se fosse e ela pudesse voltar a atenção ao livro sem mais distrações. – Sabe que lady Renable não irá embora até convencê-la.

Christine olhou para sua irmã, exasperada, mas Eleanor simplesmente sustentou seu olhar. Por que ninguém nunca convidava Eleanor para eventos como aquele? Mas Christine sabia a resposta. Aos 34 anos, a irmã mais velha havia se acomodado placidamente à meia-idade e à condição de solteirona na casa da mãe, e não avaliava sua juventude com nenhum pesar. Era uma vida deliberadamente escolhida, depois que seu único pretendente morrera na Guerra da Península anos antes. Desde então, nenhum homem a fizera mudar de ideia, embora alguns tivessem tentado.

– Está certíssima, Srta. Thompson – falou Melanie, as plumas da touca balançando em aprovação para Eleanor. – A coisa mais irritante aconteceu... Hector e aquele seu jeito impulsivo de sempre...

Hector Magnus, visconde de Mowbury, era um rato de biblioteca, quase um ermitão. Christine não conseguia imaginá-lo fazendo *qualquer coisa* impulsiva.

Melanie tamborilou no tampo da mesa.

– Ele não tem a menor ideia de como agir, o pobrezinho – comentou ela. – Teve a audácia de convidar um amigo para ir com ele, e assegurou ao sujeito que o convite havia partido de *mim*. E teve a gentileza de me informar sobre esta virada nos acontecimentos há dois dias... tarde demais para que eu pudesse convidar outra dama disposta a equiparar o número de mulheres ao de homens.

Ah! De repente estava tudo explicado. O convite por escrito a Christine tinha chegado na manhã da véspera, um dia depois de o desastre social se assomar no horizonte do mundinho de Melanie.

– Você precisa ir à festa – repetiu Melanie. – Christine, querida, simplesmente precisa ir. Seria uma desgraça inimaginável ser obrigada a dar uma festa em que o número de homens é diferente do número de mulheres. Você não desejaria que algo assim acontecesse comigo... ainda mais quando está em suas mãos me salvar.

– Seria mesmo uma pena – concordou a mãe de Christine –, já que ela está aqui sem nada em especial para fazer nas próximas duas semanas.

– Mamãe! – protestou Christine.

Os olhos de Eleanor ainda cintilavam em direção à irmã, sempre por cima dos óculos.

Christine suspirou... bem alto. Estava absolutamente determinada a resistir. Casara-se com um aristocrata nove anos antes. Na época, ficara mais empolgada do que seria possível descrever. Além do fato de estar perdidamente apaixonada por Oscar, Christine ficara exultante diante da perspectiva de passar a circular pelas castas sociais mais altas. E as coisas correram bem por alguns anos – tanto no casamento quanto na aristocracia. Mas aí tudo começou a dar errado... *tudo*. Ela ainda se sentia perplexa e magoada ao lembrar. E quando se lembrava do fim... Bem, ela havia bloqueado os acontecimentos com determinação, pois era o único modo de manter sua sanidade e de recuperar seu bom humor, e ela não precisava ser lembrada de tudo naquele momento. Christine *realmente* não queria mais ver Hermione e Basil.

Só que tinha uma fraqueza quando o assunto era salvar pessoas de encrencas. E Melanie parecia mesmo estar numa encruzilhada. Ela dava grande importância à construção de sua reputação como a anfitriã que fazia tudo de modo meticuloso e com perfeição. E no final das contas, elas *eram* amigas.

– Talvez – sugeriu Christine, esperançosa – eu possa ficar aqui e ir a Schofield algumas vezes para me juntar às festividades.

– Mas Bertie teria que mandar a carruagem toda noite para trazê-la para casa, e também fazer com que o veículo buscasse você aqui toda manhã – argumentou Melanie. – Seria inconveniente demais, Christine.

– Posso ir e voltar caminhando – sugeriu.

Melanie levou uma das mãos ao peito como se para acalmar o coração palpitante.

– E chegaria todos os dias com a bainha empoeirada ou enlameada, o rosto vermelho e os cabelos desalinhados pelo vento? – perguntou ela. – Isto seria tão ruim quanto não tê-la na festa. Você precisa ir e ficar hospedada conosco. É o único jeito. Todos os nossos convidados vão chegar depois de amanhã. Vou enviar a carruagem para buscá-la pela manhã, para que você possa se acomodar já cedo.

Christine percebeu que tinha perdido o momento para uma recusa firme. Ao que parecia, ela estava condenada a comparecer a uma das temporadas de festas de Melanie. Mas... santo Deus, não tinha *nada* para vestir e estava sem dinheiro para comprar um novo guarda-roupa às pressas – não que houvesse algum lugar *onde* fazer isso num raio de uns 80 quilômetros. Melanie havia acabado de retornar de uma temporada social em Londres, onde fora ajudar a organizar o *début* da irmã e sua apresentação à rainha. Todos os convidados da festa – à exceção de Christine – provavelmente também estariam vindo da temporada social, trazendo consigo a elegância e os modos londrinos. Era um pesadelo.

– Muito bem – disse Christine. – Eu irei.

Melanie deixou a dignidade de lado por tempo suficiente para abrir um enorme sorriso de alegria para a amiga antes de cutucá-la no braço com o *lorgnon*.

– Eu sabia que você aceitaria – falou Melanie. – Mas teria sido bom se não tivesse me forçado a gastar uma hora inteira vindo aqui. Há *tanto* para ser feito. Eu poderia esganar Hector. De todos os cavalheiros que poderia ter convidado para acompanhá-lo, ele foi escolher justamente o que tem mais chance de provocar um infarto numa anfitriã. E só me deu poucos dias para me preparar para recebê-lo.

– É o príncipe de Gales? – sugeriu Christine com uma risadinha.

– Não consigo citar ninguém que ansiaria pela presença *dele* – comentou Melanie –, embora eu imagine que seria uma imensa honra recebê-lo. Mas esse convidado não é tão inferior assim ao príncipe de Gales. Não, meu convidado inesperado é *o duque de Bewcastle.*

Christine ergueu as sobrancelhas. Já tinha ouvido falar do duque, embora nunca houvesse sido apresentada a ele. Era um homem extremamente poderoso e arrogante – e frio como gelo, ao menos era o que diziam. Compreendia a consternação de Melanie. E logo *ela*, Christine, fora a escolhida para equilibrar o número entre homens e mulheres com o duque de Bewcastle? A ideia pareceu muito engraçada até Christine perceber que aquela era mais uma razão para permanecer em casa. Mas agora era tarde demais.

– Nossa... – disse a mãe de Christine, parecendo imensamente impressionada.

– Sim – concordou Melanie estreitando os lábios e fazendo as plumas balançarem ao assentir. – Mas não há razão para se preocupar, Christine. Há vários outros cavalheiros dos quais você irá gostar e que ficarão encantados em dançar com você. Você realmente causa este contentamento nos cavalheiros, sabe... mesmo na sua idade. Eu ficaria morta de inveja caso ainda não fosse tão atraída por Bertie... embora ele saiba ser terrivelmente implicante quando resolvo organizar um de meus eventos. Bertie bufa, resmunga e deixa claro que não fica nem um pouco animado com a perspectiva de se divertir. De qualquer modo, acredito que você não vá precisar trocar nem uma palavra com Sua Graça se assim preferir. O duque é conhecido por sua arrogância e reticência, e provavelmente não vai nem perceber se você deixá-lo sozinho.

– Prometo não tropeçar nos pés dele, e manter uma distância decente – disse Christine.

Eleanor deu mais um sorrisinho afetado quando capturou o olhar da irmã.

Mas o problema, pensou Christine, era que ela provavelmente faria exatamente isso se não tivesse cuidado – tropeçar nos pés dele, ou mais provavelmente nos próprios pés, quando estivesse passando pelo duque com uma bandeja de gelatinas ou de limonada. Ficaria *mais* do que feliz se pudesse permanecer em casa, mas esta não era mais uma opção. Tinha acabado de concordar em passar duas semanas em Schofield.

– Agora que já equiparei meus convidados de novo – disse Melanie –, posso começar a perdoar Hector. Essa realmente vai ser a temporada festiva mais memorável de todas. Ouso dizer que será assunto em todos os salões de Londres na próxima temporada social. Serei motivo de inveja de toda anfitriã da Inglaterra, e os que não foram convidados vão implorar por um convite no ano que vem. O duque de Bewcastle nunca sai de Londres e das propriedades dele. Não consigo imaginar como Hector o persuadiu a vir até aqui. Talvez ele tenha ouvido falar do excelente nível dos meus eventos. Talvez...

Mas Christine tinha parado de escutar. As duas semanas seguintes estavam destinadas a ser tudo, menos agradáveis. E agora ainda haveria o aborrecimento adicional de ter o duque de Bewcastle também como convidado no evento, o que a deixaria um tanto constrangida – sensação completamente desnecessária, já que, como Melanie acabara de observar, era pouco provável que o duque fosse reparar em Christine mais do que repararia num verme sob seus pés. Christine *odiava* essa sensação de constrangimento. Algo que ela só tinha vivenciado após os primeiros anos de seu casamento, quando subitamente se tornou objeto persistente de intrigas desagradáveis, independentemente do quanto se esforçasse para evitá-las. Depois de ficar viúva, Christine jurara que jamais voltaria a se colocar em tal posição; nunca tornaria a sair do ambiente que lhe era familiar.

É claro que estava bem mais velha agora. Tinha 29 anos... era quase uma anciã. Ninguém poderia esperar que se divertisse com os jovens. Ela poderia ser uma senhora digna. Ficar sentadinha num canto e aproveitar os eventos como espectadora em vez de participante. Na verdade, talvez fosse muito mais divertido assim.

– Posso lhe oferecer uma xícara de chá e um pedaço de bolo, lady Renable? – perguntou a mãe de Christine.

– Não posso me demorar nem mais um instante, Sra. Thompson – respondeu Melanie. – Minha casa estará cheia de convidados depois de amanhã, e há mil e um detalhes para resolver antes que cheguem. Posso lhe assegurar que ser uma baronesa não é só glamour. Preciso ir.

Ela inclinou a cabeça com solenidade, beijou o rosto de Christine, apertou o braço da amiga com afeto e saiu pavoneando, as plumas balançantes, *lorgnon* acenando e saias farfalhando.

– Acho que vale lembrar para futura referência, Christine – começou Eleanor –, que é mais conveniente dizer sim para lady Renable na primeira vez em que ela fizer um convite, seja por escrito ou pessoalmente.

A mãe delas se pôs de pé.

– Precisamos subir para o seu quarto *imediatamente*, Christine – disse ela –, para ver quais roupas precisam ser costuradas, arrumadas ou limpas. Santo Deus... o duque de Bewcastle... Isso sem mencionar o visconde de Elrick e sua esposa! E lorde e lady Renable, é claro.

Christine subiu correndo as escadas na frente da mãe para ver se, quem sabe, uma dúzia de roupas belíssimas e chiques havia se materializado em seu guarda-roupa desde que ela se vestira naquela manhã.

Wulfric Bedwyn, duque de Bewcastle, estava sentado diante da escrivaninha de carvalho na biblioteca magnificamente decorada e bem abastecida da Casa Bedwyn, em Londres. Usava um traje de gala de muito bom gosto e elegância, embora não tivesse convidados para o jantar e estivesse completamente sozinho. O tampo forrado de couro da escrivaninha estava quase vazio, contendo apenas o mata-borrão, penas recém-apontadas e um vidro de tinta com tampa de prata. Não havia afazeres pendentes, afinal ele era sempre meticuloso ao cuidar de seus negócios durante o dia, e já era noite.

Bewcastle poderia ter saído para se entreter de alguma forma – e ainda havia tempo para tal, na verdade. Tinha vários convites dentre os quais escolher, embora a temporada social já houvesse terminado e a maioria de seus pares já tivesse deixado Londres para passar o verão em Brighton ou em suas propriedades campestres. Mas ele nunca fora muito chegado a eventos sociais, a menos que exigissem especificamente sua presença.

Poderia ter ido passar a noite no White's. Embora o clube fosse estar quase vazio nesta época do ano, sempre era possível encontrar companhia agradável e boa conversa lá. Mas Bewcastle passara tempo demais em seus clubes na última semana desde o início do recesso na Câmara dos Lordes.

Não havia ninguém de sua família na cidade. Lorde Aidan Bedwyn, o irmão mais próximo dele em idade e pretenso herdeiro, nem sequer aparecera em Londres naquela primavera. Aidan permanecera em casa, em Oxfordshire, junto à esposa, Eve, aguardando o nascimento do primeiro bebê dos dois, uma menina. Foi um momento feliz pelo qual tinham esperado quase três anos depois de se casarem. Wulfric chegara a ir até lá para o batizado, em maio, mas ficara apenas alguns dias. Lorde Rannulf Bedwyn, o irmão seguinte na ordem por idade, estava em Leicestershire com Judith e o filho e a filha deles. Rannulf estava assumindo suas responsabilidades de latifundiário com mais seriedade agora que a avó deles morrera e ele herdara as terras oficialmente. Freyja, irmã deles, estava na Cornualha. Assim como o marquês de Hallmere, marido dela, que negligenciara seus deveres na Câmara dos Lordes naquele ano e nem aparecera na cidade. Freyja estava grávida de novo. O casal havia tido um menino no início do ano anterior e, ao que parecia, agora torcia por uma menina.

Lorde Alleyne Bedwyn estava no campo com a esposa, Rachel, e as filhas gêmeas nascidas no último verão. Ambos estavam preocupados com a saúde do barão de Weston, tio de Rachel, com quem dividiam a casa, por isso não queriam deixá-lo sozinho. Morgan, a irmã caçula de Wulfric, estava em Kent. Havia permanecido na cidade por algumas semanas, com o conde de Rosthorn, seu marido, mas o ar londrino não fizera bem ao filho pequeno e por isso Morgan voltara para casa com o menino. Rosthorn viajava para ficar com os dois sempre que podia desde então, até que a Câmara dos Lordes entrou em recesso e ele não perdeu tempo, retornando para casa de vez. Nunca mais faria isso, dissera ele a Bewcastle antes de partir. No futuro, se a esposa e os filhos não pudessem acompanhá-lo, ele permaneceria em casa, e a Câmara dos Lordes que fosse para o quinto dos infernos. *Filhos*, dissera Rosthorn. No plural. Aquilo provavelmente significava que Morgan estava grávida de novo.

Era gratificante, pensou Wulfric enquanto pegava uma das penas e a posicionava entre os dedos para escrever, ver seus irmãos e irmãs todos casados e estabelecidos na vida. Seus deveres em relação a eles haviam sido satisfatoriamente cumpridos.

Mas a Casa Bedwyn parecia vazia sem todos eles. Mesmo quando Morgan estivera na cidade, ela obviamente não ficara hospedada ali.

Lindsey Hall, a base principal de Wulfric em Hampshire, ia parecer ainda mais vazia.

Tal constatação talvez tenha sido a responsável por levá-lo a uma decisão impulsiva, um tanto atípica, poucos dias antes. Wulfric tinha aceitado um convite verbal de lady Renable – convencido pelo irmão dela, o visconde de Mowbury – para uma temporada festiva em Schofield Park, em Gloucestershire. Ele *nunca* comparecia a esse tipo de evento. Não conseguia imaginar modo mais insípido de gastar duas semanas. É claro que Mowbury havia lhe *assegurado* que os convidados seriam inteligentes e de excelente nível, e que haveria uma oportunidade de sair para pescar. Mesmo assim, duas semanas na mesma companhia, não importava o quanto ela fosse agradável, poderiam muito bem se provarem enervantes.

Wulfric se recostou, apoiou os cotovelos nos braços da cadeira e juntou as pontinhas dos dedos. Ficou encarando o escritório sem enxergar o ambiente de fato. Sentia mais saudade de Rose do que gostaria de admitir. Ela fora sua amante por mais de dez anos, mas falecera em fevereiro – vítima de um resfriado relativamente inofensivo a princípio, embora Wulfric tivesse insistido para que ela procurasse o médico. Por fim, o resfriado acabou evoluindo para uma severa inflamação pulmonar e nos momentos derradeiros só restou ao médico lhe oferecer o máximo de conforto possível. A morte de Rose se revelou um tremendo choque. Wulfric a acompanhara até o fim – e praticamente por todo tempo ao longo da doença, na verdade.

E ficara tão arrasado quanto provavelmente um viúvo teria ficado.

O relacionamento entre Rose e ele era uma situação bastante confortável. Wulfric a mantinha em Londres num luxo considerável durante os meses do ano em que ele precisava permanecer na cidade, e nos verões retornava a Lindsey Hall enquanto Rose ia para a casa do pai, um ferreiro do campo. Lá, ela se deleitava com a fama e respeito geral garantido pelo fato de ser a amante rica de um duque. Sempre que estava em Londres, Wulfric passava a maior parte das noites com Rose. O relacionamento não fora do tipo apaixonado – ele duvidava ser capaz de se apaixonar – e também não nutriam uma amizade particularmente profunda, já que o nível de educação e os interesses de ambos eram muito diferentes. Mas mesmo assim havia um companheirismo reconfortante entre eles. Wulfric estava seguro de que Rose partilhava da mesma satisfação em relação ao vínculo dos dois. Depois de mais de dez anos, ele teria percebido se não fosse o caso. Wulfric sempre ficara satisfeito por Rose não ter tido filhos dele. Se tivesse acontecido, ele teria fornecido a melhor assistência às crianças, mas teria ficado desconfortável com o fato de ter filhos bastardos.

Mas a morte dela deixara um imenso vazio na vida dele.

Sentia saudade de Rose. Estava celibatário desde fevereiro, mas não sabia como iria substituí-la. Não estava nem certo se queria fazê-lo... ao menos não ainda. Rose sempre soubera como satisfazê-lo, como agradá-lo. E ele sempre soubera como fazer o mesmo por ela. Wulfric não tinha certeza se queria se adaptar a outra pessoa. Sentia-se velho demais para tal aos 35 anos.

E então Wulfric apoiou o queixo nas pontas dos dedos.

Estava com 35 anos.

Havia cumprido todas as suas funções como duque de Bewcastle, cargo que jamais desejara, mas que herdara a contragosto aos 17 anos. Ele cumprira tudinho, exceto casar e gerar filhos e herdeiros. Estivera prestes a cumprir tal obrigação também, anos antes, quando era jovem e ainda nutria um pouco de esperança de que era possível combinar felicidade pessoal e dever. Mas na mesma noite em que seu noivado fora anunciado, a noiva em questão veio à tona com uma farsa elaborada a fim de evitar um casamento que a repugnava – a jovem tivera medo demais de Wulfric e do próprio pai para simplesmente dizer a verdade.

Como um duque poderia escolher qualquer mulher para ser sua duquesa e esperar ter satisfação pessoal com o acordo? Quem se casaria com um duque pela pessoa que ele era? Uma amante poderia ser dispensada. Uma esposa, não.

E, assim, o único mínimo gesto de rebeldia que ele se permitira desde o noivado frustrado com lady Marianne Bonner fora permanecer solteiro. E satisfazer suas necessidades com Rose. Ele a conheceu e colocou sob sua proteção menos de dois meses depois daquela noite desastrosa do noivado.

Mas agora Rose estava morta – e enterrada à custa dele num cemitério no interior, próximo à casa do pai ferreiro. O duque de Bewcastle surpreendera a todos da cidadezinha e arredores ao comparecer ao funeral.

Por que diabos concordara em ir a Schofield Park com Mowbury? Teria feito isto apenas porque não queria voltar sozinho para Lindsey Hall – embora também não conseguisse suportar a ideia de permanecer em Londres? Era uma razão lamentável, ainda que Mowbury fosse *realmente* uma companhia bem informada, com uma conversa interessante, e que houvesse esperança de que os outros convidados fossem semelhantes a ele nesse sentido. Ainda assim, teria sido melhor passar o verão viajando entre suas várias propriedades na Inglaterra e no País de Gales, e talvez visitar os irmãos e irmãs no caminho. Mas, não... a visita aos irmãos não era uma boa ideia. Todos tinham uma vida agora. Com cônjuges e filhos. Estavam felizes. Sim, Wulfric acreditava que estavam mesmo felizes – todos eles.

E se alegrava por sua família.

O duque de Bewcastle, absolutamente solitário em seu poder, em seu esplendor, na magnífica mansão londrina que o cercava, continuou a encarar o nada enquanto tamborilava com os dedos no queixo.

2

A carruagem do barão de Renable chegou de manhã bem cedo para levar Christine a Schofield Park. Melanie, que parecia tensa, ficou grata ao aceitar sua oferta de ajuda com alguns preparativos finais. Christine dera uma passada rápida no quarto que lhe fora designado – pequeno como uma caixa de sapatos, dando para os fundos da casa, imprensado entre duas chaminés que bloqueavam a vista da janela, permitindo-lhe apenas um vislumbre sutil da horta abaixo – para deixar sua touca, ajeitar os cachos e arrumar seus parcos pertences. Depois seguira rapidamente para o andar de cima a fim de cumprimentar as crianças, e passara o restante da manhã e parte da tarde correndo de um lado a outro para resolver várias pendências. E teria passado o que restava daquele dia correndo caso Melanie não tivesse trombado nela quando Christine subia as escadas rumo aos quartos de hóspedes mais opulentos carregando montes de toalhas. Melanie deixou escapar um gritinho de protesto ao notar a aparência da amiga.

– Você simplesmente *precisa* se arrumar, Christine – disse ela em um tom débil, levando a mão ao peito –, e dar um jeito nos cabelos. Eu disse que você podia *ajudar*. Não era minha intenção que agisse como uma *criada*. Isso aí nos seus braços são mesmo *toalhas*? Vá para o seu quarto imediatamente, pobre criatura, e comece a se comportar como convidada.

Menos de meia hora depois, Christine desceu as escadas decentemente vestida, embora talvez não deslumbrante, em seu segundo melhor vestido de musselina, estampado com raminhos, os cachos recém-escovados até brilharem. Ela se odiava por estar se sentindo tensa – e por ter se permitido convencer a participar de tudo aquilo. Neste momento ela poderia estar no meio da aula de geografia que lecionava semanalmente e de fato se divertindo.

– Ah, aí está você – falou Melanie quando Christine se juntou a ela no salão. Pegou uma das mãos da amiga e apertou quase dolorosamente. – Vai ser *tão* divertido, Christine. Se eu não tiver esquecido nada... E se não acabar vomitando quando vir os convidados se aproximando... Por que sempre tenho vontade de vomitar em ocasiões como esta? É tão deselegante...

– Como sempre – assegurou Christine –, tudo vai dar tão maravilhosamente certo que você vai ser declarada a anfitriã mais elegante do verão.

– Ah, você acha mesmo? – Melanie levou a mão ao peito outra vez, como se para acalmar o coração. – Gosto dos seus cabelos curtos, Christine. Quase desmaiei quando você me contou que iria cortá-los, mas deste modo você parece mais jovem e bela de novo, como se alguém tivesse retrocedido os anos especialmente para você... não que algum dia você *não* tenha sido bela. Fico morta de inveja. O que disse, Bertie?

Mas lorde Renable, que estava ali por perto, havia apenas pigarreado ruidosamente.

– Uma carruagem se aproxima, Mel – disse ele. – Aqui vamos nós.

Ele a encarou com uma expressão melancólica, como se estivessem à espera da invasão de oficiais de justiça em Schofield Pak para levar todos os seus bens.

– Suba e esconda-se, Christine. Ainda pode ter mais uma hora de liberdade, imagino.

Melanie deu um tapinha não muito gentil no braço do marido e suspirou audivelmente. Ela parecia ter adquirido quase 10 centímetros de altura e se transformado instantaneamente numa anfitriã aristocrática e graciosa que jamais vivenciara um único instante de nervosismo ou demonstrara qualquer tendência a vomitar durante uma crise.

Porém houve a ameaça de uma breve recaída quando Melanie baixou o olhar e percebeu que tinha um copo de limonada pela metade em sua mão direita.

– Alguém pegue isto! – exigiu ela, olhando ao redor em busca do empregado mais próximo. – Ah, santo Deus, eu poderia ter derrubado este refresco nas botas ou no vestido de alguém.

– Eu pego o copo – disse Christine, rindo e unindo ação às palavras. – E derramar esta limonada em alguém parece mais algo que *eu* faria, Melanie. Eu e a limonada vamos sair do caminho para não causarmos estragos.

E então seguiu rapidamente pela escadaria em direção à sala de estar de um tom amarelo-claro, onde as outras convidadas logo se juntariam a ela. Por alguma razão que só a própria Melanie conhecia, as damas e os cavalheiros eram sempre mantidos separados em suas festas, até que ela estivesse livre para recepcionar a todos no salão para o chá, momento no qual as festividades eram abertas oficialmente.

Mas Christine parou no patamar da escada, que se curvava acima do saguão de entrada; assim pôde dar uma olhadela para além do balaústre. A carruagem que Bertie ouvira provavelmente estivera mais perto do que o imaginado. Os primeiros convidados já estavam entrando, e Christine não conseguiu resistir a espiar para ver se o grupo incluía algum conhecido seu.

Havia dois cavalheiros. Um deles, vestido com desleixo, usando um paletó marrom amarrotado e grande demais, calças azul-escuras meio largas no joelho, botas arranhadas que já tinham visto dias melhores, um lenço que parecia ter sido jogado com pressa ao redor do pescoço sem nenhuma consulta a um espelho ou empregado. As pontas do colarinho estavam moles, sem o uso de um pouco de goma, e os cabelos louros apontavam em todas as direções, como se ele tivesse acabado de acordar. Era Hector Magnus, visconde de Mowbury.

– Ah, é você, não é, Mel? – disse ele, sorrindo vagamente para a irmã, como se tivesse esperado que outra pessoa o recepcionasse na casa dela. – Como vai, Bertie?

Christine sorriu com afeição e teria descido para cumprimentá-lo não fosse pelo cavalheiro que o acompanhava. O homem não poderia ser uma antítese maior a Hector, mesmo se tentasse. Era alto e de boa constituição física e estava vestido na mais absoluta elegância num paletó azul de tecido nobre sobre um colete cinza bordado, além de calças de um cinza mais escuro e botas de cano alto muito bem engraxadas com arremate em branco. O lenço que trazia ao redor do pescoço estava amarrado com elegância, mas sem ostentação. As pontas do colarinho quase encostavam em seu maxilar. E tanto a camisa quanto o lenço eram imaculadamente brancos. O homem segurava uma cartola em uma das mãos. Os cabelos, escuros e fartos, estavam muito bem cortados e arrumados à perfeição.

Os ombros e o peito pareciam largos e imponentes sob a roupa de corte perfeito, os quadris esguios e coxas que obviamente dispensavam o enchimento do alfaiate.

Mas não foi tanto a aparência impressionante do convidado que manteve Christine em silêncio e paralisada, espiando quando deveria ter tomado uma atitude. Foi mais o modo absolutamente seguro e orgulhoso com que ele se apresentava, a arrogância nítida, a inclinação da cabeça. Com certeza aquele era um homem que ditava as regras de seu mundo com facilidade e exigia obediência imediata de seus inferiores – os quais obviamente incluíam praticamente qualquer outro ser vivo. Uma ideia um tanto extravagante, talvez... mas Christine percebeu que o sujeito devia ser o terrível duque de Bewcastle.

Ele parecia ser exatamente tudo o que ela fora levada a esperar dele.

Era um aristocrata da cabeça aos pés.

Christine viu parte do rosto dele quando Melanie e Bertie o cumprimentaram e ele se inclinou numa leve reverência e então aprumou o corpo. Eram feições belas, mas de um jeito frio, austero, com o maxilar severo, lábios finos, malares altos e um nariz proeminente, ligeiramente adunco e de traços bem definidos.

Mas ela não conseguiu ver os olhos dele. O duque se adiantara e estava quase diretamente abaixo de onde Christine se encontrava, ao passo que Melanie voltava sua atenção para Hector. Christine se inclinou ligeiramente por cima do corrimão no exato instante em que o duque levantou a cabeça e a notou ali.

Ela teria recuado de imediato, constrangida por ter sido flagrada espiando, se não tivesse ficado tão alarmada por aqueles mesmos olhos que vinha tentando avaliar. Olhos que pareceram transpassá-la e alcançar sua nuca. Não conseguiu ter certeza da cor – azul-claros? Cinza-claros? –, mas estava próxima o suficiente para conseguir sentir o efeito deles.

Não era de espantar que o homem tivesse a reputação que tinha.

Por um rápido instante, Christine teve a impressão muito nítida de que o duque de Bewcastle poderia ser um homem muito perigoso. O coração dela batia intensamente, como se ela tivesse acabado de ser pega espiando por um buraco de fechadura enquanto algum escândalo se desenrolava no cômodo.

Então algo extraordinário aconteceu.

O duque lhe lançou uma *piscadela.*

Ou ao menos foi o que pareceu por um instante fugaz.

Mas então, mesmo de olhos arregalados devido ao choque, Christine notou que ele estava esfregando o olho com que piscara e se deu conta de que ao se inclinar por cima do corrimão, o copo em sua mão também tombara. Ela derramara limonada no olho do duque de Bewcastle.

– Ah, meu Deus! – exclamou Christine. – Sinto muito.

Então ela se virou e saiu correndo o mais rápido que suas pernas permitiram. Que situação terrivelmente constrangedora! Que descuido horrível o dela! Havia prometido não tropeçar nos pés do duque logo no primeiro dia, mas não lhe ocorrera prometer também não derramar limonada no olho do sujeito.

Esperava desesperadamente que aquilo não fosse o prenúncio do que estava por vir.

Precisava se recompor antes que alguma das outras convidadas aparecesse, pensou Christine depois de chegar em segurança ao salão amarelo-claro. E precisava escapar da órbita do duque de Bewcastle pelos próximos treze dias e meio. Na verdade, não deveria ser muito difícil. Ele provavelmente nem sequer a reconheceria quando voltasse a vê-la. E Christine não era o tipo de pessoa em quem o duque repararia no curso normal das coisas.

O duque de Bewcastle não representaria qualquer perigo para alguém tão abaixo dele na escala social – ainda que Christine inadvertidamente o tivesse atingido com limonada.

E por que ela deveria se sentir tão desconcertada na presença dele, de qualquer modo? O duque não era o tipo de homem que ela gostaria de impressionar.

Era limonada, logo percebeu Wulfric. Mas por mais refrescante que aquele suco pudesse ser para quem não queria vinho ou alguma bebida mais forte num dia quente, com certeza não era agradável quando caía dentro do olho.

Ele não reclamou de maneira audível. E os Renables não pareceram ter notado nada estranho, embora a criatura que derramara a bebida lá do alto tivesse apresentado a impertinência de desculpar-se e logo sair em disparada feito um coelho assustado – como poderia muito bem ser. Os Renables estavam ocupados com Mowbury.

Wulfric secou o olho com um lenço e torceu para seu globo ocular não parecer tão injetado quanto ele sentia estar.

Mas aquele não fora um começo auspicioso para uma visita de duas semanas. Nenhum criado em qualquer das propriedades de Wulfric permaneceria muito tempo a seu serviço caso ficasse espiando os hóspedes, derramasse líquidos neles, pedisse desculpas e depois fugisse. Ele torceu para que aquele fosse um caso isolado, uma aberração, e não o sinal de um serviço de criados tosco e indolente.

A criatura nem mesmo usava touca. E Wulfric teve a distinta impressão de ter visto cachos balançando, um rosto redondo e olhos arregalados, embora, é claro, não tivesse conseguido enxergá-la bem.

Fato pelo qual não lamentava nem um pouco, na verdade.

Wulfric afastou a mulher de seus pensamentos. Se os Renables não conseguiam controlar os criados, então o serviço de má qualidade era problema deles, não de Wulfric. Afinal, ele levara o próprio empregado para atender às suas necessidades pessoais.

Wulfric ainda nutria esperanças de que aquela temporada festiva em Schofield Park fosse se revelar agradável. Mowbury, um homem de cerca de 30 anos, leitor voraz e que já viajara muito, principalmente à Grécia e ao Egito, se mostrara uma companhia interessante na longa viagem de Londres até ali. Eles se conheciam e de certo modo eram amigos havia anos. Os Renables o saudaram com amabilidade. Os aposentos que lhe foram designados eram espaçosos e com vista para os gramados, para as árvores e para os canteiros de flores na frente da casa.

Depois de vestir roupas limpas e passar algum tempo sentado diante do espelho do quarto de vestir enquanto seu empregado o barbeava, Wulfric desceu para o salão de bilhar onde os cavalheiros haviam sido convidados a se reunir. Lá, encontrou o conde de Kitredge e o visconde de Elrick. Os dois cavalheiros eram mais velhos do que Wulfric, e ele sempre os considerara boa companhia. Era um sinal promissor. Mowbury e seu irmão caçula, Justin Magnus, também estavam presentes. Wulfric jamais havia tido qualquer contato com Magnus, mas ele lhe pareceu um jovem agradável.

Talvez, no fim das contas, aquela temporada fosse exatamente o que estava precisando, pensou Wulfric enquanto entabulava conversa com os outros convidados. Aproveitaria aquelas duas semanas de companhias interessantes e aí estaria pronto para retornar a Lindsey Hall pelo restante do verão. Afinal, um homem não podia se transformar num ermitão só porque seus irmãos estavam casados e sua amante, morta.

De repente a porta foi aberta outra vez e ele ouviu dois sons extremamente desagradáveis – risinhos femininos e risadas masculinas. Vozes femininas e masculinas misturadas num fluxo animado. As damas estavam a caminho, e um grande grupo de cavalheiros tinha acabado de entrar na sala. Dentre eles não havia nenhum homem com mais de 25 anos, estimou Wulfric. E, a julgar pela risada, postura e fanfarronices dos respectivos cavalheiros, nenhum dotado de cérebro.

E se ele não estava enganado, um grupo também numeroso de damas com as mesmas características dos cavalheiros acabara de chegar.

Eram aquelas pessoas que enchiam os salões de baile de Londres em todas as temporadas sociais para o grande mercado casamenteiro. Na verdade, elas eram a razão pela qual Wulfric costumava evitar tais eventos, a menos que as circunstâncias o obrigassem a comparecer.

Eram os convidados que lhe fariam companhia durante toda a temporada festiva.

– Ah – disse um dos presentes, sir Lewis Wiseman, um jovem de aspecto saudável e cordial que Wulfric conhecia de vista –, parece que quase todos já chegaram. Um rapaz não *precisa* de fato de uma festa de noivado em sua homenagem, mas a irmã e a mãe de Audrey discordam... e Audrey também, imagino. Sendo assim, cá estamos nós.

Ele corou e riu ao mesmo tempo que seus jovens amigos davam tapinhas em seu ombro e faziam comentários tolos e rudes.

Foi nesse momento, quando já era tarde demais, que Wulfric se lembrou de que Wiseman havia anunciado recentemente seu noivado com a Srta. Magnus – irmã de lady Renable. Aquela era uma festividade em homenagem ao noivado. E como o casal era muito jovem, a maior parte de seus convidados também era.

Wulfric ficou consternado.

Tinha sido levado até ali sob falsos pretextos de poder se *divertir* com um bando de crianças?

Durante duas semanas inteiras?

Será que Mowbury o iludira deliberadamente? Ou alguém iludira Mowbury deliberadamente?

Mas Wulfric sabia que não podia culpar ninguém senão a si próprio, é claro. Afinal, acreditara num sujeito tão aéreo em seu trato com o mundo que ficara conhecido por aparecer no White's Club usando um pé de bota diferente do outro. Era muito possível que Mowbury tivesse se esquecido do noivado recente da irmã.

Agarrou o punho do monóculo e quase inconscientemente assumiu sua postura mais fria e ameaçadora quando os jovens cavalheiros demonstraram certa inclinação a tratar Wulfric e os outros mais velhos com uma camaradagem barulhenta.

Wulfric piscou algumas vezes. O olho ainda ardia um pouco, percebeu.

A cunhada de Christine, Hermione Derrick, viscondessa de Elrick, foi uma das primeiras convidadas a chegar. Alta, loura, esguia e provavelmente com mais de 40 anos àquela altura, Hermione estava linda e elegante como sempre. Christine, sentindo o coração prestes a pular do peito, se levantou e sorriu para a viscondessa. E teria lhe dado um beijinho no rosto, no entanto algo na postura da outra a deteve e a fez permanecer no lugar, constrangida.

– Como vai, Hermione? – perguntou Christine.

– Christine – cumprimentou Hermione com uma inclinação rígida de cabeça, ignorando a pergunta. – Melanie me informou que você era uma das convidadas.

– E como estão os meninos? – perguntou Christine.

Os sobrinhos de Oscar não eram mais crianças, percebeu, e sim jovens cavalheiros sem dúvida soltos pelo mundo, experimentando a vida.

– Você cortou os cabelos – observou Hermione. – Que peculiar!

Então Hermione voltou a atenção para as outras damas presentes.

Bem, pensou Christine enquanto voltava a se sentar, ao que parecia a aparência dela não seria ignorada, mas suas palavras, sim. Aquele não era um começo promissor – ou talvez fosse a continuação nada promissora do começo.

Hermione, filha de um advogado do interior, havia conquistado um casamento ainda mais esplêndido do que Christine ao se unir ao visconde de Elrick, mais de vinte anos antes. Ela recebera Christine no seio da família calorosamente e a ajudara a se adaptar à vida na aristocracia – inclusive fora sua acompanhante na apresentação à rainha. As duas se tornaram amigas apesar da diferença de idade de mais de dez anos entre elas. Mas a amizade ficara abalada nos últimos anos do casamento de Christine. Mesmo assim, a terrível contenda que se seguira depois da morte de Oscar pegara Christine de surpresa e a abalara profundamente. Ela acabou indo embora de Winford Abbey, a casa de campo de Basil, no dia seguinte ao funeral, arrasada, confusa e sem um tostão depois de comprar a passagem para a diligência, com a única intenção de voltar para sua casa, Hyacinth Cottage, para lamber as feridas e arranjar um jeito de retomar a própria vida. Não voltara a ter notícias – ou a ver – o cunhado e a cunhada até então.

Christine esperava com fervor que pudessem ao menos agir de modo civilizado por duas semanas. Afinal, ela não havia feito nada *errado*.

A viscondessa de Mowbury, mãe de Melanie, uma mulher pequenina e redonda, de cabelos grisalhos e olhar arguto, abraçou Christine e disse como estava encantada em ver seu belo rostinho de novo. Audrey também expressou satisfação em ver Christine e corou, parecendo muito feliz quando Christine a cumprimentou pelo noivado. Felizmente, o relacionamento conturbado dela com a família imediata de Oscar nunca afetara suas boas relações com a tia e os primos dele, os quais, aliás, não haviam passado muito tempo em Londres nos últimos anos.

Lady Chisholm, esposa de sir Clive, a quem Christine já havia sido apresentada em outra ocasião, e a Sra. King, que ela também já conhecia, foram educadas.

E havia seis jovens damas, muito elegantes e ricamente adornadas, as quais Christine presumiu serem amigas de Audrey, que obviamente eram íntimas umas das outras e se agruparam para conversar e rir, ignorando todos os outros convidados presentes. Aquelas jovens provavelmente ainda não tinham saído da sala de estudos na última vez que ela estivera em Londres, pensou Christine. Mais uma vez, ela se sentiu uma anciã. E seu segundo melhor vestido de repente lhe pareceu um verdadeiro fóssil. Foi um dos últimos vestidos que Oscar lhe comprara antes de morrer. E Christine duvidava que a roupa tivesse chegado a ser paga.

– O *duque de Bewcastle* é um dos convidados – anunciou lady Sarah Buchan em voz alta para o grupo de jovens reunidas, os olhos muito arregalados, o rosto vermelho de empolgação.

Talvez Sarah pudesse ser perdoada por acreditar que estava trazendo novidades empolgantes a todos. Ela havia acabado de chegar com o pai, o conde de Kitredge, e com o irmão, o ilustre George Buchan. Mas todos ali já sabiam da presença do duque de Bewcastle, pois era um detalhe ao qual

Melanie já recorrera para impressionar cada um que chegava. A anfitriã, ao que parecia, já se recuperara completamente de seu desconsolo por Hector ter convidado o duque.

– Não vi o duque nem uma vez durante toda a temporada – continuou lady Sarah –, embora ele tenha ficado em Londres o tempo todo. Dizem que o homem raramente sai, a não ser para ir à Câmara dos Lordes e aos seus clubes. Mas ele veio para cá. Imaginem!

– Apenas um duque e tantas de nós – lamentou Rowena Siddings, os olhos brilhando de empolgação, as covinhas aparecendo. – Embora as damas casadas não entrem na contagem, é claro. Nem Audrey, porque está noiva de sir Lewis Wiseman. Mas ainda assim sobra um número excessivo de nós para disputar as atenções de somente *um* duque.

– Mas o duque de Bewcastle é *velho*, Rowena – comentou Miriam Dunstan-Lutt. – Já passou bastante dos 30 anos.

– Mas ele é um duque – argumentou Sarah –, portanto a idade não é problema, Miriam. Papai diz que estaria aquém da minha dignidade me casar com alguém que não detenha no mínimo o título de conde, embora eu tenha recebido *dezenas* de pedidos de casamento na última primavera de cavalheiros que boa parte das moças consideraria perfeitamente adequados. Não é de todo improvável que eu me case com um duque.

– Que conquista seria ganhar a mão do duque de Bewcastle – comentou Beryl Chisholm. – Mas por que deveríamos lhe conceder a vitória, Sarah? Talvez todas devêssemos competir por ele.

Houve uma explosão de risadinhas.

– Vocês todas são jovens damas extraordinárias – adiantou-se lady Mowbury com gentileza, erguendo a voz para que pudesse ser ouvida do outro lado da sala –, e estão destinadas a constituir um bom casamento dentro de um ou dois anos, mas talvez devam ser alertadas de que Bewcastle vem evitando todas as tentativas de ser arrastado para o matrimônio, a ponto de até mesmo a mais determinada das mães já ter desistido de tentar fisgá-lo para uma de suas filhas. Eu nem sequer o cogitei como possibilidade para Audrey.

– Mas quem iria querer se casar com ele, de qualquer modo? – perguntou Audrey com a segurança complacente de sua posição de noiva. – Basta o duque entrar num cômodo para que a temperatura despenque. O homem carece de sentimentos, de sensibilidade, de coração. Soube por uma autoridade confiável no assunto. Lewis diz que até os cavalheiros mais jovens no White's sentem-se intimidados por ele e o evitam sempre que possível. Acho que não foi muito espirituoso da parte de meu irmão convidá-lo.

Christine concordava. Se Hector não tivesse convidado o duque, então *ela* não precisaria estar sentada ali naquele momento, sentindo-se ao mesmo tempo desconfortável e entediada – *e* não teria derramado limonada nos olhos do sujeito. De algum modo Christine se viu imprensada entre as damas mais velhas – que se movimentavam em grupo e logo estavam imersas numa conversa – e as mais jovens, que estavam mais próximas dela. Na prática, ela acabou membro do grupo das mais jovens, que passaram a falar aos cochichos e voltaram a dar risadinhas.

– Proponho uma aposta – disse lady Sarah num sussurro.

Devia ser a mais jovem de todas, avaliou Christine. Parecia ter fugido do berçário, na verdade, embora devesse ter pelo menos 17 anos, se já havia debutado.

– Vence aquela que conseguir instigar o duque de Bewcastle a pedi-la em casamento antes que a quinzena termine.

– Temo que isso seja absolutamente impossível – comentou Audrey enquanto as outras seguiam com as risadinhas abafadas. – O duque não tem a intenção de se casar.

– E nenhuma aposta é sequer remotamente interessante se não houver chance de ser vencida por *alguém* – acrescentou Harriet King.

– O que devemos apostar, então? – perguntou Sarah, ainda ruborizada, os olhos muito cintilantes, e determinada a não abandonar totalmente a ideia. – Qual de nós consegue atraí-lo para uma conversa? Não, isso não... é fácil *demais*. Quem será a primeira a dançar com ele? Sua irmã planejou algum baile, Audrey? Ou... o que, então?

– Quem consegue prender a atenção dele, sem distrações, por uma hora – sugeriu Audrey. – Acreditem, esta será uma tarefa bem difícil de completar. E a vencedora... *se* houver uma... merecerá o prêmio. Imagino que uma hora na companhia do duque seria o equivalente a passar uma hora sentada no Polo Norte.

Houve uma nova onda de risadinhas.

Mas Sarah ignorou o aviso e encarou com os olhos cintilantes todas as meninas do grupo – exceto Christine, que não era de fato uma delas, embora tivesse escutado cada palavra dita ali.

– Uma hora a sós com ele, então – disse Sarah. – A vencedora será a primeira que cumprir a missão. E... quem sabe? Talvez tal dama faça o duque se apaixonar por ela e acabe sendo pedida em casamento. Digo que não seria de todo estranho.

Houve mais uma pausa para as inevitáveis risadinhas.

– Quem está disposta? – perguntou lady Sarah.

A própria lady Sarah, Rowena, Miriam, Beryl e sua irmã, Penelope, além de Harriet King aceitaram o desafio, e isto foi sucedido de muitos outros gritinhos e risadinhas. As mulheres mais velhas ofereceram sorrisos indulgentes e perguntaram o que as jovens estavam achando tão divertido.

– Nada – disse Harriet King. – Nada mesmo, mamãe. Estávamos apenas conversando sobre os cavalheiros que devem comparecer a esta temporada festiva.

Christine também sorriu. Será que um dia havia sido tola desse jeito? Sabia que sim. Casara-se com Oscar apenas dois meses depois de conhecê-lo, só porque ele era belo como um deus grego – eis aí uma descrição um tanto corriqueira – e se apaixonara perdidamente por sua aparência e seu comportamento cativante.

– E você, prima Christine? – perguntou Audrey quando as senhoras voltaram a atenção para os próprios assuntos.

Foi combinado que Audrey recolheria as apostas – um guinéu de cada participante. A quantia arrecadada iria para a vencedora, ou seria devolvida caso ninguém levasse o prêmio.

Christine apontou para si com certa surpresa e ergueu as sobrancelhas.

– Eu? Ah, não, de forma alguma – disse e riu.

– Não vejo por que não – retrucou Audrey, inclinando a cabeça e examinando Christine mais detidamente. – Afinal, você é viúva, não casada, afinal, e primo Oscar faleceu há dois anos. E ainda não é *muito* velha. Duvido que já tenha chegado aos 30 anos.

As outras jovens se viraram ao mesmo tempo para encarar com perplexidade a tal pessoa que estava perto de chegar aos 30 anos. A eloquência do silêncio delas foi o bastante para assegurar a Christine que, na sua idade, não restava qualquer esperança de prender a atenção do duque por uma hora inteirinha.

E Christine concordava plenamente com as jovens, embora não devido ao fato de ter 29 anos em vez de 19.

– Eu sinceramente não vejo qual é a graça de pagar pelo privilégio de tolerar a companhia daquela geleira durante uma hora – disse.

– É um bom argumento – admitiu Audrey.

– A senhora é filha de um professor do interior, não é, Sra. Derrick? – perguntou Harriet King com óbvio desdém. – Imagino que esteja com medo de perder a aposta.

– Sou, sim – confirmou Christine com um sorriso. Em seu entendimento, a pergunta tinha sido retórica. – Mas acredito que eu teria mais medo de vencer. O que eu faria com um duque, ora essa?

Houve um instante de silêncio, e aí mais uma explosão de risadinhas.

– Eu poderia lhe dar uma ideia ou duas – ofereceu Miriam Dunstan-Lutt, e logo ruborizou diante das próprias palavras ousadas.

– Chega disso – falou Audrey com firmeza.

Ela ergueu uma das mãos para chamar a atenção das jovens e olhou de relance rapidamente para o lado a fim de se certificar de que ninguém no outro grupo estava ouvindo.

– Realmente não posso permitir que você se exclua da aposta baseando-se apenas no fato de que não *deseja* vencer, prima Christine. Vou apostar um guinéu por você. Na verdade, vou apostar em você. E isso não é chocante, se levarmos em conta que damas não deveriam apostar de forma alguma?

– Se não chegar aos ouvidos dos cavalheiros, eles não se incomodarão – observou Beryl Chisholm.

– Posso lhe assegurar de que vai perder seu guinéu – disse Christine a Audrey, rindo e se perguntando como o duque de Bewcastle reagiria se soubesse o que estava sendo dito na sala de estar amarela.

– Talvez – concordou Audrey. – Mas minha expectativa é que ninguém vença e assim meu dinheiro volte em segurança para minhas mãos. É claro, como a aposta não é para instigar o duque a fazer um pedido de casamento, mas apenas para atraí-lo para uma longa conversa, eu mesma poderia entrar na competição, mas não creio que possa fazê-lo. Não considero sete guinéus estímulo o bastante. Além do mais, Lewis ficaria com ciúmes, e não me ajudaria em nada em minha defesa explicar que eu estava tentando vencer uma *aposta*.

Uma campainha soou em algum lugar longe da sala de estar. Era o sinal de que todos haviam chegado e que deveriam se reunir no salão de visitas para o chá.

– Então – perguntou Harriet King para lady Sarah –, você nunca conheceu o duque de Bewcastle?

– Não – admitiu Sarah –, mas, se ele é um duque, certamente deve ser bonito.

– Eu *já* o conheci – disse Harriet, enganchando o braço no de Sarah e se preparando para deixar a sala –, e numa situação normal eu jamais investiria nele. Mas não posso correr o risco de ser derrotada pela viúva filha de um professor do interior que pode ou não já ser trintona, posso?

As duas saíram andando, de braços dados.

Audrey olhou para Christine e fez uma careta.

– Ah, meu bem, lamento, mas parece que a guerra foi declarada – falou. – E você agora com certeza não vai conseguir resistir ao desafio, não é mesmo, Christine? Precisa recuperar meu dinheiro para mim.

Rowena Siddings enlaçou o braço ao de Christine enquanto elas seguiam em direção ao salão de visitas.

– Como somos *todas* ridículas – comentou. – Devemos, nós duas, participar da aposta, Sra. Derrick, ou devemos manter distância e admirar o homem tão grandioso de longe?

– Acho que devemos manter distância e *rir* dele de longe caso o sujeito se revele tão pretensioso e arrogante quanto diz sua fama – retrucou Christine. – Não admiro nobreza carente de conteúdo.

– Que coragem de sua parte. – A jovem sorriu. – *Rir* do duque de Bewcastle.

Ou de mim mesma, pensou Christine, por ter sido arrastada para uma bobagem secreta e pueril quando tudo o que deveria ter feito era ter negado com veemência o convite de Melanie em Hyacinth Cottage no dia anterior, ou mesmo ter dito um não bem firme para Audrey na sala de estar.

Mas Christine precisava admitir que não podia culpar mais ninguém por tudo isso, exceto a si mesma.

3

O salão já estava repleto de cavalheiros. Ao que parecia, a temporada festiva havia começado oficialmente – o que era bom. Afinal, não poderia terminar se não começasse, certo? Seria cedo demais, se perguntou Christine, para começar a contar os dias até o momento de poder voltar para casa?

O primeiro homem que viu foi Justin Magnus, irmão caçula de Melanie. Ele sorriu e acenou do outro lado do salão. Justin estava conversando com lady Chisholm, e a mulher gostava de tagarelar. Christine acenou e retribuiu o sorriso. Baixo – meia cabeça mais baixo do que ela –, magro e com uma aparência nada marcante, ainda assim Justin era dotado de charme, humor e inteligência, que o tornavam atraente. E sempre se vestia com extremo bom gosto e muita elegância – ao contrário do pobre Hector, seu irmão mais velho. Justin chegara a pedir Christine em casamento naquela primeira temporada festiva, anos antes. Mas após a recusa, e depois que ela aceitara o pedido de Oscar, os dois estabeleceram uma amizade que foi se aprofundando com o passar do tempo até que, nos últimos anos que antecederam a morte de Oscar, Justin pareceu ser o único amigo de Christine. Ou ao menos o único disponível. A própria família dela estava distante. Ele fora o único que nunca acreditara nos terríveis boatos sobre Christine – nem mesmo no mais recente e mais terrível. Justin fora o único a sair em defesa dela, embora nem Oscar, Basil ou Hermione tivessem acreditado nele. A amizade perdurara desde então.

O próximo sujeito visto por Christine foi Basil. O visconde de Elrick era um homem de estatura média e constituição delgada, com cabelos rareando e um trecho no topo da cabeça já marcado pela calvície. Dono de feições comuns, em vez de belas, sempre permanecera à sombra do irmão caçula no que dizia respeito à aparência. E também era mais de dez anos mais velho. Mas sempre fora louco por Oscar e ficara arrasado com sua morte.

Ele não ignorou Christine, embora ela tivesse esperado tal possibilidade. Basil ofereceu uma reverência com uma formalidade meticulosa quando ela o chamou pelo nome e fez uma mesura. Então, tal como fizera Hermione mais cedo, ele lhe deu as costas para conversar com um cavalheiro mais velho, o qual Christine lembrava ser o conde de Kitredge. Ele não dirigiu uma palavra a ela.

Christine seguiu em frente, determinada a encontrar o canto mais remoto do salão. Estava na hora de se tornar a irônica espectadora da humanidade, papel que pretendia desempenhar durante as próximas duas semanas. Se tivesse sorte, ninguém repararia nela durante este período.

Por sorte, Christine chegou ao cantinho pretendido e se acomodou numa cadeira antes que o duque de Bewcastle entrasse no salão – ela temia vê-lo de novo depois do incidente lamentável mais cedo. Mas, realmente... o que havia para temer? Por acaso o homem ia partir para cima dela, ou melhor, ia mandar um exército de empregados para cima dela e ordenar que ela fosse arrastada até o magistrado mais próximo sob acusação de ataque e agressão ao olho dele?

O duque entrou no salão com Bertie e, no mesmo instante, o ambiente se alterou. As jovens damas começaram a tagarelar com mais animação e seus sorrisos se abriram, ao passo que os jovens cavalheiros se puseram a rir com mais afetação e a se exibir de forma mais perceptível. Já as senhoras se empertigaram.

Era mesmo muito divertido.

Mas ninguém precisaria ter se dado a tanto trabalho. Mesmo que o cômodo estivesse lotado de vermes, o duque não teria olhado ao redor com ar mais arrogante. A expressão no rosto frio e aristocrático dizia, com mais clareza do que as palavras, que ele considerava toda aquela cena aquém de sua dignidade ducal e que seria trabalhoso demais sorrir ou parecer minimamente acessível.

Melanie, é claro, foi para cima do homem em toda a sua grandeza de anfitriã, tomando-o pelo braço e guiando-o pelo salão, certificando-se de que todos os reles mortais que ainda não houvessem sido apresentados ao duque agora tivessem a oportunidade de se inclinar e reverenciá-lo.

Por sorte – *muita* sorte –, Melanie não viu Christine no cantinho e, assim, a mais reles das mortais não teve a oportunidade de se levantar para ter a honra de oferecer a mais profunda reverência ao sujeito grandioso.

Observar a cena sob um olhar satírico, lembrou Christine a si mesma, com certeza não significava zombar de um homem que ela nem sequer conhecia. Só que a mera visão do duque de Bewcastle a deixara instintivamente irritada. Não gostava dele, o desprezava e ficaria muito feliz em ignorá-lo por completo durante os próximos treze dias e meio.

Mas por que ela reagia *tão* negativamente ao duque? Não era seu comportamento costumeiro, nem com conhecidos, muito menos com estranhos. *Gostava* de gente. De todo tipo de gente. Gostava até daqueles pequenos defeitos de seus conhecidos que costumavam irritar outras pessoas.

Quando a rodada de apresentações foi encerrada, o duque ficou parado, com um prato de comida na mão, conversando com o conde de Kitredge e com Hector, que assentira e sorrira com gentileza na direção de Christine. O conde era um homem importante. E também era pomposo. Mas Christine não sentia qualquer animosidade em relação a *ele*. Hector era visconde, e ela o adorava. Portanto, não era o título aristocrático do duque que a irritava.

E então toda a complacência de Christine desapareceu quando seus olhos encontraram os do duque de Bewcastle do outro lado do salão, e na mesma hora ela pensou em carcereiros, celas de prisão, correntes e magistrados.

Seu primeiro instinto foi desaparecer e baixar os olhos numa tentativa de se fundir à cadeira na qual estava sentada.

Mas desaparecer nunca fora seu modus operandi ante as maneiras do mundo – a não ser talvez nos últimos um ou dois anos antes da morte de Oscar. E por que ela *deveria* querer desaparecer? Por que deveria baixar os olhos quando o duque não estava fazendo qualquer tentativa de baixar os dele?

E foi então que aquele sujeito realmente a irritou.

Ainda encarando-a, ele ergueu uma sobrancelha de forma arrogante.

E *aí* ele a enfureceu.

Com os olhos ainda fixos nos dela e uma das sobrancelhas arqueada, o duque segurou a haste do monóculo e o ergueu meio caminho até os olhos, como se não conseguisse acreditar que ela estivesse ostentando tamanha audácia de encará-lo de volta.

Naquele momento, Christine não teria desviado o olhar nem por todas as celas de prisão e correntes da Inglaterra. Então ele a reconhecia, não é?

E *daí*? No fim das contas, o único crime cometido por ela fora permitir que o copo em sua mão se inclinasse demais quando por acaso o duque estava parado bem abaixo dele.

Christine continuou encarando-o com o olhar firme e, deliberadamente, agravou sua ousadia rindo para ele. Ah, ela não *riu* literalmente. Mas mostrou com seu olhar que não se sentia intimidada por uma sobrancelha erguida e nem por um monóculo a meio caminho do olho. Pegou um bolinho que estava perto e mordeu... só para descobrir que era um doce com cobertura. Christine sentiu o creme escorrer por seus lábios e lambeu, enquanto o duque de Bewcastle deixava o grupo onde estava e seguia até ela.

Uma trilha se abriu diante dele como se por mágica. Mas é claro que não havia mágica nenhuma naquilo. Todos se afastaram do caminho do homem – que provavelmente se achava mesmo em seu direito e nem sequer reparava no que acontecia.

Ah, santo Deus, pensou Christine conforme ele se aproximava, o duque realmente emanava uma *presença* magnífica.

Ele parou assim que a ponta de suas botas de cano alto ficaram a poucos centímetros da ponta das sapatilhas dela. Perigo à vista, Christine disse a si mesma, o coração disparando desconfortavelmente apesar de sua determinação em contrário.

– Acredito que não tenhamos sido apresentados, senhorita – disse o duque, a voz polida, ligeiramente entediada.

– Ah, sei quem é o senhor – assegurou Christine. – É o duque de Bewcastle.

– Então a senhorita tem uma vantagem sobre mim – retrucou ele.

– Christine Derrick – apresentou-se ela.

E não deu mais explicações. O homem provavelmente não tinha interesse em sua árvore genealógica... ou na de Oscar.

– Será que inadvertidamente fui causa de divertimento para a senhorita? – perguntou ele.

– Ah, sim, temo que tenha sido – respondeu Christine. – E é *Sra.* Derrick. Sou viúva.

Ele estava com o monóculo na mão novamente. E ergueu as sobrancelhas numa expressão que certamente seria capaz de congelar as uvas nas vinhas e estragar a colheita de um ano inteiro.

Christine deu mais uma mordida no bolo – gesto que a obrigou a passar a língua nos lábios novamente. Deveria se desculpar de novo?, se perguntou. Mas por quê? Ela já se desculpara no ato do incidente. Estaria o olho direito dele um pouco mais rosado do que o esquerdo? Ou era apenas imaginação dela?

– Eu poderia saber por quê? – perguntou o duque, erguendo o monóculo quase à altura do olho, mas não completamente.

Que arma maravilhosa era aquela, pensou Christine. Impunha tanta distância entre ele e os mortais maçantes quanto qualquer espada na mão de um homem menos poderoso. Ela pensou que talvez fosse gostar de usar um daqueles. Ia se tornar uma daquelas velhas damas que espiavam o mundo através de um monóculo gigante, apavorando os pretensiosos e divertindo as crianças com seu olho terrivelmente aumentado.

O duque estava perguntando por que a divertia. *Divertia* não era exatamente a palavra certa, mas ela *rira* dele – do mesmo jeito que estava fazendo neste momento.

– O senhor ficou tão indignado... *está* tão indignado – explicou Christine –, que não consegui obedecer ao seu comando.

– Indignado? Perdão? – As sobrancelhas se ergueram novamente. – Por acaso eu *dei* algum comando?

– Na verdade, sim – retrucou Christine. – O senhor me flagrou encarando-o do outro lado do salão, aí ergueu uma sobrancelha e então seu monóculo. Eu não deveria nem ter reparado no monóculo, é claro. Deveria ter abaixado os olhos obedientemente muito antes de o senhor erguê-lo.

– E erguer uma sobrancelha representa um comando? Erguer um monóculo, uma *indignação*, senhora? – perguntou o duque de Bewcastle.

– Qual seria a outra explicação para o senhor ter atravessado o salão para me confrontar? – rebateu Christine.

– Talvez tenha sido porque, ao contrário da senhora, eu esteja circulando educadamente entre os outros convidados.

Ela ficou genuinamente encantada. Chegou a rir alto.

– E agora eu provoquei seu rancor – retrucou ela. – Seria melhor me ignorar, Vossa Graça, e deixar-me no papel de espectadora que escolhi. Não deve esperar que eu demonstre medo do senhor.

– Medo? – Ele ergueu o monóculo, agora de fato levando-o ao olho, e observou as mãos dela através da lente.

As unhas de Christine estavam curtas. E também limpas, mas ela teve a sensação de que o duque via muito bem que ela na verdade *trabalhava* com as mãos.

– Sim, medo – disse Christine. – É assim que o senhor rege seu mundo. Inspira medo em todos ao redor.

– Fico lisonjeado por presumir que me conhece tão bem, senhora, já que fomos apresentados há tão pouco tempo.

– Suponho que não deveria ter falado com tanta franqueza – admitiu ela. – Mas o senhor perguntou.

– É verdade – concordou o duque, fazendo uma mesura rígida.

Mas antes que ele pudesse se virar para deixá-la, Melanie apareceu ao seu lado.

– Vejo que conheceu Christine, Vossa Graça – falou, enganchando o braço no dele e sorrindo graciosamente. – Mas posso sequestrá-lo por um momento? Lady Sarah Buchan deseja lhe fazer uma pergunta, mas é tímida demais para se aproximar sozinha.

Melanie o levou até lady Sarah, que lançou um olhar de puro veneno para Christine antes de se inclinar numa reverência exagerada e de abrir um belo sorriso ao ver o duque se aproximar.

Santo Deus, pensou Christine, a tal aposta! A menina realmente acreditava que Christine já estava colocando estratégias em prática a fim de vencer? Mas, se era o caso, lady Sarah não era a única. Harriet King veio se postar diante da cadeira de Christine.

– Um conselho de amiga, Sra. Derrick – disse com gentileza. – A senhora pode ser capaz de atrair o duque de Bewcastle ao canto onde está sentada sorrindo convidativamente para ele em vez de desviar o olhar com recato, mas vai precisar de um plano melhor se pretende manter uma conversa por uma hora.

Santo Deus, pensou Christine de novo, e riu alto.

– Você está correta, claro – retrucou Christine. – Terei de pensar em algo *realmente* atraente.

Mas em vez de rir da brincadeira, a moça se afastou, a boa ação já concluída.

Christine começou a ter a impressão de que passar duas semanas isolada num cantinho talvez não fosse ser tão fácil quanto ela esperara. Já havia atraído tanta atenção para si ali quanto se tivesse ficado parada no meio do salão balançando uma bandeira. É claro, ela nunca fora do tipo que se misturava ao cenário – este fora metade do problema durante seu casamento. Era, por natureza, sociável demais.

Aqueles olhos!, pensou subitamente. Durante a breve conversa com o duque Christine descobrira que os olhos dele eram pura eloquência. Os mais singulares que já vira. Duros, frios e totalmente opacos. Ao encará-los, a sensação era de que seu olhar ricocheteava de volta em vez de penetrar na pessoa que morava li dentro. Christine teve a distinta impressão de que ou não *havia* ninguém ali dentro, apenas a concha arrogante e rija de um aristocrata, ou que a pessoa ali dentro era mantida muito bem guardada e longe da vista de um observador corriqueiro.

De um modo ou de outro, eram olhos muito perturbadores, já que, embora não se conseguisse ver além deles, certamente pareciam carregar o poder extraordinário de enxergar para além da cabeça de quem estava à sua frente. Examinar de perto os olhos do duque e *senti-los* penetrando sua mente mais do que confirmava a impressão de Christine de que ele podia ser um homem perigoso caso provocado. Mas ela o *provocara*? Não mais do que um inseto ligeiramente irritante zumbindo ao ouvido dele, supunha... ou acertando seu olho durante o voo.

Christine suspirou e terminou seu bolinho. Estava lambendo os dedos quando Justin apareceu. Ela levantou de um pulo, feliz, e os dois se abraçaram com carinho.

– Justin! – disse, feliz. – Faz uma eternidade.

– *E* um dia – concordou ele, sorrindo para ela. – Foi na Páscoa, na verdade. Gostei de seus cabelos curtos. Você está mais linda do que nunca. E vejo que acaba de conhecer o grande homem. Aposto que Mel teve algumas noites de insônia depois que soube que Hector o convidara para vir.

– E então ela foi até Hyacinth Cottage para me persuadir a vir à festa também, para que os números de cavalheiros e damas voltassem a se igualar – contou Christine com uma careta. – E você sabe como Melanie é quando cisma com alguma coisa. Não tive chance nenhuma.

– Pobre Chrissie! – Justin riu dela. – E sorte a minha.

Christine relaxou pelo que pareceu ser a primeira vez no dia todo.

– Christine foi casada com meu pobre primo Oscar – explicou lady Renable a Wulfric. – Talvez o senhor o tenha conhecido. Era o irmão caçula do visconde de Elrick. Um homem encantador e muito amado. A morte dele foi uma tragédia, principalmente para Christine, que se viu obrigada a voltar para a casa da mãe aqui no vilarejo. Christine era filha do professor do vilarejo quando Oscar se casou com ela. E foi um ótimo casamento. Mas infelizmente não durou e agora lamento terrivelmente por ela. Por isso a convidei para as festividades. É uma amiga querida e necessita de um pouco de distração.

Dando-se conta do nome dela, Wulfric finalmente percebera que a Sra. Derrick devia ter algum parentesco com Elrick. Então, quando ela explicara que era viúva ele se lembrara de que Elrick havia perdido o único irmão poucos anos antes. Mas ao que parecia, a Sra. Derrick não ficara sob a proteção dos Elricks, voltando a morar com a mãe, e agora era obrigada a contar com a caridade dos amigos para convidá-la a eventos como aquele. Wulfric imaginou que Oscar Derrick ou já era pobre ou – o mais provável – desbaratara sua fortuna. Aparentemente a viúva dele não possuía nenhum bem.

Ela estava vestida com muito menos luxo do que qualquer convidada presente. Na verdade, quando pousara os olhos nela – ou o olho –, ele chegara a confundi-la com uma criada. O vestido de musselina era bastante apresentável, mas de forma alguma seguia a última moda. A Sra. Derrick também não era particularmente jovem. Parecia já ter passado bastante dos 20 anos. Era uma mulher com rosto bonito, de formato arredondado, os olhos grandes e – havia sido impossível não perceber – bronzeada. E se não fosse ruim o bastante, ainda tinha sardas espalhadas pelo nariz. Os cabelos eram escuros, curtos e encaracolados.

Tinha um jeitão bem caipira e parecia bastante deslocada entre os convidados de lady Renable. Mas a verdade era que ela *estava* deslocada. Sim, tinha constituído um casamento excelente, mas continuava sendo filha de um *professor* – e uma moça notadamente impertinente, aliás. Uma pena para a Sra. Derrick seu marido ter sido imprudente o bastante para morrer tão jovem.

Wulfric concluiu que ela definitivamente não era uma dama com quem gostaria de manter muito contato ao longo das duas semanas vindouras. Mas o mesmo poderia ser dito sobre quase todas as outras convidadas da festa. Wulfric estava começando a perceber o erro colossal que cometera ao aceitar de modo tão impulsivo o convite que lhe fora feito verbalmente e de segunda mão – e ainda por cima pelo reconhecidamente vago lorde Mowbury.

Lady Sarah Buchan, embora houvesse sido apresentada a ele menos de meia hora atrás, estava lhe fazendo uma reverência exagerada outra vez.

– *Preciso* lhe fazer uma pergunta, Vossa Graça – disse ela, encarando-o com enormes olhos castanhos, o rosto ainda ruborizado. – Que atividade matinal o senhor prefere... caminhada ou cavalgada? Fiz uma aposta a respeito com Miriam Dunstan-Lutt, embora eu saiba que apostas não são apropriadas para damas. – A jovem dava risadinhas.

Wulfric já não estava no mercado matrimonial havia muito tempo, por isso damas de todas as idades, bem como suas respectivas mães, haviam parado de cortejá-lo fazia anos, todas presumindo corretamente que ele não estava interessado. Mesmo assim, embora estivesse um pouco fora de forma, ainda era capaz de reconhecer uma armadilha quando deparava com uma.

– Normalmente aproveito as manhãs para escrever cartas e cuidar de negócios, enquanto meu cérebro está descansado, lady Sarah – retrucou ele bruscamente. Deixo para fazer minhas cavalgadas e caminhadas mais tarde. Qual das duas a *senhorita* prefere?

Wulfric já estava se sentindo entediado quase ao ponto do insuportável. Aquela jovem atrevida estava mesmo *flertando* com ele?

4

A maior parte dos convidados estava exausta da viagem e usou o período entre o chá da tarde e o jantar para descansar em seus aposentos. Wulfric aproveitou a oportunidade e saiu de casa para tomar um pouco de ar fresco e se exercitar. Como não sabia se orientar pelo parque, buscou instintivamente ficar sob as árvores para não ser visto da casa e correr o risco de atrair alguma companhia. Cruzou um gramado arborizado e seguiu por uma trilha em meio a árvores mais densas até chegar às margens de um lago artificial, nitidamente criado para conferir o máximo de efeito visual.

Não era uma área muito grande, mas era reservada, bela e tranquila – e completamente escondida da casa. O dia estava agradável, quente porém não insuportável, com uma leve brisa. Aquilo, pensou Wulfric, inspirando profundamente, era exatamente do que ele precisava – ar fresco e um lugar tranquilo ao ar livre para restaurar seu bom humor depois de uma viagem longa e do salão de visitas lotado durante o chá. Havia trilhas por entre as árvores nas laterais, mas Wulfric ficou parado, sem saber se seguia por uma delas ou se permanecia ali apenas respirando os aromas de verão das águas e da vegetação.

Deveria ter ido para casa, para Lindsey Hall.

Mas não fora, sendo assim não adiantava nada desejar ter tomado uma decisão diferente.

Ainda estava parado ali, satisfeito pelo momento de ócio, quando ouviu o farfalhar distinto de passos na trilha atrás de si – a mesma pela qual havia chegado. Então ficou aborrecido consigo mesmo por não ter ido embora mais cedo. A última coisa que desejava era companhia. Mas era tarde demais. Não importava qual das trilhas tomasse, não ia conseguir sair de vista antes que quem quer que estivesse se aproximando chegasse à margem e o visse.

Ele se virou com uma irritação mal disfarçada.

Ela caminhava com passadas largas, nada características de uma dama, não usava touca nem luvas e olhava para trás a todo momento, como se para verificar se alguém a seguia. Antes que Wulfric pudesse sair do caminho, ou alertá-la para o desastre iminente, ela colidiu em cheio com ele. Wulfric a agarrou pelos braços tarde demais, e se viu com o nariz enfiado nos cachos macios antes de ela afastar a cabeça rapidamente, dando um gritinho de alarde. E de colidir o nariz no dele.

De algum modo, aquilo parecia inevitável, pensou Wulfric com um suspiro sofrido – sentindo a dor no nariz e os olhos lacrimejando. Algum anjo mau devia ter mandado aquela mulher para aquela temporada festiva só para atormentá-lo – ou para lembrá-lo de nunca mais tomar uma decisão impulsiva.

Ela levou a mão ao nariz – provavelmente para verificar se estava quebrado, jorrando sangue, ou ambos. Os olhos dela também estavam marejados.

– Sra. Derrick – começou ele com um leve desdém, embora fosse tarde demais para desencorajá-la a se aproximar.

– Ah, nossa – disse ela, abaixando a mão e piscando muito. – Lamento tanto. Que desastrado da minha parte! Eu não estava olhando para onde ia.

– Então teria entrado diretamente no lago se eu não estivesse parado aqui – comentou ele.

– Mas não entrei – ponderou ela. – Tive a súbita sensação de que não estava só e olhei para trás em vez de prestar atenção ao caminho. E, dentre todas as pessoas, tinha de ser logo o senhor.

– Peço perdão.

Wulfric fez uma mesura rígida para ela. Poderia ter retribuído o "elogio", mas não o fez.

Mais do que nunca ela parecia uma campesina desprovida da elegância e sofisticação que ele esperava das damas com quem se veria obrigado a socializar por duas semanas. A brisa agitava seus cachos curtos. A luz do sol a fazia parecer ainda mais bronzeada do que quando estava no salão. E seus dentes eram muito brancos em contraste. Os olhos eram tão azuis quanto o céu. Ela era, admitiu ele com relutância, espantosamente bela – apesar do nariz se avermelhando naquele momento.

– Minhas palavras *foram* mal colocadas – disse ela com um sorriso. – Não tive a intenção de que soassem daquele jeito. Mas primeiro derramei limonada no senhor, então o envolvi numa disputa de olhares só porque fiz objeção ao modo como ergueu sua sobrancelha, e agora lhe dei uma trombada e acertei seu nariz com o meu. Espero *sinceramente* ter esgotado toda a minha cota de falta de jeito nessas poucas horas, e que a partir de agora possa ser totalmente recatada e graciosa, e de preferência entediante, durante o que resta de minha estada aqui.

Não havia muito a ser dito ante um discurso tão franco. Mas enquanto falava, ela revelava bastante sobre si, e nenhuma daquelas características poderia ser classificada como atraente.

– Minha escolha de caminho parece ter sido um acaso surpreendentemente feliz – disse ele, afastando-se ligeiramente dela. – A presença do lago foi inesperada, mas ele está situado num cenário muito agradável.

– Ah, sim, é verdade – concordou Christine. – Esta sempre foi uma das minhas partes favoritas do parque.

– Sem dúvida – disse Wulfric, planejando sua fuga –, a senhora veio até aqui para ficar sozinha. Eu a atrapalhei.

– De jeito nenhum – retrucou ela, faceira. – Além do mais, vim para caminhar. Há uma trilha que circunda todo o lago. Foi cuidadosamente planejada para garantir uma variedade de prazeres sensuais.

Os olhos dela encontraram os dele por um instante e ela logo fez uma careta e enrubesceu.

– Às vezes – explicou ela –, não sou muito cuidadosa na escolha das palavras.

Prazeres sensuais. Provavelmente palavras que a deixaram um tanto constrangida.

Mas em vez de se apressar e tomar a trilha escolhida, Christine hesitou por um momento, e ele percebeu que estava bloqueando o caminho da dama. Mas antes que pudesse se afastar, ela voltou a falar:

– Talvez o senhor deseje me acompanhar.

Wulfric com certeza não desejava tal coisa. Não conseguia pensar em modo menos aprazível de passar aquela horinha livre antes de precisar se trocar para o jantar.

– Ou talvez – ela voltou a falar, ostentando o mesmo olhar risonho que ele notara mais cedo no salão de visitas depois de erguer a sobrancelha e deste modo ofendê-la – não deseje.

A frase foi dita em tom de desafio. E, na verdade, pensou Wulfric, havia algo ligeiramente fascinante naquela mulher. Ela era tão diferente de qualquer outra que já conhecera... E não havia nada nem remotamente semelhante a um flerte em sua postura.

– Desejo, sim – respondeu ele, e se afastou para que a Sra. Derrick seguisse à sua frente na trilha que levava de volta às árvores, embora corresse paralela à margem do lago.

Wulfric acompanhou o ritmo dela, já que a pessoa que projetara a trilha tivera o bom senso de fazê-la larga o bastante para que duas pessoas caminhassem confortavelmente lado a lado.

Durante algum tempo, eles não conversaram. Embora, como o cavalheiro que era, Wulfric em geral mantivesse uma conversa educada, ele jamais fora adepto de ruídos apenas para quebrar o silêncio. Se a dama ao seu lado estava contente em caminhar em silêncio, ele também estava.

– Acredito que lhe devo um agradecimento pelo convite para vir a Schofield – disse ela, por fim, sorrindo meio de soslaio para ele.

– É mesmo? – Wulfric a fitou com as sobrancelhas erguidas.

– Depois que o senhor foi convidado, Melanie entrou em pânico ao perceber que teria um cavalheiro a mais do que o número de damas em sua lista de convidados. Assim ela mandou rapidamente uma carta para Hyacinth Cottage para me convidar e, depois que eu recusei, foi até lá implorar minha presença.

Christine tinha acabado de confirmar o que Wulfric começava a desconfiar.

– Depois que fui convidado – repetiu ele. – Pelo visconde de Mowbury. Acredito que o convite que recebi não veio de lady Renable, afinal de contas.

– Eu não me preocuparia com isso, se fosse o senhor – disse ela. – Depois que a salvei do desastre iminente ao concordar em vir, Melanie admitiu que, mesmo que a presença do duque de Bewcastle não fosse um feito tão grande quanto ter o príncipe regente, na verdade era preferível. Ela alega, provavelmente com razão, que será alvo da inveja de todas as outras anfitriãs da Inglaterra.

Ele continuou a olhá-la. Então um anjo mau *realmente* havia entrado em ação. A Sra. Derrick só estava ali por causa dele – e *ele* só estava ali porque resolvera adotar uma postura incomum.

– A senhora não *desejava* aceitar o convite? – perguntou Wulfric.

– Não. – Ela estivera sacolejando os braços de um jeito bem inadequado para uma dama, mas agora cruzava as mãos às costas.

– Porque ficou ofendida por seu nome não estar na lista original?

Em geral ela era ignorada e tratada como uma parente pobre, certo?

– Não. Porque, por mais estranho que possa parecer, eu não queria vir – respondeu ela.

– Talvez – sugeriu ele – sinta-se deslocada em companhias de nível superior, Sra. Derrick.

– Eu questionaria o que o senhor define como *superior* – disse ela. – Mas em princípio o senhor está absolutamente certo.

– E ainda assim – continuou ele –, a senhora se casou com um irmão do visconde de Elrick.

– Isso mesmo – respondeu ela num tom animado.

Mas Christine preferiu desviar do assunto. Eles saíram do meio das árvores e se viram aos pés de uma colina gramada cheia de margaridas e ranúnculos.

– Não é uma bela colina? – perguntou ela, provavelmente de forma retórica. – Está vendo? Ela nos leva para além do topo das árvores e nos permite uma vista livre do vilarejo e das fazendas por quilômetros ao redor. A visão do campo parece uma manta xadrez. Quem iria preferir a vida na cidade em vez disto aqui?

Ela não aguardou por ele nem subiu a passos miúdos a colina bastante íngreme. Preferiu avançar a passos largos à frente dele, até o topo, embora pudessem ter contornado a base. Já lá em cima, ela abriu os braços e começou a rodopiar, o rosto erguido para o sol. A brisa, que lá em cima estava mais para ventania, agitava seus cabelos, o vestido e os fitilhos que ornavam sua cintura.

Ela parecia uma ninfa do bosque, embora Wulfric achasse seus movimentos e gestos espontâneos e desinibidos demais. O que poderia ter parecido uma postura coquete em qualquer outra mulher, nela era apenas prazer e exuberância. Ele sentia como se tivesse entrado involuntariamente em outro mundo.

– Quem, não é mesmo? – disse ele, concordando com o comentário dela.

Christine parou para encará-lo.

– O *senhor* prefere o campo?

– Sim – respondeu ele.

Wulfric subiu até estar ao lado dela e se virou lentamente para apreciar o panorama completo da região rural que os cercava.

– Por que passa tanto tempo na cidade, então?

– Sou membro da Câmara dos Lordes – explicou Wulfric. – É meu dever comparecer sempre que há uma sessão.

Ele estava admirando o vilarejo, mais abaixo.

– A igreja é bonita, não acha? – comentou Christine. – O pináculo foi reconstruído há vinte anos, depois que o antigo foi destruído por uma tempestade. Eu me lembro tanto da tempestade quanto da reconstrução. Esse pináculo é 6 metros mais alto do que o antigo.

– É a casa paroquial ali ao lado dele? – perguntou Wulfric.

– Sim. Praticamente crescemos ali, minhas duas irmãs e eu, junto com o antigo reverendo e sua esposa. Eram pessoas gentis e hospitaleiras. As duas filhas deles eram nossas amigas, assim como o filho, Charles, embora ele fosse um pouco mais distante. Era um menino no meio de cinco meninas, pobre coitado. Todos frequentamos juntos a escola do vilarejo. Felizmente, meu pai, que nos dava aula, não era do tipo que acreditava que as cabeças das meninas só serviam para separar as orelhas. Louisa e Catherine se casaram jovens e agora moram relativamente longe. Mas depois que o antigo reverendo e a esposa faleceram, com apenas dois meses de intervalo, Charles, que era ministro de uma igreja a 30 quilômetros daqui, assumiu o lugar do pai e se casou com Hazel... a irmã do meio da minha família.

– Sua irmã mais velha também é casada? – quis saber ele.

– Eleanor? – Christine balançou a cabeça. – Quando tinha 12 anos, ela anunciou a todos sua intenção de permanecer em casa para cuidar de mamãe e papai quando envelhecessem. Eleanor chegou a se apaixonar uma vez, mas o rapaz morreu na Batalha de Talavera antes que se casassem, e então ela não olhou mais para outro homem. Depois que nosso pai morreu, Eleanor repetiu seu juramento de menina, embora agora, é claro, apenas nossa mãe necessite de companhia. Acho que minha irmã é feliz assim.

Sim, pensou Wulfric, aquela mulher vinha de um universo diferente – a baixa aristocracia. E realmente havia conquistado um belo casamento.

Christine esticou um dos braços e se aproximou um passo de Wulfric, de modo que ele pudesse ver exatamente o que ela estava apontando.

– Lá está Hyacinth Cottage – disse. – É onde moramos. Sempre achei o lugar lindo. Depois que meu pai faleceu vivemos um período de ansiedade, já que o arrendamento estava apenas em nome dele. Mas Bertie, o barão de Renable, foi generoso o bastante para arrendar a terra para mamãe e Eleanor pelo restante de suas vidas.

– Presumindo que a senhora não viverá mais do que nenhuma das duas? – comentou Wulfric.

Ela voltou a baixar o braço.

– Na época, eu ainda estava casada com Oscar – explicou. – A morte dele foi imprevisível, claro, mas ainda que pudéssemos prever, acredito que Bertie presumiria que eu permaneceria com a família do meu marido.

– Mas a senhora não permaneceu? – perguntou ele.

– Não.

Wulfric olhou para Hyacinth Cottage a certa distância. Parecia uma casa bem decente, com o telhado de palha e um jardim considerável. Talvez uma das maiores casas do vilarejo, adequada a um cavalheiro nato, ainda que tivesse sido professor da escola local.

A Sra. Derrick, que estava parada em silêncio ao lado dele, riu baixinho.

Wulfric se virou para encará-la.

– Por acaso voltei a fazer alguma coisa que a divertiu, Sra. Derrick? – perguntou.

– Não exatamente. – Ela sorriu. – Mas me dei conta de como Hyacinth Cottage parece uma casa de bonecas vista daqui de cima. Provavelmente caberia num cantinho do salão de visitas de onde o senhor mora.

– Em Lindsey Hall? – questionou ele. – Duvido muito. Percebo que há quatro quartos no andar superior de sua casa e vários cômodos no andar de baixo.

– Talvez então num canto do seu *salão de baile* – comentou ela.

– Talvez – concordou Wulfric, embora na verdade duvidasse.

Mas realmente era uma ideia divertida.

– Se seguirmos a trilha à direita que contorna o lago neste passo – disse ela –, talvez retornemos à casa a tempo de comer um biscoito ou dois com nosso chá da noite.

– Então vamos nos apressar – concordou ele.

– Talvez – disse Christine – o senhor não tivesse a intenção de passear até tão longe. Talvez prefira voltar por onde viemos enquanto continuo meu caminho.

Lá estava... a deixa dele para escapar. Mas Wulfric não tinha a menor ideia de por que não aproveitou a oportunidade. Talvez porque não estivesse acostumado a ser dispensado.

– Por algum acaso, Sra. Derrick – disse ele, segurando a haste do monóculo e levando-o até o olho para encará-la, só porque sabia que aquele gesto a irritaria –, está tentando se livrar de mim?

Só que, em vez de se irritar, ela riu.

– Apenas achei que talvez o senhor estivesse acostumado a cavalgar por aí ou a ser levado de carruagem. Não gostaria de ser responsável por bolhas em seus pés.

– Ou pela possibilidade de eu perder o jantar? – Ele voltou a baixar o monóculo e o soltou, deixando-o pendurado pela fita. – É muito gentil da sua parte, senhora, mas não a responsabilizarei caso ocorra qualquer um dos desastres citados.

Com uma das mãos, Wulfric indicou o caminho que descia pelo outro lado da colina. E notou que, por uma curta distância, a trilha seguia pela margem do lago antes de voltar a desaparecer em meio às árvores.

Christine fez perguntas enquanto eles caminhavam. Quis saber sobre Lindsey Hall, em Hampshire, e sobre as outras propriedades dele. Pareceu particularmente interessada na casa no País de Gales, numa península remota, perto do mar. Perguntou sobre os irmãos e irmãs dele e, quando soube que todos estavam casados, quis saber sobre os respectivos cônjuges e filhos. Wulfric falou mais sobre si do que conseguia se lembrar de ter feito em muito tempo.

Quando eles voltaram a emergir das árvores, estavam perto de uma bela ponte arqueada de pedras. A ponte atravessava um riacho que fluía rapidamente entre as margens íngremes para alimentar o lago. O sol cintilava sobre a água quando os dois pararam no meio da ponte e a Sra. Derrick apoiou os braços no parapeito de pedra. Pássaros cantavam. Era mesmo uma cena idílica.

– Foi bem aqui – comentou ela, a voz subitamente sonhadora – que Oscar me beijou pela primeira vez e me pediu em casamento. Tanta água já passou embaixo da ponte desde aquela noite... em vários sentidos.

Wulfric não fez nenhum comentário. Esperava que ela não estivesse prestes a derramar uma infinidade de disparates piegas sobre aquele romance e o peso de sua perda. Mas quando ela virou a cabeça para encará-lo, o fez muito rapidamente, e seu rosto estava ruborizado. Wulfric supôs que ela tivesse se perdido em devaneios por um momento – e ficou fascinado ao vê-la se recompor tão depressa.

– O senhor *ama* Lindsey Hall e suas outras propriedades? – perguntou ela.

Só uma mulher – uma mulher um tanto sentimental – faria uma pergunta daquelas.

– *Amar* talvez seja uma palavra extravagante para se referir a pedra, argamassa e terrenos, Sra. Derrick – respondeu ele. – Eu cuido para que elas sejam bem administradas. Cumpro minhas responsabilidades em relação a todos que tiram seu sustento de minhas terras. E passo o maior tempo que posso no campo.

– E ama seus irmãos e irmãs? – voltou a perguntar.

Wulfric ergueu as sobrancelhas.

– *Amor* – disse ele. – É uma palavra usada pelas mulheres, Sra. Derrick, e em minha experiência abrange uma gama tão vasta de emoções que é praticamente inútil em transmitir significado. As mulheres amam seus maridos, filhos, cachorrinhos, e também a futilidade mais recente que compraram. Amam caminhar no parque e amam o folhetim mais recente que pegaram emprestado da biblioteca, assim como amam bebês, a luz do sol e rosas. Cumpri meu dever em relação a meus irmãos e irmãs e cuidei para que todos ficassem bem e se casassem adequadamente. Escrevo para todos eles uma vez por mês. Acredito que morreria por cada um deles caso sacrifício tão nobre e exibicionista me fosse exigido. Isso é amor? Deixo para que a senhora decida.

Ela o encarou por um tempinho, sem dizer nada.

– O senhor escolhe falar sobre as sensibilidades femininas com zombaria – retrucou, por fim. – Sim, sentimos amor por todas as coisas que mencionou e por outras mais. Acredite, eu não desejaria viver se minha vida não fosse cheia de amor por quase todas as coisas e pessoas que fazem parte dela. Não é uma emoção que deva inspirar desdém. Ao contrário, é uma postura diretamente oposta, talvez, àquela que vê a vida apenas como uma série de deveres a serem cumpridos, ou fardos a serem tolerados. E é claro que a palavra *amor* possui várias nuances, assim como tantas outras palavras nesse nosso idioma vivo e pulsante. Mas embora possamos falar de amar as rosas e de amar os filhos, nossa mente, nossa sensibilidade, claramente compreende que não é de forma alguma a mesma emoção. Sentimos um despertar prazeroso dos sentidos ao ver uma rosa perfeita. E sentimos uma emoção profunda no coração ao ver um filho, ou uma criança com quem possuímos laços de parentesco. Não permitirei que tentem fazer com que eu me sinta envergonhada pela ternura que sinto pelos meus sobrinhos e sobrinhas.

Wulfric teve a distinta sensação de que estava levando um sermão daqueles. Mas como acontece com muitas pessoas que discutem a partir da emoção e não da razão, ela deturpara as palavras dele. Wulfric lhe dirigiu um de seus olhares mais frios.

– Perdoe-me se esqueci – disse ele –, mas por acaso mencionei ou sugeri que *deveria* se sentir envergonhada, Sra. Derrick?

A maioria das damas teria ficado adequadamente constrangida ante a repreensão. Mas não a Sra. Derrick.

– Sim – retrucou ela com firmeza. – O senhor sugeriu, *sim*. Sugeriu que as mulheres são superficiais e fingem amar quando não conhecem o significado da palavra... quando, na verdade, não *há* significado para a palavra.

– Ah – falou Wulfric baixinho, mais irritado do que normalmente se permitiria ficar. – Então talvez eu deva lhe pedir *perdão*, senhora.

Ele se afastou do parapeito e os dois seguiram caminhando, em silêncio agora, de volta à trilha cercada por árvores, embora houvesse uma vista livre do lago, o qual contornaram para retornar ao ponto de partida. A partir dali, Christine acelerou o passo a fim de voltar para casa.

– Bem – disse ela, sorrindo alegremente para ele quando entraram no saguão, rompendo o longo silêncio sob o qual haviam completado a caminhada –, preciso me apressar para não me atrasar para o jantar.

Wulfric fez uma reverência e permitiu que ela subisse correndo – sim, *correndo* – as escadas, desaparecendo de vista antes mesmo que ele pudesse seguir para o próprio quarto. E quando chegou lá, ficou surpreso ao descobrir que havia passado mais de uma hora fora. Não parecera tanto tempo. E *deveria* ter parecido. Normalmente ele não costumava desfrutar da companhia de uma pessoa que não houvesse sido previamente selecionada com muito cuidado – e isto incluía todos os desconhecidos.

O duque de Bewcastle não se sentiu obrigado a acompanhá-la ao cubículo que lhe fora destinado como quarto, descobriu Christine com alívio. Com certeza ele ficara profundamente aliviado por ter sobrevivido a uma hora de caminhada tão tediosa, pensava ela enquanto subia rapidamente, ignorando todos os ensinamentos de Hermione sobre a deselegância da corrida como forma de locomoção.

Christine disparou para o próprio quarto. Não demoraria para se vestir para o jantar, mas lhe sobrara pouquíssimo tempo.

Ela mal conseguia acreditar no que havia acabado de fazer. Permitira-se ser provocada por um bando de garotas tolas, tinha sido exatamente isto que acontecera. Saíra às pressas da casa depois do chá para ter um tempinho a sós, e acabara trombando literalmente no duque de Bewcastle – que momento *terrível*... Então, quando estava prestes a fugir dele correndo, teve a brilhante ideia de vencer a aposta ali mesmo, quase em tempo recorde depois de ter sido desafiada. *Só* para provar a si mesma que era capaz. Desde o primeiro momento, não tivera a intenção de voltar correndo à casa ao término da hora inteira de conversa para reivindicar seu prêmio. Não precisava do prêmio, ou da inveja de suas parceiras naquela conspiração. A questão era que ela estava naquela terrível idade, 29 anos, e todas as jovens, quase sem exceção, a encararam com piedade e desdém, como se ela terminantemente fosse uma *anciã*.

Christine ainda não conseguia acreditar que tinha feito aquilo – e que o duque concordara em acompanhá-la. E que mesmo no alto da colina, quando ela fora tomada de assalto pelo peso na consciência e dera a ele uma boa oportunidade de escapar, o duque escolhera continuar o passeio com ela.

Christine sentia-se imensamente feliz por aquela hora ter terminado. Ele era o homem mais arrogante e frio que ela já conhecera. Discorrera sobre Lindsey Hall e suas outras propriedades, sobre seus irmãos e sobrinhos, sem um mero vislumbre de emoção. Então dera aquela opinião desagradável sobre o amor quando ela lhe perguntara a respeito.

Se fosse sincera, Christine teria de admitir que o achara fascinante de um modo quase assustador. E ele sem dúvida era dono de um belo perfil... e de um físico que mais do que combinava com o rosto. Deveria ser reproduzido em mármore ou bronze, pensou ela, e exibido num pedestal em alguma alameda no parque de sua propriedade principal, para que futuras gerações dos Bedwyns pudessem admirá-lo com fascínio.

O duque de Bewcastle era um homem bonito e muito agradável aos olhos.

Christine parou de repente no meio do seu quartinho e franziu a testa. Não, aquela não era uma boa descrição. Oscar era um homem belo – de tirar o fôlego, na verdade. Fora exatamente a aparência dele que a fizera perder a cabeça. Ela fora a típica garota tola, nove anos antes. A aparência era tudo o que importava. E bastou uma olhadela para Oscar para fazê-la se apaixonar perdidamente. Apenas a aparência dele fora importante. Ela não dera a devida atenção a qualquer outro atrativo que o marido pudesse ter.

Mas estava mais velha agora. Mais sábia, mais consciente. Era uma mulher madura.

O duque de Bewcastle sem dúvida era belo em sua postura fria e austera. Mas havia mais nele do que isto.

Era *sexualmente* atraente.

A ideia em si, verbalizada na mente de Christine, fez com que seus seios ficassem desconfortavelmente inchados e causou um certo ardor em seu ponto mais íntimo e em suas coxas.

Que constrangedor...

E preocupante.

Na verdade, o duque era um homem perigoso, embora talvez não de um modo óbvio. Afinal, ele não tentara tomar quaisquer liberdades com ela no bosque, certo? A mera ideia parecia absurda. Ele nem sequer chegara a flertar com ela – uma ideia ainda mais absurda. Nem mesmo abrira um sorriso durante todo o tempo.

Mesmo assim, as células do corpo de Christine pulsaram com uma consciência sexual enquanto ela caminhara ao lado dele.

Devia ter moinhos de vento no lugar do cérebro para sentir atração sexual pelo duque de Bewcastle, pensou, repreendendo-se mentalmente enquanto se sentava diante do espelho da penteadeira. Aquele sujeito poderia ser colocado sobre aquele pedestal no extremo da alameda no parque de Lindsey Hall e se fazer passar por uma estátua de mármore sem que ninguém percebesse qualquer diferença.

Então Christine levou a mão à boca para abafar um gritinho. Moinhos de vento *dentro* da cabeça? Parecia mais que os moinhos de vento haviam se movimentado intensamente *sobre* sua cabeça. Os cabelos eram um emaranhado selvagem. E devido à exposição ao vento, havia duas marcas rosadas em seu rosto, uma em cada bochecha, como maçãs muito vermelhas. O nariz parecia uma cereja.

Santo Deus! O homem devia mesmo ser feito de mármore, brincadeiras à parte, se fora capaz de olhar para ela naquele estado sem se render a um ataque de riso.

Enquanto as células dela pulsavam alegremente com a atração sexual que a dominava, as dele provavelmente estavam se encolhendo de desgosto.

Humilhada – e ciente de que era tarde demais para isso –, Christine pegou a escova de cabelos.

Quando foi para a cama naquela noite, Christine estava mais tranquila em relação à temporada festiva do que antes de seu início; aliás, mais tranquila até mesmo do que estivera logo depois do chá. No começo ela não queria vir, e obviamente o evento começara da forma desastrosa. Mas seu sucesso em fazer com que o duque de Bewcastle passasse uma hora em sua companhia a divertira e elevara seu ânimo. Mesmo tendo decidido *não* compartilhar seu triunfo com as outras damas.

Mas revelara o fato a Justin, quando se sentara com o amigo no salão de visitas, logo depois do jantar, enquanto a bandeja de chá ainda estava ali. Christine relatara tudo sobre a aposta absurda e sobre a facilidade com que vencera, embora ninguém mais devesse saber do feito.

– É claro – explicou – que não foi uma hora *fácil*. Posso entender por que o duque de Bewcastle possui a reputação de ser tão frio. Ele não sorriu nem *uma única vez*, Justin. E quando lhe contei que só fui convidada para passar estes dias aqui depois de Melanie ter ficado histérica por Hector tê-lo convidado, o homem não riu, nem pareceu desconfortável.

– Desconfortável? – repetiu Justin. – Bewcastle? Duvido que ele conheça o significado de tal palavra, Chrissie. O duque provavelmente acha que é seu direito divino comparecer a qualquer temporada festiva que lhe agrade.

– Embora eu não consiga imaginar que muitos eventos tenham esse efeito – comentou ela. – De agradá-lo, quero dizer. Mas não devemos ser tão maldosos, devemos? Estou muito feliz por ter *vencido* aquela aposta tola. Agora posso evitar alegremente o homem pelos próximos treze dias.

– Azar o dele, sorte a minha – disse Justin, sorrindo para ela. – Adoraria ter visto a expressão de Bewcastle quando você trombou nele.

Mas houve outra coisa que deixou Christine mais animada no fim daquela noite. Ela encarara algo que vinha temendo havia dois anos – o momento em que voltaria a ficar cara a cara com Hermione e Basil – e sobrevivera. E, assim, percebera que não tinha nada mais a temer, que nada mais poderia inibi-la por ser quem era.

Tinha vindo a Schofield determinada a se integrar ao ambiente, a ser uma observadora e não uma participante, a evitar encontros que pudessem torná-la objeto de intrigas. Na verdade, tinha vindo determinada a se comportar do mesmo jeito que tentara fazer nos últimos anos de seu casamento, antes de Oscar falecer. Só que naquela época nunca funcionara, por mais que ela tivesse se esforçado, assim como não funcionara naquela noite durante as primeiras horas da festa.

Estava feliz por seu plano ter fracassado tão cedo.

Porque tal fracasso a fizera se questionar – *por que* deveria se comportar de um jeito tão avesso a sua natureza? Se os moradores do vilarejo soubessem que Christine Derrick planejava passar as duas semanas de uma temporada festiva na casa de uma amiga sentada num cantinho, só observando a atividade ao redor, certamente teriam uma crise de riso – isto se acreditassem numa tolice tão óbvia.

Por que deveria se comportar daquele modo – ou tentar se comportar assim – só porque o cunhado e a cunhada também estavam na festa? Os dois sempre iriam pensar o pior dela, de qualquer forma. Ainda a odiavam – isso ficara óbvio naquela tarde. Mas agora Christine estava livre deles, assim como estivera nos últimos dois anos. Oscar já tinha morrido fazia tempo.

Agora Christine poderia voltar a ser ela mesma.

Era uma ideia incrivelmente libertadora, embora as lembranças com Oscar – ressuscitadas com uma pungência particular na ponte de pedras perto do lago – e a visão de Hermione e Basil houvessem causado um aperto de tristeza em seu peito.

Christine *ia ser* ela mesma.

Assim, passou o restante da noite brincando de mímica, embora a princípio não tivesse sido escolhida para nenhum time. Decerto presumiram que ela se identificaria com a geração mais velha. No fim, acabou sendo escolhida para um dos times só porque havia um jogador a menos e Penelope Chisholm se recusou a ocupar a vaga, alegando ser tão ruim na brincadeira a ponto de pôr tudo a perder e fazer com que seus companheiros de time implorassem para que ela saísse.

Christine *não* era ruim em mímicas. Na verdade, aquela era uma de suas brincadeiras de salão preferidas. Sempre adorara o desafio de expressar uma ideia sem palavras, e de tentar adivinhar o significado do esforço da outra pessoa. Christine se dedicou à brincadeira com entusiasmo desenfreado e logo estava gargalhando, ruborizada, e era a favorita de todos – ao menos daqueles do próprio time, claro.

O time dela venceu com facilidade. Rowena Siddings e Audrey, contagiadas pela empolgação de Christine, logo melhoraram a qualidade do próprio desempenho, embora Harriet King, que era uma negação no jogo, tivesse fingido estar entediada e considerar tudo aquilo muito abaixo de sua dignidade. O Sr. George Buchan e sir Wendell Snapes logo estavam encarando Christine com admiração e aprovação. Assim como o conde de Kitredge e sir Clive Chisholm, que assistiam à brincadeira e gritavam frases de incentivo.

O duque de Bewcastle também estava observando, com uma expressão de tédio e arrogância. Mas Christine não prestou atenção nele – tirando o fato de que percebeu sua expressão mesmo assim. Ele podia ser conhecido por esfriar a temperatura de qualquer cômodo que ocupasse, mas não ia conseguir esfriar o ânimo dela.

Quando foi para a cama, Christine já tinha aceitado a ideia de simplesmente se divertir pelas próximas duas semanas e de se permitir esquecer todas as obrigações que costumavam preencher seus dias.

5

A Sra. Derrick não sabia se comportar, concluiu Wulfric ao longo dos dias seguintes.

Quando o grupo brincou de mímica na primeira noite, ela ficou ruborizada e animada, e gargalhou alto em vez de dar risinhos discretos como faziam as outras damas. E também exclamou seus palpites aos berros sem qualquer temor de se sobrepor aos homens. Não se importou nem um pouco de se exibir quando foi sua vez de fazer a mímica.

Wulfric, que não tivera a intenção de se sujeitar ao tédio de assistir à brincadeira, descobriu que não conseguia parar de olhá-la. Ela era o tipo de mulher que parecia um tanto serena em repouso, mas que era de um encanto extraordinário quando animada. E a animação parecia um estado natural da Sra. Derrick.

– É impossível não admirá-la, não é mesmo? – comentou Justin Magnus com uma risadinha. O rapaz tinha aparecido de súbito ao lado de Wulfric. – É claro que ela não possui o refinamento que muitos membros da aristocracia esperam de damas bem-nascidas. Com frequência deixava meu primo Oscar constrangido, assim como Elrick e Hermione. Mas se quer saber minha opinião, Oscar teve sorte em tê-la como esposa. Eu sempre a defendi com unhas e dentes e sempre defenderei. Ela é uma pessoa fora do comum, incrível... a menos que analisada sob o ponto de vista de alguém com o nariz empinado demais, é claro.

Wulfric virou o monóculo na direção do rapaz, sem saber se estava sendo sutilmente repreendido por ter o nariz empinado demais, ou se estava sendo tratado com algum tipo de camaradagem, na qual esperava-se que concordasse que pessoas fora do comum eram companhias melhores do que damas refinadas. De qualquer modo, ele não gostou da familiaridade com que estava sendo tratado. Embora Magnus fosse irmão de Mowbury, Wulfric havia tido pouquíssimo contato com ele.

– Presume-se que o senhor esteja falando sobre a Sra. Derrick – disse Wulfric, na voz que sempre usava para desencorajar os pretensiosos. – *Eu* estava observando a brincadeira.

Mas nenhuma dama de verdade deveria ter olhos tão luminosos, ser tão vivaz e... estar amarrotada quando na companhia da alta sociedade. Seus cachos curtos e escuros balançavam quando ela se movimentava, fazendo-a perder rapidamente qualquer ilusão de elegância refinada. O fato de a dama em questão estar duas vezes mais bela ao final da brincadeira não significava nada.

Ela não deveria se comportar daquela maneira. Se aquele tinha sido seu comportamento durante o casamento, Derrick e os Elricks estavam mais do que certos em se sentirem ofendidos.

Wulfric se viu obrigado a admitir que a Sra. Derrick o fazia se lembrar das próprias irmãs... porém lhe faltava a aura dos que tinham berço, que sempre as salvara da vulgaridade. Não que a Sra. Derrick fosse exatamente vulgar. Ela só não era uma boa aristocrata. Não era mesmo, afinal, não havia nascido no *beau monde*.

Nos dias que se seguiram, ela passou a se comportar com mais decoro, era verdade. Passara bastante tempo na companhia de Justin Magnus, com quem parecia manter uma amizade bem próxima. Mas sempre que Wulfric a encarava diretamente – o que acontecia com mais frequência do que deveria –, ele enxergava a mesma inteligência e o mesmo riso no rosto dela já notados naquela primeira tarde no salão de visitas. Só que ele nunca mais a flagrara sozinha no cantinho de qualquer sala. Ela estava se tornando popular entre os jovens... o que era bastante esquisito por si só. Afinal, não era uma mulher jovem. Não deveria passar o tempo se divertindo com os mais novos.

Então, houve a tarde em que todos saíram para uma excursão às ruínas de um castelo normando a alguns quilômetros da residência. As carruagens já estavam enfileiradas no pátio e todos estavam prontos para ocupar seus lugares determinados conforme as orientações de lady Renable. No entanto, depois de uma contagem, constatou-se que havia uma dama a menos e, assim, o plano de organizar todos em pares para o passeio ameaçou se tornar caótico. A figura ausente era a Sra. Derrick – foi lady Elrick quem percebeu, o tom frio sugerindo que todos deveriam ter desconfiado desde o início. Foram necessários quinze minutos de buscas até que ela aparecesse, durante todos os quais lady Renable pareceu na iminência de desmaiar.

Na verdade, a Sra. Derrick apareceu correndo, vinha da direção do lago, com duas crianças em seu encalço – uma menina e um menino –, e uma terceira nos braços.

– Lamento terrivelmente – gritou animada enquanto se aproximava, a voz ofegante. – Estávamos jogando pedrinhas na água e me esqueci da hora. Estarei pronta assim que deixar as crianças nos aposentos delas, Melanie.

Mas lady Renable colocou a própria cria com determinação sob os cuidados de um criado – aliás, até então, Wulfric nem sequer soubera da existência da criança. E a Sra. Derrick, longe de estar impecável, mas ainda assim muito linda, foi acomodada em uma das carruagens por Gerard Hilliers, que havia sido designado como seu par para o passeio. Em cinco minutos, todos estavam a caminho, e ela se comportou bem pelo restante do dia, embora tenha subido até as ameias junto com os cavalheiros, enquanto as outras damas permaneciam no pátio gramado, admirando as ruínas lá de baixo – e o grupo de jovens cavalheiros com quem ela subiu pareceu muito satisfeito, na verdade. Decididamente teria soado um tanto inapropriado se a Sra. Derrick fosse uma moça jovem, mas não era, e além do mais era viúva, sendo assim Wulfric admitiu que o comportamento dela não era exatamente inadequado.

Era só um tiquinho fora do comum – talvez um pouco indiscreto. E nada digno da boa aristocracia.

E então no quinto dia ela ultrapassou todos os limites da indiscrição. Após a excursão ao castelo houve um dia de chuva e um dia de clima sem graça, mas por fim o sol voltou a brilhar. Alguém sugeriu uma caminhada até o vilarejo para ver a igreja e fazer um lanche na estalagem, e assim vários dos convidados partiram juntos.

Wulfric também foi. Interessava-se por igrejas antigas. E como parecia nunca conseguir evitar que as damas muito jovens se pendurassem na cauda de seu paletó, ainda que apenas figurativamente, ele optou por fazer companhia a duas delas deliberadamente – a Srta. King e a Srta. Beryl Chisholm –, enquanto se perguntava quando o mundo tinha ficado louco. Há anos as jovens – e até mesmo as damas mais velhas também – vinham mantendo distância dele, mas aquelas duas conversavam com ele de um modo que só poderia ser visto como flerte. A Sra. Derrick caminhava entre os gêmeos Culver, sobrinhos de Renable, de braços dados com cada um dos rapazes. O grupo deles seguia numa conversa animada e muita risada, embora Wulfric não estivesse perto o bastante para ouvir qualquer coisa que diziam. A Sra. Derrick usava a touca de sempre – de palha, com uma das abas já flácida pelo uso, embora ele tivesse que admitir que o chapéu caía muito bem nela. A dama em questão também tinha a tendência de andar dando passadas largas, como se tivesse energia de sobra – e como se nunca tivesse ouvido falar de conduta apropriada para uma dama.

Primeiro eles foram à igreja, e fizeram um longo passeio guiado pelo ministro, que era muito bem informado sobre a história e a arquitetura do prédio e foi capaz de responder a todas as perguntas – a maioria delas feitas pelo próprio Wulfric. Então, o grupo seguiu para o cemitério no pátio da igreja, uma área tranquila entre dois teixos antigos. O reverendo seguiu indicando alguns dos túmulos mais históricos, embora várias jovens estivessem se mostrando inquietas e impacientes para chegar logo à estalagem. Lady Sarah Buchan chegou até a sugerir, quando parou ao lado de Wulfric, que acabaria desmaiando de calor se não fosse logo para algum lugar protegido pela sombra. Mas o irmão a chamou de tola quando enganchou o braço dela no dele e a lembrou de que estava bem à sombra de um dos teixos – e que, além disso, o dia não estava *tão* quente assim.

George Buchan não tinha nem uma gotinha de sutileza no corpo, concluiu Wulfric, ou não reconhecia o flerte e o galanteio nem se estes lhe fossem esfregados na cara. Ou talvez o sujeito apenas estivesse acostumado demais a pensar na irmã como uma criança. Fosse como fosse, Wulfric ficou muito grato pela intervenção dele.

Então, quando todos estavam ao redor do lugar reservado aos ancestrais de Renable, com a devida reverência à solenidade de seus arredores, e o reverendo começava uma aula de história, uma voz de criança se intrometeu:

– Tia Christine! – veio o gritinho a plenos pulmões. Um menino pequeno carregando uma bola atravessou correndo o cemitério, vindo do jardim da casa paroquial, e se jogou sobre a Sra. Derrick, que deixou escapar um grito de prazer, levantou o menino no colo e o rodopiou num amplo movimento enquanto ria alto.

– Robin – disse –, você fugiu do jardim, não é? Sua mãe vai tirar seu couro e seu pai já o está encarando de cara feia. – Ela esfregou o nariz no do menino enquanto o abaixava e o colocava no chão. – Mas que recepção deliciosa!

O reverendo estava mesmo fazendo uma cara feia para o garoto. Uma dama, que devia ser a esposa dele – e portanto irmã da Sra. Derrick –, surgiu da lateral da casa paroquial e chamou o menino com urgência, mas sem grande efeito. Então uma menina e outro menino, ambos mais velhos do que Robin, correram na direção do grupo, claramente com a intenção de arrastar o irmão caçula de volta para casa.

Mas algumas damas, sem dúvida entediadas com os túmulos, exclamaram com prazer e admiração ao ver o menininho, cujos cachos louros e bochechas gorduchas o tornavam mais semelhante a um bebê do que a um menino mais velho. E um dos Culvers tomou a bola das mãos do garotinho e fez uma brincadeira provocativa, atirando-a para seu irmão gêmeo por cima da cabeça do menino. O segundo gêmeo jogou de volta. A criança ria e dava gritinhos enquanto tentava pegar a bola que passava acima de sua cabeça.

Toda a cena bastante inapropriada teria terminado em poucos instantes. Um dos gêmeos teria devolvido a bola para o menino e desarrumado seus cabelos. As damas teriam se cansado de falar sobre a beleza da criança, e o reverendo teria feito uma repreensão adequada ao seu caçula enquanto o irmão e a irmã o levavam pelos braços, um de cada lado, e o devolviam ao seu devido lugar.

Mas a Sra. Derrick esqueceu sua compostura... de novo. Ela parecia realmente *gostar* de crianças e era capaz de descer ao nível delas ao menor estímulo. Por isso resolveu entrar no jogo, a aba da touca voando, as fitas também. Ela pegou a bola e a jogou por cima da cabeça do sobrinho, tudo enquanto ria alegremente.

– Aqui, Robin – chamou enquanto recuava alguns passos, correndo, sem levar em consideração que estava oferecendo à plateia um vislumbre chocante de seus tornozelos. – Pegue.

A criança não conseguiu pegar, é claro – as mãozinhas do menino espalmaram uma na outra ruidosamente enquanto a bola passava para longe. Mas o menino disparou atrás da bola, tomou-a em uma das mãos e jogou-a de volta para a tia. Só que, com a típica ausência de coordenação de uma criança daquela idade, acabou atirando a bola para cima e ela subiu... e subiu... e não voltou a descer. A bola acabou presa entre um dos galhos do teixo e o tronco.

O menino logo deu todos os sinais de que ia abrir o berreiro. O pai chamou sua atenção com desagrado evidente, o irmão o convidou a ver o que fizera e a irmã o chamou de desajeitado. A Sra. Derrick deu um passo na direção a árvore, e Anthony ou Ronald Culver – sabe-se lá qual dos dois, já que não dava para distinguir um do outro – a acompanhou.

Mesmo ali a cena poderia ter chegado logo a uma conclusão – e na verdade acabou se prolongando por culpa dos irmãos Culver. Mas embora um dos gêmeos houvesse recuperado a bola sem muitos empecilhos e a jogado para o chão, não conseguiu descer da árvore com a mesma facilidade. De algum modo, um galho mais resistente se enfiou nas costas do paletó do rapaz e ele ficou preso.

Ronald – ou Anthony – Culver sem dúvida teria ido em auxílio ao irmão. Mas como gastou preciosos segundos zombando do apuro no qual seu gêmeo se encontrava, outra pessoa assumiu a missão de resgate, e logo ficou claro que aquela não era a primeira árvore em que a Sra. Derrick subia na vida.

Wulfric observou com resignação sofrida enquanto ela enfiava a mão direita por baixo do paletó de Culver e o livrava do galho. Foi uma exibição terrivelmente vulgar, apesar de toda risadaria com que foi encenada – e a Sra. Derrick mostrou um pedaço considerável da perna enquanto subia.

Culver saltou para o chão e se virou galantemente para ajudar sua salvadora. Mas ela o dispensou, sentou-se no galho mais baixo e preferiu pular por conta própria.

– Sempre que subo em árvores – comentou ela, animada, a touca ligeiramente torta, os cachos desalinhados embaixo, os olhos cintilando –, pareço esquecer que preciso voltar a descer. Lá vou eu! – E se lançou de cima da árvore.

E pousou.

Mas parte de sua saia não desceu junto.

Ouviu-se um barulho alto de tecido rasgando quando outro galho abriu a lateral da saia de cima a baixo.

Wulfric com certeza não era a pessoa mais próxima da Sra. Derrick. No entanto, foi *o primeiro* a alcançá-la. Ele ficou parado diante do corpo dela para protegê-la de todos que a encaravam e manteve os olhos concentrados no rosto dela. Mais tarde, Wulfric teria a sensação de que na verdade havia ficado parado de encontro a ela. Certamente se lembrava do calor do corpo dela, do aroma de sol quente e de mulher. Ele despiu o próprio paletó o mais rapidamente possível – o que não foi uma tarefa fácil já que fora necessária toda a força e engenhosidade de seu empregado para auxiliá-lo a vestir-se mais cedo – e o segurou diante da Sra. Derrick enquanto ela fazia o possível para unir os lados rasgados do vestido.

Wulfric a encarou com severidade. Ela retribuiu com uma *risada*, embora o rosto estivesse mais corado do que seu esforço anterior justificasse.

– Que situação terrível e espetacularmente constrangedora – disse ela. – Tem ideia da frequência com que me vi em situações constrangedoras diante da aristocracia, Vossa Graça?

Ele nem sequer poderia começar a imaginar.

Wulfric se deu conta do enorme estardalhaço e agitação atrás dele. Mas apenas ergueu as sobrancelhas e não se dignou a responder.

– Christine – chamou o reverendo, acima do burburinho geral –, sugiro que se recolha à casa paroquial para que Hazel a ajude.

– Farei isso, Charles, obrigada – respondeu, os olhos ainda sorridentes fixos nos de Wulfric o tempo todo. – Só não estou certa se poderá ser feito decentemente. – Ela segurava as laterais do vestido usando as mãos, embora fosse óbvio que o ideal seria ter *dez* mãos disponíveis para a tarefa.

– Permita-me, senhora – ofereceu-se Wulfric, envolvendo-a com o paletó para cobri-la da cintura para baixo e ao mesmo tempo fazendo esforço para não tocá-la e assim acabar causando mais constrangimento... ele presumia que ela *estava* constrangida, como bem merecia estar.

Mas não deu certo. Quase no mesmo instante ficou nítido que não havia como ela caminhar a distância que os separava da casa paroquial sem expor bem mais do que os tornozelos e o pedacinho de perna que já exibira quando estava na árvore.

– Segure o paletó – instruiu Wulfric.

Assim que a Sra. Derrick fez isso, ele se abaixou e a tomou nos braços. Sem uma palavra ou um olhar na direção de qualquer outra pessoa, Wulfric saiu caminhando com determinação em direção à casa paroquial, se perguntando como havia se metido em situação tão absurda, tão ridiculamente incomum. As pessoas abriram caminho para ele – mas isto, ao menos, não era nada fora do comum.

Wulfric estava inegavelmente insatisfeito com o mundo, em especial com a parte do mundo que carregava nos braços.

As crianças saltitavam ao lado deles, o menorzinho contando animadamente aos irmãos o que acabara de acontecer, como se os dois não tivessem assistido a tudo também. Ele fez uma boa imitação do som de tecido se rasgando.

– Ah, meu Deus – comentou a Sra. Derrick. – Devo ser pesada demais.

– De forma alguma, senhora – assegurou Wulfric.

– O senhor está parecendo terrivelmente mal-humorado – continuou ela. – Imagino que esteja acostumado a ter seus criados resolvendo situações como esta.

– Damas não costumam pular de árvores e rasgar seus vestidos na minha presença, ou na de meus criados – retrucou ele.

Aquilo a fez se calar.

Eles chegaram à casa paroquial um instante depois. A irmã da Sra. Derrick tivera a presença de espírito de pegar uma toalha de mesa branca, que foi enrolada ao redor de Christine assim que Wulfric a colocou de pé no chão da cozinha, logo depois de entrar pela porta dos fundos. Uma cozinheira ou governanta a cumprimentou e voltou a atenção para o que quer que estivesse fazendo no fogão.

– Lá se vai meu segundo melhor vestido de passeio, Hazel – comentou a Sra. Derrick. – Vou sentir falta dele. Era o meu favorito, e tinha apenas três anos. Agora meu terceiro melhor vestido terá de ser promovido, meu quarto melhor se tornará o terceiro, e acabou.

– Talvez este possa ser costurado – sugeriu a irmã, com mais otimismo do que bom senso. – Mas nesse meio-tempo, Marianne irá correndo até Hyacinth Cottage e pegará um vestido limpo para você usar no retorno a Schofield. Todos os meus ficarão grandes demais em você. Marianne, vá e peça para a vovó ou para tia Eleanor mandarem alguma coisa, está bem? Enquanto isso, vamos subir, Christine.

Só então a Sra. Derrick se lembrou de que não apresentara Wulfric, e logo corrigiu o erro.

– Hazel, este é o duque de Bewcastle – disse ela. – Vossa Graça, esta é minha irmã, Sra. Lofter. E acho que eu deveria ter lhe perguntado antes se o senhor desejava ser apresentando, não é? Mas agora é tarde.

Wulfric se inclinou e a Sra. Lofter, parecendo subitamente apavorada, se apressou em fazer uma reverência desajeitada.

– O senhor provavelmente deseja se juntar aos outros na estalagem – sugeriu a Sra. Derrick, se contorcendo sob a toalha de mesa até conseguir se desvencilhar do paletó que estava por baixo, que foi entregue a ele. – Por favor, não se sinta obrigado a esperar por mim.

– Esperarei da mesma forma, senhora – disse ele, com uma rígida inclinação de cabeça. – Aguardarei lá fora, e a acompanharei até a estalagem.

Wulfric não tinha a menor ideia do que o levara a tomar tal decisão, já que a Sra. Derrick morara a vida toda naquele vilarejo e com certeza seria capaz de encontrar o caminho até a estalagem de olhos vendados. Ele aguardou por meia hora, primeiro lutando para voltar a vestir o paletó sem os serviços do empregado, e então entabulando uma conversa banal com o reverendo enquanto o menino mais velho galopava pelo jardim com o caçula nas costas.

Quando saiu, a Sra. Derrick usava um vestido azul-claro que parecia ter sido de um azul-royal quando era novo, conforme dava para se notar nas junções das costuras. Havia um remendo perto da bainha, feito com talento, porém perceptível, talvez a prova de que aquele vestido também fora vítima de um acidente. Os cachos dela haviam sido penteados e a touca estava bem ajeitada. O rosto estava rosado e cintilante, como se ela tivesse acabado de enfiá-lo na água gelada.

– Ah, céus – comentou a Sra. Derrick, encarando Wulfric. – O senhor *realmente* esperou.

Ele fez uma breve reverência. Como, perguntava-se Wulfric, uma criatura de aparência tão maltrapilha conseguia parecer não apenas impressionantemente bela, como também tão cheia de vida?

Ela se virou e enfiou a cabeça de volta na cozinha.

– Estou indo – gritou. – Obrigada por mandar subir água e sabão para mim, Sra. Mitchell. A senhora é um amor.

A dama estava falando com uma *criada*?

A irmã saiu e as duas se abraçaram. As crianças se aproximaram correndo e também ganharam um abraço, embora o menino mais velho tenha estendido a mão direita, constrangido, e a tia a tenha apertado, rindo. Ela também apertou a mão do reverendo e deu um beijinho no rosto dele. Então todos eles – cada um deles – foram ao jardim para acenar em despedida enquanto a Sra. Derrick seguia a caminho da estalagem... que ficava a uma caminhada de dois minutos dali.

Foi um espetáculo e tanto.

– Nunca entendo como consigo me meter em situações tão embaraçosas – disse a Sra. Derrick, aceitando o braço que Wulfric ofereceu. – Mas é o que faço. Sempre. Hermione, que tentou me transformar numa perfeita dama depois do meu casamento, ficava desesperada comigo. Oscar chegou a acreditar que tudo que eu fazia era proposital só para envergonhá-lo. Mas nunca foi por querer.

Wulfric não comentou.

– É claro – continuou ela –, que se eu tivesse esperado, imagino que Anthony Culver teria subido na árvore para resgatar o irmão, não acha?

– Acredito que sim, senhora – retrucou Wulfric brevemente.

Ela riu, então.

– Bem, ao menos nenhum dos convidados de Melanie e Bertie vai me esquecer rapidamente.

– Acredito que realmente não irão, senhora – concordou Wulfric.

Eles entraram na estalagem, e então a Sra. Derrick logo foi cercada por um grupo que incluía Justin Magnus, a irmã caçula dele e os gêmeos Culver. Todos a saudaram como uma espécie de heroína, embora um tanto cômica. Ouviram-se muitas risadas no grupo. E ela riu com eles. Ao menos, admitiu Wulfric, a dama tinha espírito esportivo.

Mas de fato não, concluiu ele, quando aquela manhã interminável finalmente terminou. A Sra. Derrick simplesmente *não* sabia se comportar. E se fosse possível acreditar nela – e Wulfric tivera evidências anteriores de que era verdade – o desastre no teixo não era nem mesmo uma situação incomum para ela.

Ele tomaria todo o cuidado para manter distância da mulher pelo restante daquela temporada festiva.

E no entanto, ao passo que todas as outras jovens estavam rapidamente se tornando quase indistinguíveis umas das outras aos olhos de Wulfric, ele se flagrava pensando na Sra. Derrick com uma frequência excessiva. Ela era dona de lindos olhos e de um rosto belo e bem-humorado – mesmo que este rosto *estivesse* de certo modo comprometido pelo bronzeado e pelas sardas –, que conseguia ficar ainda mais arrasadoramente belo quando ela ria ou se envolvia em alguma atividade vigorosa. Os tornozelos dela eram elegantes, as pernas bem-feitas e o corpo lindamente curvilíneo.

E de modo algum ele foi o único a notar isso. A Sra. Derrick rapidamente se tornara a favorita da maioria dos outros cavalheiros. Era difícil explicar o motivo daquela atração, já que não era uma dama elegante, ou refinada... nem jovem.

Mas havia um brilho nela, aquele senso de diversão, aquela vitalidade toda, aquela...

Ela era sexualmente atraente.

E também era, Wulfric já compreendera, pobre como um rato de igreja. Depois de perguntar casualmente a Mowbury, ele ficara sabendo que o marido da Sra. Derrick dissipara sua fortuna nos últimos anos de vida, apostando demais em jogos de azar, e deixara a viúva completamente desamparada após sua morte, ocorrida num acidente de caça na propriedade de Elrick. Aparentemente Elrick se encarregara das dívidas consideráveis do irmão, mas não se responsabilizara pela viúva. E o *segundo melhor* vestido de passeio da Sra. Derrick – o que fora rasgado sem possibilidade de conserto – tinha *apenas* três anos. E ela não possuía muitos outros.

Wulfric não achou nada divertido se descobrir atraído por uma mulher que não contava com *nenhum* dos atributos que ele considerava admiráveis numa dama. E com certeza era perturbador se flagrar imaginando como seria tê-la na cama. Ele não tinha por hábito imaginar as damas – ou qualquer mulher, na verdade – com intenções lascivas.

Mas sentia-se atraído pela Sra. Derrick.

E *realmente* se flagrara pensando em como seria tê-la em sua cama.

No dia do desastre no cemitério da igreja, Christine voltou a Schofield na companhia de Justin.

– Vocês precisaram aguardar um tempo enorme na estalagem – comentou ela. – Mas sou *tão* grata por terem feito isso, Justin. Foi ideia sua? Se não tivessem esperado, eu teria precisado retornar com o duque de Bewcastle.

– Achei que você talvez tivesse passado a enxergá-lo como uma espécie de cavaleiro em armadura brilhante – comentou ele, com um sorriso divertido.

– Nunca me senti tão humilhada – disse ela. – Se ao menos ele tivesse ficado em casa e não houvesse testemunhado aquela cena horrorosa, não teria parecido nem de longe tão ruim. O homem não deu um sorriso sequer, Justin, ou uma única palavra de solidariedade. Não me importo que riam de mim diante de circunstâncias como aquelas... eu mesma teria rido se fosse outra pessoa, e de fato não consegui evitar rir de mim. Mas embora o duque tenha agido muito corretamente, como um cavalheiro, e eu seja muito grata pela rapidez com que agiu, ele pareceu absolutamente mal-humorado, e me fez sentir com 10 centímetros de altura. Eu devia ter me enrolado no vestido rasgado mesmo e saído correndo até a casa paroquial, com a maior parte da minha dignidade intacta.

– Se você pudesse ter se visto, Chrissie. – Ele bufou, mal conseguindo abafar o riso.

– Lamentavelmente, tenho uma imaginação muito vívida, obrigada – disse ela, e caiu na risada de novo.

Mas, santo Deus, pensou Christine. Ah, santo Deus, quando Wulfric ficara parado com o corpo contra o dela e a encarara com severidade, ao mesmo tempo que protegia seu corpo seminu dos olhos arregalados dos outros convidados, ela ficara um tanto zonza devido ao contato, embora houvesse conseguido disfarçar suas reações com o constrangimento pela própria aparência e com as tentativas vãs de se cobrir decentemente. Mas ela fora capaz de *sentir o cheiro dele*. Wulfric usava uma colônia almiscarada, e sem dúvida cara. E também sentira o calor do corpo dele como se fosse uma enorme fornalha.

Que bom que Justin não fora capaz de deduzir *estes* sentimentos. Algumas coisas não devem ser ditas nem aos amigos mais íntimos. Não era racional – e com certeza nada admirável – ficar arquejando de desejo por um homem tão detestável.

Christine teria gostado de poder fugir para seu quartinho por algum tempo, depois que voltaram para a casa. Na verdade, teria ficado muito contente se tivesse sido engolida completa e permanentemente por um abismo, se por acaso o quarto oferecesse tal conveniência. Mas as jovens que haviam participado da caminhada e testemunhado toda sua humilhação não permitiriam uma fuga tão cômoda.

– *Eu* não teria feito um *papel* daqueles nem por todas as apostas do mundo – comentou lady Sarah com desdém, depois de chamar Christine para se juntar às outras na sala de estar de paredes amarelas.

– E se pensa que *venceu*, Sra. Derrick – acrescentou Miriam Dunstan-Lutt em um tom ressentido –, então permita-me discordar. Passaram-se apenas quinze minutos entre a nossa chegada na estalagem e a sua e a do duque de Bewcastle... eu estava observando o relógio acima da porta com muita atenção. Além do mais, vocês ficaram na casa paroquial, com o reverendo, a esposa e os filhos dele, durante a maior parte do tempo. Você não ficou a sós com o duque de forma alguma.

Aquela aposta desgraçada de novo!

– Fico feliz por não ter que lhe entregar o prêmio hoje, prima Christine – acrescentou Audrey com sarcasmo. – Ninguém me pagou nem um guinéu ainda.

– Mas é impossível não se *solidarizar* com a Sra. Derrick – foi a vez de Harriet King se manifestar, parecendo tudo, menos solidária. – Acredito que a esposa do reverendo precisou sacar aquele vestido na bolsa de trapos.

– Mas o remendo na bainha estava muito bem-feito, Harriet – observou lady Sarah com gentileza fingida –, e era *quase* imperceptível.

– Mas é preciso admitir – disse Rowena Siddings –, que aquela cena no cemitério da igreja foi *impagável*. Nunca ri tanto na vida. Se ao menos pudesse ter visto sua cara quando aterrissou, Sra. Derrick. – Ela caiu na gargalhada outra vez, e todas as outras, com a notável exceção da Srta. King e de lady Sarah, a acompanharam.

Christine, sem ter mais o que fazer, já que não tinha a menor intenção de se envolver em briguinhas, riu... de novo. Só que rir à própria custa começava a cansar depois de algum tempo.

A conversa se voltou para uma discussão animada sobre como a aposta seria ganha.

Então as damas mais velhas – nenhuma delas participara da caminhada até o vilarejo – souberam do incidente. Teria sido um milagre de proporções épicas se não tivessem sabido, é claro. Lady Mowbury não foi problema. Ela simplesmente convidou Christine para se sentar ao seu lado no salão de visitas antes do jantar e lhe contar sua versão da história – o que Christine fez, floreando bastante a cena.

Lady Chisholm e a Sra. King evitaram o assunto e mantiveram distância de Christine, como se tivessem medo de algo contagioso, e que antes que se dessem conta *elas* iam estar saltando de árvores e quase deixando seus vestidos para trás.

Hermione sentou-se do outro lado de Christine quando lady Mowbury finalmente voltou a atenção para outra pessoa, e Basil ficou parado diante dela. Era a primeira vez desde a chegada deles a Schofield que a procuravam ou falavam diretamente com ela.

– Suponho – disse Hermione numa voz baixa e gélida – que seria demais esperar que você se comportasse com o decoro esperado por duas semanas inteiras, Christine.

– E a primeira semana ainda nem terminou – lembrou Basil com sarcasmo.

– Você não tem *nenhum* respeito pela memória de meu cunhado? – perguntou Hermione, a voz trêmula. – Ou por *nós*?

– E obrigou Bewcastle, dentre todas as pessoas presentes, a ir em seu resgate – continuou Basil. – Mas não sei por que fiquei surpreso ao saber do incidente.

– O que ele deve *pensar* de nós? – Hermione levou um lenço aos lábios e pareceu genuinamente perturbada.

– Acredito – disse Christine, sentindo o rosto quente – que ele pensa de vocês o mesmo que pensava ontem e anteontem. E acredito também que eu tenha caído ainda mais em sua estima. Mas como sem dúvida eu já não ocupava um lugar de muito destaque, para começar, suponho que não haja como descer muito mais. Não vou permitir que isso interfira no meu sono.

Foi a coisa mais absurda que ela disse ou fez durante todo o dia, é claro. Na verdade, estava extremamente aborrecida. O incidente ao qual os dois se referiam já havia sido ruim o bastante, mas não o suficiente por si só para tirar o apetite ou o sono de Christine. A constante hostilidade de seus cunhados, no entanto, era outra questão. Em outros tempos eles costumavam tratá-la com gentileza. Gostavam dela. Hermione talvez até tivesse chegado a amá-la. E Christine tinha grande estima por eles. Tentara com todas as forças se encaixar no mundo deles e até conseguira, durante os primeiros anos. Tentara ser uma boa esposa para Oscar – ela o *amara*. Mas então tudo tinha desmoronado, e agora eles eram inimigos dela, amargos e infelizes. Haviam se recusado a lhe dar ouvidos depois da morte de Oscar. Ou melhor, até se dispuseram a escutá-la, porém se recusaram a acreditar nela.

– Imagino – voltou a falar Hermione –, que você estivesse *flertando* com o duque de Bewcastle, Christine. Não seria nada surpreendente. Afinal, está flertando com todos os outros.

Christine ficou de pé num pulo e se afastou sem dizer mais nada. Aquela era uma acusação antiga! E doía agora tanto quanto doera nas outras vezes. Por que as outras damas podiam conversar com os cavalheiros, rir e dançar com eles, ser admiradas por terem um bom traquejo social, enquanto *ela* estaria sempre flertando? Nem sequer sabia como flertar – a não ser que fizesse isso inconscientemente. E jamais teria lhe ocorrido flertar durante seu casamento mesmo se *soubesse* como fazê-lo. Casara-se por amor. E mesmo se não houvesse sido esse o caso, acreditava firmemente que uma esposa devia total fidelidade ao marido. E também não lhe ocorreria flertar agora, quando estava livre de novo. Por que faria tal coisa? Caso desejasse se casar de novo, havia vários bons partidos entre seus conhecidos. Mas jamais desejara voltar a se casar.

Como qualquer pessoa – até mesmo Hermione – poderia achar que ela *flertaria* com um homem como o duque de Bewcastle?

Mas antes que pudesse sair correndo da sala e evitar encarar todo mundo durante o jantar, Melanie enganchou o braço no dela e sorriu com afeto.

– Eu sei, Christine – disse –, que se houver uma criança para entreter, você fará isso; se houver alguém a ser salvo, você precisará salvar essa pessoa, mesmo que isso signifique subir numa árvore. Devo confessar que, assim que soube do que aconteceu, senti uma enxaqueca se aproximando. Mas Bertie resolveu abafar uma risada e então gargalhou abertamente quando Justin nos contou a história. Até Hector achou engraçado, que Deus o abençoe, e riu com gosto. Assim, optei por seguir a deixa. Na verdade, não consegui parar de rir, e é melhor você nem pensar em olhar para mim agora, ou começarei de novo. Só Hermione e Basil se recusaram a enxergar humor na situação, aqueles tolos, embora Justin tivesse assegurado que você agiu movida pela bondade de seu coração, que não estava tentando atrair atenção para si, menos ainda de Bewcastle. Eu só queria ter *visto* a cena.

– Rastejarei de volta para casa e permanecerei fora de vista pelas próximas duas semanas se você desejar – ofereceu Christine. – E lhe peço perdão *sinceramente*, Melanie.

Mas Melanie apertou o braço da amiga e disse a ela para não ser tonta.

– Cara Christine – falou –, você deve simplesmente relaxar e se *divertir*. Foi por isso que a convidei... assim você não ficaria tão ocupada por duas semanas. Foi péssimo ter sido o duque de Bewcastle a pessoa obrigada a vir em seu socorro, mas não devemos nos preocupar com isso. Ele a esquecerá antes que acabe o dia e é provável que nem volte a lhe dirigir a palavra até que essa temporada termine.

– Isso seria um alívio, para dizer o mínimo – desabafou Christine.

– Enquanto isso – continuou Melanie –, uma quantidade significativa de outros cavalheiros está obviamente impressionada com você, como sempre acontece, sendo que o conde está entre eles.

– O conde de *Kitredge*? – perguntou Christine, muito espantada.

– Quem mais? – disse Melanie, dando-lhe um tapinha carinhoso na mão antes de se afastar para se dedicar a algum outro dever de anfitriã. – Os filhos do conde estão crescidos e ele está em busca de uma nova esposa. Ouso dizer que você poderia fazer outro ótimo casamento se estiver disposta. Só me prometa que não subirá mais em árvores até esta temporada festiva terminar.

Outro ótimo casamento. A mera ideia já era o bastante para causar pesadelos em Christine.

Mas aparentemente Melanie estava certa em relação a uma coisa. Durante o restante daquele dia e nos próximos, o duque de Bewcastle evitou qualquer contato com ela – não que Christine tivesse feito qualquer tentativa de se fazer notar, é claro. A mera ideia de que o duque, ou qualquer outro convidado, pudesse achar que ela estava *flertando*...

Sempre que Christine olhava para o duque – e era irritante como ela não conseguia manter os olhos longe dele por mais de cinco minutos quando estavam no mesmo cômodo –, ele parecia arrogante e friamente digno. Se por acaso seus olhares se encontravam – e isso acontecia com frequência excessiva –, ele erguia uma das sobrancelhas ou as duas e segurava a haste do monóculo, como se estivesse prestes a conferir com mais afinco o fato surpreendente de que uma mortal tão abaixo dele realmente tivesse ousado encará-lo.

Christine passou a odiar aquele monóculo. E se divertia com fantasias do que faria com ele caso tivesse oportunidade. Em um desses delírios, se via enfiando o objeto goela abaixo do homem e observando enquanto a garganta dele se distendia na tentativa de engolir. Ela estava sentada num canto do salão de visitas, numa tentativa de retomar o papel de vida tão curta de espectadora satírica, e o duque encontrou seu olhar no exato momento em que a fantasia com ele engolindo o monóculo ficava mais viva. De repente, Christine se descobriu sendo observada através das lentes do monóculo por um breve momento.

E acabou se vendo obrigada a admitir para si que estava terrivelmente atraída por ele.

Sentia uma assustadora curiosidade sobre como seria ir para a cama com o duque.

A mera ideia a encheu de pavor. Mas em certas partes do próprio corpo, aquelas nas quais não deveria nem pensar – a parte de baixo, mais íntima, por exemplo –, havia sinais inequívocos de um desejo desenfreado.

Ela antipatizava intensamente com o duque de Bewcastle. Mais do que isso, sentia imenso desprezo por ele e por tudo o que ele representava. Também sentia um pouco – muito pouco – de medo dele, embora preferisse ser torturada a admitir aquilo para qualquer outro mortal.

Ainda assim, Christine não conseguia evitar imaginar como seria ir para a cama com ele e, às vezes, ia além de apenas imaginar.

Às vezes, Christine achava que precisava muito que alguém examinasse sua cabeça.

6

Wulfric não demorou muitos dias para perceber que as jovens convidadas deviam estar em algum tipo de disputa que o envolvia. Ele não era o tipo de homem que sentia atração por mulheres jovens, muito embora fosse um dos melhores partidos da Inglaterra. Ainda assim, todas aquelas jovens pareciam se jogar em cima dele em cada minuto desgastante do dia, sempre usando de todos os artifícios imagináveis para fazê-lo se afastar da multidão.

Wulfric não achava aquilo nada divertido.

Ele resistiu adotando uma postura mais fria do que já lhe era comum quando ficava na companhia das damas, e assim aproximou-se o máximo possível dos cavalheiros e dos convidados mais velhos. Como não havia nada que pudesse fazer no momento para evitar a temporada festiva, decidiu que faria da situação fonte de aprendizado. Por alguns poucos e insensatos dias próximos ao recesso da sessão da Câmara dos Lordes e início da temporada social de Londres, Wulfric se permitira sentir um pouco de solidão e de autopiedade, e ali estava a consequência. Não deixaria que voltasse a acontecer.

Essencialmente, sempre estivera só ao longo da vida – desde os 12 anos, quando praticamente fora separado dos irmãos e colocado sob os cuidados de dois tutores, supervisionado de perto pelo pai, que estava ciente da iminência da própria morte e por isso queria que o filho mais velho e herdeiro fosse devidamente preparado para sucedê-lo. Estivera só desde os 17 anos, quando o pai enfim falecera e ele se tornara o duque de Bewcastle. Estivera só desde os 24 anos, quando Marianne Bonner o rejeitara de um modo particularmente humilhante. E estivera só desde que os irmãos haviam se casado, todos num espaço de dois anos. E permanecera só desde a morte de Rose em fevereiro.

Mas estar só não era o mesmo que ser solitário. Não era motivo para autopiedade. E certamente não era pretexto para comparecer a toda temporada festiva que aparecesse. Estar na companhia de outros muitas vezes podia ser menos tolerável do que estar só.

Wulfric ficara mais irritado do que o normal depois de uma longa cavalgada à tarde, durante a qual fora afastado duas vezes do grupo, primeiro pela Srta. King, e então pela Srta. Dunstan-Lutt, sob pretextos absurdos, débeis. E nas duas vezes ele teria se perdido completamente nas estradinhas sinuosas da região rural não fosse seu forte senso de direção, e um instinto de autopreservação ainda maior.

Será que elas estavam tentando atraí-lo para um pedido de casamento?

A mera ideia era afrontosa. Mesmo se ele não fosse literalmente velho o bastante para ser pai delas, era como se fosse.

Depois que retornara da cavalgada, em vez de seguir os outros para dentro de casa, Wulfric escapuliu e seguiu em direção a um roseiral e à alameda relvada além. Era uma área bela e reservada, com muros de pedra na altura dos joelhos de cada lado e longas fileiras de árvores conhecidas como chuva-de-ouro, cujos galhos carregados de flores amarelas haviam sido podados para crescer sobre as treliças de um arco alto. Era como uma catedral gótica viva, a céu aberto.

E, naquele momento, estava ocupada. A Sra. Derrick estava sentada sobre o muro de um dos lados, lendo o que ele supunha ser uma carta.

Ela não notou sua chegada. Wulfric poderia ter recuado tranquilamente pelo roseiral e encontrado outro lugar para caminhar – diferentemente da outra vez, no lago, onde a Sra. Derrick trombara nele. Mas não foi o que fez. Ela talvez tivesse a desagradável tendência de não saber como se comportar, mas ao menos não era tola, não ficava dando sorrisinhos afetados ou flertando com ele.

Depois que Wulfric deu alguns passos em sua direção, a Sra. Derrick ergueu o olhar e o viu.

– Oh... – disse.

Ela estava usando a mesma touca de palha com a aba flácida. Na verdade, Wulfric não a vira usar outro chapéu durante toda a semana. A touca não tinha enfeite algum, a não ser as fitas que o prendiam sob o queixo. E era inexplicavelmente elegante. Ela também estava usando um vestido de popelina, listrado de verde e branco, com decote quadrado e mangas curtas, o qual, aliás, já usara várias vezes antes – ao contrário das outras convidadas, que trocavam de roupa várias vezes ao dia e raramente repetiam uma peça. O vestido não era novo, nem estava na última moda. Wulfric se perguntava se seria o melhor vestido dela, ou se havia sido recentemente promovido a segundo melhor.

Christine estava extraordinariamente bela.

– Não vou perturbá-la, Sra. Derrick. – Ele inclinou a cabeça num cumprimento, as mãos cruzadas às costas. – A menos que se interesse em caminhar comigo.

A princípio ela pareceu surpresa. Então o encarou com aquela expressão que sempre o intrigava, assim como às vezes o irritava. Como a mulher conseguia sorrir – ou mesmo rir – ainda mantendo o rosto em repouso?

– O senhor acabou de voltar do passeio a cavalo? – perguntou ela. – E agora está tentando escapar da opressão da humanidade? E aí me achou atrapalhando sua sonhada solidão como fiz antes? A não ser pelo fato de que, desta vez, eu estava aqui antes do senhor.

Ao menos, pensou Wulfric, ali estava alguém que não passava o tempo todo se jogando em cima dele, tentando vencer qualquer que fosse a disputa que as damas jovens haviam estabelecido entre elas.

– A senhora *aceita* caminhar comigo? – perguntou ele.

Por alguns momentos, Wulfric achou que ela fosse recusar e ficou feliz com isso. Por que diabos iria querer a companhia de uma mulher que, na opinião dele, nem deveria ter sido convidada para aquela temporada festiva? Mas então a Sra. Derrick baixou os olhos para a carta, dobrou-a, guardou-a no bolso do vestido e se levantou.

– Sim.

E Wulfric se deu conta de que estava *feliz* com aquilo.

Parecia ter se passado uma eternidade desde a última vez que uma mulher fizera seu sangue ferver. Rose tinha partido havia seis meses. E era surpreendente perceber como ele lamentava a morte dela. Wulfric sempre considerara o relacionamento deles mais um acordo profissional do que um vínculo pessoal.

Christine Derrick sem dúvida – e de forma absolutamente inexplicável – fazia o sangue de Wulfric ferver. Na mesma hora ele se tornou consciente dos galhos frondosos acima de sua cabeça, do céu azul visível mais além e do matiz da alameda relvada adiante. Tornou-se consciente do calor do dia de verão, da brisa leve em seu rosto, do aroma intenso e verde da relva e das folhas. Ao redor da alameda, o canto dos pássaros os cercava, embora nenhum dos cantores estivesse à vista.

A Sra. Derrick começou a caminhar ao lado dele, a aba da touca escondendo seu rosto de vista. Wulfric se lembrou de que ela não estava usando chapéu quando caminharam ao redor do lago.

– O passeio a cavalo foi agradável? – perguntou ela. – Imagino que o senhor tenha nascido em cima de uma sela.

– Isso talvez tenha sido meio desconfortável para minha mãe – comentou ele, e com isso conseguiu um lampejo do rosto dela, quando a Sra. Derrick virou a cabeça com um sorriso travesso. – Mas, sim, obrigado, o passeio a cavalo foi agradável.

Na verdade, Wulfric nunca vira graça em cavalgar pelo campo apenas por prazer, embora seus irmãos e irmãs houvessem feito isso com frequência – se *cavalgar* fosse a palavra apropriada para o que costumavam fazer. O mais comum era galoparem como loucos, saltando sobre qualquer obstáculo no caminho.

– Sua vez agora – disse Christine depois de alguns instantes.

– Como? – perguntou Wulfric.

– Eu lhe fiz uma pergunta – explicou ela –, e o senhor respondeu. Poderia ter elaborado um pouco mais, descrito o passeio, o destino de vocês e a conversa estimulante que tiveram. Mas escolheu responder com a maior brevidade e sem oferecer nenhuma informação genuína. Agora é sua vez de tentar tornar agradável esta conversa entre nós.

Ela estava rindo de novo. Ninguém jamais ria dele. Wulfric se flagrou intrigado pela ousadia da mulher.

– Sua carta era interessante? – perguntou ele.

Ela riu alto, um som leve, alegre, de quem estava se divertindo sinceramente.

– *Touché*! A carta era de Eleanor, minha irmã mais velha. Ela escreveu para mim mesmo estando a pouco mais de 3 quilômetros de distância, em Hyacinth Cottage. Eleanor é uma missivista compulsiva e divertida. Depois que vim para cá, ela lecionou em meu lugar na turma de geografia na escola do vilarejo por dois dias e se pergunta como consigo ensinar alguma coisa a crianças que têm sempre tantas perguntas sobre tudo, *menos* sobre os assuntos relacionados à aula. Esse é o truquezinho delas, é claro. Crianças são muito espertas e sempre vão tirar vantagem de um novato se ele não se cuidar. Vou repreendê-las devidamente quando voltar, mas é claro que elas vão me encarar com suas carinhas inocentes e perplexas, e vou acabar caindo na risada. Então *elas* também vão começar a rir e a pobre Eleanor nunca será vingada.

– A senhora leciona na escola. – Era um comentário, não uma pergunta, mas Christine virou a cabeça novamente para encará-lo.

– Eu ajudo na escola. Afinal, preciso fazer *alguma coisa*. As mulheres precisam fazer alguma coisa, sabe, caso contrário morrerão de tédio.

– Imagino que a senhora não tenha permanecido com Elrick e a esposa depois que seu marido morreu – comentou Wulfric. – Porque, nesse caso, teria permanecido no meio social que provavelmente se acostumou a frequentar, e teria acesso a mais atividades e lazer do que pode esperar aqui. – E como dependente de Elrick, ela certamente teria podido adquirir roupas novas nos últimos dois anos.

– É verdade, não é mesmo? – retrucou ela, mas não seguiu com o assunto.

Não era a primeira vez que a Sra. Derrick evitava falar sobre seu casamento, ou sobre qualquer coisa ligada a ele. E Wulfric percebera que os Elricks mantinham distância dela, e a recíproca era verdadeira. Talvez não gostassem da mulher. Era provável que tivessem reprovado o casamento e não a houvessem aceitado bem no seio da família. Não seria de surpreender.

– Eu poderia lhe contar sobre minha carta – continuou ela depois de uma breve pausa –, mas não devo dominar a conversa. O senhor passa os verões indo de uma temporada festiva a outra? Sei que é isso o que a aristocracia costuma fazer. Era o que Oscar e eu fazíamos o tempo todo.

– Esta é a primeira vez que compareço a um evento desse tipo em anos – disse ele. – Costumo passar os verões em Lindsey Hall. Às vezes viajo pelo interior, verificando as outras propriedades que possuo.

– Deve ser estranho – comentou Christine –, ser tão abastado assim.

Ele ergueu as sobrancelhas diante da vulgaridade do comentário. Pessoas bem-nascidas não falavam sobre dinheiro. Mas seria estranho não ser abastado. Ela evidentemente era pobre. Devia ser esquisito ser pobre. Era tudo uma questão de perspectiva, supunha Wulfric.

– Espero, Sra. Derrick – disse ele –, que isso não seja uma pergunta.

– Não. – Ela deu uma risadinha, um som baixo e atraente. – Peço que me perdoe. Não foi uma observação educada, não é mesmo? Esta não é uma alameda encantadora? O parque todo é absolutamente adorável. Certa vez, quando eu ainda era casada, perguntei a Bertie por que ele não abria o parque para o público, pelo menos quando ele e a família não estivessem aqui, assim todas as pessoas do vilarejo poderiam passear e aproveitar o lugar. Mas Bertie resmungou e riu daquele jeito dele, então me olhou como se eu tivesse acabado de contar uma piada muito espirituosa e que não exigia uma resposta. Por acaso Lindsey Hall tem um parque grande? E suas outras propriedades, têm um parque?

– Sim – respondeu Wulfric. – A maior parte delas tem.

– E o senhor permite que o público aproveite algum deles?

– A senhora permite que o público entre em seu jardim, Sra. Derrick? – retrucou ele.

Ela ergueu o olhar para ele mais uma vez.

– Há uma *diferença*.

– Há? – Aquele era o tipo de postura que irritava Wulfric. – A casa de uma pessoa, seu jardim ou seu parque são sua propriedade privada, um lugar onde relaxar e ficar a sós, é espaço pessoal. Não há uma diferença essencial entre a sua casa e a minha.

– A não ser pelo tamanho.

– Sim – concordou ele.

Wulfric se ressentia de pessoas que o colocavam na defensiva.

– Acredito – disse ela – que concordamos em discordar, Vossa Graça. Do contrário chegaremos às vias de fato e ouso dizer que levarei a pior. Mais uma vez, por uma questão de tamanho.

Christine estava rindo dele novamente – e talvez de si também. Pelo menos ela não era uma daquelas briguentas desagradáveis que forçavam sua argumentação até o ponto da ofensa, ainda mais se houvesse alguma sugestão de privilégio aristocrático e de injustiça com os mais pobres envolvida. Na verdade, todas as casas de Wulfric, exceto Lindsey Hall, eram abertas a qualquer viajante que batesse à porta e pedisse permissão à governanta. Era uma cortesia comum oferecida pela maioria dos proprietários de terra.

Luz e sombra brincavam sobre o corpo de Christine enquanto eles caminhavam. E Wulfric voltou a perceber sua bela constituição. Tinha o corpo de uma mulher madura, não o de uma moça esguia. Ele tentava compreender o que exatamente o atraía. Conhecia muitas mulheres mais belas e elegantes – incluindo várias das convidadas ali. Com certeza a pele ligeiramente bronzeada da Sra. Derrick e as sardas tornavam impossível considerá-la uma verdadeira beldade. E seus cabelos eram curtos e estavam frequentemente desgrenhados. Mas ela emanava aquela energia que Wulfric percebera desde o início, aquela vitalidade. Quando estava animada, ela certamente parecia emitir uma luz que vinha de seu íntimo... o que acontecia com frequência. Parecia amar as pessoas – e a maior parte das pessoas retribuía o sentimento.

Mas Wulfric jamais esperaria se sentir atraído por uma mulher como aquela. Teria imaginado que seu gosto seria por damas mais sofisticadas, donas de um refinamento sereno.

– Não quis se juntar à cavalgada? – perguntou ele.

Ela lhe dirigiu um sorriso.

– O senhor deveria ser grato por eu não ter ido – disse. – *Consigo* andar a cavalo, no sentido de que dou conta de me içar para as costas do bicho e permanecer ali sem cair... ao menos não caí até agora. Mas não importa que tipo de cavalo eu monte, até mesmo o mais dócil, invariavelmente perco a batalha do controle em poucos minutos e me vejo disparando, andando de lado, sendo levada para todas as direções possíveis menos para a que desejo ir ou para a que todo o restante do meu grupo está indo.

Wulfric não fez nenhum comentário. Todas as verdadeiras damas eram exímias amazonas. A maior parte delas também montava de forma graciosa e elegante. Ele era grato pelo fato de a Sra. Derrick ter preferido ficar, lendo sua cartinha.

– Cavalguei no Hyde Park uma vez, com Oscar, Hermione e Basil – contou ela. – Mas apenas uma vez, infelizmente. Estávamos cavalgando por uma trilha estreita, e um grupo de outros cavaleiros veio na direção oposta. Oscar e os outros que estavam comigo se afastaram educadamente para a grama a fim de deixá-los passar, mas meu cavalo resolveu virar de lado e bloqueou completamente a trilha. E empacou. Ficou parado ali, como uma verdadeira *estátua*. Meus companheiros pediram milhares de desculpas ao outro grupo, mas tudo o que eu consegui fazer foi *rir*. Mais tarde, Basil explicou que os outros cavaleiros eram todos oficiais importantes do governo, além do embaixador da Rússia. Mas todos encararam o incidente com bom humor, e o embaixador até me mandou flores no dia seguinte. Mas Oscar nunca mais me convidou para cavalgar quando estávamos em Londres.

Wulfric observou a touca dela e só conseguiu imaginar o constrangimento do grupo que a acompanhava na ocasião. E ela simplesmente ficara em cima do cavalo, *rindo*? Mas o mais estranho era que imaginar a cena dela sentada sobre um cavalo que parecia uma estátua sem saber o que fazer, rindo alegremente e atraindo a admiração do embaixador russo, fazia com que *ele*, Wulfric, sentisse vontade de rir. Deveria estar sentindo desprezo. Deveria estar vendo a confirmação de que ela não sabia se comportar. Mas a vontade que sentia era de jogar a cabeça para trás e cair na gargalhada.

Mas não fez isso. Apenas franziu a testa e eles prosseguiram com o passeio.

Depois de algum tempo, Wulfric percebeu que estavam chegando ao fim da alameda. Haviam caminhado em silêncio pelos últimos minutos. Não fora um silêncio desconfortável – ao menos não para ele –, mas subitamente parecia haver certa tensão no ar, certa consciência do outro que sem dúvida devia ser recíproca.

Seria possível que a Sra. Derrick estivesse atraída por ele como ele estava por ela? A mulher com certeza não havia se desviado de seu caminho para seduzi-lo. Ela não era do tipo que flertava. Não era coquete. Mas será que existia atração da parte dela? Wulfric acreditava que, de um modo geral, as mulheres não o achavam atraente. Talvez sentissem atração por seu título de nobreza e por sua riqueza, mas não por *ele*. Talvez ela estivesse apenas constrangida pelo silêncio.

– Continuemos então? – perguntou Wulfric, indicando o lance de degraus de pedra mais acima, no fim da alameda. – Ou a senhora prefere retornar à casa? Acredito que estejamos correndo o risco de perder o chá.

– As pessoas comem e bebem demais nessas temporadas festivas – disse ela. – Há um labirinto esplêndido ali em cima. Já viu?

Wulfric não tinha visto. Não conseguia imaginar que tipo de diversão haveria num labirinto, mas ainda não queria voltar para casa. Queria passar um pouco mais de tempo sob a aura de luz, de vitalidade e de riso dela. Queria passar mais tempo com *ela*.

Do alto dos degraus, dava para ver um amplo gramado pontilhado por árvores espalhadas, estendendo-se a distância. Mas não muito longe estava o labirinto que a Sra. Derrick mencionara, as sebes de 2 metros de altura cuidadosamente podadas para parecerem muros verdes.

– Aposto que chego primeiro ao centro – disse ela quando os dois se aproximaram, virando-se para encará-lo com os olhos cintilando.

Ela não virou apenas a cabeça. Virou o corpo todo de frente para o dele e manteve a distância dando passinhos para trás.

– É mesmo? – Wulfric ergueu as sobrancelhas e parou de caminhar. – Mas acredito que já conheça o caminho, Sra. Derrick.

– Atravessei o labirinto uma vez – admitiu ela. – Mas foi há anos. O senhor precisa contar lentamente até dez antes de vir atrás de mim. E eu contarei lentamente até dez quando chegar ao centro. Se minha contagem passar de dez, então serei a vencedora.

Ela não lhe deu chance de recusar o desafio. Entrou rapidamente pela abertura estreita na parede externa do labirinto, virou para a direita e desapareceu de vista.

Wulfric ficou olhando, perplexo, para a sebe por um momento. Deveria *brincar* em um labirinto? E iria *mesmo* fazer isso? Mas não havia muita escolha, afinal. A não ser deixá-la parada no meio do labirinto, contando lentamente até mais ou menos três mil.

Um... dois... três...

Ele *recusaria*?

Quatro... cinco... seis... sete...

Ele *nunca* participava de brincadeiras como aquela.

Oito... nove...

Nunca participava de brincadeira nenhuma.

Dez.

Ele entrou desanimado no labirinto. E descobriu que as sebes estavam mesmo cuidadosamente podadas. E também eram altas e densas o bastante para que não desse para ver qualquer relance do centro ou dos caminhos mais além. A pessoa simplesmente saía vagando por ali, irremediavelmente perdida durante algum tempo, imaginou Wulfric. Quando dobrou uma esquina, ele pensou ter visto a saia listrada da Sra. Derrick, mas uma borboleta branca entrou em sua linha de visão e passou voando por sobre a sebe à sua esquerda. Ao dobrar outra esquina, ele *realmente* a viu, mas ela logo deu uma risadinha e sumiu de vista, e quando Wulfric finalmente chegou ao ponto onde ela desaparecera, já não foi possível saber que caminho tomara.

Havia um ar de isolamento ali, percebeu Wulfric, como se o mundo tivesse sido deixado para trás e não existisse mais nada além das árvores, das relvas, das borboletas, do céu... e da mulher a quem ele perseguia.

Ele pegou vários caminhos errados, mas por fim acabou percebendo o padrão do labirinto. Sempre que havia uma encruzilhada, era preciso alternar entre entrar à esquerda e depois à direta. E não demorou para que Wulfric chegasse ao seu destino, embora não tivesse conseguido alcançar a Sra. Derrick no caminho.

– Quinze – disse ela em voz alta assim que ele entrou na clareira que ficava no centro cerca de dez minutos depois de se aventurar no labirinto.

Havia uma estátua de alguma deusa grega no meio da clareira, com um banco de ferro fundido em um dos lados. A Sra. Derrick estava encostada contra a estátua, como uma deusa ou ninfa em carne e osso, de aparência vigorosa, o rosto corado, os olhos cintilando e a expressão triunfante. Wulfric foi até ela.

– Poderíamos nos sentar e descansar se desejar – sugeriu ela. – Mas a vista não é espetacular.

– Não, não é – concordou ele, olhando ao redor. – Não há um prêmio? A senhora não mencionou isso depois de propor a disputa.

– Ah – disse ela, rindo –, o triunfo de ser a vencedora é o bastante.

E então os dois estavam parados a menos de um metro um do outro, sem nada para dizer, ao que parecia, e nenhum lugar para olhar a não ser um para o outro. A sensação de isolamento ficou mais intensa. Em algum lugar não muito longe, uma abelha zumbiu.

O rubor no rosto de Christine ficou mais intenso e ela mordeu o lábio.

Wulfric tomou uma das mãos dela entre as suas. Estava morna e a pele era muito macia.

– Simplesmente aceitarei a derrota, então – declarou, e levou a mão dela aos lábios.

Por alguma razão, o coração dele estava palpitando o bastante para fazê-lo sentir-se um pouco zonzo. A mão dela estremeceu na dele. Wulfric a segurou de encontro aos lábios por mais tempo do que o necessário.

Mas mesmo um único segundo havia sido necessário?

Ou sábio?

Ela o estava encarando com os olhos arregalados, os lábios ligeiramente entreabertos, Wulfric notou quando ergueu a cabeça. Ela tinha cheiro de sol e de mulher.

Wulfric se inclinou para a frente e pousou os lábios sobre os dela.

E sentiu um choque instantâneo de intimidade e desejo.

Os lábios dela eram mornos, macios e convidativos. Ele a saboreou, tocou-a com a língua, provou a carne macia na parte interna dos lábios, inspirou o hálito cálido dela, entorpeceu os sentidos com o cheiro dela. Wulfric manteve a mão dela entre as dele e sentiu como se algum âmago de gelo que sempre mantivera suas emoções seguramente aprisionadas estivesse se aquecendo, derretendo e se infiltrando nas veias.

Wulfric não sabia se ela havia retirado a mão das dele, ou se ele mesmo as soltara. Mas fosse como fosse, de repente os braços de Christine estavam ao redor do pescoço dele, e então um dos braços dele a envolveu pela cintura e o outro pelos ombros, os dois entrelaçados num abraço apertado, o corpo macio, quente e belo dela arqueado de encontro ao dele.

Wulfric explorou mais a boca delicada e permitiu que sua língua fosse mais fundo. Ela investiu a língua para encontrar a dele e depois a sugou.

Foi um abraço longo e cálido. Wulfric não soube dizer quanto tempo durou ou o que levou o beijo a terminar. Mas *terminou*, e ele ergueu a cabeça, afastou-a de seu abraço e recuou um passo.

Os olhos de Christine, imensos e azuis como o céu de verão, fitavam os dele, tão abertos e intensos que Wulfric achou que poderia se perder neles. Os lábios dela estavam rosados, úmidos, tal como acontece com lábios recém-beijados. Se ele alguma vez chegara a pensar que ela não era a mulher mais espetacularmente linda em que já pousara os olhos, com certeza deveria estar cego.

– Peço que me perdoe – disse ele, cruzando as mãos às costas. – Peço sinceramente que me perdoe, senhora.

Ela simplesmente continuou a encará-lo.

– Não sei por quê – falou baixinho, por fim. – Eu não recusei o beijo, não é? Embora suponha que deveria ter recusado. E definitivamente *não* deveria tê-lo desafiado a entrar no labirinto comigo. Nem sempre penso antes de falar ou agir. Na verdade, sou famosa por isso... ou *conhecida* por isso, é o que acho que deveria dizer. Vamos voltar para a casa e ver se restou algo do chá?

Ao que parecia, a Sra. Derrick já recuperara a compostura. E sorriu para ele com a animação de sempre... animação até demais.

– Há quanto tempo Derrick faleceu? – perguntou Wulfric.

– Oscar? – O sorriso dela se apagou. – Há dois anos.

– A senhora deve ter se sentido solitária durante esses dois anos – comentou ele –, e infeliz por ter sido forçada a voltar ao vilarejo em que nasceu para morar com sua mãe e com sua irmã mais velha e solteirona.

Ela acabara retornando a uma situação que não era nada melhor do que aquela vivida antes. Talvez até pior. Porque agora ela sabia o que havia perdido.

– Todos temos nossos destinos a viver – disse ela, levando as mãos para trás do corpo e apoiando-a na estátua. – O meu não é intolerável.

– Mas a senhora poderia ter uma vida melhor – falou Wulfric. – Eu poderia lhe oferecer uma vida melhor.

Ele ouviu as próprias palavras como se um estranho as houvesse pronunciado. Certamente não planejara dizê-las. Ainda assim, percebeu que não as retiraria, mesmo se pudesse. Recompôs-se, mas ainda sentia atração por ela.

Os olhares deles se colidiram e ficaram fixos um no outro. Houve um longo momento de silêncio, durante o qual Wulfric ouviu a abelha se afastando, zumbindo na direção da sebe, e se perguntou distraidamente se seria a mesma de antes. Ele notava que os olhos de Christine estavam mais cautelosos do que há um instante.

– Ah, poderia? – disse ela finalmente.

– A senhora poderia ser minha amante – explicou ele. – Eu poderia instalá-la em Londres, em sua própria casa, com sua própria carruagem. Não lhe faltaria nada no que se refere a roupas, joias e dinheiro. Eu a trataria bem de todas as maneiras imagináveis.

Ela continuou a encará-lo em silêncio por um longo momento.

– E eu poderia ter tudo isso – disse Christine por fim –, estando à sua disposição o tempo todo? Dormindo com o senhor sempre que o senhor desejasse dormir comigo?

– Seria uma posição de considerável prestígio – disse ele, para o caso de ela pensar que ele poderia estar lhe oferecendo a vida de uma cortesã mundana. – A senhora seria respeitada, e poderia ter uma vida social tão ativa quanto desejasse.

– Desde que – acrescentou ela – eu não quisesse que o senhor me acompanhasse a qualquer evento da aristocracia.

– É claro. – Wulfric ergueu as sobrancelhas.

– Bem, isso, ao menos, seria um enorme alívio.

Ele ficou olhando para Christine. Não se enganara em relação à natureza do beijo que haviam trocado, e certamente nem ela. Não houve nada de inocentemente romântico naquele beijo. Ela não era uma donzela. Tinha sido casada por alguns anos. Havia uma óbvia consciência sexual – e um apetite voraz – no abraço dela. Christine deveria saber que ele não era homem de brincar irresponsavelmente com mulher alguma, independentemente do momento da vida no qual ela se encontrasse.

Por acaso ele a teria ofendido?

A vida dela seria infinitamente melhor como amante dele do que como assistente de professor na escola, sendo obrigada a morar com a mãe, tanto devido à viuvez quanto pela pobreza. A proposta dele seria melhor para ela em aspectos materiais. E com certeza também seria melhor sexualmente. Um celibato de dois anos provavelmente era tão desagradável para uma mulher quanto seria para um homem. Mas Wulfric não conseguia decifrar a expressão de Christine enquanto ela o encarava.

Certamente a mulher não esperava um pedido de casamento, não é mesmo?

– Uma casa só minha – repetiu ela. – Uma carruagem. Joias, roupas, dinheiro, diversão. E o melhor de tudo, o senhor para me levar para a cama regularmente. É uma oferta quase esmagadoramente lisonjeira. Mas, sabe, terei de declinar. Nunca tive a ambição de ser uma prostituta.

– Há um mundo de diferença, senhora, entre uma prostituta e a amante de um duque – retrucou Wulfric rigidamente.

– Há? – perguntou ela. – Só porque uma prostituta copula num quartinho por um xelim enquanto a amante de um duque faz seu trabalho entre lençóis de seda por uma pequena fortuna? Ainda assim, as duas vendem o corpo por dinheiro. Eu não venderei o *meu*, Vossa Graça, embora lhe agradeça pela gentil oferta. Fico honrada.

As últimas palavras, é claro, foram ditas em tom sarcástico. Wulfric percebeu que ela estava muito, muito furiosa, embora a demonstração se limitasse ao tom e ao leve tremor da voz. Ele ficou um tanto abalado pela vulgaridade das palavras dela.

– Peço que me perdoe. – Ele fez uma reverência rígida e gesticulou para a parte interna da sebe. – Permita-me acompanhá-la de volta à casa.

– Prefiro que o senhor permaneça aqui e conte lentamente até dez depois que eu partir – disse ela. – Temo que o encanto de sua companhia tenha se dissipado.

Ele contornou a estátua e ficou de costas até ter certeza de que ela havia ido embora. Então sentou-se no banco.

Havia se equivocado completamente em relação aos sinais que interpretara. Christine estava disposta o bastante para permitir um abraço lascivo, mas não para se envolver em qualquer relação mais duradoura com ele – ao menos não como amante, e aquela era a única posição que Wulfric estava disposto a oferecer. Ele lamentava. Ela havia mexido de verdade com ele e Wulfric teve a sensação de que um longo e tenebroso inverno estava chegando para tomar o lugar da primavera.

Não esperara que ela fosse recusar. Ela obviamente estava atraída por ele – *aquilo* não fora fingimento. E a oferta que ele lhe fizera fora boa, considerando a posição social e as circunstâncias financeiras nas quais ela se encontrava. É claro que a dama já tinha sido casada com o filho de um visconde, ainda que fosse o filho *caçula*. No entanto, embora Christine fosse agora uma viúva empobrecida, morando com a mãe e com a irmã num vilarejo no interior, ela provavelmente esperava mais da vida do que se tornar amante de um duque. E talvez tivesse ficado desapontada por ele não ter lhe oferecido mais... mas isso certamente não era problema dele.

Aquela temporada festiva já um tanto enfadonha tinha acabado de tomar um rumo para pior, pensou ele. Não precisava daquilo. Não precisava mesmo.

Mas a culpa era totalmente dele, é claro. Sua mente saltara de uma atração branda e de um abraço ardente para algo bem mais sério. Já a mente de Christine não acompanhara o salto. Era bem pouco característico da parte dele falar de forma tão impulsiva sem antes avaliar todas as implicações de qualquer ideia nova. Afinal a dama em questão era cunhada de Elrick, muito embora nem Elrick, nem a esposa, parecessem querer se relacionar com ela. E era filha de um cavalheiro, embora o homem tivesse se visto obrigado a se tornar professor.

Era bom que ela tivesse recusado.

Além do mais, ele a reprovava, certo?

Wulfric ficou sentado muito quieto, os olhos fixos além da sebe, concentrando-se em recompor as próprias emoções para a segurança do âmago gelado ao qual pertenciam.

7

Christine tomou vários caminhos errados antes de conseguir sair do labirinto e seguir tropeçando pela relva. Ela desceu os degraus e praticamente saiu correndo pela alameda que, subitamente, parecia ter dobrado de comprimento. Chegou a se virar para trás algumas vezes, mas Wulfric não a seguiu. O que esperava? Que o duque a perseguisse e a obrigasse a fazer o que ele queria com um erguer do monóculo?

Christine diminuiu o passo. Já estava sentindo uma pontada na lateral do corpo.

A senhora poderia ser minha amante.

O mais absurdo foi que, quando o duque lhe disse ser capaz de oferecer algo melhor do que a vida atual dela, Christine pensou se tratar de *casamento.*

E mais absurdo ainda – *insano*, na verdade – foi que por um momento chegou a sentir o coração disparar de alegria. Existiria alguém mais idiota do que ela?

O *duque de Bewcastle* ia querer se casar com alguém como ela? Sendo mais específica: *ela* ia querer se casar com alguém como o duque de Bewcastle?

A resposta para as duas perguntas era um sonoro não.

Era bom – na verdade, era ótimo – que ele tivesse oferecido algo tão diferente.

Christine entrou no roseiral e percebeu com desalento que havia alguém sentado ali. Mas logo viu que era apenas Justin, o que lhe causou considerável alívio. Ele se levantou e foi até ela ostentando um sorriso.

– Nossa, você me pegou de surpresa – disse Christine, levando a mão ao peito.

– É mesmo? – Ele inclinou a cabeça para o lado e a encarou com atenção. – Aconteceu alguma coisa que a aborreceu, Chrissie? Venha se sentar comigo e me conte.

Mas ela diminuiu rapidamente a distância que os separava e o pegou pelo braço.

– Aqui, não – falou com urgência. – Vamos caminhar para os fundos da casa.

Justin deu um tapinha carinhoso na mão dela enquanto perambulavam.

– Vi você passeando com Bewcastle – disse ele. – Você tinha me dito que ia sair para ler a carta de sua irmã, e depois que concedi o que imaginei ser um tempo decente para lê-la, fui ver se você queria dar um passeio comigo. Mas era tarde demais... ele chegou na minha frente. Bewcastle a ofendeu?

– Não, é claro que não – respondeu Christine rapidamente, dando um sorriso breve para o amigo.

– É comigo que você está falando, Chrissie – lembrou Justin. – Não consegue me enganar facilmente, lembra-se? Você estava terrivelmente agitada quando entrou no roseiral. Ainda está.

Christine respirou fundo e exalou audivelmente. Justin era amigo dela havia muito tempo e permanecera leal durante os anos difíceis que ela enfrentara, e continuara ao seu lado depois. Ela seria capaz de confiar a vida ao amigo.

– Entramos no labirinto – contou ela –, e ele me beijou. Só isso.

– Preciso chamá-lo para uma conversa e dar a ele uma lição de bons modos? – perguntou Justin, erguendo os olhos para Christine com um sorriso pesaroso.

– É claro que não. – Ela deixou escapar uma risadinha trêmula. – Eu correspondi ao beijo. Na verdade, não foi nada de mais.

– Não achei que Bewcastle fosse mais um dos que estão na fila para entrar embaixo das suas anáguas – disse ele enquanto se afastavam, passando pelo cercado dos cavalos atrás dos estábulos e pela horta atrás da casa. – Mas terei uma conversinha com ele se você quiser, Chrissie. Obviamente ele a aborreceu. Você não está alimentando esperanças de se tornar a duquesa dele, está?

– Ah, Justin. – Christine riu de novo. – Ele me ofereceu um posto bem mais baixo. Convidou-me para ser sua *amante*.

Era baixo. E degradante. Não era sua intenção compartilhar a humilhação sofrida ante a proposta, mas acabara deixando escapar.

Justin parou e se virou para a amiga, soltando o braço dela. Sua expressão era excepcionalmente severa.

– Pelo amor de Deus, ele fez isso? – perguntou, a voz trêmula de fúria.

– Sim, acredito que tenha feito. Imagino que Bewcastle não se rebaixaria a *casar-se* com alguém de posição social inferior à de uma princesa. Mas insultar *você* desse jeito! É inadmissível. Chrissie, fique longe dele. O duque não é um homem agradável. Não conheço ninguém que goste dele, ou que sequer o tolere. Você não vai querer se misturar a pessoas como ele. Vou...

– Justin! – Christine pegou o braço dele de novo e o forçou a continuar a caminhada. – É muito doce de sua parte ficar tão bravo por minha causa. Mas não estou *muito* brava, entenda.... só um pouco abalada, devo confessar. E é claro que não quero ser a duquesa dele. Quem, em seu juízo perfeito, desejaria tal coisa? Estou absolutamente feliz com a vida que levo. E com certeza não me colocarei em posição de voltar a ser insultada. Você não precisa ficar temeroso por mim.

– Mas às vezes fico – disse ele com um suspiro. – Sabe o quanto gosto de você. Até a pediria em casamento se achasse que você aceitaria, mas sei que não, por isso me contento em ser seu amigo. Mas não espere que eu fique parado sem fazer nada enquanto outros homens a insultam.

Christine ficou comovida... e constrangida. Ela apertou o braço do amigo.

– Agora estou bem mesmo, é sério – garantiu. – Mas gostaria de ficar um pouco quieta e de pegar um pouco de ar fresco antes de entrar. Você se importa, Justin?

– Sempre fui bom em reconhecer uma deixa – respondeu ele, sorrindo. – Vejo você mais tarde.

Essa era uma coisa que ela sempre amara em Justin, pensou Christine, enquanto seguia caminhando. Era o amigo mais dedicado, mas jamais insistiria para que ela aceitasse o tempo que ele desejava lhe conceder ou suas atenções quando ela desejava ficar só. Christine só lamentava que, de várias maneiras, aquela fosse uma amizade unilateral. Justin raramente fazia confidências ou revelava muito de si, se é que alguma vez já tinha feito isso. Mas um dia, pensou Christine, aquilo com certeza ia mudar. Um dia ele ia precisar da amizade dela, que estaria pronta a oferecê-la.

Algum tempo depois, Christine viu-se realmente cansada ao subir as escadas para o quarto que ocupava na casa de Melanie e chegava à porta – cansada e emocionalmente esgotada. Mas ao que parecia, ainda não teria permissão para fugir dali.

– Sra. Derrick! – chamou uma voz atrás de Christine. Ela se virou e viu Harriet King parada à porta do próprio quarto, e então lady Sarah Buchan enfiou a cabeça com seus cachinhos louros acima do ombro da outra. – Venha aqui, por favor.

Era mais uma ordem do que um pedido, embora Christine pudesse ter ignorado a convocação facilmente. Mas de que adiantaria? Havia pouca possibilidade de se obter privacidade numa temporada festiva como aquela. Se não fosse falar com as duas naquele momento, Christine sabia que teria de ouvi-las mais tarde.

– É claro. – Ela sorriu e seguiu para o quarto de onde a haviam chamado, um cômodo espaçoso com vista para a frente da casa. – Gostaram do passeio?

Todas as damas muito jovens estavam no quarto de Harriet – Lady Sarah, Rowena Siddings, Audrey, Miriam Dunstan-Lutt, Beryl e Penelope Chisholm e, é claro, a própria Harriet.

– Você merece os parabéns – disse Harriet, num tom áspero.

– Posso lhe dar cinco guinéus de seu prêmio – falou Audrey. – O resto ainda não foi pago. Parabéns, prima Christine. Apostei em você, mas devo confessar que não esperava que vencesse. Não esperava que ninguém vencesse, para dizer a verdade.

– Estou tão feliz por *alguém* ter vencido – comentou Rowena com sinceridade. – Agora posso relaxar e aproveitar a segunda semana de festas. Por mais que eu goste de vencer disputas, devo confessar que a perspectiva de passar uma hora inteira na companhia do duque de Bewcastle vinha me tirando o sono. Parabéns, Sra. Derrick.

– Nós *vimos* vocês – explicou Beryl. – Penelope e eu. Havíamos acabado de chegar ao roseiral quando o duque estava entrando na alameda de chuvas-de-ouro. Estávamos debatendo sobre qual de nós o seguiria... ou mais precisamente qual de nós *não* o seguiria... quando o vimos parar para falar com a senhora. Então a senhora desceu a alameda com ele, e conversamos com o Sr. Magnus por um instante, quando ele também entrou no roseiral. Mas a senhora e o duque não voltaram prontamente, embora tivéssemos ficado observando, à espera. A senhora passou mais de uma hora e meia fora. Muito bem. Queríamos desesperadamente vencer a aposta, não é mesmo, Pen? Mas, assim como Rowena, não nos agradava a ideia do que teríamos de fazer para sermos vitoriosas.

– *Eu* nunca teria permanecido a sós com um cavalheiro por uma hora e meia, nem por todo o dinheiro do mundo – disse Sarah. O que era esquisito levando-se em consideração as condições da aposta. – Seria um bom modo de alguém comprometer a própria reputação.

– Desde que houvesse uma reputação a perder, Sarah – acrescentou Harriet, enfaticamente.

Todas passaram a falar quase ao mesmo tempo, e Christine de certo modo ficou grata. A tagarelice das moças lhe deu oportunidade de se recuperar do choque inicial. Alguém *não* a vira passeando com o duque? E por que ela não se lembrara nem uma vez daquela aposta tola enquanto estava com ele?

– Mas você deve ficar com o dinheiro, Audrey – disse Christine. – Apostou em mim e pagou por mim. Portanto, o prêmio é todo seu. Na verdade, foi uma disputa bastante ridícula, não foi? Mas vi que tinha uma oportunidade de vencer hoje, quando o duque de Bewcastle me encontrou lendo uma carta na alameda, e então a aproveitei. Conversei com ele por uma hora até o sujeito parecer prestes a morrer de tédio. E tenho certeza de que *eu* teria morrido de tédio se tivesse de fazer a mesma coisa de novo. Portanto, sim, damas, reivindico a vitória.

Ela riu e olhou animada para o grupo. A maior parte das moças, pensou, parecia realmente aliviada e feliz em perder os guinéus apostados. É claro que duas estavam nitidamente zangadas e decepcionadas, mas tanto lady Sarah quanto Harriet King eram jovens mimadas que não mereciam a compaixão de Christine. Afinal, ela não fizera *esforço* algum para vencer a aposta. Era irônico ter sido vista neste último passeio, enquanto na outra vez, quando se determinara a passar uma hora com o duque de propósito, não houvesse ninguém à vista quando eles voltaram juntos para casa.

– Harriet e Sarah – disse Audrey –, vocês me devem um guinéu cada uma.

Logo depois, Christine escapou do quarto onde estavam todas e foi se refugiar em seu próprio aposento. Provavelmente era um absurdo dizer a si mesma que jamais se sentira tão contrariada na vida, mas naquele exato momento, não havia outra descrição.

A senhora poderia ser minha amante.

Ela fechou os olhos com força e balançou a cabeça.

O duque a beijara. E ela correspondera ao beijo. Por alguns segundos – ou minutos, ou horas – Christine sentira uma onda de paixão mais poderosa do que qualquer coisa que já experimentara.

Então ele a convidara para ser sua amante.

Que vergonha!

– Christine na verdade não é uma sedutora – disse Justin Magnus para Wulfric.

Dois dias haviam se passado desde o embate no labirinto. Wulfric e a Sra. Derrick se esforçaram assiduamente para evitar um ao outro durante o dito período, embora aos olhos dele ela não parecesse abatida com a experiência. Muito pelo contrário. A Sra. Derrick parecia contar com a afeição de boa parte das jovens damas e conquistara a admiração da maior parte dos jovens cavalheiros. Kitredge também estava claramente enamorado dela. Embora a Sra. Derrick nunca se adiantasse para dominar qualquer das atividades da temporada festiva, ainda assim dava para se dizer que ela era a vida e a alma da festa. Onde a conversa estivesse mais animada e o riso mais alegre, era lá que a Sra. Derrick certamente poderia ser encontrada.

Talvez algumas pessoas pensassem nela como uma sedutora.

No entanto, era muito óbvio para Wulfric que não era o caso. A dama exercia uma atração verdadeiramente magnética sobre as pessoas. E gostava sinceramente delas.

– Com certeza não – retrucou Wulfric o mais friamente que conseguiu.

Os dois estavam caminhando junto com todos os outros em direção à colina perto do lago, rumo ao que lady Renable havia descrito como um piquenique improvisado, mas que Wulfric desconfiava não ter nada de improvisado. Magnus colara ao lado dele.

– Ela não é convencionalmente bela, ou educada, ou elegante – continuou Magnus –, mas é atraente. E não tem ideia do quanto, mas todo homem que a conhece sente isso e se vê atraído por ela. Mas a questão é que a maioria das damas também se sente atraída pela companhia dela. Portanto, não é sedução, veja só. É simplesmente o poder de atração extraordinário que ela exerce. Meu primo Oscar se apaixonou por Christine à primeira vista, e insistiu em tê-la para si, muito embora pudesse conquistar qualquer mulher que desejasse. Ele parecia um deus grego.

– Que sorte a dele.

Chegaram à clareira perto do lago onde a Sra. Derrick esbarrara em Wulfric naquela primeira tarde, e viraram na direção da colina. Wulfric diminuiu ligeiramente o passo e torceu para que o rapaz que o acompanhava seguisse sem ele, mas parecia que o jovem estava numa missão. Magnus era amigo da Sra. Derrick, claro. Será que havia sido mandado com algum recado? Ou desejava ele mesmo dizer alguma coisa? Wulfric ficou irritado por ter se colocado na posição de tolerar uma reprimenda de um rapaz tão jovem.

– Portanto, o fato de Kitredge admirá-la – continuou Magnus –, bem com os Culvers, os Hilliers e os Snapes, não significa que ela tenha atraído a atenção deles de propósito.

– Acredito que o senhor vá me explicar a relevância desses comentários, certo? – disse Wulfric.

– O senhor também a admira – afirmou Magnus. – E talvez pense que ela vem flertando com o senhor. Ou talvez ache que ela vem flertando com todos os outros e que está tentando lhe provocar ciúmes. Estaria errado em ambas as suposições. Entenda, esse é apenas o jeito de Christine, ela é cortês. Ela trata a todos do mesmo modo. Se Oscar tivesse se dado conta disso, teria sido muito mais feliz. Só que ele queria todos os sorrisos e atenções de Christine apenas para si.

Magnus deveria ter sido aconselhado a não tentar ser o cavaleiro andante da amiga, pensou Wulfric. Sem querer, ele estava dando a impressão de que a Sra. Derrick era incapaz de qualquer vínculo ou afeição mais profundos, mesmo em relação ao marido, e que era indiscriminadamente amável com qualquer um. Ou seja: que ela *era* uma sedutora.

– Perdoe-me – disse Wulfric, segurando a haste do monóculo entre os dedos –, mas meu interesse na felicidade ou infelicidade de um homem morto é realmente mínima. Com sua licença.

Chegaram à colina e no mesmo instante ficou óbvio que o piquenique havia sido planejado com bastante antecedência. Toalhas estavam estendidas sobre a encosta, de frente para o lago, e algumas cadeiras também haviam sido estrategicamente colocadas para os mais idosos. Havia cestas de comida e garrafas de vinho ao lado de cada toalha e ao alcance de cada cadeira. Dois criados estavam parados entre as árvores ao pé da montanha, para não atrapalhar o caminho.

Wulfric conversava com Renable e percebeu que a Sra. Derrick estava no topo da colina, as fitas de sua touca flutuando na brisa, e apontando vários lugares interessantes para Kitredge – do mesmo modo que fizera com *ele*, Wulfric, naquela primeira tarde. E ria de alguma coisa dita por Kitredge.

Wulfric ficou aborrecido por a Sra. Derrick ter reclamado com Magnus. E irritado por sentir-se culpado em relação a ela. Até o momento em que a beijou – em um impulso –, ela não tinha dito ou feito nada que pudesse tê-lo levado a pensar que seus avanços seriam aceitos de bom grado, bem como a oferta que acabara fazendo. Sem dúvida lhe devia um pedido de desculpas.

Não costumava ser impulsivo ou deselegante. Raramente fazia algo errado ou se colocava em posição vulnerável a algum ataque.

Não voltaria a acontecer. Wulfric estava definitivamente irritado com Christine Derrick – talvez porque soubesse que não havia como culpá-la.

Christine passara acordada a maior parte da noite posterior à cena no desagradável labirinto, e já havia quase decidido voltar para casa pela manhã. Mas o orgulho e uma certa teimosia vieram em seu socorro. Por que *ela* deveria fugir só porque o duque de Bewcastle propusera que ela se tornasse sua amante? Não importava que ele não tivesse ousado fazer uma oferta daquelas a nenhuma das outras convidadas. Simplesmente não importava.

Por que *deveria* importar? Ela não gostava dele e o desprezava mais do que nunca. Mal conseguia suportar estar no mesmo cômodo que ele – ou na mesma *casa*, para dizer a verdade. Mas permaneceria na festa, decidira finalmente, se não por nenhuma outra razão, ao menos porque talvez sua presença com certeza seria capaz de deixá-lo constrangido.

Assim, ela se dedicara a aproveitar o que restava da temporada festiva com exuberância renovada, e teve a satisfação de saber que tinha conquistado a amizade dos outros convidados, tanto homens quanto mulheres. Seria capaz de tolerar o restante do período ali, concluíra. Seria capaz de se divertir *e* de se manter afastada do duque de Bewcastle, que também parecia sustentar a mesma determinação de permanecer longe *dela*.

Era tudo muito satisfatório.

Christine se divertiu no piquenique, subiu ao topo da colina e mostrou os lugares mais importantes do vilarejo para o conde de Kitredge, que a manteve ocupada ali por um tempinho, fazendo perguntas. Depois do chá, ela desceu correndo para a beira do lago, a pedido de um grupo de jovens cavalheiros, para demonstrar a arte de fazer pedras saltarem sobre a superfície da água. Algumas damas também se juntaram a eles e todos se divertiram, embora Christine, *obviamente*, tivesse conseguido molhar a bainha do vestido ao vislumbrar pedras perfeitas para serem arremessadas um pouco depois da margem e insistir em resgatá-las ela mesma. Mas como se lembrara de tirar os sapatos e as meias antes, não houve grandes danos.

Às vezes, ela conseguia se convencer de que o passado já estava esquecido, e que sua juventude e seu bom humor natural haviam sido revigorados sem qualquer sombra à espreita. Mas as sombras nunca estavam muito distantes, mesmo sob a luz mais intensa – ou talvez especialmente neste caso. Os eventos que se seguiram provaram isso.

Christine foi uma das últimas pessoas a deixar o local do piquenique, já que precisava encontrar um lugar reservado onde pudesse calçar novamente as meias e sapatos. Ela viu que Hermione e Basil ainda estavam na encosta da colina, e percebeu que o duque de Bewcastle estava com eles.

– Confesso, Vossa Graça, que Elrick e eu estávamos determinados a conversar em particular com o senhor desde anteontem – dizia Hermione ao duque, enquanto Christine subia na direção deles. – Mas é apropriado que Christine ouça o que temos a dizer. Precisamos nos desculpar em nome dela.

Christine encarou perplexa a cunhada e parou, a menos de meio metro deles.

– Foi uma enorme tolice das jovens apostarem qual delas conseguiria prendê-lo numa conversa particular por uma hora – continuou Hermione, a voz realmente trêmula com alguma emoção, que soou para Christine como a mais pura raiva reprimida –, mas moças são assim mesmo, e é compreensível que desejassem impressionar alguém de sua posição e importância. No entanto, foi de uma presunção imperdoável da parte de Christine participar de uma aposta do tipo e na verdade *vencê-la*.

Christine fechou os olhos por um instante. Aquela aposta desgraçada! Mas como Hermione descobrira a respeito? Por lady Sarah e Harriet King, sem dúvida.

Basil pigarreou.

– Lady Elrick e eu não apoiamos comportamento tão vulgar, posso lhe assegurar, Bewcastle – disse.

– Foi uma infelicidade para nós que meu cunhado se apaixonasse pela filha de um professor e acabasse se casando com ela – acrescentou Hermione. – Durante toda esta temporada festiva ela não fez nada além de flertar com todos os cavalheiros e nos humilhar com exibições como esta. – Com uma das mãos, ela indicou a bainha molhada de Christine. – Mas o fato de ela ter envolvido o *senhor*, e flertado com o *senhor*, é imperdoável.

Christine não conseguia acreditar em seus ouvidos enquanto escutava aquela efusão de queixas. Era como ser catapultada ao passado. Os dois estavam falando com tanta raiva, e amargura... e estavam sendo tão injustos! Ela se viu abalada demais para dizer qualquer coisa... ou mesmo para simplesmente sair correndo.

O duque de Bewcastle levou o monóculo ao olho e se deteve no meio do caminho. Se ele o usasse para observar a bainha dela, ou qualquer outra parte de seu corpo, decidiu Christine, ela arrancaria a porcaria do monóculo da mão dele e o quebraria no nariz do sujeito – ou quebraria o nariz dele com o monóculo. Mas o duque dirigiu sua atenção para Hermione.

– Peço que não se aborreça, senhora – disse ele, a voz rígida e absolutamente gélida. – Ou você, Elrick. Filhas de cavalheiros com mente acadêmica frequentemente são mais bem-educadas e, portanto, mais interessantes de se conversar do que a média das jovens da aristocracia. Passei mesmo *uma hora* na companhia da Sra. Derrick depois que a convidei para me acompanhar num passeio pela alameda de chuvas-de-ouro? Confesso que me pareceu ter sido menos da metade desse tempo. E *realmente* flertei com ela ao conversar sobre a cavalgada vespertina e sobre a carta da irmã, que ela estava lendo quando a abordei? Se foi o caso, peço que me perdoe, e prometo ser mais respeitoso no futuro.

Ele soltou o monóculo, que ficou pendurado na fita negra que o prendia.

No entanto, Christine achou o aspecto do duque muito, muito perigoso, e o silêncio com que suas palavras foram recebidas sugeria que ela não era a única a ter essa impressão. O duque de Bewcastle colocara os dois em seus devidos lugares da forma mais fria. Ela talvez tivesse se divertido com a cena caso não estivesse tão terrivelmente magoada.

– Hermione! – disse Christine baixinho.

E apenas olhou para Basil, que gostava tanto de Oscar e, ainda assim, tratava a viúva do irmão de forma tão lamentável. Mas ele não encontrou seu olhar.

Christine provavelmente teria saído correndo cegamente dali no instante seguinte se o duque não houvesse voltado sua atenção para ela.

– Permita-me acompanhá-la de volta à casa, senhora – pediu ele. – E assim poderá aproveitar para me dizer se realmente lhe devo desculpas.

Christine duvidava que já tivesse ouvido a voz dele soar mais fria.

O duque lhe ofereceu o braço, e como Christine não conseguiu pensar em nenhum pretexto para recusar, aceitou a oferta. Ela percebeu que os olhos dele eram como duas pedras de gelo. Na verdade, apresentavam a frieza e o charme costumeiros. Christine teria preferido sair correndo em direção contrária, se perder entre as árvores, para lamber suas feridas a sós. Até então não havia percebido que ainda havia feridas a lamber. Pensava que já estavam curadas havia muito tempo.

Hermione e Basil não fizeram qualquer movimento para voltar com eles.

– Eu *lhe* devo um pedido de desculpas? – perguntou o duque quando estavam fora do alcance dos outros dois.

– Por me fazer aquela oferta? – retrucou ela. – Já se desculpou por isso.

– Como pensei – disse ele. – Embora minha oferta deva ter sido um desenlace bastante chocante à sua tarefa bem-sucedida de conseguir ficar a sós comigo por uma hora. O labirinto foi um toque inteligente para nos fazer demorar. Acredito que tenha se divertido ao reivindicar seu prêmio, senhora, e que seus esforços tenham valido a pena... Bem como o insulto que a senhora se viu forçada a tolerar.

Christine respirou fundo e soltou o ar lentamente. Suas feridas ainda teriam de esperar um pouco mais por cuidados.

– Na verdade – explicou ela –, não reivindiquei o prêmio de forma alguma. Alguém apostou o dinheiro em questão por mim. E deixei todo o prêmio para ela. Mas, sim, *realmente* aproveitei meu momento de triunfo à sua custa. Venci no primeiro dia, é claro, quando o atraí para uma caminhada ao redor deste lago comigo, mas teria parecido antiesportivo findar o jogo tão rápido. Assim, decidi repetir o feito há dois dias. – Ela suspirou alto e ergueu o rosto para o céu.

– No entanto, fui *eu* que a convidei para caminhar comigo naquela segunda ocasião – lembrou ele.

– Mas é claro. – Ela o encarou, os olhos arregalados de surpresa. – Uma dama não deve convidar um cavalheiro, certo? Ainda mais duas vezes numa mesma semana. Mas *isso* não *me* deteve. Há maneiras de se incitar um homem a fazer o convite... Postando-se num muro, muito concentrada, com uma carta que recebi há um mês, por exemplo, enquanto uma alameda relvada e convidativa se estende adiante, e então, fingir estar absorta na leitura.

Talvez sabiamente, Wulfric se manteve em silêncio. Christine sentiu uma satisfação perversa ao se dar conta de que talvez ele estivesse furioso, ou talvez... ela ousaria alimentar tamanha esperança?... Talvez ele estivesse se sentindo um pouco humilhado.

Eles estavam em meio às árvores. Christine poderia facilmente ter desvencilhado seu braço do dele, e o teria feito se não lhe tivesse ocorrido que era exatamente isso o que o duque gostaria.

– Sabe, a aposta original – disse ela – era envolvê-lo a ponto de conseguir arrancar do senhor um pedido de casamento. Mas como todas concluíram que não seria divertido apostar em algo impossível, as condições mudaram para apenas uma hora de *tête-à-tête*. Eu quase poderia ter vencido a primeira aposta, assim como a segunda, no entanto o senhor me ofereceu uma *carte blanche* em vez de casamento. Foi extremamente humilhante, sabe, embora eu acredite que teve a ver com o fato de eu ser filha de um mero professor e, portanto, vulgar demais para a posição de duquesa. No entanto, nenhum mal foi causado, já que não foi preciso confessar o que aconteceu às minhas companheiras de aposta.

O duque permaneceu em silêncio.

Era uma situação muito tentadora. Christine nunca fora adepta de brigas e discussões. Mas achava que havia algo muito delicioso em puxar briga com o duque de Bewcastle. No entanto, se seu palpite estivesse correto, seria mais difícil atrair o sujeito para uma demonstração de emoções descontrolada e implausível do que para um casamento. E isso se dava porque não *havia* emoção ou paixão no homem. Christine sufocou a lembrança de um certo abraço no labirinto dois dias antes. Aquilo não fora paixão... fora luxúria.

Ela voltou a suspirar alto.

– Estou feliz porque venci a aposta... duas vezes – disse. – Agora não preciso mais me dedicar à sua companhia.

– E suponho que esta seja minha deixa para lhe assegurar que estou encantado por ouvir isso?

– Está? – perguntou ela. – Encantado, quero dizer?

– Não tenho opinião sobre o assunto.

– Você nunca discute com ninguém? – quis saber Christine.

– Discutir é absolutamente desnecessário – retrucou ele.

– É claro que é. – Ela cortou o ar com a mão livre. – O senhor pode exigir obediência com o mero erguer de uma sobrancelha.

– A não ser – argumentou ele –, quando alguém decide ignorar a ameaça tanto da sobrancelha quanto do meu monóculo.

Ela riu, embora, para ser sincera, não se sentisse bem-humorada. Havia sido terrivelmente humilhada, primeiro no labirinto e agora na colina, e mal podia esperar para rastejar até seu cubículo de quarto e deitar na cama em posição fetal.

– Seu cunhado e sua cunhada não gostam da senhora – disse o duque de Bewcastle objetiva e abruptamente.

Ora, eles tinham acabado de deixar aquilo bem óbvio. Não havia por que ficar aborrecida de novo com uma declaração patente do fato.

– Eles provavelmente estão apavorados com a possibilidade de eu seduzir o senhor para um casamento, assim como fiz com Oscar – comentou Christine quando chegaram à clareira perto do lago, no mesmo lugar onde ela havia colidido com ele naquela primeira tarde da temporada festiva. – E que mais tarde o senhor vá culpá-los por não terem lhe avisado.

– Não terem me avisado de que a senhora é filha de um professor? – perguntou ele. – Que é ardilosa?

– E vulgar – completou ela. – Não se esqueça disso. Foi um dos meus principais pecados, sabe? Eu estava sempre fazendo coisas que atraíam a atenção e os constrangia. Por mais que eu tentasse, nunca conseguia ser perfeita como Hermione. Agora que o senhor teve tempo para refletir sobre o assunto, deve estar muito grato por eu ter me recusado a ser sua amante.

– Devo? – retrucou ele. – Porque a senhora não é uma dama perfeita?

Eles estavam seguindo por entre as árvores que levavam ao gramado diante da casa.

– E porque sou uma sedutora – disse ela.

– A senhora é? – perguntou ele.

– E porque talvez eu vá matá-lo como matei Oscar – disse ela.

Houve um curto período de silêncio, durante o qual Christine percebeu que todas as defesas que ela nem sequer percebera ter erguido ao seu redor haviam ruído, que todo o seu bom humor tinha se esvaído, e que se eles não chegassem logo à casa ela acabaria arrumando briga com o duque, quisesse ele ou não. Christine se visualizou socando o peito dele usando os punhos, pisoteando as botas dele e torcendo aquele monóculo até transformá-lo num saca-rolhas, tudo enquanto berrava com ele feito uma coruja enlouquecida. Mas o problema era que não eram imagens nada divertidas.

Christine percebeu que logo começaria a chorar se não tivesse cuidado. E ela nunca chorava. Nunca adiantava, certo?

– Parece-me então que Elrick e sua senhora têm alguma justificativa para rejeitá-la – comentou ele.

O que ela esperava? Que ele perguntasse se aquilo era verdade? Que arrancasse toda a história dela como ninguém jamais fizera e a isentasse de toda a culpa? E então se desculpasse, se humilhasse pela oferta no labirinto e a puxasse para seu fiel corcel – todo cavaleiro de verdade possuía um corcel – a fim de torná-la sua duquesa?

Christine não conseguiria imaginar destino pior. Não mesmo. Porque ele *não* era um cavaleiro em armadura brilhante. Era um aristocrata arrogante, frio e desagradável.

– Com certeza – disse ela, por fim. – Ah, com certeza. O fato de eu não estar sequer perto de Oscar quando ele morreu não faz diferença alguma, certo? Este foi só mais um exemplo de como sou ardilosa. De qualquer modo, eu o matei. E *não* estou de bom humor, Vossa Graça, conforme o senhor talvez tenha percebido. Vou sair correndo assim que tiver acabado esta conversa e voltar para a casa, suada e arfante. E *não* espero que venha correndo galantemente atrás de mim.

Mas antes que ela pudesse transformar suas palavras em ações, a mão direita dele se fechou com força ao redor do braço dela e Christine viu o próprio colo arfante ser erguido a centímetros do peito dele. Os olhos prateados cintilaram, encarando os dela com uma luz fria.

Em um instante de perplexidade, Christine achou que seria beijada outra vez.

Talvez ele também tivesse pensado a mesma coisa. Com certeza os olhos dele pousaram na boca de Christine, as narinas dilatadas. E então ele pousou a mão direita no outro braço dela com mais gentileza.

O ar não ficaria carregado de tensão nem mesmo se um raio atingisse o solo entre eles naquele momento.

Mas ele não a beijou – fato pelo qual Christine se viu muito grata mais tarde, quando já estava gozando de plenas faculdades mentais. Ela provavelmente teria correspondido ao beijo, se agarrado ao duque e implorado para que ele a carregasse para o bosque e a possuísse. E o problema era, pensou Christine então, que ela provavelmente também teria concordado – ido com ele de bom grado, isto é, se deitado com ele. Talvez chegasse até mesmo a implorar ao duque para repetir a oferta feita no labirinto.

Mas ele não a beijou.

– Cada vez me arrependo mais de ter vindo a esta temporada festiva – disse ele, mais para si do que para ela. – E antes que resolva dar a última palavra, Sra. Derrick, ouso dizer que a senhora também se arrepende... por *eu* ter vindo, por *a senhora* ter vindo.

Ele a libertou e Christine levantou a barra molhada do vestido e saiu em disparada, mais arrasada do que jamais havia ficado nos últimos dois anos. Realmente não deveria ter comparecido àquela temporada festiva – e esta com certeza era a declaração da década. Já havia ficado *sabendo* de antemão que Hermione e Basil estariam presentes. E agora se expusera ao ridículo e à censura do duque de Bewcastle, que agora ia achar que ela havia *matado* Oscar, pelo amor de Deus.

E ainda assim, se o duque a houvesse beijado, ela teria correspondido. No entanto, tudo que ele foi capaz de dizer quando *não* a beijou foi que se arrependia mais do que nunca de ter comparecido àquela temporada festiva.

Christine o odiava apaixonadamente. E esta era uma constatação alarmante. Teria preferido sentir-se indiferente a ele.

Quando chegou à casa, suada, ofegante e desalinhada, chegou à conclusão de que deveria ter permanecido do lado de fora. Deveria confrontar Hermione e Basil assim que eles retornassem. Já tinha passado da hora. Só que havia ficado tão abalada quanto eles nos dias subsequentes à morte de Oscar, que se vira absolutamente incapaz de se defender da maneira devida contra as acusações deles. Mas neste momento em particular não se sentia menos abalada do que na época da morte do marido. Assim, como a covarde que às vezes era, subiu correndo para o quarto, grata por não encontrar ninguém no caminho.

Christine fechou a porta, atirou-se sobre a cama estreita e agarrou as cobertas com os punhos cerrados enquanto lutava para controlar as lágrimas – não queria aparecer para jantar com os olhos vermelhos e inchados e o nariz entupido. Sabia que não poderia culpar mais ninguém por tudo aquilo, exceto a si mesma. Deveria ter se recusado a comparecer. Nem mesmo Melanie poderia obrigá-la a ir às festividades se ela tivesse negado e insistido na recusa.

Um longo tempo se passou antes que Christine se acalmasse e se sentasse na cama para examinar sua aparência no espelho. Com um sorriso, talvez não fosse ficar muito diferente do normal. Ela sorriu para seu reflexo a fim de testar a teoria. Um rosto trágico a encarou de volta, os lábios curvados grotescamente. Christine entreabriu os lábios e tentou inserir um certo brilho nos olhos.

Pronto, pensou, estava ótima de novo, em segurança por trás de suas defesas mais uma vez. Estranho... não percebera que ainda possuía tais defesas, que ainda necessitava delas. Havia passado dois anos livre e feliz de novo. Bem... quase feliz.

Sobreviveria intacta até o fim da temporada festiva, decidiu com firmeza, até poder ir para casa e esconder novamente o coração na rotina confortável de sua vida cotidiana. Afinal, tinha conseguido sobreviver até mesmo à morte de Oscar.

Wulfric sentia-se excepcionalmente alterado – de novo. E pela mesma razão. Ele quase a *beijara*, pelo amor de Deus. Não poderia imaginar conclusão mais inapropriada para uma tarde um tanto tediosa.

Mas calculara muito mal, percebeu enquanto a observava fugir correndo. Em vários aspectos.

Christine ainda estava zangada com a oferta que ele lhe fizera.

É claro, ele estava mais do que um pouco aborrecido consigo. *Não* acreditava que aqueles dois longos encontros entre os dois tivessem sido completamente tramados por ela. Mas ela *participara* daquela aposta absurda e sem dúvida prolongara ao máximo o segundo encontro deles. Afinal, fora sugestão dela que entrassem no labirinto. E ele obedecera feito uma marionete. Então a beijara e fizera a oferta impulsiva.

Deve ter sido um bálsamo para ela sair do labirinto para poder voltar correndo e reivindicar a vitória e o prêmio.

No entanto, o orgulho ferido dele tornava-se insignificante diante do fato de que ela ficara terrivelmente magoada com o comportamento estúpido de Elrick e da esposa na colina – e com toda a razão. Wulfric já havia tido algum contato com ambos antes, e nunca os achara desagradáveis, indiscretos ou tolamente vingativos. E eles acabaram sendo tudo isso naquela tarde.

Os dois certamente lavaram a roupa suja da família diante dele de um modo inadmissível. Ressentiam-se das origens humildes da Sra. Derrick, da vulgaridade dela, de sua postura sedutora – aquela palavra de novo. A qual vinha aparecendo com uma regularidade tediosa quando o assunto era a Sra. Derrick. Wulfric realmente não queria saber quais sentimentos Elrick e a esposa nutriam pela cunhada. Com certeza não *precisava* saber.

Mas algo obviamente acontecera entre os três – algo que dizia respeito à morte de Oscar Derrick. Nem por um instante Wulfric chegara a acreditar que Christine Derrick tivesse matado o marido, mas certamente *alguma coisa* havia causado uma inimizade tão duradoura. Naquela tarde, de algum modo ele se vira no meio de uma sórdida briga de família.

E se ressentia profundamente dessa imposição.

Ao mesmo tempo, descobrira algo interessante sobre a Sra. Derrick. Ela era mais do que apenas luz e risadas. Havia escuridão ali também, profundamente sufocada, embora tivesse vindo à superfície, borbulhando, quando eles passearam um pouco antes. Ela fizera um esforço supremo para provocar uma briga com ele.

Wulfric quase sucumbira – de um modo que ela não teria esperado.

Ele não tinha o desejo – ou a intenção – de lidar com a vulnerabilidade da Sra. Derrick. Sentira atração por ela, a beijara, a convidara para ser sua amante, ela recusara, e a questão se encerrara. Tirando a atração persistente que admitia sentir por ela, Wulfric não tinha qualquer outro interesse pela Sra. Derrick ou pelas complexidades sombrias da vida dela.

Ainda assim, irritantemente, ele se flagrou acompanhando-a com o olhar com uma frequência cada vez maior durante a segunda semana da temporada festiva.

A Sra. Derrick espalhava luz, apesar das sombras que ele vira nela de relance.

E, por mais que não desejasse, Wulfric ainda estava fascinado por aquela luz.

8

Wulfric foi pescar com o barão de Renable e alguns outros cavalheiros por algumas manhãs seguidas. Também sentou-se na biblioteca de Renable em várias ocasiões com um pequeno grupo de cavalheiros para falar de política, assuntos internacionais e livros. Jogou bilhar mais de uma vez com os que também gostavam do jogo. À noite, jogava cartas, já que apenas os convidados mais velhos tinham disposição para tal. Participou o mínimo possível dos eventos mais animados da festa, sem parecer mal-educado. Passou sozinho o máximo de tempo que conseguiu – eram momentos raros e preciosos. E contou os dias, quase as horas, até poder voltar para casa.

No entanto, havia um único evento do qual não ia conseguir escapar, embora pelo menos houvesse sido marcado bem para o finzinho da temporada festiva, como o momento culminante. Haveria um baile grandioso – ou ao menos tão grandioso quanto um evento no campo permitiria – para celebrar oficialmente o noivado entre a Srta. Magnus e sir Lewis Wiseman. Um grupo seleto de vizinhos fora convidado, já que os vinte e quatro convidados hospedados na casa e os dois anfitriões não poderiam encher devidamente um salão de baile.

– Boa parte dos convidados para o baile tem apenas uma leve pretensão aristocrática – explicou lady Renable a Wulfric, um dia ou dois antes do evento. – No entanto, eles gostam de ser convidados, e sentimos que é nosso dever ser condescendentes uma ou duas vezes por ano. Espero que não ache a companhia insípida demais.

– Acredito que posso confiar em seu bom gosto em relação aos convidados, assim como em tudo o mais, senhora – afirmou Wulfric, erguendo tanto as sobrancelhas quanto o monóculo.

Por que se desculpar por algo que não poderia ser evitado? E por que se desculpar apenas com ele? Por que se desculpar, afinal? Se tinha algo pelo qual Wulfric seria eternamente grato era pelo fato de os Bedwyns não ficarem pedindo desculpas um ao outro eternamente.

Para ele, bailes nunca foram a definição de bom entretenimento, embora precisassem ser tolerados às vezes. Aquele era um desses momentos. Já que dificilmente poderia se trancar em seu quarto com um livro, Wulfric se vestiu com o cuidado habitual, permitindo que o criado passasse mais tempo do que o usual amarrando seu lenço de pescoço, aí desceu para o salão de baile na hora determinada. Ele reservou a primeira dança a lady Elrick e a segunda a lady Renable, e torceu para que depois disso pudesse se recolher discretamente ao salão de jogos.

Enquanto seguia ao ponto onde Mowbury estava parado – com uma expressão constrangida, se não absolutamente infeliz –, Wulfric reparou nas damas mais jovens, todas ostentando o que tinham de mais vistoso, as joias cintilando sob a luz das velas, plumas balançando acima dos cabelos com penteados elaborados – talvez um estratagema deliberado para se distinguirem dos vizinhos menos vistosos da propriedade, que já haviam começado a chegar.

– Lembrei a Melanie que nasci com dois pés esquerdos – disse Mowbury –, mas ela insistiu para que eu aparecesse aqui e dançasse com *alguém*. Convidei Christine, a Sra. Derrick. Ela foi casada com meu primo, você sabe, e sempre a considerei uma pessoa decente, embora Hermione e Elrick pareçam não gostar dela, não é? Bailes são uma coisa cansativa, Bewcastle.

Ela estava do outro lado do salão, conversando com três outras damas e um cavalheiro. Wulfric reconheceu o reverendo e sua esposa e presumiu que as outras duas damas fossem a mãe e a irmã mais velha dela. A Sra. Derrick com certeza fora abençoada com toda a beleza da família, pensou ele. A esposa do reverendo era de uma beleza comum. E a irmã mais velha era totalmente sem graça.

A Sra. Derrick estava usando um vestido de festa de cor creme, com um único babado na barra e franjas combinando nas extremidades das mangas curtas e bufantes. O decote era profundo, porém nada obsceno. Os cachos curtos, escovados até brilharem, estavam enfeitados com uma fita cor-de-rosa, para combinar com a fita que envolvia a cintura do vestido. As fitas eram o único enfeite que ela usava, além do leque fechado numa das mãos enluvadas. Não usava joias, turbante ou plumas. O vestido em si não poderia nem de longe ser classificado como última moda.

E fazia com que a aparência das outras convidadas parecesse absurdamente exagerada.

– Então a Sra. Derrick concordou em lhe conceder a primeira dança? – perguntou Wulfric.

– Sim. – Mowbury fez uma careta. – Prometi não esmagar os dedos dos pés dela. Mas caso eu o faça, a Sra. Derrick apenas rirá de mim e me dirá que seus dedos precisavam mesmo ser aplainados ou algo parecido. Ela tem espírito esportivo.

Kitredge, cujas formas corpulentas estavam claramente se rebelando dentro do espartilho, havia se juntado à Sra. Derrick e estava sendo apresentado à família dela. Por um momento, a mão gorducha e cheia de anéis dele pousou no cóccix dela. Os dedos de Wulfric se fecharam ao redor da haste do monóculo de festa, todo cravejado de pedras preciosas. O conde removeu a mão dali quando a Sra. Derrick mudou de posição ligeiramente para sorrir para ele. Ela assentiu e Kitredge se afastou. A segunda dança fora prometida, imaginou Wulfric.

Ele deixou o monóculo cair, pendurado na fita de seda.

Christine sempre gostara de dançar. Mas nem sempre gostara de *bailes* – pelo menos não nos últimos anos de seu casamento. Oscar começara a fazer objeções quando ela se dispunha a dançar com outros cavalheiros, embora Christine tentasse argumentar que o principal objetivo de um baile era dançar com uma variedade de parceiros. Ele não poderia dançar a noite inteira com ela. A boa etiqueta não permitiria. Além do mais, Oscar gostava de ficar no salão de jogos, ou conversando com os amigos, e ela sempre acabava presa no dilema de tomar chá de cadeira por vontade própria ou desagradar seu marido.

Christine achara o casamento um desafio muito maior do que imaginara. Apesar da aparência extraordinária, Oscar sempre fora um homem muito inseguro – em relação a si e a ela também. E com o tempo foi se tornando cada vez mais possessivo e dependente. Ela o amava profundamente, mas era difícil não se ressentir da falta de confiança do marido. Christine chegara a temer ter deixado de amá-lo pouco antes do fim, quando as acusações de Oscar haviam se tornado mais nocivas e até mesmo ofensivas.

Mas aqueles dias difíceis, infelizes, estavam acabados e esta noite ela era livre para aproveitar todas as danças se desejasse – e se recebesse convites suficientes dos cavalheiros. Christine riu durante a primeira dança, guiando Hector pelos passos da quadrilha e resgatando-o mais de uma vez quando ele seguiu desajeitadamente numa direção, enquanto todos os outros cavalheiros deslizavam graciosamente na outra. Hector agradeceu profusamente depois e chegou a se arriscar a beijar a mão dela.

Christine seguiu com alegria para a segunda dança, com um suado conde de Kitredge, e guiou a conversa com firmeza para longe do viés coquete no qual ele vinha insistindo na última semana. Quando o conde manifestou o desejo de levá-la pelas portas francesas até o jardim, a fim de aproveitarem a noite fresca por alguns minutos, ela lhe assegurou que ficaria desolada caso perdesse um único passo de uma única dança durante um baile tão esplêndido.

Então Christine dançou com o Sr. Ronald Culver – finalmente aprendera a distingui-lo do irmão gêmeo – e com o Sr. Cobley, um dos fazendeiros arrendatários de Bertie, que havia lhe proposto casamento três vezes no último ano e meio. Durante todo o tempo, ela riu e conversou muito.

Percebeu com certa satisfação que Hazel fora convidada para todas as danças e que até mesmo Eleanor, que não suportava dançar, fora persuadida a ir duas vezes à pista de dança.

Christine sorria com prazer e carinho sempre que via Audrey e sir Lewis Wiseman juntos. Embora eles não fossem de forma alguma exagerados em suas demonstrações de afeto, sem dúvida pareciam se dar muito bem. Estavam felizes juntos. A felicidade era um bem tão raro... Christine *torcia* para que, no caso deles, fosse duradoura. Sempre nutrira grande estima por Audrey, que era pouco mais do que uma criança quando Christine se casara com Oscar.

Ela lembrou que, no dia seguinte, voltaria para casa. Que glória seria, mesmo que em diversos aspectos a temporada festiva houvesse sido agradável e a maior parte dos convidados simpáticos. Mas três deles não foram nada simpáticos, e aquilo fizera toda a diferença. Houvera uma tensão terrível entre Christine de um lado e Hermione e Basil do outro, desde o dia do piquenique. Eles a haviam evitado sempre que possível, embora todos os dias Christine tivesse se mostrado determinada a encurralá-los em algum lugar para lavar qualquer roupa suja que ainda restasse. Mas era difícil encontrar um momento de privacidade numa casa cheia de convidados, durante uma temporada festiva... ou talvez ela não tivesse usado de todo o seu empenho. E além de tudo o duque de Bewcastle a convidara para ser sua amante – e então a presenciara sendo humilhada pela cunhada e pelo cunhado, bem como testemunhara sua exibição de rancor, irritação e indiscrição logo depois. Na verdade, foi tudo muito perturbador.

Christine mal podia esperar para voltar para casa.

Ela nunca, nunca, *nunca* mais permitiria que a arrastassem de casa para participar de qualquer evento que envolvesse a aristocracia de modo geral, e Hermione e Basil em particular. O duque não foi incluído em sua decisão, já que não havia a menor possibilidade de que os dois voltassem a se encontrar algum dia.

E Christine ficaria eternamente grata por isso.

No entanto, durante todo o tempo que passou no salão de baile – a cada segundo –, ela estava consciente da presença do duque de Bewcastle, a aparência muito severa e imaculada, e sem dúvida satânica, sob o paletó preto de gala, os calções de seda até os joelhos, com colete prateado, meias e camisa branca, todo linho e rendas. Ele também parecia estar desprezando cada mortal com quem se via sentenciado a passar a última noite daquela temporada festiva que parecia não ter lhe dado prazer algum. Provavelmente o consternava se ver forçado a dividir um salão de baile com pessoas que de forma alguma chegavam perto da elevada posição dele – embora todos ali pudessem alegar deter certa posição social. A mãe de Christine e Eleanor eram um exemplo disso.

O duque dançou com Hermione e depois com Melanie antes de seguir para o salão de jogos. Mas Christine, que o observava com relutância enquanto tomava seu lugar na pista com Ronald Culver para a terceira dança, ficou perplexa ao vê-lo voltar ao salão de baile, hesitar, a expressão aborrecida e arrogante, e então se adiantar e se inclinar sobre a mão de Mavis Page, a filha magricela e sem graça de um falecido capitão da Marinha, que até então havia ficado o tempo todo sentada ao lado da mãe. Ninguém nunca dançava com Mavis, que além de não ter a melhor das aparências, infelizmente também não tinha uma personalidade forte que pudesse compensar sua carência de beleza.

Christine se flagrou com sentimentos divididos. Por Mavis, é claro, sentia-se sinceramente encantada – a Srta. Page teria algo realmente importante para contar durante o próximo ano ou dois, ou talvez até mesmo pelo restante de sua vida. Mas ao mesmo tempo era irritante – e perturbador – ver o duque se comportando de modo tão diferente do normal. Christine realmente não queria encontrar nele nenhuma qualidade que o redimisse. Mas aparentemente ele percebera a moça tomando chá de cadeira e se dispusera a resgatá-la.

O Sr. Fontain, outro arrendatário de Bertie, convidou Mavis para a dança seguinte. Ela pareceu quase bela, as bochechas com um toque de rubor radiante.

Depois da terceira dança, o duque de Bewcastle desapareceu no salão de jogos e Christine sentiu-se livre para relaxar e se divertir. Dali a dois dias já não teria de pensar nele nunca mais. Nunca mais precisaria voltar a olhar para aquele rosto frio e arrogante. Nem teria de ficar se lembrando o tempo todo da proposta desonrosa que ele lhe fizera e que, por um único e vergonhoso momento, ela se vira *decepcionada* por não ter sido um pedido de casamento.

A mera ideia de se casar com ele...

O alívio pela ausência do duque não durou muito. Depois da quarta dança, Christine estava voltando para perto de sua família quando o Sr. George Buchan e o Sr. Anthony Culver a detiveram para trocar algumas palavras. Um deles provavelmente a convidaria para dançar, pensou Christine. Ela torcia para que *alguém* a convidasse. A dança seguinte seria uma sequência de valsas. Christine tinha aprendido os passos durante o período em que frequentara a temporada social de Londres, embora nunca tivesse dançado com ninguém além de Oscar.

Queria muito que alguém a convidasse para dançar uma valsa ali.

Então de repente sentiu um toque no braço e, quando se virou, flagrou-se encarando os olhos prateados do duque de Bewcastle.

– Sra. Derrick – disse ele –, se não houver prometido a próxima dança a outra pessoa, gostaria que dançasse comigo.

Ele a pegara completamente de surpresa. Mesmo assim, Christine se deu conta de que poderia simplesmente recusar. Mas se fizesse isso, daí não poderia dançar decentemente com mais ninguém. E aquela seria a única valsa da noite.

Que aborrecimento, que aborrecimento, que aborrecimento, pensou. Quinhentas vezes que aborrecimento!

E ainda assim seu coração estava disparado, os joelhos ameaçavam ceder sob o peso do corpo e ela estava quase ofegante, como se tivesse acabado de correr mais de um quilômetro sem parar. E, deixando todas as outras considerações de lado por um momento de insensatez, o duque era um homem muito, muito belo.

Aquela era a última noite da temporada festiva na casa de Melanie. Seria o último encontro de Christine com o duque de Bewcastle.

E a próxima dança era uma *valsa*.

– Talvez a senhora não valse? – perguntou ele.

E é claro que ela ficara encarando o duque boquiaberta, como um peixe fora d'água.

– Valso, sim – respondeu, abrindo o leque e abanando o rosto quente –, embora já faça um longo tempo desde a última vez que valsei. Obrigada, Vossa Graça.

Ele ofereceu o braço a ela e Christine fechou o leque num estalo, aí pousou a mão sobre a manga dele e permitiu que o duque a guiasse até a pista de dança. De repente ela se lembrou de que ele dançara com Mavis e ergueu o olhar para encará-lo com certa curiosidade. E viu que o duque a encarava de volta, os olhos fixos nos dela.

Eram como olhos de lobo, pensou Christine. Dias antes, alguém havia mencionado que o primeiro nome dele era Wulfric, que lembrava "wolf" – lobo em inglês. Que estranho e apropriado ao mesmo tempo!

– Achei que o senhor fosse me evitar esta noite a todo custo – comentou Christine.

– Achou? – perguntou ele, as sobrancelhas arqueadas, o tom arrogante.

Ora, não havia resposta para aquilo, havia? Assim, ela nem tentou responder, apenas esperou que a música começasse. *O que* havia acabado de pensar? Que ele era um homem bonito? *Bonito*? Por acaso ela estaria maluca? Christine levantou os olhos para o duque de novo. O nariz dele era grande demais. Não, não era. Era proeminente, ligeiramente adunco e lhe conferia personalidade ao rosto, tornando-o mais belo do que seria com um nariz perfeitamente moldado.

Como narizes eram coisas tolas quando se parava para pensar a respeito.

– Eu a fiz rir... de novo? – perguntou o duque.

– Na verdade, não. – Ela riu alto. – Foram apenas meus pensamentos. Estava pensando como narizes são coisas tolas.

– Com certeza – retrucou ele, com uma expressão indefinível nos olhos.

Então a música começou e o duque tomou a mão direita de Christine em sua mão esquerda, daí pousou a mão direita ao redor da cintura dela. Christine pôs a mão livre sobre o ombro dele – e teve de se controlar para não arquejar de novo. O duque com certeza a estava segurando na distância correta. Mas naquele momento, ela compreendeu subitamente por que muitas pessoas ainda consideravam a valsa uma dança um tanto indecorosa. Quando valsava com Oscar, Christine jamais se sentira íntima *daquele* jeito. Não conseguia se lembrar da sensação do calor do corpo do marido no ato da dança, ou do aroma de sua colônia. O coração dela estava disparado de novo, embora ainda não houvessem começado a dançar.

Então começaram.

E em poucos instantes Christine se deu conta de que nunca valsara de verdade até então. O duque dançava com passadas firmes e longas e a rodopiava com firmeza ao redor da pista, de modo que a luz de todas as velas se confundia num único borrão. Até esta noite ela jamais havia sabido o que era valsar. Não de verdade. Era um enlevo sensual. Luz, cores, perfumes, o calor dos corpos, a colônia masculina almiscarada, a música, o piso liso e levemente escorregadio, a mão na cintura dela, a mão segurando a dela, o prazer ao sentir a leveza do próprio corpo e o movimento – tudo era puro encantamento.

Christine levantou os olhos para o rosto dele e sorriu, por um momento sentindo-se absoluta e despreocupadamente feliz.

O duque a encarou de volta e, sob a luz cintilante das velas dos candelabros acima, Christine achou que pela primeira vez a expressão nos olhos dele era cálida.

Infelizmente, o encanto não durou muito tempo.

Ele havia acabado de rodopiar com ela na direção de um canto próximo das portas francesas quando Hector veio da direção oposta – e errada! – girando desajeitadamente com Melanie. O duque de Bewcastle puxou Christine junto ao peito – no que depois ela percebeu ter sido uma tentativa corajosa de protegê-la do desastre, mas ainda assim o gesto veio tarde demais. Hector pisou com força no pé esquerdo dela, e nenhum dos cinco dedos escapou.

Christine se apoiou no outro pé enquanto o duque passava o braço com firmeza ao redor de sua cintura, e prendeu a respiração quando começou a ver estrelas de tanta dor e a vista foi ficando escura. Melanie deixou escapar uma exclamação de lamento e lembrou a Hector que havia *avisado* a ele que estavam dançando na direção errada. Hector se desculpou profusamente, muito infeliz.

– Avisei a Mel que não sei valsar – reclamou ele. – Ela sabe que eu nem sequer *danço*, mas insistiu para que valsasse com ela. Peço sinceramente que me perdoe, Christine. Eu a machuquei?

– Esta é uma das perguntas mais tolas que já ouvi, Hector – disse Melanie em um tom ácido. – É claro que a machucou, seu grande atrapalhado.

– Acredito que logo a vontade de gritar vai passar de vez – comentou Christine. – Enquanto isso, é melhor eu continuar a contar lentamente... quarenta e sete... quarenta e oito... Mas não se preocupe, Hector, meus dedos estavam precisando mesmo de uma aplainada.

– Minha pobre Christine – falou Melanie. – Devo levá-la para seu quarto e chamar uma criada?

Mas Christine apenas acenou, rejeitando a oferta, cerrou os dentes e tentou não chamar atenção para si. Por que aquele tipo de coisa sempre acontecia com ela, mesmo quando estava inocentemente cuidando da própria vida?

Hector seguiu trotando adiante – na direção certa desta vez – com Melanie ao seu lado. Christine se deu conta de que ainda estava com o corpo grudado à lateral do corpo do duque de Bewcastle. A dor ainda não cedera. Ela prendeu a respiração de novo.

Então ele se abaixou, tomou-a nos braços e saiu com ela pelas portas francesas. Foi um gesto rápido e preciso, admitiu Christine, ainda com os olhos arregalados de choque. Ela duvidava que muitos convidados tivessem reparado na colisão e no que se sucedeu – ou em sua fuga para o jardim nos braços do duque de Bewcastle. No entanto, se alguém *houvesse* percebido aquele último movimento...

– Ai, meu Deus – comentou Christine –, isso está se transformando em um hábito. – Que mulher normal teria sido erguida nos braços por um cavalheiro *duas vezes* em quinze dias?

Ele andou com ela no colo um pouco além das portas e finalmente a pousou sobre um banco de madeira que circundava o tronco enorme de um carvalho antigo.

– Mas dessa vez, Sra. Derrick – disse ele –, a culpa foi inteiramente minha. Eu deveria ter sido mais ágil ao perceber a aproximação de Hector. Algum dano mais sério foi causado ao seu pé? Consegue dobrar os dedos?

– Dê-me um momento para parar de berrar silenciosamente – pediu ela –, para chegar ao número cem. Aí tentarei mexê-los. Acho que quando Hector era menino, toda vez que havia aulas de dança ele corria para se esconder em algum lugar com um livro de filosofia grega... em grego. Hector realmente deveria ser proibido de ficar a menos de três quilômetros de distância de qualquer salão de baile. Mas o pobrezinho pareceu tão chateado também, não foi? Noventa e dois... noventa e três... Ah, ai!

O duque de Bewcastle havia se apoiado num dos joelhos, bem diante de Christine, e agora desamarrava a fita ao redor do tornozelo dela que prendia o sapato e o descalçava.

Ele estava lindo. E parecia prestes a pedi-la em casamento.

Era estranha essa capacidade de sentir uma dor excruciante e, ao mesmo tempo, achar uma cena extremamente divertida. Christine mordeu o lábio.

Wulfric não era médico, mas acreditava que não havia nenhum osso quebrado. Também não havia nenhum inchaço perceptível no pé da Sra. Derrick, embora ela o estivesse mantendo rígido e sentindo muita dor, conforme dava para perceber por sua respiração entrecortada. Wulfric pousou o pé ainda com a meia em sua palma, segurou o calcanhar com a outra mão e ergueu o pé levemente, dobrando um pouco os dedos para testar sua funcionalidade antes de abaixar novamente o calcanhar.

Christine apoiou uma das mãos sobre o ombro dele e apertou. Wulfric notou então que ela estava de olhos fechados e cabeça abaixada. A princípio, ela fez uma careta e mordeu o lábio com mais força, mas quando ele repetiu o movimento com o pé, ela foi relaxando aos poucos.

– Acho que vou sobreviver – disse ela um instante depois. – Quem sabe até consiga voltar a dançar algum dia. – Deixou escapar uma risadinha... um som baixo, alegre e sedutor.

O pé dela era pequeno e delicado, quente na meia de seda. Wulfric o pousou sobre o sapatinho cor-de-rosa e Christine continuou a levantar o calcanhar e a flexionar os dedos por conta própria. Depois de algum tempo, ela retirou a mão do ombro dele.

– O que não consigo entender – disse ela quando Wulfric se levantou, cruzou as mãos nas costas e baixou o olhar para ela –, é por que Hector veio a esta festa. Ele é alheio às coisas mundanas, é um rato de biblioteca e não tem nenhuma inclinação social... ao menos não com as damas.

– Acho que ele pensou que fosse uma reunião de intelectuais – comentou Wulfric.

– Ah, coitadinho – lamentou ela enquanto voltava a calçar o sapato, prendia a fita ao redor da perna e dava o laço antes de voltar a flexionar os dedos mais algumas vezes. – Imagino que Melanie tenha achado que uma temporada festiva como esta faria bem a ele... assim como ela achou que seria bom para ele dançar esta noite. Ela provavelmente o iludiu desde o início, mas sem jamais mentir diretamente. Hector não deve nem ter percebido, ou talvez tenha esquecido que a irmã caçula havia ficado noiva recentemente e que Melanie estava disposta a dar uma de suas famosas festas para ela.

Wulfric não disse nada. Alguns lampiões haviam sido acesos do lado de fora, para conforto dos convidados que desejassem um pouco de ar fresco, longe do salão de baile abafado. Um deles projetava a luz sobre Christine, fazendo seus cabelos cintilarem. Então ela levantou os olhos para Wulfric com uma expressão travessa... e seus olhos sorriram.

– Ah, meu Deus – deduziu ela –, foi Hector quem convidou *o senhor*. O senhor também achou que seria uma reunião de intelectuais? *Achou*, não é? Eu havia me perguntando por que o senhor aceitara vir, já que Melanie disse que não era do seu feitio ir a lugar algum além de Londres e de suas propriedades. O senhor deve ter ficado *horrorizado* ao descobrir seu erro! Pobre... duque.

– Presumo, Sra. Derrick, que nenhuma pergunta que acabou de fazer não seja retórica, certo? – comentou ele, os dedos de uma das mãos encontrando a haste do monóculo e envolvendo-a.

Wulfric não estava acostumado a ver pessoas rindo dele. E não conseguia se lembrar de algum dia já ter sido motivo de *piedade*.

– Mas o senhor possui algum traquejo social... valsa bem – continuou ela, cruzando as mãos no colo e inclinando a cabeça ligeiramente para o lado enquanto continuava a olhar para ele. – Extremamente bem, na verdade.

– É possível ser um rato de biblioteca, termo usado pela senhora, e também ser dotado de traquejo social, Sra. Derrick. Felizmente não me escondi de *minhas* aulas de dança. Aprender a dançar corretamente, a dançar bem mesmo, é parte essencial da educação de um cavalheiro.

Ele nem era tão rato de biblioteca assim. Embora se considerasse um homem letrado, não tinha tempo para manter a cabeça enfiada nos livros. Havia preocupações mais práticas com que lidar no dia a dia. Quando menino, nem sequer *gostava* de ler.

– Sempre adorei a valsa mais do que qualquer outro ritmo – comentou Christine com um suspiro melancólico –, embora raramente tenha dançado quando morei em Londres. E agora o pobre Hector esmagou minhas esperanças de dançar esta noite.

– As valsas ainda não terminaram – lembrou Wulfric. – Continuaremos a dançar se achar que consegue.

– Meu pé já está como novo – disse ela, mexendo os dedos uma última vez dentro do sapatinho de seda rosa. – Eu deveria ser grata por Hector pesar apenas uma tonelada, não duas.

– Então vamos valsar. – Wulfric estendeu a mão para ela.

Christine pousou a mão na dele e se levantou.

– O senhor deve estar arrependido por ter me convidado – disse ela. – Os desastres parecem me perseguir mesmo quando não posso ser culpada por eles.

– Não estou arrependido – retrucou Wulfric... e cometeu o erro de não seguir imediatamente para o salão de baile com ela. O lampião balançava levemente sob a brisa, fazendo luz e sombra brincarem sobre a figura de Christine.

De repente, o ar entre eles e tudo ao redor pareceu crepitar ligeiramente.

– Vamos valsar aqui – sugeriu ele.

– Aqui fora? – Ela ergueu as sobrancelhas, surpresa, mas logo riu baixinho. – À luz dos lampiões e sob as estrelas? Que incrivelmente românt... Que delícia! Sim, vamos fazer isso.

Que romântico, fora o que ela estivera prestes a dizer. Wulfric fez uma careta por dentro. Nunca fora romântico. Não acreditava em romance.

Mas aquela não fora uma sugestão prática, pensou enquanto envolvia a cintura de Christine novamente, pegava a mão dela e a guiava mais uma vez nos passos da valsa. A relva não era a superfície mais adequada para se dançar e aquele gramado em particular não era perfeitamente plano. E também não era exatamente adequado dançar sozinho com a dama daquela forma. Embora não estivessem longe da casa, embora as portas do salão de baile estivessem abertas e os lampiões acesos, como um convite proposital aos convidados para saírem ao ar livre, Wulfric sabia que não deveria estar ali a sós com ela, longe das vistas da mãe de Christine e do restante da família dela.

Mas ele se deu conta do quanto aquele pensamento era absurdo quase no mesmo instante. A Sra. Derrick, é claro, era viúva, e estava mais perto dos 30 anos do que dos 20. Não havia nada nem remotamente impróprio no que estavam fazendo.

Mesmo assim, Wulfric estava plenamente consciente de que estar a sós com Christine, valsando, era mais do que ligeiramente perigoso.

Os dois dançaram e rodopiavam em silêncio enquanto a música do salão de baile os envolvia – e, depois de alguns minutos, Wulfric se flagrou pensando que a relva era a superfície perfeita para ter sob os pés e as estrelas, o teto perfeito. Os aromas noturnos de relva e árvores eram muito mais inebriantes do que todos os perfumes do salão de baile combinados.

E ele tinha a parceira de dança perfeita nos braços. Christine não seguia os passos rígida e corretamente. Ela seguia o comando dele, relaxada em seus braços, e sentia a magia da noite com ele.

Wulfric a puxou mais para si, deste modo ficava melhor para guiá-la sobre a superfície irregular do gramado. Então pôs a mão dela em seu peito e a manteve ali com a própria mão. E então de algum modo o rosto dela de repente se perdeu nos babados do lenço de pescoço dele e os cachinhos curtos estavam roçando em seu queixo. O corpo dela, macio, quente e feminino, estava colado ao dele, as coxas tocando as dele e movimentando-se em perfeita harmonia.

A valsa, pensou Wulfric, era uma dança completamente erótica.

Ele teve noção clara da excitação sexual que sentia.

Fazia tanto tempo...

A música não parara. Mas, de algum modo, a valsa findou. Eles ficaram imóveis por um tempo que pareceu interminável, até que Christine inclinou a cabeça para trás e o encarou.

Naquele momento, a luz do luar iluminava mais o rosto dela do que o lampião. A Sra. Derrick, pensou Wulfric, era adorável de um modo absolutamente etéreo. Ele segurou o rosto dela entre as mãos e deixou os dedos deslizarem pela maciez dos seus cabelos. Então correu os polegares pelas linhas das sobrancelhas, pelos malares, pelo queixo. E aí o polegar encontrou os lábios dela, passeou pelo lábio inferior e buscou a umidade na parte interna e macia. Christine tocou a ponta do polegar de Wulfric com a língua, sugando-o para dentro da boca. Era cálida, úmida e macia.

Wulfric recolheu o polegar e o substituiu pela própria boca.

Mas apenas brevemente.

Ele afastou a cabeça alguns centímetros e encarou aqueles olhos iluminados pelo luar.

– Eu a desejo – disse ele.

No momento em que falou, Wulfric teve consciência de que ela poderia quebrar o feitiço com uma palavra. E parte dele queria que ela fizesse exatamente isso.

– Sim – disse ela num sussurro.

Ela o encarou com olhos lindos, sonhadores, as pálpebras ligeiramente cerradas.

– Venha para o lago comigo – disse ele.

– Sim.

A valsa continuava a tocar alegremente. Os sons de vozes e de risadas que escapavam do salão não cessavam. Os lampiões continuavam a oscilar na brisa. A lua estava quase cheia. E projetava sua luz de um céu límpido, juntamente à luz de um milhão de estrelas, enquanto Wulfric tomava a mão de Christine Derrick e a guiava até a fileira de árvores, pela margem relvada do lago mais além.

9

Christine ignorou seus pensamentos deliberadamente. A noite era mágica e era a última daquelas duas semanas, antes de a vida voltar ao seu curso normal – e reconhecidamente sem graça – no dia seguinte. Ela desaprovava o duque de Bewcastle e tudo o que ele representava. Ele a insultara com a presunção arrogante de que dinheiro, joias e uma carruagem seriam mais tentadores para ela do que a pobreza semiaristocrática e a vida que ela levava. O duque era tudo o que ela não queria em um homem.

Mas aquilo era a razão falando, e Christine resolveu não dar ouvidos àquela voz lúgubre.

Havia uma atração inegável entre eles, obviamente mútua. Com certeza, pensou Christine, o duque devia ter tanta má vontade em relação a ela quanto ela em relação a ele. Mas sem dúvida estava lá – aquele *algo mais* – e aquela noite era tudo o que lhes restava para explorar o sentimento antes que seguissem caminhos separados no dia seguinte.

Obviamente Christine não tinha ilusão alguma sobre o que aquela exploração envolveria. Eles não estavam caminhando em direção ao lago para observá-lo à luz do luar, ou mesmo para trocarem um beijo casto.

Eu a desejo.

Sim.

O duque tomou a mão dela na dele. Christine quase chorou diante da intimidade do gesto. O toque dele era forte e firme. Ele não entrelaçou os dedos aos dela. Não havia qualquer sugestão de ternura ou romance no toque. Mas ela também não gostaria disso. *Não* havia ternura entre eles e definitivamente nenhum romance. Apenas aquela intimidade e a promessa de mais quando alcançassem o lago.

Christine não sabia por que concordara com uma coisa daquelas – não fazia a *menor* ideia. Não era parte de sua natureza ser promíscua de forma alguma, ou deixar a moral de lado. Ela havia trocado mais do que alguns beijos com Oscar antes de se casarem e, durante o casamento, apesar das acusações que sofrera já no fim, nunca nem sequer sonhara em ser infiel. Vivera castamente durante os dois anos de sua viuvez, sem sentir qualquer tentação de vivenciar uma aventura, embora tenha havido vários cavalheiros na vizinhança que teriam ficado muito satisfeitos tanto em se divertir com ela sem compromisso quanto em cortejá-la honradamente.

Ainda assim, ali estava ela, passeando em meio às árvores com o duque de Bewcastle, a caminho do lago, bem no meio do baile de Melanie, porque ele dissera que a desejava, e ela, com uma única palavra, concordara.

Aquilo desafiava a compreensão de Christine.

Mas ela nem sequer tentava entender. Deixou o pensamento de lado.

O duque não tentou iniciar nenhuma conversa. Nem Christine. Na verdade, nem ocorria a ela conversar. Eles caminharam em silêncio, a música e o som de vozes do salão de baile aos poucos ficando para trás, e agora eles eram cercados apenas pelo canto da coruja, pelo farfalhar das folhas acima e pelos barulhos das criaturas noturnas invisíveis aos olhos através da vegetação rasteira quebrando a quietude absoluta. Era uma noite cálida após um dia quente. A lua cintilava, sua luz iluminando a paisagem mesmo por entre as árvores.

Perto do lago, estava quase claro como o dia, já sem os galhos das árvores acima deles, e com a luz do luar reluzindo numa faixa brilhante sobre a água.

Teria sido uma bela noite para o romance. Mas aquele não era um encontro romântico. O duque de Bewcastle, ainda segurando a mão de Christine, seguiu pela direita até eles alcançarem uma parte relvada da margem, totalmente escondida da trilha que levava à casa, para o caso extremamente improvável de mais alguém ter a mesma ideia de passear por ali. Então ele parou.

O duque não soltou a mão de Christine imediatamente. Ainda de mãos dadas, parou diante dela e capturou seus lábios.

Não havia mais nada para inibi-los agora. Não podiam mais ser vistos ou ouvidos do salão de baile. E não havia fingimentos entre os dois. O duque dissera a Christine que a desejava, ela concordara e ali estavam eles.

As mãos dos dois finalmente se separaram. Christine passou os braços ao redor do pescoço do duque. Ele envolveu a cintura dela. As bocas se abriram. A língua dele invadiu a boca macia e se chocou contra a língua dela. Um desejo sexual poderoso e primitivo atingiu Christine como uma adaga, rasgando seus seios, descendo por seu abdômen, por seu ventre, até a parte interna de suas coxas. A intensidade do que sentiu foi tanta que para não cair ela precisou se apoiar nos braços do duque, os quais ainda a envolviam, e no corpo dele, colado ao dela. Ele espalmou uma das mãos no bumbum dela, pressionando-a com força de encontro a si, sem deixar qualquer dúvida de que o desejo que sentia era igualmente intenso ao de Christine.

Os braços do duque a soltaram então, embora a boca não tivesse abandonado a dela nem por um instante. Ele despiu o paletó preto muito caro, ergueu a cabeça e virou-se para estender o paletó sobre a grama.

– Venha – disse ele. – Deite-se.

O choque à voz dele fez Christine se dar conta de que aquelas eram as primeiras palavras que o duque pronunciava desde que a convidara para ir até o lago. E o sotaque refinado e a leve arrogância na voz fizeram Christine se dar conta, mais uma vez, de quem era a pessoa com quem ela estava fazendo aquelas coisas. Mas aquela percepção só fez aumentar o desejo que sentia.

Christine se deitou, descansando a cabeça e os ombros sobre o paletó dele, e o duque se deitou com ela. Ele passou as mãos por baixo da saia dela e foi subindo pelas laterais das pernas para erguer o tecido e livrá-la da roupa íntima. Abriu os botões dos próprios calções. Aí passou o braço pela nuca de Christine e com a outra mão segurou o queixo dela, mantendo seu rosto firme enquanto invadia sua boca com a língua outra vez.

Não houve gentileza, ou ternura. E Christine se deleitou com a sensualidade ousada do que estava acontecendo. Ela imaginava que em poucos instantes o duque iria penetrá-la e que tudo estaria terminado pouco depois. Assim, aproveitou cada momento conscientemente. Estivera faminta demais. Não apenas pelos últimos dois anos, mas ao que parecia desde sempre.

Sempre estivera faminta.

Sempre.

A boca do duque se afastou da dela e percorreu a trilha quente que ia do queixo até o pescoço, chegando ao colo. Ele enfiou o polegar sob o decote baixo do vestido e roçou em um dos seios dela. Então sugou a carne macia, a língua circundando o mamilo. Ao mesmo tempo, a mão que havia entrado por baixo da saia continuava a passear pela parte interna das coxas, até chegar ao meio das pernas e invadiu a parte mais íntima de seu corpo, explorando, acariciando, até Christine jogar a cabeça para trás e enredar os dedos nos cabelos de Wulfric. Ela achou que fosse enlouquecer com a dor que o prazer trouxe consigo.

Quando o duque se acomodou entre as coxas dela, abrindo-as sobre a relva e deslizando as mãos sob o corpo dela, Christine teve certeza de que estava sensível demais, dolorida demais para que a conclusão daquele ato trouxesse qualquer coisa além de dor. E de fato, quando sentiu o membro dele posicionando-se na entrada de seu corpo, duro, rígido, ela quase implorou para que parasse.

– Por favor – foi só o que disse Christine, a voz baixa, rouca e quase irreconhecível até para os próprios ouvidos. – Por favor.

Ele a penetrou. Mas Christine estava úmida e escorregadia, e embora o membro dele fosse longo e estivesse muito rijo, a única agonia que ela sentiu foi a do prazer sexual pronto a explodir a qualquer momento.

Uma agonia e um prazer inéditos.

Ou mesmo que ela jamais sonhara existir.

Um prazer que explodiu dentro dela assim que o duque começou a se movimentar, suas arremetidas fundas e firmes. Christine estremeceu em algo muito semelhante ao êxtase e ficou aberta e relaxada debaixo dele pelo que devem ter sido vários minutos, ouvindo o ritmo úmido da penetração, sentindo o prazer firme e absoluto pulsando do corpo dele para o dela. Mas depois desse tempo, o prazer dela voltou a ser menos passivo, a ânsia e a urgência em seu corpo crescendo outra vez, e então uma segunda explosão de alívio sexual a atingiu momentos antes de o duque atingir o próprio clímax – ele ficou subitamente imóvel dentro dela e investiu fundo, até que Christine sentiu o líquido quente do prazer dele se derramando dentro dela.

O duque relaxou o peso em cima dela por alguns instantes antes de rolar para o lado, se sentar e logo se colocar de pé. Ele ficou parado de costas para ela, arrumando a roupa. Aí caminhou até a margem do lago, a alguns metros de distância, e ficou parado, olhando para a frente, uma figura masculina alta e bela usando calções de festa na altura dos joelhos, um colete bordado, camisa branca e uma enorme quantidade de renda nos pulsos e ao redor do pescoço.

O duque de Bewcastle, pura e simplesmente.

Christine sentou-se e se arrumou até estar o mais decente possível, já que não tinha escova ou espelho. Ela dobrou os joelhos, os pés plantados na relva, e abraçou as próprias pernas... que tremiam ligeiramente, percebeu. Seus seios estavam sensíveis, as partes íntimas doloridas. Fisicamente, sentia-se maravilhosa.

E iluminada.

Christine amava Oscar – amara por vários anos pelo menos, e com certeza nunca deixara de amá-lo completamente. Nunca tivera do que se queixar do relacionamento entre os lençóis. Afinal, era aquilo o que acontecia entre maridos e esposas. Se um dia sentira uma leve decepção, considerando o fato de que estivera perdidamente apaixonada quando se casara, acabara se consolando com o pensamento bastante sensato de que a realidade nunca ficava à altura dos sonhos.

Mas agora ela *sabia*. *Era* possível que a realidade não só estivesse à altura como até superasse os sonhos. Era isso que havia acabado de acontecer.

Ao mesmo tempo, Christine tinha consciência de que não houvera ternura alguma no que acabara de acontecer, nenhuma pretensão de amor ou de romance, nenhum compromisso com qualquer futuro. Fora um encontro puramente carnal.

Mas ela gostara mesmo assim.

Então não eram só os homens que aproveitavam *aquilo* num nível puramente físico? Mas o sexo não deveria ser uma experiência principalmente emocional para uma mulher? Ela não sentia qualquer emoção pelo duque. Nem sequer emoções negativas, naquele momento em particular. Com certeza não estava fantasiando que agora estava apaixonada por ele. Não estava.

Que chocante!

Mas era óbvio que estava *perturbada*. Sabia que não escaparia tão tranquilamente depois que tudo tivesse terminado e ela estivesse a sós com a realidade e com seus próprios pensamentos.

O duque se virou para olhar para ela. Ao menos Christine presumia que ele estivesse olhando para ela. O luar o iluminava por trás, deixando o rosto dele à sombra. Ele levou um tempinho para falar alguma coisa.

– Sra. Derrick – disse ele, por fim, a voz tão fria e arrogante como sempre, foi o que pareceu a Christine... ou talvez fosse apenas o tom de voz normal dele –, acredito que irá concordar comigo que agora a senhora deve reconsiderar...

– Não! – retrucou Christine, interrompendo-o com firmeza ainda no meio da frase. Não, ela não suportaria ouvi-lo dizer aquilo. – Não, eu *não* concordo, e *não* irei reconsiderar. O que aconteceu aqui não foi o começo de alguma coisa, mas o fim. Por alguma razão que talvez nenhum de nós dois compreenda exatamente, havia esse algo mais entre nós. Agora nos rendemos a esse algo mais e o satisfizemos. Então, podemos nos despedir, seguir nossos caminhos separadamente amanhã e esquecer da existência um do outro.

Mesmo enquanto falava, Christine se deu conta da quantidade de tolices que estava dizendo.

– Ah – comentou ele em voz baixa. – Vamos?

– Não serei sua amante – reiterou ela. – Fiz isto aqui por mim mesma, pelo meu prazer. *Foi* prazeroso, satisfiz minha curiosidade e pronto. Acabou.

Ela abraçou as pernas com mais força. O duque tinha virado o rosto ligeiramente para a esquerda e Christine pôde observar seu perfil – orgulhoso, aristocrático, austeramente belo. Mesmo naquele momento, minutos depois do que acontecera, era quase impossível se dar conta de que ela se *deitara* com aquele homem, que todos os efeitos físicos posteriores de uma relação sexual que estava sentindo haviam sido provocados por ele... pelo duque de Bewcastle. Subitamente, Christine conseguiu se lembrar dele tal como o vira no saguão, naquela primeira tarde, quando o espiara da balaustrada e sentira o perigo que ele representava.

Não estivera enganada, estivera?

– E já lhe ocorreu – perguntou ele – que posso tê-la engravidado?

Christine ficou feliz por estar sentada. Seus joelhos ficaram subitamente fracos com a franqueza dele. Aquele sujeito certamente não se comunicava por eufemismos.

– Fui estéril ao longo de sete anos de casamento – retrucou ela, tão direta quanto ele. – Acho que conseguirei me manter estéril por mais uma noite.

O silêncio se estendeu por mais algum tempo, e Christine o teria quebrado se tivesse algo a dizer. Mas embora sua mente estivesse acelerada, agora seus pensamentos não poderiam ser compartilhados com o duque.

Na verdade, ela já estava começando a perceber como havia se ludibriado poucos minutos antes. Seus sentimentos estavam muito mais envolvidos nos acontecimentos desta noite, ainda que não tivessem nada a ver com romance ou amor. Sabia que os dias e até semanas que estavam por vir seriam péssimos. Não era fácil para uma mulher entregar sua virtude e seu corpo num encontro casual e aí dar de ombros e garantir a si que fizera aquilo apenas por prazer, sem qualquer consequência mais séria.

Mas agora era tarde demais para se dar conta de que quando o duque dissera *eu a desejo*, ela deveria ter pedido uns dez minutos para pensar em sua resposta.

– Não há nada que eu possa dizer, então – falou o duque, por fim –, que vá persuadi-la a mudar de ideia?

– Nada – garantiu ela.

E ao menos aquilo era a mais pura verdade. Christine não conseguiria imaginar destino pior do que ser amante daquele homem, subordinada ao poder e à arrogância dele, à disposição dele, como se fosse uma empregada, não significando nada para o duque além de um corpo para dar prazer quando ele estivesse com vontade. E durante todo o tempo de convivência sempre desprezando-o um pouco, meio que sentindo antipatia por ele, incomodada com sua frieza, sua ausência de humor e de humanidade. E desprezando a si mesma.

O duque foi até ela e Christine se pôs de pé rapidamente, cambaleando, relutante agora em aceitar até mesmo o toque da mão dele para ajudá-la a se levantar. Mas o duque queria apenas pegar seu paletó. Ele se inclinou, recolheu a peça do chão, sacudiu as folhas e o vestiu. E ficou tão imaculado quanto estivera ao adentrar no salão de baile mais cedo, pensou Christine.

Ela cruzou os braços atrás das costas quando ele se virou para ela. O duque captou a deixa e seguiu de volta pela trilha que levava à casa sem lhe oferecer o braço... ou a mão. Era esquisito como duas pessoas podiam compartilhar a mais profunda das intimidades e, ainda assim, pouco tempo depois, evitar o mais leve contato físico.

No dia seguinte, ela retornaria a Hyacinth Cottage.

No dia seguinte, o duque iria embora.

Christine nunca mais o veria de novo.

Mas os seios dela ainda estavam sensíveis, a parte interna das coxas ainda tremia e suas partes íntimas continuavam ligeiramente doloridas como resultado do amor que haviam feito – embora aquela expressão, no caso deles em particular, fosse o maior eufemismo que ela já ouvira.

Eles voltaram para casa caminhando em silêncio. Mas o duque parou quando ainda estavam relativamente longe das portas do salão de baile.

– Seria melhor – disse ele –, se não fôssemos vistos retornando juntos. Permanecerei aqui fora por algum tempo.

Mas antes que Christine pudesse se apressar a voltar ao salão de baile, grata pela consideração do duque, ele voltou a falar:

– A senhora escreverá para mim, para Lindsey Hall, em Hampshire, se houver necessidade, Sra. Derrick.

Era uma declaração, não um pedido. Ele não explicou a que se referia. Não precisava.

Christine estremeceu, subitamente com frio, enquanto ele se afastava na direção do carvalho antigo onde a pousara quando a carregara para fora, depois que Hector pisara no pé dela. Quanto tempo parecia ter passado desde então!

Christine voltou correndo para o salão de baile, sentindo-se mais deprimida do que conseguia se lembrar em muito tempo.

Tanto esforço para não se envolver emocionalmente no que permitira acontecer!

Wulfric permaneceu do lado de fora da casa por algum tempo antes de voltar para o salão de jogos.

Até então ele não havia vivenciado nada que se assemelhasse ao que havia acabado de acontecer entre ele e Christine Derrick. Nunca fora um mulherengo. Rose fora sua única amante, e havia um acordo claramente elaborado entre eles, com todos os detalhes práticos estabelecidos antes de ele levá-la para a cama pela primeira vez.

Wulfric sempre tivera um apetite sexual saudável, e satisfazia suas necessidades com regularidade sempre que estava em Londres, mas jamais pensara em si como um homem apaixonado.

Nesta noite, sentira paixão.

Ele se perguntava o que teria acontecido caso Christine Derrick tivesse permitido que ele concluísse o que começara a dizer, depois de passar vários minutos de frente para o lago, pensando. Ela presumira que a oferta que Wulfric estivera prestes a fazer era a mesma feita no labirinto na semana anterior. Só que ela presumira errado e, para falar a verdade, ele ficara bem feliz por ter sido interrompido. A interrupção lhe permitira se desviar do curso escolhido depois de pensar tão pouco. A honra havia ditado a decisão dele, mas a honra fora engolida pela interrupção dela.

Ele não queria uma duquesa.

Mais especificamente, não queria uma duquesa que não estava na mesma posição social que ele, que era bela o tempo todo e incrivelmente adorável quando estava animada, porém que não era nada elegante ou refinada, que se comportava de forma impulsiva e nem sempre mostrava o decoro ou a polidez adequados. Uma mulher que chamava atenção para si o tempo todo, que se empolgava com qualquer coisa e simplesmente ria quando as coisas saíam errado, em vez de se mostrar adequadamente constrangida. Havia enormes responsabilidades atreladas à posição de duquesa. Se algum dia se casasse, Wulfric gostaria – iria *precisar* – se unir a alguma dama originalmente criada e educada para assumir seu papel com confiança.

A Sra. Derrick obviamente não seria capaz de fazê-lo.

Não havia nada nela – *nada!* – que a qualificasse para a função.

Aidan se casara com uma mulher abaixo do seu nível social. Eve, apesar de ter sido criada e educada como uma dama, na verdade não era mais do que a filha de um galês mineiro de carvão. Rannulf também se casara com uma mulher abaixo do seu nível. Judith era filha de um obscuro reverendo do interior e neta de uma atriz de Londres. Wulfric não aprovara nenhum dos dois casamentos, embora tivesse dado sua bênção. Alleyne fora o único irmão que fizera um casamento respeitável, com a sobrinha de um barão.

Será que ele, o duque de Bewcastle, chefe da família, não faria melhor do que os irmãos? Ignoraria todas as suas crenças para seguir uma paixão de verão que ele nem sequer conseguia começar a compreender?

Teria sido um desastre se a Sra. Derrick houvesse lhe dado tempo para fazer o pedido de casamento. Porque é claro que ela não teria recusado se ele *tivesse* feito mesmo. Desprezar a ideia de ser amante dele era uma coisa, mas que mulher em seu juízo perfeito teria dado as costas à oportunidade de se tornar uma duquesa, de se casar com um dos homens mais ricos da Inglaterra?

Teria sido um desastre.

Sendo assim ele permitira que ela o interrompesse, que interpretasse errado. E mantivera a própria paz.

Mas, naquele momento, Wulfric sentia que talvez houvesse perdido uma das poucas chances que a vida lhe oferecera de sair da engrenagem da rotina, do conhecido, do dever, para descobrir se havia alegria em algum lugar além.

Alegria?

Ele se lembrou que Aidan estava feliz com Eve, assim com Rannulf estava feliz com Judith – tão felizes, na verdade, quanto Alleyne com sua sobrinha de barão, ou Freyja com seu marquês, ou Morgan com seu conde.

Mas eles eram *livres* para ser felizes. Nenhum deles era o duque de Bewcastle, que poderia esperar quase qualquer coisa na vida, menos liberdade e felicidade pessoal.

Por algum tempo, pensou Wulfric enquanto seus passos o guiavam lentamente de volta aos seus devaneios, a vida iria parecer sem graça sem sequer um vislumbre de Christine Derrick para se buscar.

Mas daí a vida *era* sem graça. Na verdade, não era nada além daquela engrenagem girando. Ao menos não para homens como ele. Quando tinha apenas 12 anos, Wulfric ouvira muito diretamente que ele não era como os outros, que era diferente, preso ao privilégio e ao dever pelo restante de seus dias. Durante algum tempo ele até chegara a lutar contra seu destino, a se rebelar – mas talvez nem sequer por um ano – até que por fim aceitara a verdade do que lhe fora afirmado.

Depois disso, aprendera bem a lição.

A criança em cujo corpo ele vivera e sonhara por 12 anos já não existia mais.

Christine Derrick não era para ele.

A música parou de tocar no salão de baile abaixo enquanto Christine estava em seu quarto, arrumando seus parcos pertences. Justin estava sentado na cama. Não era de todo adequado que ele estivesse ali, é claro, mas ela não se importava. Ficara aliviada ao atender à batida na porta e constatar que era apenas Justin, e não Melanie, ou Eleanor, ou... outra pessoa.

– Pensei – explicou Christine –, que seria uma boa ideia voltar para casa com minha mãe e Eleanor agora à noite e poupar Bertie do trabalho de ter que mandar a carruagem me levar amanhã.

– Então aqui está você arrumando a bagagem no meio de um baile, sem chamar uma criada para fazer isso – comentou Justin. – Pobre Chrissie. Vi Hector pisando em seu pé quando estava valsando e vi quando Bewcastle a carregou para fora. Também a vi voltar para o salão uma hora depois e se esgueirar ao redor da pista até chegar à porta e poder desaparecer de novo. Tem *certeza* de que não aconteceu nada que a chateasse? Ele não repetiu aquela oferta desonrosa, não é mesmo?

Christine suspirou quando enfiou um par de sapatilhas na lateral da mala. Justin sempre tivera a excepcional habilidade de surgir em cena durante as várias crises da vida dela, com se sentisse que algo perturbador havia acontecido, que Christine precisava de um ouvido amigo no qual derramar a raiva, ou a dor, ou a frustração, ou qualquer outra emoção negativa que a estivesse corroendo. E ele sempre dava um jeito de consolá-la, de aconselhá-la ou simplesmente de fazê-la sorrir. Christine se considerava uma mulher de muita sorte por ter um amigo como aquele. Mas esta noite ela não queria fazer confidências nem mesmo a Justin.

– Não, é claro que não – respondeu. – Na verdade, o duque foi muito galante. Ele esperou até que eu conseguisse apoiar o peso sobre o pé novamente, então valsamos mais um pouco e passeamos ao ar livre até a música parar. Depois disso, ele foi para o salão de jogos, acho, e eu fiquei mais um pouco ao ar livre. Estava tão fresco e tranquilo que fiquei relutante em voltar a entrar. Acabei tendo a ideia de subir para arrumar minha bagagem, assim posso voltar para casa esta noite, em vez de esperar até de manhã.

Justin a encarou com um sorriso gentil e olhos bondosos, e Christine soube que o amigo percebera sua mentira, a primeira que contava a ele na vida. Mas sendo ele Justin, seu amigo querido, não pressionaria por mais informação do que ela estivesse disposta a dar.

– Fico feliz por ele não tê-la aborrecido. Foi só o que disse.

– Ah, não, ele não me aborreceu – assegurou ela mais uma vez enquanto guardava a escova de cabelos na mala e a fechava. – Mas ficarei muito feliz de voltar para casa, Justin. E acredito que Hermione e Basil também ficarão felizes ao me ver partir. Sabe o que aquelas duas miseráveis, lady Sarah

Buchan e Harriet King, fizeram? Correram para contar a Hermione e Basil sobre aquela aposta tola.

– Ah, Chrissie – disse Justin, interrompendo-a –, temo que tenha sido eu. Audrey me contou sobre a aposta também, depois que você venceu, e eu tive tanta certeza de que logo o assunto chegaria ao conhecimento de todos que eu mesmo fui contar a Hermione. Queria garantir a ela que você fora arrastada contra sua vontade para a tal aposta, que não apostara dinheiro e que fora *Bewcastle* quem convidara *você* para passear na alameda, não o contrário... Eu vi a cena, lembra-se? E que seu jeito de tratar o duque não era de forma alguma um flerte. Eu realmente queria que ela entendesse isso. Acho que acabei cometendo um erro. Afinal, talvez ela nunca tivesse sabido da aposta se eu não tivesse contado.

Christine encarou o amigo com certa consternação. Fora *Justin* o responsável por aquela cena horrorosa perto do lago? Ela sabia por experiência própria que o amigo sempre intervinha em qualquer altercação que a envolvia, para defendê-la, para se explicar por ela, para interceder por ela. Christine sempre apreciara os esforços de Justin para ser seu cavaleiro andante, embora as ações dele não parecessem surtir grande efeito. No entanto, aquela última interferência a incomodara. Na verdade, lhe causara uma série de problemas.

– Por favor, me perdoe – pediu Justin, com uma expressão tão arrasada que derreteu o coração de Christine.

– Ora, acho que alguma outra pessoa acabaria contando a eles se você não houvesse contado – disse ela. – E no final não importa, não é mesmo? Eu provavelmente nunca mais os verei depois desta noite.

Christine nunca mais aceitaria qualquer convite de Melanie que incluísse Hermione e Basil. No entanto isso ainda partia seu coração. Basil era irmão de Oscar e por alguns anos também fora como um irmão para ela. E, em determinada época, Hermione fora como uma irmã também.

– Vou conversar novamente com eles – prometeu Justin.

– Eu sinceramente prefiro que não faça isso – pediu Christine, deixando a mala arrumada e se encaminhando para a porta. – Você já intercedeu tantas vezes por mim, Justin, que eles já não lhe dão crédito mais. Deixe isso de lado. Já tem algum tempo que a música no andar de baixo parou, não é mesmo? A hora do jantar já deve estar acabando. Acho que devo voltar para lá, embora só devam restar mais uma ou duas danças. Nenhum dos vizinhos vai querer ir embora muito tarde, certo? E todos os hóspedes vão começar suas viagens de volta para casa amanhã, por isso certamente não vão querer ir dormir muito tarde.

– Venha e dance comigo, então – pediu Justin, levantando-se da cama e abrindo a porta para ela –, e sorria como só você sabe sorrir, muito embora eu saiba que Bewcastle disse ou fez, sim, *algo* que a aborreceu, aquele desgraçado.

– Ele não fez nada – retrucou Christine. – Estou um pouco cansada, é tudo. Mas não cansada demais para dançar com você.

Era difícil se imaginar mais abatida do que estava se sentindo naquele exato momento, pensou Christine. Seu ânimo estava tão baixo que poderia estar escondido sob as solas de suas sapatilhas. Mas ela sorriu mesmo assim.

Depois informou à mãe e à irmã que voltaria para casa com elas, então dançou com Justin e com o Sr. Gerard Hilliers. Durante todo o tempo ela sorriu com determinação e fingiu alegria. Foi um enorme alívio descobrir que o duque de Bewcastle não estava mais no salão de baile.

Ao fim do baile, Christine agradeceu a Melanie e a Bertie e explicou a eles que estava indo embora com a mãe. Estava esperançosa de que ia conseguir escapulir sem ser percebida depois disso, mas Melanie espalhou a notícia e a partida de Christine acabou se tornando um grande evento... tudo o que ela quisera evitar ao escolher ir embora à noite.

Christine abraçou Audrey e apertou a mão de sir Lewis Wiseman, com votos de felicidades no casamento marcado para a primavera seguinte e na vida em comum que estava por vir. Ela beijou o rosto de lady Mowbury e prometeu lhe escrever. Despediu-se então de uma multidão de jovens, todos tentando falar ao mesmo tempo – com muita risada em meio à confusão.

Até Hermione e Basil devem ter concluído que era uma obrigação se despedir formalmente de Christine. Hermione deu beijinhos no ar perto do rosto da cunhada e Basil ofereceu uma reverência rígida. Foi com horror que Christine se viu prestes a cair no choro, e surpreendeu Hermione – e a si – abraçando a cunhada com força.

– Sinto tanto – disse. – Sinto tanto, Hermione. *Tanto*, tanto.

Christine não tinha ideia do que estava falando, mas antes de se virar e entrar cambaleante na carruagem que a aguardava, percebeu que a cunhada se aproximara mais do marido, que por sua vez passara o braço ao redor do ombro da esposa.

Pelo menos o duque de Bewcastle não se juntara à pequena multidão que se aglomerara no pátio. Christine sentiu um alívio enorme por isso quando se recostou no assento macio, sentindo um aperto no peito por causa das lágrimas contidas. Na verdade, ficou muito, *muito* feliz por isso.

– Foi um evento muito elegante – comentou a mãe dela, acomodando-se com Eleanor no assento em frente. – E também foi muito gratificante ver que você se saiu tão bem, Christine.

– Ora, e era assim mesmo que deveria ser, mamãe – retrucou Eleanor. – Afinal, ela é uma Derrick por casamento e, assim, aparentada com lady Renable, com o visconde de Elrick e com o visconde de Mowbury. Nossa Christine é uma dama importante. – Ela deu uma piscadela para a irmã caçula, à sua frente.

– Foi muito cortês do conde de Kitredge pedir para ser apresentado a nós – voltou a falar a mãe. – E ele realmente *dançou* com você, Christine. Assim como o duque de Bewcastle por algum tempo, embora eu deva dizer que o achei um homem profundamente desagradável. *Ele* não se aproximou para ser apresentado a nós.

– Ele é frio e arrogante demais para seu próprio bem – concordou Eleanor. – Estou *tão* feliz por a noite ter terminado. Não consigo compreender qual é a graça em ficar saltitando por um salão, junto com dezenas de outras pessoas, acabando com as pernas e com a paciência dos outros para conversas. É tão mais agradável aproveitar esse tempo em casa, lendo um bom livro...

– E *eu* estou feliz por essas duas semanas terem terminado – completou Christine. – Senti saudades das crianças da escola e de nossos sobrinhos, de todo o pessoal do vilarejo, do jardim. E de vocês duas – acrescentou.

– Mas sempre temo que essa vida possa ser desanimada demais para você, Christine – voltou a falar a mãe –, quando já conheceu um outro modo de viver tão mais grandioso.

– Nunca é desanimada, mamãe – garantiu Christine, sorrindo e encostando a cabeça no assento. – E nunca foi grandiosa.

Christine fechou os olhos e, subitamente, foi como se estivesse de volta à beira do lago, o duque de Bewcastle inclinando a cabeça para beijá-la antes de toda a paixão dominá-los. Ela fez um ótimo trabalho convencendo-se de que fora tudo apenas físico e, portanto, sem maior importância, algo a ser experimentado, aproveitado, e deixado de lado.

Ora, e fora isso mesmo!

Ela abriu os olhos para se livrar das lembranças.

Eu o achei um homem extremamente desagradável.

Ele é frio e arrogante demais para o próprio bem.

Por que aquelas palavras a magoaram tanto? Afinal, Christine *concordava* com elas. Mas a verdade era que magoaram *de fato*. Ainda magoavam. Ela estava sensível de tanta tristeza, embora não conseguisse compreender bem o motivo.

O duque havia estado dentro dela. Os dois haviam partilhado a mais profunda das intimidades. Mas apenas fisicamente. Não havia qualquer outro vínculo entre eles e jamais poderia haver. Não havia nada no duque digno de ser apreciado ou admirado, e – para ser justa – não havia nada nela do qual ele também pudesse gostar ou admirar. E assim, os dois haviam sido íntimos sem intimidade.

O coração dela pesava como chumbo.

Nunca mais o veria.

Graças aos Céus.

Nunca.

Mas nunca parecia um tempo terrivelmente longo.

10

Wulfric voltou para casa, para Lindsey Hall, em Hampshire. Durante uma semana inteira, ele se deleitou no vazio enorme e silencioso do lugar. Era seu lar. Era o lugar onde ficava à vontade. Talvez pela primeira vez na vida, Wulfric percebeu que amava Lindsey Hall. Quando menino, se houvesse tido alguma oportunidade de trocar de lugar com Aidan, de fazer de *Aidan* o herdeiro do pai deles, teria feito isso.

Mas quando se é o filho mais velho de um duque, obviamente já se nasce com um destino imutável. Não era permitida liberdade de escolha a uma criança em tal posição.

Assim como uma criança nascida de um limpador de chaminés também não tinha escolhas, supôs ele.

Wulfric nunca fora muito chegado à autopiedade. Por que deveria? Milhares de pessoas teriam dado o braço direito em troca de ao menos uma migalha dos privilégios, da riqueza e do poder que ele tivera garantidos.

Wulfric perambulou por todos os cômodos da casa, muito mais do que costumava fazer, e sentiu prazer por saber que não haveria ninguém atrás das portas, esperando para conversar com ele. Também aproveitou o grande parque que cercava a propriedade, tanto a cavalo quanto a pé, e ficou grato por não haver ninguém para sugerir um piquenique ou um passeio de carruagem.

Estranhamente, embora prezasse sua solidão, Wulfric evitou o único lugar em Lindsey Hall para onde ia sempre que desejava relaxar absolutamente só. Estava inquieto demais para relaxar.

Depois passou longas horas com o capataz, o qual não via pessoalmente desde o recesso de Páscoa na Câmara dos Lordes, e junto a ele percorreu a imensa fazenda da propriedade a cavalo, verificando que tudo estava correndo tranquilamente e de acordo com suas orientações. Também recebeu em sua biblioteca vários arrendatários, trabalhadores e outros peticionários, algo que fazia diligentemente duas vezes por semana sempre que estava em casa. Leu todos os relatórios enviados pelos capatazes de suas outras propriedades e ditou respostas apropriadas ao secretário.

Também escreveu para cada um dos irmãos, algo que fazia regularmente, ao menos uma vez por mês.

Wulfric recebeu visitas de cortesia de alguns vizinhos e retribuiu algumas delas. O visconde de Ravensberg, a esposa e os filhos haviam acabado de voltar de uma viagem ao norte, por Leicestershire. Eles haviam passando uma semana na Grandmaison com Rannulf e Judith e por isso puderam dar a Wulfric notícias recentes de lá.

Wulfric começou a achar que o restante do verão poderia acabar se revelando tediosamente longo, e assim fez planos para visitar algumas de suas outras propriedades.

Ele também leu muito. Ou, ao menos, passou muito tempo sentado na biblioteca, com um livro aberto na mão enquanto encarava a página à sua frente e meditava.

Havia um bom número de mulheres dentre suas conhecidas e, sem dúvida, um número maior ainda dentre as desconhecidas, que não hesitaria em aceitar a oportunidade de se tornar amante dele. Aquela não era uma conclusão presunçosa. Ele *não* se achava a resposta para as preces de todas as mulheres. Mas, sim, sabia que era um homem poderoso, influente e imensamente rico, e não duvidava que a maior parte dessas mulheres soubesse muito bem como ele fora generoso com Rose.

Se fosse escolher uma delas e estabelecê-la como sua amante, provavelmente se acomodaria satisfatoriamente com ela. E sua vida logo retornaria ao normal.

Sentia uma saudade torturante de Rose.

Wulfric foi firme em manter o pensamento longe da única mulher com que tentara substituir Rose.

Ela o rejeitara. Assim como fizera Marianne Bonner quando ele a pedira em casamento. A Sra. Derrick o rejeitara quando presumira que Wulfric iria lhe fazer a mesma oferta de novo – muito embora ela tivesse acabado de se entregar a ele.

Uma pequena rejeição era boa para a alma, supôs.

Mas a alma dele estava ferida, até mesmo massacrada.

Wulfric planejou visitas a algumas de suas outras propriedades – mas acabou não dando as ordens necessárias para que os preparativos para a viagem fossem providenciados.

Não era típico dele procrastinar, sentir-se letárgico, casmurro.

Sentir-se solitário.

Wulfric não pensava em Christine Derrick. Mas, às vezes – ou na maior parte do tempo, se fosse ser realmente sincero consigo –, ele descobria que aqueles olhos azuis cintilantes e risonhos, aqueles cachos escuros e desalinhados, a pele bronzeada e o nariz sardento conseguiam atravessar suas defesas e invadir na forma de imagens indesejadas na mente e de um sentimento pesado no coração.

Logo visitaria algumas de suas outras propriedades. Só precisava se ocupar.

Logo voltaria ao normal.

Uma semana depois do fim da temporada festiva, ao se recordar das duas semanas que passara em Schofield Park, Christine teve a sensação de que tudo acontecera havia um ano ou numa vida anterior. A vida dela havia retornado ao seu curso quase plácido e ela estava feliz de novo.

Ora, talvez não exatamente *feliz*. Mas pelo menos contente. Embora tivesse sido feliz com Oscar e com o mundo em que ele vivia por alguns anos, aquele fora um mundo que acabara por decepcioná-la e torná-la desesperadamente infeliz. Rever Hermione e Basil não fora uma boa experiência. E estar novamente na companhia de pessoas da aristocracia a fizera se lembrar de como era fácil se tornar alvo de zombaria, de desdém e de reprovação. Não que isto tivesse acontecido com frequência durante o período em que ela estivera casada, e não que tivesse acontecido muito em Schofield. Mas a questão era que *nunca* acontecia em sua vida cotidiana em Hyacinth Cottage e no vilarejo mais além. Ali, Christine podia relaxar e ser ela mesma, e todos pareciam gostar dela por isso. Não tinha inimigos na vizinhança, apenas amigos.

Ainda assim, aqueles anos de casamento, aqueles anos passados com a aristocracia – e agora as duas semanas em Schofield Park – a haviam deixado inquieta e menos satisfeita com a vida que vinha levando. Christine tinha a sensação de estar presa entre dois mundos, sem pertencer exatamente a nenhum deles. E se ressentia dessa sensação.

Escolhera pertencer ao vilarejo onde nascera. Gostava da vida ali. Sempre havia algo a ser feito. Gostava de lecionar na escola local, embora só fizesse isso três horas por semana. Um dia, o professor reclamara com ela, dizendo que detestava dar aulas de Geografia, e Christine comentara que aquela sempre fora sua disciplina favorita quando *ela* era aluna, e assim o acordo fora feito. Mesmo ainda criança, Christine visitava os idosos e doentes com a mãe, ou com a esposa do antigo reverendo. Isto se tornara um hábito do qual ela jamais se cansara. Ainda fazia a mesma coisa. *Gostava* dos idosos, e tinha histórias intermináveis, sorrisos e conversas animadas para compartilhar tanto com eles quanto com os doentes – assim como ouvidos dispostos e mãos propensas a ajudar.

Havia visitas sociais para se fazer e receber, alguns poucos chás e jantares a se comparecer, um evento na estalagem do vilarejo. Havia amigas com quem compartilhar confidências, cavalheiros que se tornariam pretendentes caso ela desejasse.

Mas Christine não desejava, embora talvez isto fosse um tanto lamentável. Tudo o que ela sempre desejara fora uma casinha só sua, um marido e filhos para amar. Mas havia perdido o amor de sua vida – mesmo antes da morte dele, se fosse ser sincera – e nunca mais tivera outro. E aí seus sonhos haviam mudado... ou talvez tivessem simplesmente morrido.

Havia os sobrinhos na casa paroquial, e os filhos de Melanie em Schofield Park. Embora Christine não os visitasse com tanta frequência quando Melanie e Bertie estavam em casa. Amava crianças. Na verdade, era *apaixonada* por crianças. Não ter concebido fora a maior decepção de seu casamento.

Havia Melanie a quem visitar e com quem ter longas conversas sobre o sucesso da temporada festiva. A amiga insistia que todos os cavalheiros haviam se apaixonado por Christine e que o conde de Kitredge ficara completamente arrasado quando descobrira que ela deixara Schofield depois do baile, em vez de esperar até a manhã seguinte. Na opinião de Melanie, Christine poderia ter se tornado condessa antes que o verão terminasse, caso quisesse.

– Mas entendo – comentou Melanie com um suspiro. – Você não tem vontade de olhar para homem nenhum desde que o pobre Oscar morreu.

Ele *era* um encanto, não era? E tão, tão lindo. Mas *um dia*, Christine, você vai conseguir superar a morte dele e se apaixonar por outra pessoa. Em certo momento, pensei que essa pessoa talvez viesse a ser o duque de Bewcastle. Você venceu aquela aposta horrorosa da qual fiquei sabendo *e* valsou com ele no baile. Mas por mais esplêndido que seja o duque, você sabe, e por mais lisonjeada que eu tenha ficado por tê-lo como convidado em casa, com certeza eu jamais o desejaria como par de minha amiga mais querida. É verdade, não é, que ele deixa qualquer cômodo gelado assim que coloca os pés nele? Ainda assim, acho que ele foi um pouquinho simpático com você, Christine.

Christine optou por rir animada, como se tivesse acabado de ouvir uma piada ótima, e então depois de um instante Melanie se juntou a ela.

– Ora, talvez não – disse Christine. – Duvido que ele guarde qualquer simpatia ou qualquer sensibilidade de um ser humano normal. Acredito que até o príncipe de Gales se acovarde sob aquele olhar gélido.

O duque de Bewcastle era o único fator na vida de Christine – do passado de Christine – no qual ela escolhera não pensar, ou mesmo examinar. Havia sofrimento ali, e ela sempre escolhia não se demorar sobre o sofrimento.

Tivera muito com o que se ocupar nos dias que se seguiram ao seu retorno de Schofield – tanto para mantê-la em atividade quando para alimentar a ebulição natural de seu espírito. Sentia-se quase feliz. Ou, se não isso, então sem dúvida contente – desde que mantivesse os pensamentos cuidadosamente censurados.

Christine sentia calor e estava corada depois de uma aula de Geografia em particular. Havia levado as crianças para fora da escola, já que estava um dia muito quente, e a brincadeira do tapete mágico em viagem ao país escolhido os levara a uma corrida cheia de energia ao redor do jardim, todos com os braços levantados para se equilibrar sobre o tapete – inclusive ela. Afinal, não poderia ser deixada para trás quando o tapete partia em sua jornada.

Eles voaram sobre um Oceano Atlântico largo e tempestuoso, viram dois navios no caminho e um enorme iceberg, e subiram pelo Canal de São Lourenço até o Canadá, mais precisamente até Montreal, onde pousaram e enrolaram o tapete antes de embarcar em canoas imensas junto a viajantes franceses de roupas coloridas, rumo ao interior do continente, para negociar peles. Todos remaram num ritmo perfeito depois de um pouco de treino, e desbravaram corredeiras com ruidosa exuberância. Também resolveram bem os problemas de transporte, quando a canoa imaginária virou sobre metade deles, enquanto a outra metade cambaleava sob o peso da carga imaginária. E cantaram uma animada canção francesa para manter o bom humor e ter forças para seguir caminho.

Quando pararam para descansar no grande entreposto comercial de Fort William, no Lago Superior, de onde embarcariam no começo da aula seguinte, estavam todos exaustos, deitados sobre o tapete mágico – o qual haviam levado na canoa – e tiveram que voltar se arrastando e cambaleando de volta à escola, com muitos gemidos, grunhidos, braços fraquejando ao lado do corpo, dando risadinhas e se queixando sobre precisar voltar à escola para a aula de Aritmética.

Christine os acompanhou, sorrindo, até vê-los em segurança dentro da escola. Estava livre para voltar para casa, trocar de roupa e se refrescar na sala de estar tranquila com um pouco da limonada fresquinha da Sra. Skinner. Ela deu as costas à escola, ainda sorrindo.

E viu um homem encostado na cerca. Um cavalheiro, se não estava enganada. Christine protegeu os olhos do sol com uma das mãos para ver se era alguém que conhecia.

– A Sra. Thompson me informou que eu a encontraria aqui – disse o duque de Bewcastle. – Vim para vê-la.

Santo Deus! Por mais absurdo – *terrivelmente* absurdo que parecesse – o primeiro pensamento de Christine foi para a própria aparência: o rosto corado, os cabelos suados e desgrenhados sob a velha touca de palha, o vestido e os sapatos empoeirados, aquele desarranjo costumeiro. O pensamento seguinte – tão tolo quanto – foi que ele provavelmente devia ter assistido a uma parte daquela aula boba – boba, porém muito eficiente em ajudar as crianças a absorver e se lembrar do conteúdo sem nem mesmo se dar conta disso. O terceiro pensamento de Christine foi um ponto de interrogação, que parecia pairar invisível sobre as cabeças deles.

Já seus *sentimentos* eram um outro assunto. Christine sentiu um baque no estômago – ou como se a viagem no tapete mágico a tivesse deixado mareada.

– O que está fazendo aqui? – perguntou ela.

Foi uma pergunta terrivelmente grosseira para se fazer a um duque, mas quem poderia pensar em polidez num momento como aquele? O que ele *estava* fazendo ali?

– Vim para falar com a senhora – respondeu o duque com toda a arrogância fria de um homem que acreditava ter todo o direito de falar com quem escolhesse, na hora que escolhesse.

– Muito bem, então. – Christine se deu conta de que o voo de volta através do Atlântico também a deixara lamentavelmente ofegante. – Pode falar.

– Talvez – disse ele, se desencostando da cerca –, pudéssemos ir passeando juntos de volta a Hyacinth Cottage?

Então ele já havia estado na casa dela? Mas era o que havia acabado de dizer, não é mesmo? Tinha falado com a mãe dela. Na verdade, havia subido pelo jardim até o chalé e batido à porta. Não havia sinal de nenhum criado em seu encalço, portanto ninguém para executar esse tipo de tarefa inferior para ele.

Christine saiu do jardim da escola e seguiu caminhando ao lado dele. E antes que o duque tivesse qualquer ideia de lhe dar o braço, ela cruzou as mãos junto às costas com bastante firmeza. Devia estar parecendo um verdadeiro *espantalho*.

– Achei que o senhor havia partido há dez dias, como todos os outros – comentou ela.

Christine *sabia* que ele tinha ido embora. Havia visitado Melanie depois disso.

– Pensou corretamente – retrucou ele num tom altivo. – Fui para Lindsey Hall. Tive que voltar.

– Por quê? – perguntou Christine. Qualquer um que presenciasse a cena acharia que ela jamais *ouvira falar* em boas maneiras.

– Precisava conversar com a senhora.

– Sobre o quê? – Ela estava começando a se dar conta do que representava a presença do *duque de Bewcastle* no vilarejo, caminhando na rua ao lado dela.

– Houve alguma consequência? – perguntou ele.

Christine sentiu uma onda de calor queimar seu rosto. Não havia como não entender a que ele se referia, é claro.

– Não, é claro que não – retrucou. – Como eu lhe disse naquela noite, sou estéril. Foi por *isso* que o senhor retornou? Sempre mostra tamanha preocupação com as mulheres com quem... – Para seu infortúnio ela não conseguiu pensar em nenhum eufemismo adequado para completar a frase.

– Eu poderia ter mandado meu secretário, ou outro criado, caso quisesse apenas me certificar deste assunto – disse ele. – Percebi um jardim de aparência reservada ao lado de sua casa. Talvez possamos conversar ali?

Ele ia repetir a proposta mais uma vez, pensou Christine. Como ousava? Como *ousava*? E como ousava voltar ali assim para perturbar a paz dela novamente. Por mais determinada que estivesse a não pensar no duque, as noites de Christine ainda eram repletas de sonhos lúcidos com ele, e mesmo durante o dia ela não estava livre de lembranças indesejáveis que parecia não conseguir afastar de vez. Ela não *queria* aquilo.

Ser um duque *não* dava a ele o direito de assediá-la.

Eles não passaram despercebidos. Era um dia quente. Metade dos moradores do vilarejo – *no mínimo* metade – estava sentada tranquilamente ou reunida em grupinhos de conversa diante de seus chalés. E conforme passavam cada um deles se virava para acenar ou para gritar um cumprimento para Christine. E cada um deles deu uma boa examinada no duque. Mesmo se algum morador não soubesse quem ele era, logo saberia através das fofocas daqueles que já o conheciam. Seria a sensação do momento – da década! O duque de Bewcastle estava de volta, caminhando pela rua com Christine Derrick e desaparecendo com ela no jardim lateral de Hyacinth Cottage. Logo a notícia chegaria aos ouvidos de Melanie e ela estaria na casa de Christine ao raiar do dia seguinte – ou o mais cedo que conseguisse depois de se levantar da cama e de se submeter à elaborada toalete – para arrancar uma explicação da amiga.

Melanie iria achar que estivera certa o tempo todo. Pensaria que o duque de Bewcastle estava romanticamente interessado em Christine. Sendo que em vez disso o interesse dele era apenas sexual e o duque estava determinado a contratá-la como sua amante.

O duque de Bewcastle não disse mais nenhuma palavra enquanto eles estavam na rua. Nem Christine. Ela chegou a pensar que, se ele fosse arrogante demais para aceitar que um *não* significava *não*, teria que esbofeteá-lo. Até então jamais havia batido no rosto de um homem e reprovava mulheres que o faziam para demonstrar seu aborrecimento – já que o homem em questão, se fosse mesmo um cavalheiro, nunca poderia devolver o gesto à altura. Mas Christine sentia a palma da mão coçando de vontade de castigar o rosto do duque.

Ela *não* estava satisfeita em vê-lo.

Eleanor estava sentada diante da janela da sala de estar, espiando por cima da armação dos óculos, mas desapareceu assim que Christine a olhou feio. A Sra. Skinner abriu a porta da frente sem ser solicitada, mas voltou a fechá-la quando o olhar irritado de Christine se voltou em sua direção. Christine podia imaginar muito bem a empolgação e as especulações que aconteciam dentro daquela casa.

Ela guiou o duque através do portão baixo do jardim, diagonalmente ao jardim da frente, que estava incandescente com as cores das inúmeras flores. Christine subiu os degraus de pedra e passou pelo arco de treliças que levava ao jardim lateral quadrado. Árvores altas escondiam o jardim tanto da casa quanto da rua, e os canteiros de flores faziam do local um recanto adorável e perfumado. Christine ficou de pé atrás de um banco de madeira e apoiou uma das mãos nas costas do assento. O duque, vestido com um paletó cinza-chumbo, calças mais claras e botas de cano alto com os tornozelos arrematados com tiras brancas, parecia extremamente másculo. Poucos homens já haviam entrado naquele jardim.

– Sra. Derrick – disse ele, retirando o chapéu e segurando-o ao lado do corpo enquanto o sol cintilava sobre seus cabelos escuros. Sua voz saiu arrogante e abrupta. – Gostaria de saber se me daria a honra de se casar comigo.

Christine ficou boquiaberta. Ao lembrar-se da cena mais tarde, ela confirmaria que não o encarara com uma expressão elegante de surpresa simplesmente – ficara de fato boquiaberta.

– O quê? – perguntou.

– Eu me descobri incapaz de parar de pensar na senhora – continuou ele. – Então me perguntei por que me ofereci para torná-la minha amante em vez de minha esposa e não consegui chegar a uma resposta satisfatória. Não há nenhuma lei que exija que um homem em minha posição se case com uma virgem ou com uma dama que já não tenha sido casada. Não há nenhuma lei que determine que devo me casar com uma mulher da mesma posição social que eu. E se o fato de a senhora não ter tido filhos depois de um casamento de muitos anos significar uma incapacidade de conceber, isto também não é um proibitivo. Tenho três irmãos mais jovens para me suceder e um deles já tem um filho. Escolhi ter a senhora como minha esposa. E suplico que me aceite.

Christine ficou encarando-o por um longo tempo, muda, a mão apertando com força as costas do banco. A mente dela parecia se encher com os pensamentos mais absurdos nos momentos mais sérios. E esta ocasião não era uma exceção.

Poderia vir a ser a *duquesa de Bewcastle*, pensou. Poderia usar arminho e uma tiara. Pelo menos achava que sim... Nunca havia investigado os privilégios de ser uma duquesa, já que nunca imaginara que lhe ofereceriam tal papel.

Então, Christine se viu retornando à sanidade fria quando sua mente finalmente compreendeu algumas das palavras dele.

...uma virgem ...mesma posição social ...não ter tido filhos ...incapacidade de conceber. Escolhi ter a senhora.

Ela agarrou as costas do banco com mais força, ao mesmo tempo que sentia a raiva crescer em seu peito de forma quase incontrolável.

– Sinto-me honrada, Vossa Graça – disse Christine, soltando fogo pelas ventas. – Mas, não. Recuso o pedido.

Ele pareceu confuso, surpreso. E arqueou as sobrancelhas. Ela esperou que o monóculo infernal se materializasse em sua mão – e *aquilo* a teria levado ao descontrole derradeiro –, mas o duque pareceu não ter levado o objeto naquele dia.

– Ah – disse ele, por fim. – Imagino que a tenha ofendido quando lhe ofereci algo menos do que o matrimônio.

– De fato – respondeu Christine.

– E também quando permiti que acreditasse que eu iria repetir a oferta, depois de termos nos deitado juntos.

Ela ergueu as sobrancelhas. Então ele não estivera prestes a repetir a oferta de fazê-la sua amante, naquela noite na beira do lago? Ele pretendia pedi-la em casamento? Christine não conseguia acreditar. Um homem não propõe casamento a uma mulher que simplesmente lhe entrega espontaneamente tudo o que ele poderia desejar dela. Mas por que, então, ele estava voltando agora para fazer exatamente isso?

– O senhor me ofendeu – falou Christine.

Ele a fitou com o que pareceu um desdém frio.

– E suponho que um pedido de perdão não será suficiente para aplacar seu orgulho ferido, certo, senhora? – perguntou. – Está determinada a rejeitar meu pedido de casamento porque não consegue me perdoar pela outra oferta? Peço desculpas *sinceramente*. Não tive a intenção de ofendê-la.

– Não – disse Christine, contornando o banco para se sentar antes que suas pernas bambas cedessem, ela desabasse e o duque precisasse vir em seu auxílio mais uma vez. – Não, acho que não teve. É uma grande distinção receber um convite para ser amante do duque de Bewcastle.

O olhar dele pareceu perfurá-la.

– Já implorei por seu perdão.

– Eu poderia fazer um grande favor a outra mulher – disse Christine. – Poderia ser sua esposa e deixar a posição de amante para outra pessoa.

Ela estava sendo mais do que mal-educada, estava sendo *vulgar*. Mas estava apenas começando.

...uma virgem ...mesma posição social ...não ter tido filhos ...incapacidade de conceber. Escolhi ter a senhora.

Os olhos dele ficaram mais duros. Se é que isso era possível...

– Acredito na fidelidade no casamento, Sra. Derrick – esclareceu. – Se algum dia me casar, minha esposa será a única mulher a ocupar minha cama durante o tempo que vivermos.

Christine ficou feliz por estar sentada. Seus joelhos pareciam geleia.

– Talvez – retrucou. – Mas essa mulher não serei eu.

Ela não possuía nada além de roupas antigas, desbotadas e remendadas para usar, mal tinha dois tostões no bolso, dependia quase totalmente da mãe, tinha uma vida bastante tediosa e não lhe restavam sonhos mais... e ainda assim ali estava, recusando a oportunidade de se tornar uma *duquesa*. Teria enlouquecido de vez?

O duque se virou, como se fosse partir. Mas então parou e olhou para trás, para ela.

– Acho que a senhora não é indiferente a mim – comentou ele. – E, ao contrário da crença popular, o casamento não mata a atração física. Suas perspectivas de ter uma vida interessante aqui parecem mínimas. A vida como minha duquesa lhe ofereceria infinitamente mais. Está recusando meu pedido apenas para me punir, Sra. Derrick? E talvez vá se punir também no processo? Posso lhe oferecer tudo com o que jamais sonhou.

O fato de ela estar tentada – mas que desgraça, sentia-se mesmo *tentada* – inflamou ainda mais a raiva de Christine.

– Pode mesmo? – perguntou num tom ácido. – Pode me oferecer um marido com uma personalidade cálida, dotado de bondade desinteressada e com senso de humor? Um marido que ame as pessoas, as crianças, as traquinagens e o ridículo? Alguém que não seja obcecado consigo e com a própria importância? Alguém que não tenha o coração de gelo? Ou que tenha um coração? Alguém para ser um companheiro, um amigo e um amante? *Isto* é tudo com que tenho sonhado, Vossa Graça. Pode me oferecer tudo isso? Ou alguma das coisas que listei? Qualquer uma?

Ele a encarou com aqueles olhos tão peculiares durante tanto tempo que Christine precisou de todo o seu autocontrole para não se encolher.

– *Alguém que tenha um coração* – repetiu o duque num tom muito baixo. – Não, talvez a senhora esteja certa, Sra. Derrick. Talvez eu não tenha um coração. E, se não tenho, então careço de tudo o que a senhora deseja, certo? Peço que me perdoe por ter tomado seu tempo e por tê-la ofendido mais uma vez.

Dessa vez, quando ele se virou, saiu mesmo andando – passou pela treliça, desceu os degraus, atravessou o portão do jardim, o qual fechou silenciosamente ao passar, e desceu a rua, provavelmente em direção à estalagem onde provavelmente guardara sua carruagem. Christine duvidava que o duque fosse se hospedar em um lugar tão humilde.

Christine ficou vendo-o se afastar até ele sair de vista. Então encarou suas mãos, que estavam cruzadas no colo, os nós dos dedos brancos devido à força do aperto.

– Mas que desgraça – disse em voz alta. – Desgraça, desgraça, desgraça, desgraça, desgraça.

E irrompeu num choro ruidoso, o qual parecia não conseguir controlar muito embora temesse poder ser ouvida da sala de estar, ou mesmo da rua.

Christine chorou até seu nariz ficar entupido, a garganta e o peito doerem e o rosto ficar inconfundivelmente inchado, vermelho e feio. Chorou até não conseguir mais chorar.

Que desgraça, que desgraça, que desgraça.

Odiava o duque!

Alguém que tenha um coração.

Não, talvez a senhora esteja certa, Sra. Derrick. Talvez eu não tenha um coração.

A expressão nos olhos dele quando dissera tais palavras...

O que ela estava pensando? Uma *expressão no olhar*?

Mas aquela expressão partira o coração dela, fosse qual fosse seu significado.

Partira o coração dela.

Odiava o duque, odiava, *odiava*.

11

Wulfric não ficou tão surpreso ao receber o convite para o casamento da Srta. Audrey Magnus com sir Lewis Wiseman, a ser celebrado no fim de fevereiro. As núpcias aconteceriam em Londres, na igreja de St. George, na Hanover Square, numa época do ano em que nem todos os membros da aristocracia estariam na cidade. A temporada social só começaria depois do feriado de Páscoa. Era compreensível, então, que lady Mowburys e o filho convidassem todas as pessoas de certa distinção que *estivessem* em Londres na ocasião. Além do mais, Wulfric era amigo dos Mowburys e provavelmente teria aceitado o convite sob qualquer circunstância.

Com exceção dos dez dias que passara em Oxfordshire junto a Aidan e Eve e a família deles para o Natal, Wulfric retornara para a cidade no final do outono, antes mesmo de a Câmara dos Lordes voltar do recesso, embora não houvesse uma boa razão para tal. Ele passara alguns meses viajando pelo interior do país, visitando e inspecionando várias de suas propriedades, conversando com os capatazes, recebendo peticionários e comparecendo a eventos em sua homenagem oferecidos pelas famílias distintas das várias localidades por onde passou. Normalmente, Wulfric teria ficado tão feliz em voltar para Lindsey Hall que teria ficado lá até o último minuto possível até seu retorno à Câmara dos Lordes.

Mas assim que voltara para Lindsey Hall, fora novamente tomado de assalto pela sensação dúbia de amor pelo lugar e uma inquietude insuportável. A casa vinha parecendo tão perturbadoramente vazia... um pensamento estranho, já que fora exatamente este o motivo que o fizera ansiar para voltar logo. Mas até mesmo Morgan, a mais jovem da família, e a governanta dela, já haviam partido fazia mais de dois anos. Morgan agora estava casada e tinha dois filhos – o segundo, outro menino, nascera no início de fevereiro. A caçula era uma criancinha de apenas 2 anos quando Wulfric herdara seu título. Sempre parecera mais filha dele do que irmã, embora ele só tivesse se dado conta disso depois da partida dela – ou melhor, no dia do casamento dela.

Wulfric fora para Londres, então, onde ao menos havia seus clubes e algumas outras diversões cuidadosamente escolhidas para lhe distrair a mente.

Além do mais, precisava encontrar uma nova amante. Não que estivesse muito empolgado com a tarefa, mas tinha necessidades que exigiam ser satisfeitas, e era cansativo demais aliviar tais ânsias em encontros casuais com prostitutas. As preferências sexuais dele sempre pendiam à regularidade e monogamia.

No fim de fevereiro, ele ainda não havia encontrado uma amante, embora tivesse levado uma atriz muito requisitada para jantar em determinada noite, depois de admirar a atuação dela no teatro e de fazer uma aparição inesperada em seu camarim após a peça. Wulfric chegara lá com toda a intenção de discutir as cláusulas de um contrato com ela, e a dama em questão deixara claro que estaria muito disposta a conversar a respeito e até mesmo a consumar o acordo antes da elaboração dos detalhes finais. Mas a conversa acabou pendendo para peças de teatro e atuação, e por fim Wulfric a acompanhou até em casa e a gratificou generosamente pelo tempo concedido. E embora a linda, educada e muito discreta, lady Falconbridge tivesse deixado claro que estava disponível para ele e tivessem passado um tempo juntos socialmente, Wulfric não tocara no assunto que ambos sabiam que ele poderia abordar a qualquer momento.

Ele ficara procrastinando... algo que raramente fazia.

Wulfric não ficou surpreso quando o convite para o casamento chegou, mas certamente hesitou antes de responder. A família Mowbury incluía os Elrick e os Renable, e era muito provável que eles também comparecessem. Eram pessoas que Wulfric conhecia havia anos. Normalmente não hesitaria por voltar a encontrá-los, já que nunca desgostara particularmente de nenhum deles. No entanto, mais recentemente – embora na verdade houvesse sido há mais de seis meses –, tinha passado duas semanas com eles em Schofield Park. E é claro que a noiva e o noivo também haviam estado lá, assim como a mãe e os irmãos da noiva.

Wulfric realmente preferia não ter que se lembrar do lapso lamentável em seus hábitos costumeiros que permitira acontecer lá. Preferira esquecer e chegara a acreditar ter conseguido o feito. Por que não esqueceria, afinal? Aquela questão com a Sra. Derrick havia sido loucura pura e ele estava absolutamente feliz por ter escapado da situação com seu estilo de vida ainda intacto. Mas os lembretes eram dispensáveis.

No entanto, ainda *era* um hábito ser educado e fazer o que deveria ser feito em qualquer situação. Wulfric escreveu um breve bilhete aceitando o convite e mandou seu secretário levar a lady Mowbury.

Por mais carinho que nutrisse por Melanie, Hector, Justin e Audrey, assim como por lady Mowbury, Christine certamente não teria aceitado o convite que recebera para o casamento de Audrey se não tivesse ocorrido algo muito extraordinário. Como poderia, afinal? O casamento aconteceria em Londres. Não que a distância fosse um grande impedimento, percebeu. Melanie e Bertie obviamente iriam e com certeza concordariam em levá-la na carruagem deles. E com certeza também a convidariam para se hospedar com eles, embora lady Mowbury houvesse acrescentado uma observação no pé do convite garantindo a Christine que ela seria muito bem-vinda para se hospedar com *eles*.

Mas como poderia ir se não tinha nada decente para vestir – e, mais importante, quando Hermione e Basil também estariam lá? Nos meses que se seguiram, depois da temporada festiva na casa de Melanie, Christine sentira o coração pesado com a hostilidade deles, até mesmo com o ar de vingança que os dois haviam lhe dirigido. Aquela amargura, aquele ódio, não haviam diminuído em dois anos – quase três agora. Nem o ressentimento deles por terem que reconhecê-la como parente. Christine estava determinada a nunca mais aparecer no mesmo ambiente que eles.

Mas então, apenas uma hora depois de ela ter escrito algumas palavras afetuosas para lady Mowbury recusando o convite, e de ter deixado a correspondência sobre o consolo da lareira da sala de estar, prontinha para ser enviada, algo realmente extraordinário aconteceu. Uma carta de Basil foi entregue em Hyacinth Cottage, e com ela uma ordem de pagamento do banco dele de uma grande soma em dinheiro – na verdade, aos olhos de Christine parecia uma fortuna, ainda mais considerando que sua única fonte de renda vinha das aulas que ministrava, e chamar aqueles trocados de fonte de renda era lhes dar uma importância exagerada.

Basil explicava, no bilhete um tanto conciso que acompanhava a ordem de pagamento, que o dinheiro era para ser gasto em roupas novas e em outros itens pessoais. Ele dizia ainda que Christine sem dúvida desejaria comparecer ao casamento da prima deles e que por isso deveria ir decentemente vestida. Também reiterava que, além de tudo, ela era cunhada dele e, portanto, sua responsabilidade. Hermione chamara a atenção dele para o fato de o guarda-roupa de verão de Christine se encontrar em péssimo estado já no ano anterior.

Não havia qualquer expressão de afeto ou de perdão, nenhum pedido de desculpas, nenhum cumprimento à família dela, ou da parte de Hermione, nenhuma notícia do que eles ou os filhos andavam fazendo, nenhuma pergunta sobre a vida dela – apenas a breve explicação e o dinheiro.

O primeiro instinto de Christine foi devolver a ordem de pagamento com um bilhete ainda mais conciso e frio do que o de Basil. Mas Eleanor entrou na sala enquanto a irmã ainda segurava a carta, a ordem de pagamento repousando em seu colo. Eleanor viera procurar uma cor de linha de bordado que não tinha em sua caixa de costura.

– Você parece ter visto um fantasma – comentou depois de pedir a linha.

– Veja isto. – Christine estendeu a carta para a irmã e também a ordem de pagamento.

Eleanor leu a carta e relanceou o olhar para a ordem de pagamento antes de erguer as sobrancelhas.

– No verão passado, em Schofield – disse Christine –, os dois me trataram como se quisessem me enxotar deste universo caso tivessem um modo legal de fazer isso.

– Então você pretende devolver o dinheiro, suponho – falou Eleanor –, com todo o orgulho ferido que conseguir reunir. Eles foram muito educados comigo e com mamãe durante o baile, no fim da temporada festiva. Lembro que se sentaram conosco durante o jantar e que se mostraram muito agradáveis.

Christine nem sequer havia ficado sabendo daquilo.

– Não posso aceitar dinheiro deles – afirmou.

– Por que não? – perguntou Eleanor. – Você é viúva do único irmão do visconde de Elrick, e *realmente* precisa de roupas novas. Tudo porque é teimosa e não deixa que mamãe pague por elas para você.

Era verdade. Oscar não deixara nada para Christine, mas não parecia certo depender da mãe, cuja renda vinha da propriedade do falecido marido e mal era o suficiente para as necessidades dela e de Eleanor.

– Ele mandou dinheiro bastante para vestir a nós três com certo luxo para o verão – retrucou Christine. – Mas não posso aceitar o dinheiro de Basil, Eleanor. Eles nem sequer *gostam* de mim.

– O dinheiro é para *você* – afirmou a irmã, batendo um dedo na carta. – O visconde de Elrick deixou isso muito claro aqui. E se eles não gostam de você, por que teriam mandado isto? A mim parece uma espécie de oferta de paz.

– Eles ainda me culpam pela morte de Oscar – disse Christine. – Basil o adorava e, como Hermione adora Basil, então *ela* também amava Oscar.

– Mas como eles poderiam culpá-la? – perguntou Eleanor, exasperada. – Nunca consegui entender isso, Christine. Ele estava fora numa caçada e você não estava junto. Você deveria tê-lo impedido de ir?

Christine deu de ombros. Ela nunca fora capaz de contar a verdade sobre a morte de Oscar, e sempre sentira o peso por não conseguir confiar nem na mãe, nem na irmã favorita.

– Será que é isso? – Christine franziu a testa. – Uma oferta de paz?

– Por que mais ele teria mandado a ordem de pagamento? – falou Eleanor.

Era verdade... por quê? Talvez eles estivessem arrependidos de algumas coisas que haviam falado dela e para ela durante aquelas duas semanas em Schofield e quisessem lhe estender uma espécie de bandeira branca. Se devolvesse o dinheiro, certamente Christine iria acabar por ofendê-los e como consequência manteria acesa uma inimizade que jamais escolhera incitar. De certo modo, Christine sentia que eles mereciam o revide. Mas nunca fora do tipo de pessoa que guardava ódio ou rancor. Não queria odiá-los mais. E com certeza não queria magoá-los mais. Talvez Basil finalmente tivesse se dado conta de que ela era o único vínculo que lhe restava com o irmão.

Christine engoliu a emoção que se acumulou num bolo em sua garganta.

Ou talvez Hermione estivesse com medo de que ela aparecesse no casamento usando trapos para envergonhá-los. Talvez aquela ordem de pagamento tivesse a ver *apenas* com aquilo.

Mas por que sempre pensar o pior das pessoas? Que tipo de benefício ela estaria adquirindo adotando esse tipo de postura diante da vida? Era melhor pensar o melhor e estar errada do que pensar o pior e estar errada.

Christine suspirou.

– Se eu ficar com esse dinheiro – falou –, então também devo ir ao casamento de Audrey... se Melanie concordar em me levar na carruagem com ela e Bertie.

– *Se*! – Eleanor estalou a língua e levantou os olhos para o teto. – Você sabe muito bem que em no máximo dois dias lady Renable vai vir atrás de você para convencê-la a aceitar o convite, Christine. Mesmo se você já tivesse decidido não ir, mesmo que mandasse o bilhete de recusa, acabaria indo.

– Minha força de vontade é assim tão fraca? – Christine franziu a testa.

– Não, mas lady Renable é a mulher mais teimosa que já tive a infelicidade de conhecer – retrucou Eleanor –, além de ser a mais frívola e pretensiosa. – Ela deu uma risadinha. – Mesmo assim não consigo deixar de gostar dela... principalmente porque ela escolheu *você* como amiga, e não a mim. *Afinal*, você tem linha de bordar neste tom de verde aqui, Christine? Se não tiver, terei que ir até a loja para comprar, e ainda está chovendo.

E, assim, Christine resolveu ficar com o dinheiro e gastá-lo consigo – embora esta última decisão tenha se dado apenas porque tanto Eleanor quanto a mãe se recusaram terminantemente a aceitar um centavo sequer. Ela também concluiu que deveria comparecer ao casamento, já que o dinheiro fora enviado basicamente para que ela comprasse roupas adequadas para a ocasião. Voltaria do evento com presentes para a mãe e para a irmã, decidiu, e também para Hazel e as crianças.

Ah, o luxo maravilhoso de ser capaz de comprar presentes!

Rasgou a carta de recusa que pretendia mandar a lady Mowbury e a substituiu por um bilhete aceitando o convite. E demorou mais de uma hora para conseguir escrever uma resposta adequada para Basil.

Menos de uma hora depois de haver terminado, o som inconfundível de cascos de cavalo e de rodas de carruagem se aproximando pela rua do vilarejo anunciava a chegada de Melanie, apesar da chuva, pronta para a batalha. Mas nenhuma batalha se fez necessária. Christine pôde informar à amiga que já aceitara o convite para o casamento e que estivera mesmo planejando caminhar até Schofield assim que a chuva parasse para implorar por uma carona a Londres.

– Você teria *caminhado*, Christine, todo o trajeto até Schofield depois de uma *chuva*? – perguntou Melanie, o *lorgnon* suspenso, a mão livre pressionando o peito. – Só para implorar por uma carona comigo e com Bertie? *Implorar*? Eu faria meu criado mais forte carregá-la para dentro da carruagem no dia de nossa partida a Londres se você demonstrasse qualquer resistência em ir de bom grado. Mas você teria caminhado pela *lama* para *implorar*?

Christine riu e Eleanor abaixou a cabeça atrás do livro.

Iria para Londres, então, aparentemente, e compareceria ao casamento de Audrey na catedral de St. George. Não sabia se se sentia animada ou consternada, mas se decidiu pela primeira opção. Afinal, a primavera ainda nem havia chegado ainda, e agora não era a época mais elegante em Londres. Não era provável que houvesse qualquer evento social *a não ser* o casamento, e no convite lady Mowbury havia especificado que seria um casamento *em família*.

Além do mais, Christine precisava de roupas novas e poderia comprá-las em Londres, conferindo o que estava na última moda. Ela com certeza não seria humana se tal perspectiva não a empolgasse.

Era estranho, pensou Wulfric enquanto ocupava seu lugar no banco da igreja e concentrava a atenção em sir Lewis Wiseman, que estava diante do altar à espera da noiva, fazendo uma expressão de quem teve o lenço de pescoço apertado demais pelo criado – era estranho que ele, Wulfric, houvesse esperado que toda a família da Srta. Magnus fosse comparecer e que tivesse até mesmo chegado a hesitar em ir ao casamento porque não queria ser lembrado daquelas duas semanas em Schofield Park. Mas não lhe ocorrera nem uma vez que talvez Christine Derrick – *que era membro daquela família por matrimônio* – também pudesse estar lá.

Mas ela estava.

Ele quase não a reconhecera ao passar pelo banco que ela ocupava com os Elricks. Estava elegantemente vestida em tons de cinza e azul-claro. Ela levantou o olhar para Wulfric assim que ele passou e, por um instante desagradável, antes de ela abaixar rapidamente a cabeça e ele desviar a dele com a mesma velocidade, os olhares dos dois se encontraram.

Se soubesse que ela estaria ali, Wulfric com certeza não teria ido.

Tudo que ele queria era nunca mais colocar os olhos em Christine Derrick enquanto vivesse. Não conseguia pensar nela de forma positiva. E ficava constrangido ao se lembrar de que viajara de Hampshire até Gloucestershire para pedi-la em casamento, mesmo ela sendo viúva, filha de um professor e ela mesma uma professora, que durante metade do tempo se comportava de maneira inapropriada e que achava todas as suas gafes *divertidas*. Uma mulher que não poderia ser menos adequada para se tornar a duquesa dele.

E ainda assim, ela o recusara!

Só bem depois, Wulfric se dera conta de que os dois haviam se comportado de forma um tanto atípica naquela manhã. Ele quase nunca desviava o olhar de outra pessoa só porque esta pessoa o estava encarando também. E em Schofield, Christine Derrick estava sempre disputando jogos de olhares com ele, em vez de fazê-lo acreditar que estava sendo dócil e obediente ao comando arrogante e silencioso de um duque para que baixasse o olhar em sua augusta presença.

A velha irritação em relação a Christine Derrick retornou como se ele tivesse sido incapaz de esquecê-la nos últimos meses.

Permaneceria sentado durante a celebração, decidiu Wulfric, então ofereceria algum pretexto a Mowbury e não compareceria ao café da manhã de comemoração ao casamento. Esperaria em seu banco até todos atrás deles terem partido, e aí sairia sem ser notado.

Talvez estivesse se comportando como um covarde – *certamente* estava se comportando fora de seu normal –, mas também estaria fazendo um favor a Christine Derrick. Ela sem dúvida ficara tão consternada com o encontro quanto ele – e a Sra. Derrick com certeza tinha menos motivos para imaginar que ele pudesse ser um dos convidados.

Um marido com uma personalidade cálida, dotado de bondade desinteressada e com senso de humor.

Wulfric ainda podia ouvir a voz dela falando tais palavras, quase como se Christine Derrick as estivesse repetindo ali, na catedral de St. George, para todos ouvirem. Havia desdém e uma paixão trêmula em sua voz.

Ele não tinha calidez em sua personalidade, compaixão ou bondade, nenhum riso dentro de si. Fora disso que ela o acusara. Em parte, este fora o motivo para Christine Derrick rejeitá-lo.

Nenhuma calidez.

Nenhuma bondade desinteressada.

Nenhum humor.

Por que aquele pequeno sermão dela ficara gravado de forma tão indelével na memória dele? E a imagem de Christine Derrick ao falar, empoeirada, até mesmo desmazelada, depois daquela notável aula às crianças na escola do vilarejo, a touca de palha de aba flácida mal escondendo os cabelos suados e desalinhados, o rosto corado e até brilhante de suor, os olhos cintilando.

Que diabos havia naquela mulher que o fizera desejá-la como sua noiva? Mesmo depois do que acontecera entre os dois perto do lago, Wulfric poderia ter cogitado torná-la sua amante um preço suficiente a ser pago – e ela não poderia ter esperado por mais. A própria reação de Christine Derrick às palavras que ele não chegara a dizer por completo provara isso. Por que casamento, então? E que reação fora aquela, que o deixara descomposto por semanas, meses até, depois da recusa inesperada?

Orgulho ferido?

Felizmente, ele conseguira se recuperar plenamente e agora estava na verdade muito grato pela rejeição dela.

Alguém que ame as pessoas, as crianças, as traquinagens e o ridículo.

É claro que ele não era esse tipo de pessoa. A mera ideia... *traquinagens* e *ridículo*! Mas havia pessoas que ele amava... até mesmo crianças.

Alguém que não seja obcecado consigo e com a própria importância. Alguém que não tenha o coração de gelo. Ou que tenha um coração.

A mente dele se esquivou da lembrança. Nunca fora capaz de lidar com aquele quinhão em particular da rejeição de Christine Derrick. Mas aquilo fora o que causara mais sofrimento – nos poucos dias que decorreram antes de ele se recuperar de tamanha tolice, claro.

Felizmente a Srta. Magnus chegou à igreja com apenas um ou dois minutos de atraso, e Wulfric foi capaz de concentrar sua atenção inteiramente na cerimônia nupcial. Sentiu uma identificação com o orgulho quase encabulado de Mowbury quando este entregou a irmã ao futuro marido. Dois anos e meio haviam se passado desde o casamento de Morgan e mais de três do de Freyja. Nas duas ocasiões, Wulfric ficara surpreso com a sensação dolorosa de perda que o abatera, principalmente com Morgan, o bebê da família, a irmã mais adorada. Até mesmo ele...

Ou que tenha um coração.

Wulfric sentia a presença de Christine Derrick vários bancos atrás dele, quase como se ela segurasse uma longa pena e estivesse usando-a para roçar nas costas dele de cima a baixo. Logo a pena tocaria o pescoço dele e Wulfric teria um tremelique nos ombros na defensiva.

Ele encarou a noiva e o noivo com um olhar duro e então voltou-se para o reverendo, escutando com atenção tudo o que estava sendo dito mas sem absorver de fato uma só palavra.

Infelizmente, Wulfric demorou demais para escapulir depois que a cerimônia acabou. Quando ele deixou a igreja, sir Lewis e a nova lady Wiseman já haviam partido na carruagem nupcial, mas Mowbury e a mãe também haviam ido embora, assim como a maioria dos membros de ambas as famílias, a Sra. Derrick incluída. A partida dela foi um enorme alívio, é claro, mas como ele poderia evitar comparecer ao café da manhã agora, pensou Wulfric, quando não tivera a oportunidade de dizer uma palavra sequer a Mowbury ou à mãe dele? Seria uma profunda falta de educação, e Wulfric sempre evitava ser descortês.

Ele sentiu a mão de alguém pousando em seu ombro.

– Bewcastle – disse o conde de Kitredge –, irei com você se puder, para deixar minha carruagem para os mais jovens.

– O prazer será meu – garantiu Wulfric.

Wulfric resolveu então que ocuparia o lugar que lhe cabia para o café da manhã, depois cumprimentaria os recém-casados, agradeceria a lady Mowbury e sairia discretamente na primeira oportunidade. E aí nos dias subsequentes limitaria seus movimentos à Câmara dos Lordes e ao White's quando precisasse deixar a Casa Bedwyn. Ocorreu-lhe porém que aquela podia ser uma decisão covarde, mas daí se convenceu de que estaria apenas fazendo o de sempre. De qualquer modo, naquela época do ano não havia muitos eventos para se evitar.

Embora a maior parte dos convidados para a Casa Magnus em Berkeley Square ainda não tivesse ocupado seus lugares no salão de baile – que havia sido convertido em salão de refeições para a ocasião –, eles já se aglomeravam por ali, cumprimentando os passantes e conversando entre si. Mas Wulfric não se sentiu tentado a se juntar a eles. Era adepto de se manter distante desse tipo de interação social. Caso não tivesse adentrado o salão ao lado de Kitredge, teria seguido diretamente para o seu lugar designado, sentado e ficado observando o ambiente com uma tranquilidade fria.

– Ah – disse o conde, pousando a mão sobre a manga de Wulfric –, lá está a única pessoa com quem eu gostaria de trocar uma palavra, e você também a conhece, Bewcastle. Venha.

Tarde demais, Wulfric se deu conta de que estava sendo arrastado na direção de Christine Derrick, que estava parada com os Elricks, com os Renables e com Justin Magnus.

Ela havia retirado a touca. Os cabelos pareciam recém-cortados e emolduravam o belo rosto, redondo, de olhos grandes, com cachos curtos, macios e brilhantes. O vestido cinza com adornos e fitas azuis a favorecia. Muitas damas pareceriam insignificantes usando cores tão pálidas, mas a vitalidade de Christine Derrick cintilava além das cores e as dominava. Ela estava rindo de algo que Magnus dizia e parecia animada e absolutamente adorável.

Então ela os notou se aproximando... e sua animação desapareceu, embora o sorriso tivesse permanecido.

– Sra. Derrick – disse Kitredge depois de cumprimentar os outros com sincero bom humor. Ele pegou a mão dela, inclinou-se com um ligeiro estalar das juntas, e levou a mão aos lábios. – Está mais adorável do que nunca, se é que isso é possível. Não é verdade, Bewcastle?

Wulfric ignorou a pergunta e fez uma reverência para a Sra. Derrick e para os outros.

– Senhora – disse num tom rígido.

– Vossa Graça. – Christine Derrick o encarou bem nos olhos, quando ele esperara que ela mirasse o olhar em seu queixo ou em sua gravata.

Mas que tolice da parte dele... ela obviamente se recuperara da surpresa na igreja e não lhe daria a satisfação de transparecer constrangimento, se é que sentia algum.

– Espero que sua mãe esteja bem – disse Wulfric.

– Está sim, obrigada. – Ela sustentou o olhar dele.

– E suas irmãs também?

– Sim, obrigada.

– Ah. – Os dedos da mão direita dele encontraram a haste do monóculo, apertando-a. – Fico feliz em saber.

Christine Derrick então abaixou o olhar – para a mão e o monóculo dele – antes de voltar a encará-lo nos olhos. Mas agora sua expressão era diferente. Agora, os olhos dela *riam* dele, muito embora ela não estivesse sorrindo mais. Wulfric havia se esquecido daquele olhar extraordinário.

– O salão de baile dos Mowburys foi esplendidamente arrumado para a ocasião – comentou Kitredge. – Talvez estivesse disposta a dar uma volta pelo salão comigo, Sra. Derrick, assim poderemos admirar todos os arranjos florais.

Ela desviou o olhar para Kitredge e, dessa vez... abriu um sorriso ofuscante.

– Obrigada. – Christine Derrick aceitou o braço que lhe era oferecido e se afastou com Kitredge.

Ela optou por sentar-se junto à própria família durante o café da manhã nupcial. Wulfric fora acomodado a alguma distância e mantinha uma conversa educada com lady Hemmings à sua esquerda e com a Sra. Chesney à sua direita. Assim que a refeição terminou, ele parabenizou os noivos, agradeceu à anfitriã, e partiu caminhando para casa, depois de dispensar sua carruagem, que estava estacionada no pátio com várias outras.

Estava um tanto irritado. Não era uma sensação à qual ele se permitia se entregar com muita frequência, e quando *realmente* ficava irritado, em geral costumava tomar as medidas necessárias para se livrar do motivo do aborrecimento no mesmo instante.

Mas como lidar com a irritação causada por uma mulher que se recusava teimosamente a abandonar seus pensamentos e seu âmago – mesmo quando acreditava tê-la expurgado da lembrança e ter se livrado de sua influência há muito tempo? E, pior, uma mulher dona de um sorriso cintilante demais, que falava com animação demais, até com pessoas que estavam sentadas *do outro lado* da mesa à qual estava acomodada?

Ela simplesmente não sabia se comportar.

Como lidar com uma mulher que insistia em sustentar seu olhar toda vez que o flagrava a observando, que o desafiava erguendo as sobrancelhas... e então ria dele?

Ainda estava encantado por ela, pensou Wulfric com certo espanto enquanto saía do pátio a passos firmes, obrigando dois cocheiros que estavam parados num canto a saírem do caminho com um pulo ante seu olhar frio, ajeitando seus topetes.

E *encantado* era o diabo. Ele estava quase cego por causa da atração que sentia por ela. Estava *apaixonado*, maldição. Não gostava dela, se ressentia dela, desaprovava quase tudo o que dizia respeito a ela, e ainda assim estava perdidamente apaixonado, como um colegial tolo.

Wulfric se perguntou sombriamente o que iria fazer a respeito.

Não estava achando aquilo divertido.

Ou agradável de nenhuma forma.

12

Christine chegou a Londres uma semana antes do casamento de Audrey e ficou hospedada na casa de Melanie e Bertie. E aquela foi uma semana um tanto proveitosa. Parte da programação incluiu várias incursões de compras a Oxford Street e até mesmo à exclusivíssima Bond Street, já que ela precisava de roupas novas e, pela primeira vez, tinha dinheiro para gastar com elas – e já que fazer compras era uma das paixões de Melanie. Logo Christine tinha um guarda-roupas novinho para a primavera e para o verão, todas as peças escolhidas dando atenção às cores, à moda e a seu aspecto prático... e ao bom preço. Afinal, ela queria poupar um pouco de dinheiro para comprar presentes para a família. E não era extravagante por natureza.

Christine também apreciara a visita a lady Mowbury, com Melanie, gostara de ver Hector e de compartilhar com Audrey um pouco da empolgação pelo casamento que se aproximava. E dera um passeio de carruagem no parque com Justin.

Chegara até a acompanhar Melanie e Bertie em um jantar com Hermione e Basil dois dias antes do casamento, uma ocasião pela qual não ansiara nem um pouco. Mas os dois até que foram bastante civilizados, embora não afetuosos, e em algum momento da noite Basil a puxou de lado e lhe informou sua intenção de oferecer uma ajuda financeira trimestral, já que ela era a viúva de Oscar e, portanto, responsabilidade financeira dele. Quando Christine tentou contra-argumentar, ele insistiu. Havia conversado a respeito com Hermione, dissera Basil, e ambos chegaram à conclusão de que era aquilo que Oscar teria desejado. Christine então percebeu que seria importante para o cunhado que ela aceitasse, por isso não discutiu mais.

Na hora de ir embora, Hermione dera beijinhos no ar perto do rosto de Christine e se submetera ao abraço da cunhada.

Alguma espécie de paz estava estabelecida entre ela e os cunhados, supôs Christine. Era mais do que ela esperara depois do ano anterior. Os dois filhos deles, sobrinhos de Oscar e, portanto, também sobrinhos de Christine, receberam a tia com entusiasmo, e ela então se recordou de que sempre fora a favorita deles.

Tinha feito a coisa certa ao ir a Londres para o casamento, concluiu. Ainda pensava assim quando chegou à catedral de St. George, em Hanover Square, e descobriu que obviamente haveria mais convidados do que apenas a família. Pelo menos àquela altura ela já estava vestida na mais elegante de suas roupas, e sentada junto a Hermione, Basil e os meninos.

Sua tranquilidade permaneceu até Christine erguer o olhar para ver quem era o cavalheiro importante o suficiente para ser acomodado na frente do visconde e da viscondessa de Elrick, primos da noiva. E de se dar conta de que o cavalheiro em questão era o duque de Bewcastle.

Dizer que ela ficara profundamente descomposta naquele momento seria um eufemismo. Quase entrara em pânico, para dizer a verdade, e tivera vontade de se levantar do banco de um pulo e de descer a nave da igreja correndo, em fuga... fazendo um tremendo papel de tola. Em vez disso, afastou o olhar dele com determinação no exato momento em que seus olhares se encontraram, e também perdeu completamente o casamento de Audrey e Lewis, embora tivesse sido celebrado bem diante de seus olhos.

Só conseguira prestar atenção nas costas belas, rígidas, orgulhosas e de ombros largos do duque de Bewcastle. E as lembranças daquelas terríveis duas semanas em Schofield Park voltaram num rompante – assim como as da última noite perto do lago. E também do retorno dele, dez dias depois, para visitá-la em Hyacinth Cottage.

Nem por um momento Christine considerara a possibilidade de ele comparecer ao casamento de Audrey. Pensara que seria uma cerimônia apenas para a família. Nem em um milhão de anos teria chegado perto de Londres se soubesse.

A julgar pelo tanto que prestara atenção na decoração ou na comida depois que o casamento terminara, ela poderia muito bem estar em um celeiro vazio, em vez de aquele salão de baile esplendidamente decorado ou ter comido palha em vez do suntuoso banquete servido durante o café da manhã nupcial, que nem sequer teria se dado conta disso. Lembrava-se apenas de ter sorrido com animação demais para o conde de Kitredge e de ter conversado demonstrando muita empolgação. Também se lembrava de ter recuperado parte do autocontrole durante a refeição e que não abaixara os olhos docilmente nas vezes que seu olhar encontrou o do duque, mas ainda assim fora um dos dias mais desconfortáveis de sua vida.

Foi um grande alívio ver o duque partir cedo.

E então Christine passara o restante do dia mortalmente deprimida, embora houvesse rido, conversado e brilhado até voltar à casa de Melanie e Bertie bem tarde naquela noite, e trancar-se no próprio quarto, finalmente a salvo.

Christine havia acreditado piamente ter conseguido esquecer o duque de Bewcastle nos cerca de seis meses que haviam se passado desde a última vez que o vira. Portanto, sua reação ao reencontro a abalara consideravelmente. Como poderia ter acreditado *por um momento sequer* que se deitar com ele perto do lago naquela última noite seria apenas uma atitude casual, que poderia ter sido facilmente esquecida? Mas será que a reação dela teria sido menos intensa caso aquilo *não* tivesse acontecido? E se ele não tivesse voltado dez dias depois para pedi-la em casamento?

Era impossível saber. Christine nunca entendera a atração que sentia por um homem que simplesmente *não* era atraente. Bonito, sim, mas não atraente – não para ela, pelo menos.

Não importava. Ela voltaria para casa um ou dois dias depois do casamento e simplesmente teria que se esforçar mais uma vez para esquecer. Se suas emoções estavam muito mais envolvidas do que imaginara, não havia mais ninguém a culpar senão a si mesma. Ninguém a forçara a passear pela alameda de chuvas-de-ouro com o duque. Fora ideia dela ir até o labirinto. E ninguém a obrigara a ir até o lago com ele.

E aí Melanie mudou de ideia. Sobre voltar para casa. O plano original fora ir até Londres para o casamento e voltar logo para Schofield, onde eles ficariam até depois da Páscoa – quando a temporada social começaria, trazendo consigo uma rodada infinita de eventos. Christine não retornaria para a temporada social com eles, é claro.

– Mas a questão, Christine – disse Melanie durante o café da manhã, no dia seguinte ao casamento –, é que há mais famílias aqui em Londres do que costuma haver nesta época do ano e toda manhã o correio traz vários convites para eventos que qualquer um odiaria perder. E é claro que parece quase um dever cívico comparecer ao máximo possível desses eventos, já que ninguém espera que haja muitas pessoas na cidade tão cedo assim no ano. E parece uma pena ter vindo até aqui só para voltar logo para Schofield, sem aproveitar a oportunidade de nos divertir. Parece uma pena privar Bertie de seus clubes tão cedo.

Bertie, que estava tomando café da manhã com elas, partiu seu bife suculento e resmungou. Christine já tinha reparado que ele havia aperfeiçoado a arte de fazer daquele som uma resposta adequada a tudo o que Melanie perguntasse ou sugerisse, livrando-se assim da necessidade de dar ouvidos a tudo o que a esposa dizia.

– E você tem todas as suas roupas novas – continuou Melanie. – E está bonita o bastante para parecer uma moça da metade da sua idade. Precisa ter oportunidade de usar suas roupas. Mamãe e Justin ficarão decepcionados se partirmos tão cedo, e Hector também ficaria, o pobrezinho, se tivesse percebido que havíamos chegado. Além de tudo isso, o conde de Kitredge está completamente encantado por você, Christine, e com certeza a um milímetro de se declarar. E embora eu saiba que você de forma alguma desejaria um marido trinta anos mais velho e corpulento demais até mesmo *com* espartilho, ainda assim é muito divertido vê-lo cortejando-a... E o fato de a aristocracia também presenciar isso vai ser bom, para aprenderem a dar mais importância a você, ao menos a parte da aristocracia que está na cidade.

Christine fez menção de retrucar algumas vezes, mas, como sempre, era impossível conseguir uma brecha para se manifestar quando Melanie se lançava num daqueles seus monólogos entusiasmados – principalmente quando percebia que a resposta ao final poderia ser não.

– Ficaremos por mais uma semana – continuou, pousando a xícara de café e pegando a mão de Christine, na mesa. – Ficaremos ocupadas da hora do almoço até a madrugada e nos divertiremos muito. Ficaremos juntas em Londres durante a semana inteira, ou por quinze dias, se contarmos a semana que já passamos aqui. Será incrivelmente prazeroso. O que diz? Concorde em ficar. Diga sim.

Aquela não era mesmo a hora de ser firme, pensou Christine com certo desalento. Como poderia negar? Fora a Londres na carruagem dos

Renables, estava hospedada na casa deles, comendo da comida deles. Como poderia determinar quando voltariam para o campo? Ocorreu a Christine que talvez pudesse voltar sozinha na diligência, mas sabia que a mera sugestão de tal coisa provocaria um princípio de desmaio em Melanie – que poderia muito bem ficar sinceramente ofendida. Até mesmo Bertie poderia acabar se exaltando o bastante a ponto de se expressar de verdade.

Mas uma semana inteira? Com a aristocracia de novo? Era uma perspectiva terrível. Mas era *apenas* uma semana – só sete dias. E em Schofield ficara claro que o duque de Bewcastle não costumava comparecer a muitos eventos sociais. Lady Sarah Buchan não havia mencionado que não o vira durante toda a primavera, mesmo tendo sido seu *début* na sociedade, o que a obrigara a ir a todos os lugares onde a aristocracia se reunia em grande número? E era verdade que a própria Christine nunca o vira durante os sete anos de seu casamento.

– Se você deseja ficar, é claro então que devemos ficar, Melanie – concordou Christine.

Melanie deu um tapinha no braço da amiga antes de voltar a pegar a xícara.

– Isso não é resposta – falou. – Não há *devemos* em relação a isso. Se você preferir ir para casa, então privaremos Bertie de seus clubes e iremos. Mas perderemos a *soirée* de lady Gosselin depois de amanhã, à noite, e ela é uma amiga íntima e ficará arrasada se eu for para casa em vez de esperar para comparecer ao seu evento. E também perderemos...

– Melanie. – Christine se inclinou sobre a mesa. – Ficarei encantada em aceitar sua hospitalidade e permanecer por mais uma semana.

– Eu sabia que você ficaria. – Melanie abriu um sorriso feliz para a amiga e aplaudiu, satisfeita. – Bertie, meu amor, você poderá ir aos seus clubes e ao Tattersall's. Poderá jogar cartas na casa de lady Gosselin, onde as apostas são altas o bastante para lhe agradarem.

Bertie, que já passara da metade de seu bife, resmungou.

E assim lá estava ela, presa, pensou Christine com uma resignação melancólica, não apenas em Londres, mas também com a obrigação de comparecer a qualquer evento social que Melanie escolhesse para o divertimento delas. Logo se tornou claro que havia uma quantidade formidável de eventos acontecendo, apesar de ainda estarem tão no início do ano. Havia chás a se comparecer, concerto particular e um jantar... e, é claro, a *soirée* de lady Gosselin.

Christine usou um de seus vestidos novos para a *soirée* – era de veludo azul-escuro com renda e ela gostava particularmente dele porque o modelo era fluido e elegante, mas não era enfeitado demais. Christine achava que o vestido combinava com sua idade e com seu tom de pele. Ela pegou emprestado um colar de pérolas de Melanie, diante da insistência da amiga, mas não usou qualquer outro acessório, apenas as luvas brancas de noite e um leque de marfim que Hermione e Basil tinham lhe dado havia muito tempo como presente de aniversário.

Christine sorriu animada ao entrar no salão de visitas de lady Gosselin, o primeiro de vários cômodos adjacentes que haviam sido abertos para conveniência dos convidados. E a primeira pessoa que viu – óbvio! – foi o duque de Bewcastle, muito sombrio, elegante e altivo, parado do lado oposto do salão, conversando com uma bela dama de cabelos negros e brilhantes que estava sentada e bebericando uma taça de vinho. Era lady Falconbridge, a viúva de um marquês, de quem Christine se lembrava da época em que frequentara Londres.

Se pudesse ter saído sem ser notada e voltado para a casa dos Renables – ou mesmo para Hyacinth Cottage –, teria feito isso. Mas Melanie lhe dera o braço e, assim, a única coisa que lhe restara foi seguir em frente.

Que desgraça, que desgraça, que desgraça, pensou, percebendo mesmo sem querer a elegância dos cachos de lady Falconbridge presos no alto e a elegância das plumas que os enfeitavam.

Sentiu-se de novo como uma prima do interior.

Com certeza devia haver dezenas de pessoas que Melanie conhecia naquele salão. Melhor ainda, devia haver dezenas de pessoas que ela conhecia no salão *seguinte*. Mas Melanie se animou visivelmente ao notar exatamente uma pessoa, ergueu o queixo e o *lorgnon* e atravessou o salão rapidamente, com Christine a reboque, de um modo que teria provocado uma crise de riso em Eleanor caso esta houvesse testemunhado a cena. Bertie já tinha sumido de vista, provavelmente fora ao salão de jogos.

– Bewcastle! – exclamou Melanie, dando um tapinha no braço dele com o *lorgnon*. – Não é frequente o encontrarmos em eventos como este.

Ele se virou, as sobrancelhas arqueadas, os olhos encontrando os de Christine antes de se desviarem para Melanie. Então meneou a cabeça num cumprimento muito rígido.

– Lady Renable – disse. – Sra. Derrick.

Christine havia se esquecido de como aqueles olhos prateados podiam ser gélidos – e de como eram capazes de penetrar nos olhos do interlocutor, praticamente perfurando o crânio.

– Vossa Graça – murmurou ela.

Christine percebeu que ele não se dignou a justificar sua presença naquele evento em particular. Por que deveria? O duque simplesmente passou o dedo pela haste do monóculo enquanto lady Falconbridge batia o pé no chão com impaciência.

– Resolvemos ficar mais uma semana na cidade – anunciou Melanie –, porque Londres está cheia de ótima companhia, apesar de ainda estarmos tão no início do ano. E sempre vale a pena comparecer às *soirées* de Lilian.

Sua Graça voltou a inclinar a cabeça.

– Melanie – disse Christine –, vi Justin no outro salão. Vamos até lá?

Os olhos ducais pousaram nela por um instante, e o monóculo ducal foi erguido à altura do peito ducal. Christine o desafiou silenciosamente a levar o monóculo até o olho.

– Não vou retê-las, então – disse ele, virando-se novamente para lady Falconbridge.

O salão seguinte era dedicado à música, e alguém estava tocando piano – Christine logo viu que era lady Sarah Buchan. Christine sorriu feliz para Justin, que se aproximou e lhe deu o braço, enquanto Melanie se afastava na direção de um grupo de damas que abrira suas defesas para recebê-la, engolindo-a logo em seguida.

– Vi você e Mel prestando suas homenagens a Bewcastle – comentou Justin com um sorriso.

– Eu não teria vindo aqui se soubesse que ele também viria – afirmou Christine.

Justin deu uma risadinha.

– Para alguém que no ano passado afirmou que o duque fora apenas educado e galante – disse ele –, você está reagindo muito dramaticamente, não? Mas você não tem nada a temer da parte dele neste ano. Bewcastle está numa caça determinada a lady Falconbridge e, como ela também está decidida a laçá-lo, todos esperam que em poucos dias eles chegarão a um acordo discreto e satisfatório. Acho até que há palpites sendo registrados nos livros de apostas dos clubes sobre o exato número de dias que levará.

– Caro Justin – disse Christine, sorrindo animadamente para o amigo. – Você está sempre pronto a encher os ouvidos de uma dama com tudo o que ela não deve ouvir. – E tudo o que Christine realmente não queria saber.

– Mas sei que você não é uma puritana, Chrissie. – Justin riu e a incitou a chegar mais perto do piano.

Porém ela não conseguiu relaxar durante muito tempo ali ao lado do amigo. O conde de Kitredge logo se juntou a eles e, depois de aplaudir a filha em sua performance musical e confirmar que Christine ainda não tinha visto o famoso Rembrandt pendurado num salão que ficava depois do salão com os acepipes, ofereceu o braço a ela e disse que ficaria encantado em lhe mostrar o quadro.

Não havia mais ninguém no aposento, que era parcamente iluminado e provavelmente não era nem para estar sendo usado durante a *soirée*. Depois de examinar diligentemente a pintura por cinco minutos, Christine teria voltado para os outros salões, mas o conde a segurou com firmeza pelo braço e a levou até um banco na outra extremidade. Postou-se com as mãos às costas diante dela, que se sentara. Christine desconfiava que o espartilho o impedisse de se sentar ao lado dela e ficou grata por isso.

– Sra. Derrick – começou ele, depois de pigarrear –, desde o último verão creio que já deve desconfiar da profunda admiração que nutro pela senhora.

– Sinto-me honrada, milorde – disse ela, alarmada de súbito. – Vamos...

– E neste ano – continuou ele –, me sinto obrigado a lhe contar abertamente sobre a intensidade do que sinto pela senhora.

Seria ela uma sedutora?, se perguntou Christine. *Seria mesmo*? Oscar acabara acreditando que sim, e no fim Basil e Hermione também foram convencidos disso. Mas, se fosse o caso, então era uma postura absolutamente inconsciente. Christine jamais dissera ou fizera qualquer coisa para encorajar o conde a desenvolver um afeto violento por ela – ou mesmo um afeto brando, para dizer a verdade. Aliás, jamais fizera coisa alguma para encorajar *ninguém* – a não ser Oscar, quase dez anos antes.

– Milorde – disse Christine –, por mais envaidecida que eu esteja, devo...

Mas agora ele segurara uma das mãos dela entre as dele. E um dos anéis que usava se enterrou dolorosamente no dedo mindinho de Christine.

– Eu lhe imploro, senhora – disse ele –, que não me provoque mais. O mundo dirá que estou velho demais para a senhora. Mas meus filhos estão criados e sou livre para perseguir novamente os desejos do meu coração. E a senhora é o desejo do meu coração. Eu acredito que...

– Milorde. – Christine tentou soltar a mão presa entre as dele, mas não conseguiu. O conde a segurava com muita força.

– ... que a senhora tenha apreço pela minha pessoa – continuou ele. – Disponho minha pessoa, meu título e minha fortuna aos seus pés, senhora.

– Milorde – tentou Christine novamente. – Estamos em lugar público. Por favor, solte...

– Diga-me – falou o conde –, que fará de mim o mais feliz dos...

– *Milorde* – repetiu Christine com firmeza, o constrangimento se transformando em irritação –, considero a insistência para que eu lhe dê ouvidos um tanto descortês, até mesmo ofensiva. Eu...

– ... dos homens – continuou ele. – Eu lhe peço que me permita fazer da senhora a mais feliz das...

– Eu me pergunto – disse uma voz altiva, um tanto lânguida até, para ninguém em particular, já que não havia ninguém acompanhando o dono da voz –, se a luz do dia fará mais justiça à tela no lugar em que ela se encontra do que faz a luz das velas. Os Rembrandt são quadros notoriamente escuros e precisam ser muito cuidadosamente expostos. O que acha, Kitredge?

Então o duque de Bewcastle não estava falando sozinho, não é?

Christine finalmente conseguiu soltar a mão e alisou a saia sobre os joelhos. Se pudesse ter morrido de vergonha naquele momento, provavelmente teria se achado uma mulher de sorte.

– Nunca vi muita utilidade para o sujeito – retrucou o conde, olhando para Christine com tristeza e talvez oferecendo um leve pedido de desculpas, antes de se virar para o duque e para o quadro. – Dê-me um Turner a qualquer dia... ou um Gainsborough.

– Sim, exatamente. – O duque tinha o monóculo diante de um dos olhos e estava examinando a pintura a uma distância de menos de um metro. – De qualquer modo, eu gostaria de ver este quadro sob a luz apropriada.

Ele abaixou o monóculo, e então se virou para Christine.

– Este é um lugar tranquilo para sentar, senhora – falou –, quando a maior parte dos convidados está em outros salões. Posso acompanhá-la até o salão de acepipes?

– Eu estava prestes a... – começou a dizer o conde de Kitredge.

– *Sim.* – Christine se levantou de um pulo. – Obrigada, Vossa Graça.

Ele fez uma reverência rígida e lhe ofereceu o braço. Quando sua mão estava a salvo sobre a manga do paletó dele, Christine virou a cabeça e sorriu para o conde.

– Obrigada, milorde – disse –, por me mostrar o Rembrandt. É realmente impressionante.

O homem não pôde fazer nada além de assentir e permitir que ela partisse.

Embora, na verdade, pensou Christine, ela tivesse acabado de trocar um diabo por outro, embora não soubesse dizer qual dos homens se encaixava melhor no papel. Assim, ali estava ela, com a mão na manga do paletó do duque de Bewcastle, com a sensação de ter sido subitamente atingida por um raio.

– Tive a impressão – comentou o conde –, de que talvez estivesse precisando ser resgatada, Sra. Derrick. Perdoe-me se me enganei.

– Acredito que logo eu mesma teria conseguido me colocar a salvo – retrucou ela. – Mas pela primeira fiquei satisfeita em vê-lo.

– Sinto-me lisonjeado, madame – retrucou o duque.

Ela riu.

– É claro – disse Christine –, que não havia ninguém para me resgatar do senhor, havia?

– Espero – retrucou ele, olhando de lado para ela –, que esteja se referindo à cena no labirinto, ou ao que aconteceu no jardim do chalé de sua mãe.

Christine sentiu seu rosto enrubescer de forma deplorável diante da única outra cena possível a que ela poderia ter se referido.

– Sim, exatamente as ocasiões citadas – falou. – Às duas.

– E nas duas vezes – disse ele –, a senhora se saiu muito bem me convencendo de que minhas investidas *não* lhe eram bem-vindas. Posso preparar um prato para a senhora?

Eles estavam no salão onde haviam sido servidos os acepipes. A comida estava disposta sobre uma longa mesa e criados aguardavam para ajudar os convidados com suas escolhas. Algumas poucas mesas e cadeiras haviam sido arrumadas ali, embora a maior parte dos convidados estivesse levando seus pratos ao salão de música ou ao salão de visitas.

– Não estou com fome – falou Christine.

– Posso lhe servir uma bebida, então? – perguntou ele.

Teria sido grosseiro recusar aquilo também.

– Uma taça de vinho, talvez – concordou Christine.

O duque foi pegar a bebida e voltou com uma taça para si também. Então indicou uma das mesas vazias num canto.

– Vamos sentar? – sugeriu. – Ou a senhora está planejando fugir de mim, também? Se for o caso, pode simplesmente se afastar para se juntar aos seus parentes. Não tentarei detê-la contra a sua vontade.

Christine sentou-se.

– Se eu soubesse que o senhor compareceria ao casamento – começou, encarando-o diretamente, já que estava um tanto tentada a fixar seu olhar na própria taça –, não teria vindo a Londres.

– É mesmo? Então o mundo não é grande demais para nós dois, Sra. Derrick?

– Às vezes acredito que não – respondeu ela. – E não acredito que o senhor guarde pensamentos muito gentis a meu respeito. Certamente não é todo dia que uma humilde plebeia recusa duas ofertas diferentes, porém igualmente lisonjeiras, de um duque.

– A senhora então presume que eu tenha *pensado* na senhora?

O desconforto terrível que Christine sentia desapareceu, aí ela se inclinou um pouco na direção dele e riu alto.

– Adoro quando sou capaz de provocá-lo a ponto de irritá-lo. Ou talvez eu o tenha insultado com minha acusação. *Contrariá-lo* seria a palavra mais educada. É mais magnífica e com certeza me coloca no meu lugar.

O duque a encarou com arrogância.

– E eu adoro, Sra. Derrick – falou ele, baixinho –, quando sou capaz de provocá-la a ponto de fazê-la rir... mesmo quando a senhora faz isso apenas com seus olhos.

Aquilo a silenciou. Christine se recostou na cadeira com a sensação de ter sido atingida por um raio, embora não estivesse mais tocando o duque. Não conseguiu pensar em nada para dizer e nem ele se adiantou para quebrar o silêncio.

– Está dizendo que sou uma sedutora? – perguntou ela, por fim.

– Uma sedutora. – Ele pousou sua taça com certa determinação e também se recostou na cadeira. Então a encarou com aqueles olhos prateados penetrantes. – Eis uma palavra que parece ser usada com tediosa frequência a seu respeito, Sra. Derrick... normalmente em negação. Eu não a usaria de forma alguma.

– Ah, obrigada – disse ela, e então mais um período de silêncio se seguiu enquanto o duque a encarava com firmeza. Christine não ousou erguer sua taça, com medo de que a mão tremesse, o que a deixaria terrivelmente envergonhada.

– A senhora não precisa ser uma sedutora – continuou o conde, por fim. – É extraordinariamente atraente e não precisa fazer uso de qualquer manobra de sedução.

– *Eu*? – Christine espalmou a mão no peito e olhou para ele, perplexa. – Já deu uma boa olhada em mim, Vossa Graça? Não tenho a beleza ou a elegância de nenhuma das outras damas presentes aqui nesta noite. Mesmo usando um vestido novo, tenho plena consciência de que pareço... e *sou*... a prima do interior.

– Ah, mas eu não disse que a senhora era bela ou elegante – retrucou o conde. – A palavra que usei foi *atraente. Extraordinariamente atraente*, para ser mais preciso. É algo que o espelho não lhe revelaria, pois só é aparente quando a senhora demonstra empolgação. É difícil para qualquer homem olhar para a senhora uma vez e não voltar a olhar. E aí olhar de novo.

Vindas de qualquer outro homem, aquelas palavras talvez teriam soado ardentes. O duque de Bewcastle as pronunciou como se declarasse um fato, como se os dois estivessem conversando sobre... ora, sobre o Rembrandt do salão ao lado. Subitamente Christine ficou um tanto ciente de que já havia se deitado com aquele homem. E ainda assim parecia impossível acreditar, bem como era difícil acreditar que ele acabara de dizer o que dissera. Aquelas não eram palavras que se esperaria ouvir do duque de Bewcastle.

Christine foi salva de precisar dar alguma resposta quando alguém parou ao lado da mesa deles. Ela levantou os olhos e viu Anthony Culver com um sorriso largo.

– Bewcastle? – disse ele. – *Sra. Derrick*? A senhora ainda está na cidade? Achei que tivesse voltado para Gloucestershire depois do casamento de Wiseman. Ontem mesmo Ronald e eu estávamos conversando sobre a senhora, lembrando de como é bem-humorada e de como foi a vida e a alma da temporada festiva em Schofield no último verão. Venha vê-lo... Ronald está no salão de música. E venha encontrar outros amigos também. Todos ficarão encantados em conhecê-la.

Christine ofereceu a mão e um sorriso animado a ele.

O monóculo estava na mão do duque de Bewcastle.

– Peço que me perdoe, Bewcastle – disse Anthony Culver com um sorriso. – Pode liberá-la? Interrompi alguma coisa?

– Não reivindico nenhuma propriedade sobre o tempo da Sra. Derrick – retrucou o duque.

– Sua Graça foi gentil o bastante para me conseguir uma taça de vinho – explicou Christine, ficando de pé. – Mas vê? Já bebi o vinho. Ficarei encantada em rever seu irmão e em conhecer alguns de seus amigos.

No entanto ela se virou para sorrir para o duque antes de aceitar o braço do rapaz.

– Obrigada, Vossa Graça – falou.

Na verdade, Christine estava extremamente trêmula.

O duque a considerava *extraordinariamente atraente.*

Ela se recusara a ser sua amante.

E se recusara a ser sua esposa.

Mas ainda assim ele a achava *extraordinariamente atraente*. Christine desprezava a si mesma por se sentir tão lisonjeada. Como poderia, depois de certas coisas que ele lhe dissera ao pedi-la em casamento no ano anterior? O duque a considerava inferior em todos os sentidos. Acreditava estar concedendo algum tipo de honra irresistível a ela.

Depois daquela noite, era muito improvável que voltasse a vê-lo.

Como ela iria conseguir esquecê-lo... de novo? Já fora difícil o bastante no ano anterior. Na verdade, se fosse absolutamente honesta consigo – e fora extremamente desonesta no que dizia respeito ao duque –, ela fracassara na tentativa de esquecê-lo naquele ano anterior.

Não havia nada no duque de que Christine pudesse gostar ou admirar... a não ser a aparência dele. Embora ela soubesse que sua paz nos últimos seis meses havia sido perturbada por muito mais do que meramente a aparência dele.

Christine estava terrivelmente apaixonada pelo duque.

Terrivelmente, supunha, era a palavra-chave.

Desgraçadamente talvez fosse ainda melhor.

13

Wulfric tinha acabado de vir da Casa Pickford, onde Morgan, a mais jovem de suas duas irmãs, e Rosthorn residiam no momento. Os dois haviam trazido os filhos na esperança de que o ar londrino não iria fazer tão mal ao menino mais velho naquele ano e de que o bebê não fosse ter nenhuma dificuldade.

Jacques, que fora trazido do quarto das crianças para cumprimentar o tio, encarou Wulfric com solenidade de certa distância, até Morgan colocar Jules, que estava adormecido, no braço livre do irmão. Então Jacques se aproximara mais para examinar as borlas que pendiam das botas de cano alto do tio, até finalmente ter coragem para lhe dar um tapinha no joelho.

– Gostaria que pudesse se ver agora, Wulf – disse Morgan, rindo.

Ele estava sentado, imóvel, com medo de deixar o bebê cair, e com medo de assustar o menino mais velho. Sabia muito bem que os dois eram seus sobrinhos, filhos de sua amada Morgan, a quem a maternidade acrescentara um brilho de maturidade que só fizera aumentar a beleza ágil e juvenil – ela ainda não tinha 21 anos.

– Gostaria que a aristocracia pudesse vê-lo – acrescentou Gervase, zombando. – Mas acho que nem sequer acreditariam no que estariam vendo.

Wulfric fora até lá para convidar os dois para passarem a Páscoa em Lindsey Hall. Freyja e Joshua, que também haviam chegado havia pouco em Londres, já tinham aceitado o convite, e cartas haviam sido enviadas a Aidan, Rannulf e Alleyne. A última reunião familiar tinha sido no casamento de Alleyne e Rachel, dois anos e meio antes. Estava na hora de se juntarem de novo. Embora Wulfric tivesse visto todos os seus irmãos nesse meio-tempo, ultimamente ele vinha se flagrando ávido por ter toda a família ao seu redor em casa. Era uma família bastante extensa agora, é claro, com todas as crianças, todos os bebês, mas Lindsey Hall era um lugar grande.

Morgan e Gervase aceitaram o convite e Wulfric saiu a cavalo da Casa Pickford satisfeito porque teria ao menos parte da família consigo durante o feriado. Ele convidaria também a tia e o tio, o marquês e a marquesa de Rochester, decidira, mas não naquele dia. Naquele dia – naquela tarde, para ser mais exato –, tinha outro destino em mente.

Wulfric estava atravessando o Hyde Park a cavalo, ao longo do lago Serpentine. Havia um número surpreendente de pessoas ali, cavalgando ou caminhando. Afinal ainda estava no comecinho do ano, embora fosse um dia muito agradável de primavera. O sol brilhava e o ar estava morno.

Ele seguia para a casa dos Renables, embora não tivesse certeza, é claro, se as damas estariam em casa. Sua visita não era esperada. Lady Renable havia comentado na *soirée* que ficariam por mais uma semana em Londres, depois do casamento da irmã dela. Cinco dias daquela semana haviam se passado e Wulfric tomara uma decisão.

Parte da decisão envolvia lady Falconbridge, que fora o motivo para seu comparecimento à *soirée*. Ele fora ao evento num esforço determinado para tirar da cabeça uma certa professora do interior um tanto inadequada – a qual ele presumira inclusive já estar de volta ao campo – e para acelerar a consumação de um casinho com uma dama do mundo que não esperaria nada dele a não ser prazer sensual.

Wulfric estava celibatário há mais de um ano, com uma exceção.

Mas assim que vira lady Falconbridge, assim que ela o chamara no salão de visitas dos Gosselins e pedira para que ele buscasse uma taça de vinho, assim que o envolvera numa conversa, Wulfric se dera conta de que, no fim das contas, não conseguiria escolher uma amante usando apenas o cérebro. A dama era tudo o que ele poderia querer numa amante, exceto por uma coisa.

Ela não era – maldição! – Christine Derrick.

Então, no momento em que se dava conta da falta de lógica de sua vontade, já meio irritado, ele ouviu a voz de lady Renable e sentiu o *lorgnon* dela batendo em seu braço. Ao se virar, ele flagrara exatamente aquela mulher que transformara sua vida numa bagunça desde aquele casamento infernal.

Wulfric sentira um profundo ressentimento em relação a Christine Derrick, mesmo no momento em que a resgatara das garras de Kitredge e então falara com ela com a guarda baixa de um jeito atípico.

E agora, três dias depois, Wulfric seguia a cavalo, determinado a encontrá-la – isto é, *se* ela estivesse em casa. Se não estivesse... ora, ele voltaria a procurá-la em outro momento, a menos que recuperasse o juízo nesse meio-tempo.

Dois meninos pequenos brincavam com barcos de madeira no Serpentine, sob os olhos atentos da babá. Wulfric acenou com a cabeça em cumprimento a vários conhecidos enquanto passava e tocou o chapéu com a ponta do chicote quando cruzou com algumas damas que conhecia. A Sra. Beavis – um título gentil, já que ela era uma das mais famosas cortesãs de Londres e ninguém jamais havia conhecido qualquer Sr. Beavis – estava passeando perto da água com a criada, se assemelhando particularmente a uma exuberante ave-do-paraíso. A Sra. Beavis também estava se aprumando diante da aproximação de lorde Powell, que já era conhecido por persegui-la com ardor.

Wulfric ficou observando ociosamente enquanto a dama descalçava a luva, estendia o braço sobre a água, sorrindo toda sedutora para o barão que se aproximava, e deixava cair a luva num convite óbvio. A luva saiu boiando na água a uns 10 centímetros da margem.

Lorde Powell se adiantou rapidamente em resposta ao convite e teria pescado a luva com a ponta prateada de sua bengala caso outra pessoa não houvesse arruinado o jogo de sedução tanto para ele quanto para sua amante em potencial.

Essa outra pessoa veio correndo por trás da Sra. Beavis, avisando que ela deixara cair alguma coisa e, ao mesmo tempo, inclinando-se para pegar. Tinha chovido nos últimos dias. Era difícil ter noção do quanto a grama estaria escorregadia, a menos que se percebesse que, naquele dia de ar relativamente parado, parte da água havia escorrido por sobre a margem. Assim, o pé direito da dama que correra em resgate à luva escorregou na beira; a dama fez um esforço desajeitado para transferir o peso do corpo para a esquerda, a fim de recuperar o equilíbrio, mas foi em vão. Ela danou a sacudir os braços abertos, deu gritinhos altos o bastante para atrair a atenção de todos os mortais ao redor que por acaso já não a estivessem observando, e então caiu de lado na água com um estardalhaço.

Wulfric deteve o cavalo e observou com resignação sofrida enquanto lady Renable e lady Mowbury soltavam exclamações horrorizadas e Powell, sem dúvida fervendo de raiva, bancava o galante e resgatava a Sra. Derrick do Serpentine.

A Sra. Beavis continuou a caminhar, como se ignorasse tanto a cena do desastre que se desenrolava atrás de si quanto ao fato de estar usando apenas uma luva agora.

Enquanto isso, a Sra. Derrick permanecia de pé à margem do Serpentine, batendo os dentes, a nova touca com plumas cor de lavanda na cabeça, o vestido de passeio cor-de-rosa e o casaquinho de um tom mais forte pendendo no corpo como o drapeado frouxo de uma deusa grega. Ela pingava água por toda parte enquanto Powell tirava um lenço do bolso e tentava secá-la sem sucesso.

Lady Renable e lady Mowbury se apressaram para atendê-la.

Os numerosos espectadores arquejavam e soltavam exclamações.

– A-alguém p-poderia d-devolver esta l-luva para aquela d-dama? – pediu a Sra. Derrick, erguendo a luva.

Wulfric, embora tivesse ficado tentado por uma fração de segundos a seguir cavalgando, suspirou, desmontou do cavalo e deixou o animal por conta enquanto se aproximava da cena com passadas firmes. Despiu o casaco.

– Lorde Powell sem dúvida ficará feliz em fazer isso – disse Wulfric. Ele pegou a luva da mão de Christine Derrick e a segurou entre o indicador e o polegar diante do nariz do barão, que ficou extremamente aliviado ao se ver livre da necessidade de lidar com uma dama semiafogada e suas duas acompanhantes inúteis, enquanto sua amante em potencial se afastava de seu futuro.

– Ah, com certeza, Bewcastle – disse o barão. – Com certeza. – E saiu em disparada.

– Permita-me, senhora – disse Wulfric bruscamente, jogando o casaco ao redor dos ombros da Sra. Derrick e cruzando as abas à frente do corpo dela.

Ele a encarou com uma expressão carrancuda. Não conhecia nenhuma outra dama – incluindo Freyja – tão afeita a se envolver nas mais horrorosas cenas em público. E não conseguia imaginar por que o destino o colocara nesta cena mais recente.

E, mesmo que vivesse até os 100 anos, jamais entenderia como poderia ter escolhido se apaixonar por aquela mulher – embora não tivesse sido exatamente uma escolha consciente.

– Q-que terrivelmente c-constrangedor! – disse ela, aconchegando-se ao casaco e fitando Wulfric por debaixo do que um dia fora a aba da touca morta, enquanto as plumas se derramavam por seus ombros. – P-parece inevitável que o senhor esteja p-perto para testemunhar minha humilhação.

– Acredito, senhora – retrucou Wulfric bruscamente –, que deveria estar grata por isso. O lenço de lorde Powell não seria suficiente para envolvê-la.

Ele se virou para lady Renable, que ainda não parecia estar em condições de assumir o comando da situação.

– Vou levar a Sra. Derrick em meu cavalo, senhora – avisou –, e acompanhá-la até em casa sem mais demora.

Ele não esperou para ouvir os agradecimentos de lady Renable, ou qualquer resposta da Sra. Derrick. Caminhou com o semblante soturno até o cavalo, que pastava tranquilamente, indiferente a uma cena que fascinara todos os seres humanos à vista. Ele montou no animal e cavalgou até a curta distância que o separava da margem. Então estendeu o braço.

– Pegue minha mão e pouse um dos pés sobre a minha bota – orientou.

Não foi fácil, é claro. A Sra. Derrick precisava usar as duas mãos para manter o casaco ao seu redor, já que não tivera o bom senso de passar os braços pelas mangas, e a barra do casaco, que se arrastava uns 15 centímetros no chão, se prendeu à relva. Mas com uma pequena ajuda de lady Renable, que segurou o casaco, um empurrão nada elegante de lady Mowbury e um puxão do próprio Wulfric, a Sra. Derrick finalmente se acomodou de lado na sela, o casaco ainda ao redor dos ombros para preservar o recato e garantir algum calor.

– Sugiro que retire o chapéu, senhora – disse Wulfric quando duas plumas encharcadas começaram a ameaçar pingar a água do Serpentine dentro do colarinho de sua camisa.

– Ah, sim, claro – concordou ela, tirando um dos braços de dentro do casaco e desfazendo as fitas molhadas. A Sra. Derrick avaliou a touca ao tirá-la e Wulfric encarou os cachos molhados e amassados dela. – Ah, Deus, acho que está arruinado.

– Sei que está. – Ele pegou o chapéu da mão dela, olhou ao redor até ver uma criada com uma expressão esperançosa encarando-os e entregou o adereço avariado a ela. – Tome, menina, cuide disto para mim.

Wulfric também entregou um guinéu à moça, mas pela expressão dela imaginou que a touca morta era na verdade a maior recompensa. A jovem fez uma série de reverências e o encheu de agradecimentos – ou do que Wulfric supôs serem agradecimentos, já que ela falava com um sotaque atroz e praticamente incompreensível do East End de Londres.

A Sra. Derrick escolheu aquele momento para começar a gargalhar. A princípio, foi um mero sacudir de ombros que poderia muito bem passar por um ataque de calafrios causado pela queda na água, mas então ela explodiu em gargalhadas, e Wulfric viu que seus olhos brilhavam, alegres. Antes que ele pudesse dar ao cavalo o sinal para prosseguir, quase todos os espectadores presentes resolveram se juntar a ela e a Sra. Derrick voltou a tirar uma das mãos de dentro do casaco para acenar para a multidão.

E – maldição! – por mais que estivesse enrolada no casaco sem graça dele e com os cachos molhados e amassados, de repente ela pareceu deslumbrantemente adorável.

Por fim, eles seguiram caminho. Wulfric se viu em águas nunca antes navegadas – sem trocadilhos. Ao contrário da Sra. Derrick, ele *não* estava acostumado a se ver no meio de uma cena farsesca e indigna que sem dúvida seria o assunto de todos os salões de visita nos dias vindouros – principalmente porque a Sra. Beavis fizera parte dela. E, mais especificamente, porque *ele* fizera parte dela também.

Mas como poderia ter deixado a Sra. Derrick ali, tremendo à margem do lago quando parecia que mais ninguém parecera disposto a oferecer qualquer ajuda prática? Ela não estaria rindo se assim fosse – embora Wulfric desconfiasse que poderia estar enganado sobre isso.

– Tem alguma dúvida de que Oscar com frequência me via como um verdadeiro fardo?

– Não tenho a menor dúvida – retrucou ele sem rodeios.

Mas o estranho – *muito* estranho – era que aquele aborrecimento estava começando a ser substituído por algo diferente. Wulfric se flagrou desejando rir tal como ela e as pessoas que assistiram à cena – jogando a cabeça para trás e se permitindo gargalhar, na verdade. Nem o incidente com a árvore no pátio da igreja, no verão anterior, poderia competir com aquilo. Ele jamais testemunhara algo tão hilário.

Mas Wulfric *não* riu. Primeiro porque eles estavam à vista de várias pessoas a cada passo do caminho até a casa dos Renables, ou seja, já estavam atraindo olhares curiosos o bastante sem que ele precisasse adicionar combustível ao inevitável falatório, mostrando à plateia uma faceta nunca vista de um duque de Bewcastle risonho. E, por outro lado, porque a Sra. Derrick devia estar com frio e infeliz, apesar da risada, e a boa educação determinava que ele não deveria ser visto zombando dela.

– Imagino que eu não tenha sido a imagem da graciosidade quando caí, não é? – quis saber ela.

O braço que Wulfric passara ao redor da cintura dela para lhe conferir firmeza estava ficando bastante molhado agora. O casaco sem graça dele provavelmente ficaria estragado.

– Não sei se *existe* uma forma de cair graciosamente na água, já que nem com muita imaginação aquilo poderia ser chamado de mergulho.

Ela suspirou.

– E imagino – continuou – que atraí atenção considerável. Enquanto estava acontecendo, quero dizer. *Sei* que fiz isso depois.

– A senhora deu um gritinho – lembrou ele.

– Pelo menos resgatei a luva daquela pobre dama – argumentou ela. – Ela nem sequer percebeu que a havia deixado cair.

Para uma mulher que fora casada por anos antes de enviuvar, e que devia estar bem perto dos 30 anos, se já não houvesse passado disso, a Sra. Derrick parecia perigosamente inocente. Wulfric poderia tê-la deixado com suas ilusões, mas agora sua irritação retornava. Como era possível que tivesse caído na água? A luva não estava mais do que a poucos centímetros da margem.

– Ela jogou a luva de propósito – disse ele. – Era para lorde Powell pegar... sem cair no lago.

A Sra. Derrick virou a cabeça e o fitou com os olhos arregalados.

– Mas por quê?

– Ela não é... exatamente respeitável – explicou Wulfric. – E Powell está fazendo todo o possível para conseguir os favores dela. A Sra. Beavis está bancando a difícil.

Christine Derrick o encarou enquanto ele guiava o cavalo para além do parque e entrava na rua. Aquele olhar franco era profundamente desconcertante quando o rosto dela estava a menos de 30 centímetros do dele. E Wulfric tinha se esquecido de como os olhos dela eram azuis... e de como ficavam risonhos de repente, como faziam naquele momento.

– Estraguei o momento de galanteio e triunfo dele, então – disse ela, por fim. – Ah, o pobre cavalheiro.

Ele realmente poderia ter rido abertamente, então, caso não estivesse concentrado em manobrar o cavalo para desviá-lo de um varredor que atravessou a rua correndo para pegar uma moeda que um pedestre acabara de jogar para ele.

Completou a manobra. A Sra. Derrick continuava a encará-lo. E o riso ainda brincava em seus olhos.

– E constrangi o senhor terrivelmente – disse ela. – Vê agora a sorte que teve por eu ter rejeitado sua proposta de casamento precipitada no último verão?

– Sim, vejo – admitiu ele secamente.

Ela finalmente virou a cabeça para olhar para a frente de novo.

– Ora, fico feliz por isso – continuou depois de um instante de silêncio. – Mas embora eu esteja profundamente envergonhada por o senhor ter testemunhado o que aconteceu nesta tarde, também fico grata por sua presença lá. Molhada como estou, teria sido uma caminhada muito fria e muito longa até em casa.

Ela também teria sido alvo de olhares provocativos a cada passo do caminho – o que teria constatado por si só caso se olhasse no espelho antes de se despir em seu quarto de vestir. O vestido praticamente formara uma segunda pele. E era cor-de-rosa, pelo amor de Deus.

Eles estavam se aproximando da casa dos Renables.

– *Realmente* agradeço por sua ajuda – disse ela. – E não precisa se preocupar com a possibilidade de eu algum dia voltar a constrangê-lo. Vamos voltar para Gloucestershire depois de amanhã. Isto é um adeus.

Ele a manteve no lugar enquanto desmontava, então colocou-a no chão, um embrulho macio e molhado dentro do casaco úmido dele. Christine Derrick teria tirado o casaco para devolver a ele antes de subir correndo os degraus para entrar em casa se Wulfric não a tivesse impedido.

– Entrarei com a senhora – avisou ele. – A senhora deve usar o casaco até o seu quarto e então mandá-lo para mim por uma criada.

– É muito gentil da sua parte.

– É muito *prático* da minha parte, senhora – disse ele objetivamente, subindo os degraus na frente dela e batendo a aldrava contra a porta.

– Sim – falou ela. – Ah, sim, entendo.

E ao que parecia ela realmente havia compreendido – suas bochechas estavam em chamas quando Wulfric se virou para encará-la.

– Adeus – disse ela quando eles estavam no saguão, o mordomo e um dos criados a encarando inexpressivamente. – O senhor ficará feliz por se livrar de mim de uma vez por todas. – Mas daquela vez, Wulfric percebeu que os olhos dela estavam fixos no queixo dele, e não em seus olhos... e não carregavam o brilho de sempre.

– Ficarei? – Ele se inclinou numa reverência enquanto ela subia as escadas desajeitadamente, segurando o casaco ao redor do corpo com uma das mãos e levantando a barra do chão com a outra.

Ele ficaria?

Por mais constrangedora que tivesse sido aquela tarde, também não acabara se revelando uma espécie de sorte para ele? Christine Derrick era uma mulher realmente espantosa. Não era de surpreender que o marido a considerasse um fardo. Não era de surpreender que os Elricks fossem hostis com ela e que tivessem chegado até mesmo a alertar Wulfric para que a evitasse. A mulher tinha um senso de humor inapropriado – ela *acenara* para a multidão em vez de manter a cabeça abaixada, envergonhada. Atraía desastre como um ímã. E era filha de um *professor*.

Sim, era mesmo uma sorte que ela estivesse deixando a cidade dali a dois dias e que a chance de ele voltar a vê-la fosse muito improvável. Era uma sorte que ela não tivesse estado em casa para receber a visita dele naquela tarde, e que ele houvesse esbarrado com ela no momento em que esbarrara.

Ele deveria ter usado a palavra que ela usara. Deveria ter dito adeus.

Sim, ficaria feliz em se livrar dela de uma vez por todas.

Agora, se ele ao menos conseguisse se livrar dela na mente e no... coração?

Depois de alguns minutos uma criada trouxe o casaco encharcado para Wulfric e ele partiu, montado no cavalo, cavalgando para longe... da vida dela.

E feliz por ter sido salvo de um desastre gravíssimo.

Christine estava um pouco triste.

Ora, na verdade, mais do que um pouco, verdade seja dita. Hermione e Basil haviam aparecido para uma visita pela manhã. E *alegaram* que estavam ali para se tranquilizar em relação à possibilidade de ela ter se resfriado depois da queda no lago na véspera – da qual tinham ficado sabendo, é claro. Com certeza teriam que ser surdos para *não* ter ouvido falar no caso. Mas Christine percebera que a verdadeira razão para a visita era para garantir que ela realmente iria embora da cidade no dia seguinte.

Ela iria embora no dia seguinte, certamente.

Melanie lamentara o fato de não poderem ficar mais, então se lembrara de que Philip – o filho mais velho dela, o único menino – faria aniversário dali a uma semana e que ela mal teria tempo para voltar para casa e planejar a festa.

Estavam partindo. Christine nunca se sentira mais feliz – ou mais triste.

Pouco depois de os cunhados partirem, o conde de Kitredge chegara, também para se certificar de que a Sra. Derrick saíra ilesa do lamentável incidente no Hyde Park. Mas então ele perguntara com grande pompa, um aceno de cabeça e uma piscadela se lady Renable se incomodaria de deixá-lo a sós com a Sra. Derrick por alguns instantes. Melanie, a malvada, deu um sorrisinho afetado para a amiga e saiu apressadamente da sala.

Christine rejeitou a oferta de casamento do conde, embora ele a tivesse repetido de quatro maneiras diferentes em quinze minutos e, mesmo assim, o homem se recusou a acreditar que ela poderia estar falando sério. Ele prometeu a si uma viagem até Gloucestershire assim que começasse o recesso de verão na Casa dos Lordes, quando então ele tinha esperança de voltar a ver a Sra. e a Srta. Thompson e de encontrar a Sra. Derrick mais bem-disposta.

Foi tudo muito vexatório, embora Melanie tivesse rido ao ouvir a história e Christine também tivesse se juntado a ela nas gargalhadas.

– Você simplesmente é atraente demais para o seu próprio bem, Christine – falou Melanie, secando os olhos com o lenço com bainha de renda. – Se Kitredge fosse trinta anos mais jovem e belo... e inteligente, e sensato. Mas ele não é nenhuma dessas coisas, e creio que jamais tenha sido. Achei muito romântico ver você montada a cavalo com Bewcastle ontem, se não levarmos em conta o fato de que estava toda embrulhada no casaco dele, com os cabelos pingando sobre as orelhas, e que ele estava profundamente carrancudo. Acho que o duque não achou nada divertido se ver forçado a resgatá-la a cavalo.

– Não – disse Christine com um suspiro. – Ele não achou.

Então as duas tiveram uma nova crise de riso, embora Christine continuasse profundamente deprimida.

Graças aos céus, voltariam para casa no dia seguinte. Mas aquele pensamento só fez deixá-la ainda pior.

Então, no meio da tarde, quando Christine estava no andar de cima arrumando sua bagagem – embora Melanie houvesse tentado forçá-la a aceitar os serviços de uma criada – um criado bateu à porta para informar que a presença dela era requisitada no salão de visitas do andar de baixo.

Quando Christine desceu para ver o que Melanie queria, descobriu a amiga sentada junto à lareira, com um sorrisinho afetado e satisfeito, e o duque de Bewcastle levantando-se da poltrona do outro lado.

A animação de Christine, que a esta altura já se arrastava no chão, deu uma cambalhota desconfortável.

– Sra. Derrick. – Ele se inclinou num cumprimento.

– Vossa Graça. – Ela fez uma reverência.

Melanie permaneceu em silêncio e manteve o sorrisinho afetado.

– Senhora – disse o duque, voltando os olhos cor de prata para ela –, espero que a aventura de ontem não tenha provocado qualquer dano à sua saúde.

– Esse é um eufemismo muito gentil – retrucou Christine. – Mas posso lhe assegurar que não houve dano algum... a não ser à minha dignidade. – Ela quase desmaiara ao despir o casaco dele e se deparar com sua imagem no espelho do quarto.

Mas com certeza o duque de Bewcastle não estava ali apenas para perguntar pela saúde dela. Eles tinha se despedido na véspera, um adeus de fato. Ao menos, ela dissera. Christine percebera que ele não dissera adeus. E ficara inexplicavelmente triste ao constatar que o duque não dissera ao menos isto a ela, já que não se veriam nunca mais.

– Gostaria de me acompanhar em um passeio no parque, Sra. Derrick? – perguntou o duque.

– Um passeio? – Pela visão periférica, Christine notou o sorrisinho afetado de Melanie de volta, agora parecendo ter sido pintado no rosto dela.

– Um passeio – repetiu ele. – Eu a trarei de volta a tempo do chá.

Melanie estava tamborilando com o *lorgnon* contra o braço de madeira da poltrona.

– Que extremamente gentil de sua parte, Bewcastle – disse ela. – Christine não pegou ar fresco hoje. Recebemos visitas durante toda a manhã.

Mas Sua Graça manteve os olhos em Christine, as sobrancelhas erguidas. Se ela se negasse, seria atormentada até a morte depois que ele partisse. Se aceitasse, seria atormentada até a morte depois que retornasse. Ela realmente não quisera vê-lo de novo. *Realmente* não quisera.

– Obrigada – ouviu-se dizendo Christine. – Vou pegar minha touca e minha peliça.

Cinco minutos depois, eles estavam na rua, caminhando na direção do parque, de braços dados. Christine havia se esquecido de como ele era alto, de como a presença dele era ameaçadora. Havia esquecido de como a aura que ele projetava era poderosa. Mas jamais se esquecera da intimidade profunda partilhada com aquele homem. De repente ela sentiu-se sem ar. E realmente não tinha nada a dizer a ele que já não tivesse dito na véspera, assim como acreditava que ele não teria nada a dizer a ela.

Por que *diabos* ele a convidara para aquele passeio?

Pelo menos enquanto estavam na rua havia várias pessoas e atividades nas quais se prestar atenção. Mas logo ela se veria a sós com o duque de Bewcastle num Hyde Park silencioso e vazio – ao menos parecia vazio do ponto onde estavam, fato que talvez pudesse ser atribuído ao tempo frio e tempestuoso.

Christine virou a cabeça e levantou os olhos para o perfil dele.

– Bem, Vossa Graça – disse ela.

– Bem, Sra. Derrick.

Ao menos, pensou ela com uma vaidade tola, estava usando seu novo vestido azul, com a peliça combinando e a touca cinza que usara no casamento. Gostava particularmente daquela touca. A parte de baixo da aba era forrada de seda azul plissada e as amarrações em fitas azuis que combinavam com seu traje. *Pelo menos* não estava vestida como um espantalho como estivera durante todo o verão. Ou numa roupa encharcada e colada ao corpo como na véspera.

Eles caminharam pelo que pareceu quase um quilômetro em absoluto silêncio. Aquilo era ridículo... além de enervante. Ela poderia muito bem estar em casa naquele momento, arrumando as malas. Ele poderia estar onde quer que costumasse ir à tarde no início de março. Os dois poderiam estar em situação mais confortável.

– Às vezes – disse Christine –, as pessoas fazem aquela brincadeira de encarar uma a outra, e quem desviar o olhar primeiro perde. O senhor e eu já brincamos disso uma ou duas vezes, embora eu acredite que nunca tenha sido um jogo para o senhor. Simplesmente espera que os meros mortais abaixem o olhar quando encontram o seu. Mas *isto aqui* é mais uma dessas brincadeiras, Vossa Graça? Ficar em silêncio um com o outro? Para que nós dois fiquemos determinados a não falar primeiro para vencer o jogo?

– Se for – retrucou ele –, então acho que a senhora teria que concordar, Sra. Derrick, que eu venci.

– É verdade. – Ela riu. – Pelo amor de Deus, por que me convidou para passear com o senhor? Depois de ontem... e depois do último verão... eu teria acreditado sinceramente que seria a última pessoa na face da terra com quem o senhor gostaria de passar mais tempo.

– Então talvez a senhora tenha pensado errado – disse o duque.

Eles caminharam por mais uns 100 metros em silêncio.

– Esse ao menos é um jogo que jamais vencerei – voltou a falar Christine, por fim. – Confesso que estou curiosa. *Por que* me convidou? Obviamente não foi para conversarmos.

Dois cavalheiros vinham cavalgando na direção deles. Ambos afastaram os cavalos da trilha, trocaram cumprimentos com o duque ao passar e tocaram a aba do chapéu para Christine.

– Meus irmãos e irmãs e as respectivas famílias vão se juntar a mim para a Páscoa em Lindsey Hall – disse o duque abruptamente.

Christine olhou de relance para ele.

– Será agradável para o senhor – comentou, perguntando-se se realmente seria.

Ela não conseguia imaginá-lo cercado por irmãos, irmãs, sobrinhos e sobrinhas. Como eles seriam? Christine não se lembrava de já ter encontrado qualquer um deles. Seriam como o duque? Aquele foi um pensamento que a divertiu por um instante.

– Pensei em convidar também seu cunhado, sua cunhada e seus primos por matrimônio – continuou ele.

Dessa vez Christine não apenas o fitou de relance. Agora ela o encarava diretamente, muito espantada. Sabia que o duque era amigo de Hector, mas não percebera que ele tinha qualquer proximidade com os outros.

– Mas preciso de sua ajuda para me decidir – voltou a falar o duque.

– Minha ajuda? – Ela continuou a encarar o perfil duro e frio.

– Eu os convidarei se a senhora também for.

– *O quê?*

Christine parou de caminhar e virou-se para encará-lo, os olhos arregalados. Mas havia quatro pessoas se aproximando dessa vez, novamente a cavalo, e o duque enganchou o braço ao dela novamente antes de voltarem a caminhar, até que os cavaleiros passassem, mais uma vez depois de uma rodada de cumprimentos. Então ele soltou o braço de Christine e os dois pararam de andar.

– Não posso convidá-la sozinha – explicou ele. – Seria terrivelmente impróprio, embora minha família vá estar comigo. Não posso convidar sua mãe, suas irmãs e seu cunhado, já que não estamos comprometidos. Assim, devo convidá-la apenas como membro periférico de uma família que desejo que se junte a mim e aos meus para o feriado.

A raiva começava a ferver no corpo de Christine.

– O senhor tem a intenção de me seduzir, então? – perguntou ela.

Não acrescentou a expressão *de novo*. O que acontecera entre eles naquela única noite de verão não fora sedução.

– Na minha casa? – comentou ele rigidamente. – Com minha família e a família de seu falecido marido hospedados lá? A senhora diz achar que me conhece, Sra. Derrick. Se é capaz de pensar uma coisa dessas, então não sabe absolutamente nada a meu respeito.

– E suponho que pelas mesmas razões o senhor não irá renovar lá sua oferta de que eu me torne sua amante.

– Não irei – disse o duque. – Eu nunca deveria ter feito aquela oferta. Não tenho desejo de torná-la minha amante.

– Então qual é sua intenção? – perguntou Christine. – Então *por quê*? O senhor *não pode* ainda desejar se casar comigo!

– Eu me pergunto – falou o duque –, se a senhora acredita saber os pensamentos, intenções e desejos de todos com quem se relaciona. É um traço de personalidade bastante irritante, Sra. Derrick.

Ela cerrou os lábios, aborrecida. Então se virou e começou a andar lentamente. O vento soprava em seu rosto, mas ela ergueu o queixo e apreciou o ar frio.

– Gostaria de ter sua garantia – recomeçou o duque, voltando a caminhar ao lado dela –, de que se eu convidar a família de seu falecido marido para Lindsey Hall, Sra. Derrick, a senhora aceitará seu convite.

– Mas por quê? – voltou a perguntar Christine. – Deseja que eu veja o que perdi ao recusá-lo?

– Não sou muito dado a guardar rancor. Além do mais, estou convencido de que se fosse esta a motivação, a senhora daria uma olhada para minha casa e riria de mim.

– *Agora* – retrucou Christine –, é o senhor que está presumindo *me* conhecer.

– Quando rejeitou meu pedido de casamento, a senhora enumerou uma longa lista de tudo o que me desqualificava para ser seu marido.

– É mesmo?

Christine mal conseguia se lembrar do que dissera a ele naquele dia. Só conseguia se lembrar do terrível desejo que sentira de ir atrás do duque depois que ele partira... e das lágrimas que a deixaram fraca de tristeza.

– Sei a lista toda de cor – voltou a falar o duque. – A senhora me disse que qualquer homem que deseje se casar com a senhora precisa ter uma personalidade cálida, ser dotado de bondade desinteressada e senso de humor. Ele deve amar as pessoas, particularmente as crianças, as traquinagens e o ridículo. Não deve ser um homem obcecado consigo e nem com a própria importância. Não deve ter coração de gelo. Deve ter um coração, de fato. Ele deve ser capaz de ser seu companheiro, seu amigo e seu amante. A senhora me perguntou se eu poderia ser todas essas coisas... ou qualquer uma delas. E insinuou, é claro, que eu não poderia ser nenhuma delas.

Christine não conseguia se lembrar de ter dito qualquer uma daquelas coisas. Mas provavelmente dissera. Era exatamente o que teria desejado dizer. Mas *ele* se lembrava. E nos mínimos detalhes.

Ela umedeceu os lábios.

– Não tive a intenção de ser cruel – disse ela. – Ou melhor, acho que tive, sim, pois consigo me lembrar de ter ficado um tanto irritada com a forma como o senhor fez o pedido. Mas não tenho a intenção de ser cruel agora. Eu me casei uma vez porque me apaixonei perdidamente, e era jovem e tola o bastante para acreditar que aquela primeira euforia de enlevo romântico me faria feliz pelo restante da minha vida. Não pretendo me casar de novo. Mas *se* me casasse, só poderia ser com um homem que tivesse todas as qualidades que o senhor acaba de repetir para mim. E é uma impossibilidade, entenda. Nenhum homem jamais poderia ser todas essas coisas, ou se encaixar completamente naquele sonho. Sendo assim, escolhi permanecer solteira e livre. Lamento se o ofendi. O senhor não me parece o tipo de homem que poderia ser ofendido, ainda mais por alguém de origem tão humilde quanto eu. Mas *se* o ofendi, peço desculpas.

– Quero lhe provar que possuo pelo menos algumas das qualidades que a senhora sonha encontrar em um homem.

– *O quê?*

Ela parou e se virou para encará-lo de novo. Dessa vez não havia mais ninguém à vista. Christine percebeu que, de algum modo, eles haviam se afastado da trilha principal das carruagens e estavam num caminho mais isolado.

– Não acredito – continuou o duque –, que me falte toda a humanidade, como a senhora acredita.

– Eu não disse...

– *Bondade desinteressada* foi sua expressão exata.

Ela o encarou e subitamente se lembrou de algo que havia se obrigado a esquecer. Lembrou-se da expressão nos olhos do duque de Bewcastle enquanto ele deixava o jardim, em Hyacinth Cottage, e de algumas das palavras que ele dissera então – *Alguém que tenha um coração. Não, talvez a senhora esteja certa. Talvez eu não tenha um coração. E, se é este o caso, então me falta tudo o que a senhora deseja, certo?* Christine se lembrava de ter sentido como se o próprio coração tivesse se partido.

– Eu estava errada ao sugerir isso – disse ela. – E peço que me perdoe. Mas o senhor está muito longe de preencher meu sonho, e sabe disso. E não digo isso com a intenção de ofendê-lo. O senhor é quem é, e estou certa de que em seu mundo é muito bem-sucedido. Exerce respeito, obediência e até mesmo reverência. São atributos necessários, creio, para um aristocrata em sua posição. Só não são os atributos que busco em um companheiro para partilhar o restante de meus dias.

– Sou homem além de duque, Sra. Derrick – disse ele.

Christine desejou que ele não tivesse dito aquilo. Foi como se um punho gigante houvesse lhe dado um soco na barriga, lhe roubando todo o ar dos pulmões e a força das pernas.

– Eu sei. – Ela estava sussurrando. Então pigarreou. – Eu sei.

– E a senhora não foi indiferente a esse homem – continuou o duque.

– Eu sei.

Ele tocou o rosto dela com os nós dos dedos enluvados por um breve instante, e Christine fechou os olhos e franziu a testa. Mais um bocadinho daquilo e ela começaria a chorar... ou se jogaria nos braços do duque e imploraria a ele para pedi-la em casamento, para que ela tivesse o prazer de viver infeliz para sempre com ele.

– Dê-me uma chance – pediu o duque. – Vá para Lindsey Hall.

– Seria inútil – retrucou ela, abrindo os olhos. – Nada pode mudar... nem o senhor, nem meus sentimentos a seu respeito. E *eu* não posso mudar.

– Dê-me uma oportunidade – repetiu ele.

Ela nunca o ouvira gargalhar. Nem sequer o vira sorrir direito. Como poderia se casar com um homem que vivia eternamente sério? E rígido, e arrogante, e frio? Ele estava exatamente daquele jeito naquele exato momento, enquanto implorava para que ela lhe desse a oportunidade de provar o contrário.

– Eu seria consumida pelo senhor – disse Christine, e piscou furiosamente quando sentiu os olhos marejados. – O senhor drenaria de mim toda a energia e toda a alegria. Apagaria todo o fogo da minha vitalidade.

– Dê-me a oportunidade de inflamar ainda mais as labaredas desse fogo – pediu ele –, e de alimentar sua alegria.

Ela se afastou rapidamente dele, uma das mãos sobre a boca.

– Leve-me de volta – pediu Christine. – Leve-me de volta para a casa de Melanie. Eu não deveria ter concordado com este passeio. Não deveria ter vindo a Londres. Não deveria ter ido àquela temporada festiva.

– Venho me dizendo a mesmíssima coisa – retrucou ele secamente. – Mas eu fui, e a senhora foi. E há algo entre nós que ainda não está resolvido, embora tenha sido esta nossa intenção na noite do baile, em Schofield. Vá para Lindsey Hall. Prometa-me que irá aceitar o convite e que não vai me deixar só com os outros de sua família que convidarei apenas por sua causa.

– O senhor quer que eu vá – falou ela, virando-se para encará-lo –, apenas para que eu possa lhe mostrar como somos inadequados um para o outro, como não combinamos, como seríamos terrivelmente infelizes caso comprometêssemos nossas vidas como um casal? – Mas será que os acontecimentos do dia anterior já não tinham servido como prova disso de uma vez por todas?

– Se necessário, sim – retrucou ele. – Se puder me convencer dessas coisas, senhora, talvez vá estar me fazendo um grande favor. Talvez isso me ajude a libertá-la de mim.

– Não será uma Páscoa feliz – declarou Christine. – Para nenhum de nós.

– Vá assim mesmo – pediu ele novamente.

Ela suspirou alto e pensou em Eleanor. Se em algum momento na vida já precisara de uma força de vontade de ferro, definitivamente era agora.

– Ah, muito bem, então – disse Christine, por fim. – Eu irei.

Por um momento, os olhos prateados cintilaram com algo muito semelhante a triunfo.

– Leve-me de volta para a casa de Melanie agora, por favor – pediu ela.

Dessa vez o duque não ignorou o pedido. Eles caminharam de volta em silêncio. Ele não se ofereceu para entrar e Christine não o convidou. Porém, já à porta, ele pegou a mão enluvada, inclinou-se e a levou aos lábios, antes de encarar o olhar dela com muita intensidade.

– A senhora vai se lembrar que prometeu – disse.

– Sim. – Christine recolheu a mão. – Vou me lembrar.

14

Wulfric já não podia mais entrar em qualquer cômodo de Lindsey Hall e aproveitar o silêncio e o vazio. A casa estava cheia de membros dos Bedwyns, de seus cônjuges e filhos, e de outras pessoas ligadas a eles. Os Bedwyns nunca haviam sido exatamente silenciosos. Mas agora que o número deles havia se multiplicado e que não se viam havia algum tempo, era como se antes tivessem sido monges e freiras enclausurados.

Freyja e Joshua, a marquesa e o marquês de Hallmere, foram os primeiros a chegar de Londres, juntamente ao filho, Daniel, agora com 2 anos, e a filha Emily, de 3 meses. Freyja se recuperara bem do último resguardo. A atividade favorita dela parecia ser rolar no chão com o filho às gargalhadas – não necessariamente nos aposentos das crianças. Quando Daniel não estava ocupado com isso, o mais provável era encontrá-lo galopando pela casa nos ombros do pai, e não decentemente fechado nos aposentos das crianças com a ama.

Alleyne e Rachel, lorde e lady Alleyne Bedwyn, e Morgan e Gervase, a condessa e o duque de Rosthorn, chegaram no mesmo dia, o primeiro casal com as filhas gêmeas, Laura e Beatrice, agora com 1 ano e meio, e com o barão de Weston, tio de Rachel, que se recuperara bem dos problemas cardíacos que sofrera no último verão. Morgan e Gervase também vieram com os filhos – Jacques, de quase 2 anos, e Jules, de 2 meses. Ao que parecia, Rachel estava esperando outro bebê, embora seu estado ainda não fosse perceptível.

Rannulf e Judith, lorde e lady Rannulf Bedwyn, chegaram no dia seguinte, também trazendo os filhos – William, agora com quase 3 anos, e Miranda, de 1 ano. Poucas horas depois de sua chegada, William já estava exigindo fazer o mesmo que seu primo e cavalgar para todos os lados montado nos ombros do pai. A tranquilidade com que Rannulf obedecera à exigência imperiosa do filho mostrava claramente a rigidez com que ele comandava o próprio lar. E Jacques não quis ficar para trás, embora tivesse pedido ao próprio pai com mais educação, puxando as borlas das botas de cano alto de Gervase até ser notado e então estendendo os bracinhos.

As montarias humanas e seus cavaleiros aos gritos se tornaram uma visão e um som comum pelos corredores e escadas de Lindsey Hall. De vez em quando, um dos cavaleiros se revelava uma amazona, uma das gêmeas, embora Wulfric tivesse dificuldades para diferenciar as duas.

Aidan e Eve, lorde e lady Aidan Bedwyn, chegaram com a Sra. Pritchard, tia de Eve, e seus três filhos – Davy, de 10 anos, Becky, de 8, e Hannah, de quase 1 ano. Davy e Becky eram, na verdade, filhos adotivos, mas nem Eve nem Aidan toleravam que qualquer pessoa se referisse assim às crianças. Davy os chamava de *tia* e *tio*, enquanto Becky os chamava de *mamãe* e *papai*. Mas no que dizia respeito a Eve e Aidan, os dois eram *deles*, assim como Hannah.

Davy se tornou o favorito dos meninos, que em algum momento trocaram sem pena os pais pela maravilha de um primo mais velho que realmente brincava de deslizar pelos corrimões quando nenhum adulto estava olhando. E Becky era adorada por todos, embora ainda mais pelas meninas, que se aglomeravam ao redor delas como pintinhos ao redor da galinha.

Era tudo um pouco atordoante para Wulfric, para não dizer irritante. E a conversa entre os irmãos e os cônjuges ficava cada vez mais alta e mais animada a cada nova chegada. Ele se recolhia à biblioteca, seu domínio pessoal, praticamente com a mesma frequência que sempre fizera quando todos moravam ali. Também foi ao seu refúgio particular no parque, embora apenas uma vez.

Os últimos da família a chegar foram o tio e a tia de Wulfric, o marquês e a marquesa de Rochester. A tia era Bedwyn de nascença e tão formidável quanto qualquer um deles. A marquesa levou consigo – de algum modo, parecia improvável que o marquês houvesse tido qualquer escolha naquilo – uma sobrinha do marquês, a qual estivera vegetando em algum lugar ao norte do país até os 23 anos, quando fora levada ao conhecimento dos parentes em Londres. Tia Rochester decidira tomar a jovem sob suas asas e apresentá-la à rainha e à sociedade educada durante a temporada social que se aproximava.

Tia Rochester também não fez segredo de sua intenção de promover o casamento entre a Srta. Amy Hutchinson e o sobrinho mais velho.

– Vamos conseguir um marido para Amy antes que a temporada social termine – anunciou ela muito sinceramente para todos à mesa do jantar, na noite em que chegou. – Ou talvez antes mesmo de a temporada começar. Uma dama de 23 anos é velha demais para ser solteira.

– Eu tinha 25 anos, tia – lembrou Freyja.

Tia Rochester levantou o *lorgnon* cravejado que estava ao lado do seu prato e acenou com ele para Freyja.

– Você esperou um tempo perigosamente longo, Freyja – disse, antes de mudar a direção do *lorgnon* e apontá-lo para Joshua. – Se este rapazinho aí não tivesse aparecido para domá-la e arrancá-la de sua teimosia, você teria terminado uma solteirona. Esse não é um destino desejável para uma moça, mesmo quando se *tem* um duque como irmão.

Joshua ergueu as sobrancelhas para Freyja, que o encarou de volta com arrogância, como se houvesse sido *ele* quem acabara de alegar ser dotado de um encanto incomum e de tê-la acusado de ser indomável e insubordinada.

Menos de cinco minutos depois, tia Rochester interrompeu a conversa geral com uma nova observação.

– E está mais do que na hora de *você* se casar, Bewcastle. Trinta e cinco anos é uma idade perfeita, mas ao mesmo tempo perigosa para um homem. É a idade ideal para se casar e perigosa para se procrastinar. Um homem não deseja estar inválido, sofrendo de gota, antes que seu herdeiro ao menos já esteja no berçário.

Cinco pares de olhos Bedwyn – isso sem mencionar os não-Bedwyn – se fixaram em Wulfric com um prazer cruel.

– Ela o encurralou, Wulf – disse Alleyne – Você está com 35 anos. Não pode se permitir mais nem um momento de espera... pode acabar sendo fatal.

– Pode acreditar, Wulf – acrescentou Rannulf. – Papais sofrendo de gota não fazem bons cavalinhos e os filhos não vão gostar nada disso.

– Obrigado, tia – falou Wulfric, ciente de que as implicações em relação a ele e à Srta. Hutchinson estavam óbvias para todos os outros à mesa, assim como haviam estado para ele. – Ainda não comecei a sentir qualquer sintoma de gota. E se e quando eu resolver escolher uma noiva para ser minha duquesa, minha família certamente será informada da minha escolha e de minhas intenções.

Os Bedwyns deram uma risada coletiva – acompanhados por Joshua e Gervase. Eve sorriu com bondade. Assim como Rachel. Judith preferiu se manifestar:

– Você está planejando alguma atividade especial para o feriado, Wulfric? – perguntou numa tentativa óbvia de se desviar de um assunto que era meramente aborrecido para ele, mas provavelmente muito perturbador para a Srta. Hutchinson, que, embora fosse jovem e estivesse arrumada com elegância, também era tímida e obviamente estava assombrada com a companhia em que se encontrava. – Podemos organizar algumas? Haverá a ida à igreja na Páscoa em si, é claro. Mas podemos planejar uma espécie de festa para mais tarde? Um concerto, talvez? Uma peça de teatro amadora? Um piquenique se o tempo ajudar? Ou até mesmo um baile?

– Qual dessas perguntas você gostaria que Wulf respondesse primeiro, meu amor? – perguntou Rannulf à esposa.

– Teatro amador. – Judith riu. – Podemos organizar uma peça?

– Se fizermos isso – disse Freyja, olhando com desconfiança para a cunhada –, ficarei bastante mal-humorada, Judith. Você vai se sair muito melhor que todos nós e nos fazer parecer muito amadores, na verdade.

– Então devemos planejar algo em que Judith possa atuar e você possa gorjear num dueto comigo, meu coração – disse Joshua. – Nenhum de nós desejaria deixá-la de mau humor.

– Não vejo necessidade de organizarmos eventos – manifestou-se Morgan. – Nunca deixamos de nos divertir sem qualquer coisa organizada, não é mesmo? Trouxe meu material de pintura e estou ansiosa para levar meu cavalete lá para fora. Nunca tive permissão para pintar o parque aqui como desejava... a Srta. Cowper estava sempre espiando por cima do meu ombro com sugestões de como eu *deveria* pintar. Acredito que a pobre mulher tinha medo de que Wulf ficasse bravo caso ela não me ensinasse adequadamente e acabasse acorrentando-a nas masmorras. Estou convencida de que a Srta. Cowper acreditou até seu último dia aqui que de fato *havia* masmorras nos subterrâneos de Lindsey Hall.

– E não há, Morg? – perguntou Alleyne, fingindo choque e surpresa. – Você quer dizer que Ralf e eu *mentimos* quando contamos a ela sobre a escada secreta que levava às masmorras? Santo Deus...

– As crianças com certeza ficarão felizes em brincar nesse parque adorável – comentou a Sra. Pritchard em seu forte sotaque galês. – E todos têm tantos primos aqui com quem brincar.

– Mas *podemos* organizar algo especial, Wulfric? – perguntou Judith.

– Estou esperando mais convidados, que ficarão hospedados aqui – informou Wulfric.

Na mesma hora, ele teve a atenção de todos. Embora sempre houvesse organizado sua cota de eventos festivos, tal como ditava a cortesia, Wulfric nunca fora do tipo que convidava forasteiros para se hospedarem na casa.

– Convidei Mowbury para vir de Londres com a viscondessa, mãe dele – explicou. – E o irmão e as irmãs dele também virão... Justin Magnus, lady Renable com o barão e os filhos, e lady Wiseman com sir Lewis. E Elrick, primo de Mowbury, com a viscondessa e a cunhada viúva deles, Sra. Derrick.

– Mowbury? – falou Aidan. – Ele continua o mesmo rato de biblioteca distraído, Wulf? E toda a família dele? Não tinha percebido que você era particularmente familiarizado com eles.

– E todos ficarão *aqui*? – acrescentou Rannulf. – Por quê, Wulf?

Wulfric apertou a haste do monóculo assim que pousou a colher de sobremesa.

– Não sabia que precisava dar satisfações aos meus irmãos e irmãs dos hóspedes que resolvo convidar para minha casa – retrucou.

– Seja razoável, Wulf – disse Freyja altivamente. – Morgan e eu não dissemos uma palavra. Mas a Sra. Derrick não é a mulher que você pescou do Serpentine e levou pingando em seu cavalo para casa?

– Não! – Alleyne riu com vontade, e aí continuou a sorrir. – Wulf fez *isso*? Não acredito! Conte mais, Free.

Tanto esforço para mencionar o nome dela aleatoriamente em meio à lista de convidados, pensou Wulfric enquanto Freyja, auxiliada por Joshua e Gervase, começava a oferecer uma descrição mais ou menos precisa, porém decididamente inflamada, do que acontecera naquele dia fatídico no Hyde Park.

– Aposto que você não achou divertido, Wulf – comentou Rannulf depois que todos pararam de rir. – E agora sentiu-se obrigado a convidar a dama para cá com toda a família dela. Que azar, meu velho! Mas não tema... nós todos o protegeremos dela.

– Vamos fazer um muro de Bedwyns enfurecidos – prometeu Alleyne, voltando a rir. – Ela jamais conseguirá passar por nós, Wulf. Você pode recuperar sua dignidade com calma.

Wulfric ergueu o monóculo a meio caminho do olho.

– Todos os meus convidados serão tratados com a cortesia devida – informou. – Mas para responder à sua pergunta, Judith, haverá um baile aqui. Meu secretário já mandou os convites e está cuidando dos outros preparativos. Sem dúvida outras atividades surgirão naturalmente conforme os dias forem passando.

Ele baixou o monóculo, voltou a pegar a colher e dedicou sua atenção ao pudim.

O que o possuíra, santo Deus?

Dê-me uma oportunidade, implorara a ela. Uma oportunidade para quê? Para provar que ele era alguma coisa que não era? E Wulfric jamais implorava. Jamais precisara implorar.

Nada pode mudar, dissera a Sra. Derrick. E, é claro, ela estava certa. Como ele poderia mudar a própria natureza? E será que queria mesmo fazer isso? A Sra. Derrick estava *absolutamente* certa. Não havia nada que pudesse levar os dois a um final feliz.

Eu seria consumida pelo senhor, dissera ela. *O senhor drenaria de mim toda a energia e toda a alegria. Apagaria todo o fogo de minha vitalidade.*

Ele não sabia o que era alegria. Também não sabia muito sobre vitalidade... ao menos não sobre o tipo de vitalidade que conferia a ela aquela luz interior que Wulfric nunca conseguiria descrever.

Ele tinha *alguma coisa* a oferecer que ela pudesse querer? E – olhando pelo outro lado da moeda – havia algo *nela* que poderia torná-la adequada para ser duquesa? Não apenas sua mulher, sua esposa, mas sua *duquesa*?

Wulfric pousou a colher, certificou-se de que todos os outros haviam acabado de comer e olhou para a tia com as sobrancelhas ligeiramente erguidas. Ela entendeu a deixa na mesma hora e levantou-se para sair do salão de jantar com as damas.

Era um dia frio e com muito vento, embora já fosse quase abril. Nuvens cinzentas pairavam baixas sobre o campo e de vez em quando chuviscavam sobre o mundo sem graça abaixo. Mas por sorte, os céus guardaram a carga mais pesada de chuva e a estrada permaneceu transitável por toda a longa viagem.

Christine quase desejou um longo período de chuvas que os mantivesse presos em alguma estalagem no campo até o feriado de Páscoa terminar. Mas era tarde demais para isso agora. Já deviam estar se aproximando de Lindsey Hall. Na verdade, no momento em que ela pensou nisso, a carruagem diminuiu a velocidade, passou entre dois portais altos e entrou no caminho reto e ladeado por árvores que levava à casa.

– Que maravilha! – exclamou Melanie, acordando sobressaltada de um longo cochilo e tirando as mãos de debaixo da manta em seu colo para ajeitar a touca. – Já chegamos? Bertie, acorde. Já sofri por tempo demais com seus roncos. Como alguém consegue adormecer numa carruagem e não perceber? Estou trêmula e toda dolorida. Você não está, Christine?

– Achei a viagem bastante confortável – respondeu ela.

Quando aproximou mais a cabeça da janela ao seu lado, Christine notou uma enorme mansão se erguendo adiante. Não era estilo medieval, ou elisabetano, ou georgiano, ou palladiano, embora parecesse conter elementos de todos eles. Era magnífica. E espantosa.

Christine nunca se dera conta até então de que sofria de náusea em viagens. Mas seu estômago definitivamente estava enjoado. Que bom que a viagem estava terminando. Só que *aquele* pensamento fez o estômago dela dar uma cambalhota completa.

A carruagem fez uma curva e Christine viu que estavam dando a volta em um imenso jardim circular, colorido por tulipas e narcisos que haviam desabrochado tardiamente, com uma grande fonte de pedra no centro, jorrando água a quase 10 metros no ar, no mínimo. Sem dúvida aquilo tornava a chegada à casa impressionante, pensou ela.

Christine também notou que depois que a carruagem completasse o semicírculo eles chegariam ao pátio diante das grandes portas da frente. As portas se abriram antes que a carruagem fizesse a última curva, impedindo a visão de Christine da casa.

Melanie estivera tagarelando desde que acordara, mas Christine mal escutara uma palavra. Se ao menos ela pudesse voltar no tempo e recusar o convite feito no Hyde Park... seria tão simples! Poderia estar quietinha e contente em casa naquele momento, aquele dia seria apenas mais um, e estaria ansiando para passar a Páscoa com a família.

Mas ela não recusara, portanto ali estava. Sentia o coração pulsando em seus ouvidos quando a porta da carruagem foi aberta por um criado usando uma linda libré e os degraus foram posicionados. Não havia mais como recuar.

Ela desprezava o próprio nervosismo. Simplesmente *desprezava*. Dissera ao duque que tudo aquilo era inútil, que nada mudaria, que nada *poderia* mudar. Dissera que os dois estariam condenados a um feriado infeliz se ele insistisse na vinda dela.

Assim mesmo, o duque insistira, e ela fora.

Então por que o nervosismo? Que *motivo* havia para estar nervosa? E por que deveria esperar infelicidade e, como consequência, acabar atraindo isso para si? Por que simplesmente não se divertir? Poderia se acomodar num cantinho novamente e rir das fraquezas da humanidade, não poderia? Era uma tática que não funcionara bem em Schofield, mas não havia razão para que não funcionasse ali.

Apenas criados os receberam diante da casa, embora o mordomo pudesse ser confundido com o próprio duque de Bewcastle se Christine já não conhecesse aquele cavalheiro que fazia uma reverência com formalidade digna e os convidava a acompanhá-lo para dentro, onde Sua Graça os aguardava.

Melanie e Bertie o seguiram de forma apropriada.

Christine, não.

A carruagem que trazia os filhos de Melanie e a ama parara atrás do veículo do barão e, na mesma hora, ficou claro que havia algum problema. Pamela, de 6 anos, provavelmente passara mal de novo, algo que ocorrera desde o momento em que partiram e, assim, exaurira o tempo, a atenção e a paciência da ama. O som da voz irritada da mulher – claramente no limite de sua tolerância, ou talvez até um pouco além dela – emergiu assim que a porta da carruagem foi aberta. Philip, de 8 anos, estava rindo feito uma hiena, daquele jeito específico que os meninos fazem quando desejam ser particularmente desagradáveis com os mais velhos. E Pauline, de 3 anos, dividia-se entre chorar e guinchar reclamando do irmão. Não era preciso ser um gênio para entender que Philip estava implicando com Pauline – sempre um esporte favorito dos irmãos mais velhos. Também ficou claro para Christine que a ama não conseguiria lidar com a situação, a menos que alguém se adiantasse rapidamente para ajudá-la.

Christine caminhou com determinação até a segunda carruagem.

– Phillip – disse, com um sorriso animado, preparando-se para mentir descaradamente –, aconteceu a coisa mais engraçada! Está vendo aquele mordomo muito importante ali? – Ela apontou para trás. – Ele me perguntou quem era o elegante cavalheiro nesta carruagem. Acho que o confundiu com um adulto. O que acha disso?

Phillip pareceu gostar muito da ideia, na verdade. Aí desceu para o pátio com toda a imponência de um dândi londrino enquanto Christine se inclinava para dentro da carruagem e pegava Pauline no colo.

– Chegamos, minha pequena – disse ela, dando um sorriso breve para a ama, que segurava no colo uma Pamela de aparência esverdeada, e se mostrou grata e extenuada. – E logo vocês terão novos aposentos de crianças para explorar. Não vai ser divertido? Estou quase certa de que haverá outras crianças lá também... novos amigos para vocês.

Christine percebeu com um certo nervosismo que Melanie, Bertie e o mordomo haviam desaparecido para dentro da casa. Mas outra pessoa estava chegando, vindo da direção oposta – uma mulher no auge da meia-idade que obviamente viera para levar as crianças e a ama para dentro por outra porta. Phillip a cumprimentou regiamente e informou que as duas irmãs estavam nauseadas devido à viagem, que a caçula estava cansada e que a ama ficaria grata pela ajuda.

– Que perfeito cavalheiro é você – disse a mulher com um sorriso de aprovação. – E tão preocupado com sua irmã.

Christine quase esperou que um halo surgisse acima da cabeça do menino.

– Eu a levarei, senhora – disse a mulher, estendendo os braços para Pauline enquanto a ama das crianças descia lentamente da carruagem com Pamela.

Mas Pauline não queria ir. Ela se agarrou com força ao pescoço de Christine, empurrando a touca dela ligeiramente para cima e enfiou o rosto em seu ombro, mostrando claramente que estava recuperando as energias e logo seria capaz de um enorme ataque de pirraça.

– Ela está cansada e enjoadinha – disse Christine. – Eu mesma a levarei para os aposentos das crianças daqui a pouco.

Então se virou e correu de volta para as portas da frente, que achou que já poderiam estar fechadas e trancadas. Não estavam. E quando ela entrou, sentiu-se súbita e terrivelmente exposta e desalinhada.

Mal havia olhado ao redor, mas mesmo parte de sua atenção foi o suficiente para que percebesse que o salão na entrada era amplo, imponente e medieval. Havia uma lareira imensa do lado oposto às portas da frente e, em frente a ela e se estendendo por quase todo o saguão, uma grande mesa de carvalho cercada por cadeiras. O teto tinha vigas de carvalho. As paredes eram pintadas de branco e tinham estandartes, brasões e armas pendurados. Em um dos lados, havia um intrincado painel esculpido em madeira com uma galeria de menestréis acima. Na outra extremidade, uma escadaria ampla levava ao andar de cima.

Talvez Christine houvesse reparado em tudo com muito mais atenção se não houvesse um grande número de pessoas organizada numa fila de cumprimentos entre as portas da frente e a mesa. E estavam todos – ai, que horror! – esperando por ela, já que Melanie e Bertie já haviam sido levados até a escadaria.

Demorou alguns momentos para que os olhos de Christine se acostumassem plenamente à luz do lado de dentro da casa. Mas quando isso aconteceu, ela viu que o duque de Bewcastle em pessoa estava no fim da fila. Na verdade, ele estava se adiantando para saudá-la com uma reverência formal e uma expressão completamente indecifrável – não que Christine tivesse visto muitas expressões dele que *não* fossem indecifráveis, era verdade. O duque fez menção de falar, mas ela se antecipou.

– Lamento muito – disse, a voz soando terrivelmente alta e ofegante. – Pamela passou mal, Phillip estava implicando com ela e Pauline estava prestes a ter um ataque de birra. Deixei Pamela com a ama, convenci Phillip a se comportar como um cavalheiro por pelo menos cinco minutos e tirei Pauline da carruagem para acalmá-la. Mas a pobre está nauseada e cansada, e por isso insistiu em ficar comigo. Assim... – De repente Christine se viu perdida num emaranhado de palavras. Ela riu. – Assim, aqui estou eu.

Pauline enfiou mais o rosto no pescoço de Christine, virou a cabeça para espiar o duque e empurrou a touca de Christine um pouco mais para o lado.

– Seja bem-vinda a Lindsey Hall, Sra. Derrick – disse o duque de Bewcastle e, por um momento, pareceu a Christine que os olhos prateados ardiam com um brilho curioso. – Permita-me apresentá-la à minha família.

Ele se virou e indicou a primeira da fila, uma dama mais velha, altiva, que Christine no mesmo instante identificou como um dos monstros mais formidáveis da sociedade, embora nunca houvesse sido apresentada a ela.

– A marquesa de Rochester, minha tia – apresentou o duque. – E o marquês.

Christine se abaixou o melhor que pôde numa reverência, levando-se em consideração que estava com uma criança de 3 anos nos braços. A marquesa inclinou a cabeça e mirou Christine da cabeça aos pés com um único olhar que sugeria que já tinha visto tudo o que tinha para ver, e concluindo em seguida que era digno de seu desprezo. O marquês, que parecia ter metade do tamanho da esposa, se inclinou em uma mesura e murmurou algo ininteligível.

– Lorde e lady Aidan Bedwyn – disse o duque, indicando um cavalheiro de cabelos escuros e expressão sisuda, com porte militar, que se parecia muito com o irmão, exceto pela constituição mais larga; e ao lado dele uma bela dama de cabelos castanhos, que sorriu para Christine enquanto o marido oferecia uma reverência.

– Sra. Derrick – disse a mulher. – Esta criança estará adormecida em poucos minutos.

– Lorde e lady Rannulf Bedwyn – continuou o duque.

Lorde Rannulf parecia completamente diferente dos irmãos, a não ser por alguma semelhança nas feições do rosto, principalmente o nariz. Era um sujeito meio gigantesco, os cabelos louros fartos e ondulados, usados num estilo mais comprido. Ele fazia lembrar os guerreiros saxões. A esposa era uma beldade – atraente, feminina, com cabelos vibrantes, flamejantes –, e sorriu gentilmente enquanto o marido também fazia uma cortesia.

– Sra. Derrick – comentou lorde Rannulf, um brilho brincalhão nos olhos. – Lady Renable pensou que a senhora houvesse fugido.

– Ah, não. – Christine riu. – Mas a ama das crianças talvez não tivesse sobrevivido até o fim do dia se eu não tivesse me apressado em ajudá-la. Viagens e crianças... especialmente *três* crianças presas juntas por horas numa carruagem depois de dois dias de viagem... não são uma boa combinação.

– O marquês e a marquesa de Hallmere – seguiu o duque de Bewcastle.

Estava claro que a marquesa era dos Bedwyns. Era pequenina e se parecia com o irmão, lorde Rannulf. Também tinha o nariz da família – bem como a altivez.

– Sra. Derrick – disse a marquesa, inclinando formalmente a cabeça enquanto o marido, um deus alto e louro, fazia uma cortesia, sorria e perguntava se Christine fizera uma boa viagem.

– Sim, obrigada, milorde – respondeu Christine.

– Lorde e lady Alleyne Bedwyn – continuou o duque.

Christine concluiu no mesmo instante que lorde Alleyne era o irmão bonito. Moreno, esguio, com feições perfeitas, embora tivesse o nariz da família, ele também era dono de olhos risonhos – talvez por zombaria, talvez pelo simples prazer de viver. Eram olhos travessos. Ele se inclinou numa mesura elegante e perguntou como estava Christine. Lady Alleyne também era adorável, uma beldade preciosa.

– Meu tio acha que conheceu seu falecido marido, Sra. Derrick – comentou lady Alleyne Bedwyn. – Eu o apresentarei à senhora mais tarde se me permitir... depois que a senhora levar esta pobre criança aos aposentos e acomodá-la.

– O conde e a condessa de Rosthorn – finalizou o duque, indicando o casal no fim da fila.

– Estou encantado em conhecê-la, senhora – cumprimentou o conde com um sotaque francês leve e atraente enquanto fazia a esperada mesura cortês.

– Sra. Derrick – comentou a condessa –, que gentil de sua parte cuidar desta pequenina que realmente parece muito, muito cansada.

A condessa acariciou as bochechas de Pauline com as costas de dois dedos e sorriu quando a criança a espiou.

Lorde Alleyne podia ser o irmão bonito, pensou Christine, mas a muito jovem condessa de Rosthorn era sem dúvida a beldade da família. Morena e jovialmente esguia, era perfeita em todos os detalhes.

O duque de Bewcastle provavelmente devia ter dado algum comando discreto – uma sobrancelha erguida, talvez? –, pois uma criada entrou no saguão e aguardou silenciosamente a alguns metros de distância.

– A senhora será acompanhada até o aposento das crianças, e então até o seu quarto, senhora – disse o duque de Bewcastle. – E alguém irá buscá-la em meia hora para levá-la ao salão de visitas, onde será servido o chá.

– Obrigada – retrucou Christine, virando-se para olhar para ele.

– E quando Wulf diz meia hora – comentou lorde Alleyne com uma risadinha –, ele quer mesmo dizer trinta minutos.

O duque manteve-se rígido e impassível. Era mesmo possível que ele houvesse insistido tanto para que ela estivesse ali? Ou que houvesse convidado a família de Oscar apenas como um pretexto para convidá-la também? Não havia qualquer outro brilho nos olhos dele que não o da mais fria cortesia.

Ah, como Christine *desprezava* a si mesma por estar feliz em voltar a vê-lo. Se fosse sincera, estivera um tanto ávida pela presença dele. Então ela estava mesmo determinada a se conformar com a infelicidade? Ao ver a parte externa da casa do conde, e depois aquele saguão enorme, ao conhecer a família tão aristocrática do conde, ao vê-lo em seu habitat, ela ficou profundamente consciente de que mesmo se os dois combinassem num aspecto mais pessoal – o que certamente não era verdade –, não combinariam de nenhuma outra forma.

A ideia de se tornar duquesa era ridícula, para dizer o mínimo.

Christine acompanhou a criada em silêncio até a escada... e subitamente sentiu-se muito perturbada. Havia se imaginado chegando a Lindsey hall, elegante, altiva e digna em suas roupas novas, uma dama muito graciosa, cumprimentando o duque de Bewcastle na companhia de Melanie e Bertie, com um sorriso distante, muito no controle da situação.

Em vez disso...

Ora, aparentemente ela ficara toda suada e ruborizada em algum lugar entre a carruagem de Bertie e as portas de entrada de Lindsey Hall. E sua touca definitivamente estava torta – dava para ver mais sob a aba no lado esquerdo do que no direito. E agora que voltara a caminhar, sentia que sua capa também estava torta e que o vestido havia sido repuxado junto, assim, quando Christine olhou para baixo, viu que uma extensão um tanto exagerada de seu tornozelo – por sorte protegido da vista por suas novas botas de cano curto – estava à vista em um dos lados.

E não é que ela começara a *tagarelar* com o duque assim que entrara na casa, em vez de esperar que ele a cumprimentasse, para só então sorrir com uma dignidade fria e graciosa?

Sim, fizera mesmo isso. Desatara a falar – alto o bastante para que todos ouvissem cada palavra. E aí fora apresentada a todos os irmãos e irmãs dele, bem como aos seus respectivos cônjuges, e à terrivelmente arrogante marquesa de Rochester – com as roupas torcidas, a touca torta, o rosto afogueado e uma criança nos braços que nem sequer era sua filha.

Era o bastante para fazer alguém ter vontade de chorar.

O bastante para convencer o duque de Bewcastle de uma vez por todas que *nenhum* homem, quanto menos ele, *jamais* iria querer ser o homem dos sonhos dela.

Então *aquele* pensamento fez Christine sentir ainda mais vontade de chorar.

15

Durante o chá no salão de visitas, Wulfric teve muito cuidado em concentrar a maior parte de sua atenção em todos os convidados recém-chegados, com exceção de Christine Derrick. No jantar, ele se preocupou em designar para ela um lugar bem distante da cabeceira da longa mesa, entre Alleyne e Joshua, enquanto ao seu lado estavam lady Elrick, à esquerda, e lady Mowbury, à direita.

Wulfric não queria que ninguém de sua família desconfiasse que Christine Derrick era, na verdade, a convidada de honra.

Como sempre, ela estava vestida com simplicidade, num vestido de festa verde-claro de cintura alta e mangas curtas, com um único babado na bainha e um decote baixo, porém discreto. Não usava nenhuma joia ou enfeite nos cabelos. Estava bela e adequada, mas mesmo sendo suspeito para opinar, Wulfric percebia que Christine Derrick não alcançava o esplendor do vestuário de suas irmãs ou cunhadas, ou mesmo das outras damas presentes. Ainda assim, a parte da mesa onde ela estava, conversando primeiro com Joshua e depois com Alleyne, parecia cintilar com animação e bom humor – ou ao menos foi esta a impressão de Wulfric, que na verdade não conseguiu ouvir uma palavra do que estava sendo dito.

Quando os cavalheiros se juntaram às damas no salão de visitas depois do jantar, a Sra. Derrick acomodou-se num canto do aposento, longe da lareira, com Eve, Rachel e a Sra. Pritchard. Os olhos dela encontraram os de Wulfric brevemente, e ele não se surpreendeu ao ver riso ali, como se ela estivesse dizendo que sua tentativa de ser reservada e observar a humanidade, em vez de fazer parte dela, fracassara.

Wulfric não sustentou o olhar de Christine Derrick e voltou a atenção aos outros convidados. De algum modo, depois de alguns minutos, viu-se preso à indescritivelmente tediosa tarefa de virar as páginas de uma partitura musical para a Srta. Hutchinson, enquanto ela tocava piano – com competência, mas também uma leve tensão, achou Wulfric. Depois que ela terminou e ele elogiou seu desempenho, Wulfric se afastou para aceitar uma xícara de chá que Judith estava servindo, e logo se viu envolvido numa conversa com a tia e novamente com a Srta. Hutchinson, embora poucos minutos depois a primeira houvesse alegado subitamente que Rochester, seu marido, a estava chamando e tivesse deixado a sala, com todas as suas plumas balançando.

Wulfric vira que Rochester na verdade estava jogando cartas com Weston, com lady Mowbury e com a Sra. Pritchard e provavelmente nem sequer percebera que sua esposa estava no salão.

A Srta. Hutchinson, que já vinha mostrando sinais de nervosismo e desconforto, pareceu prestes a desmaiar quando Wulfric passou a conversar só com ela. Morgan se aproximou deles, ostentando um sorriso, mas antes mesmo que a Srta. Hutchinson pudesse se voltar para ela, com a mesma expressão de alívio de um afogado que recebia uma corda salvadora, tia Rochester voltou bruscamente pelo salão e levou Morgan consigo com um pretexto tolo qualquer.

Aquilo era absolutamente intolerável, concluiu Wulfric. Já fazia mais de uma década que ele fora alvo das maquinações casamenteiras da tia pela última vez.

– Srta. Hutchinson – disse ele –, vejo que há um grupo mais jovem reunido ao redor do piano. Gostaria de se juntar a ele?

– Sim, por favor, Vossa Graça – respondeu ela.

A tia devia estar fora de si se acreditava que era possível um casamento entre ele e aquela jovem, pensou Wulfric, mas ele sabia que quando tia Rochester cismava com alguma coisa, não era fácil demovê-la da ideia. Assim, se ele não desejava se ver novamente num *tête-à-tête* com a Srta. Hutchinson dali a cinco minutos ou menos, era melhor assumir um papel ativo na própria salvação e arrumar uma alternativa. Por isso, fez o que desejava fazer.

Foi até o cantinho onde Christine Derrick estava sentada sozinha. Parou diante dela, observando-a, ainda maravilhado por ela realmente estar ali em Lindsey Hall. Por alguns instantes terríveis, depois que os Renables entraram sozinhos na casa naquela tarde, Wulfric chegou a pensar que Christine Derrick havia mudado de ideia e não ia aparecer. Então, quando ela entrara, ruborizada e ofegante, a touca torta, o vestido e a capa torcidos e a criança nos braços, quando ela imediatamente começara a tagarelar sem parar, ele chegara à mesma conclusão de sempre... A mulher não sabia se comportar. Mas ao mesmo tempo Wulfric experimentou a curiosa sensação de que se havia um único raio de sol à vista naquele dia tão chuvoso, ela certamente o levara para dentro de casa.

Wulfric jamais esperara se apaixonar. Com certeza nunca esperara se apegar a alguém tão inadequado. Por isso estava completamente despreparado para lidar com o turbilhão emocional que ambos os sentimentos estavam provocando nele.

– Ora, Sra. Derrick – disse ele.

– Ora, Vossa Graça – disse ela.

– Espero que esteja tudo ao seu gosto – falou ele. – Seu quarto? O serviço?

– Estou acomodada no quarto mais adorável – confirmou ela –, com a vista mais encantadora, e sua governanta tem sido incrivelmente gentil comigo. Ela chegou até mesmo a insistir para que eu aceitasse uma criada exclusivamente à minha disposição, embora eu tenha lhe assegurado que não era necessário.

Wulfric inclinou a cabeça. A governanta, é claro, havia recebido aquelas ordens dele. Wulfric escolhera aquele quarto especificamente para Christine Derrick, em parte porque achava que o papel de parede de seda chinesa, as telas, a cama em tons de dourado e verde muito alegre e as borlas douradas a agradariam; e em parte porque queria que ela tivesse a vista da fonte, cercada pelas flores primaveris, e da estrada longa que se estendia além. Ele sempre considerara aquela uma vista particularmente majestosa do parque. E também era a mesma vista que ele tinha das próprias janelas, embora houvesse três cômodos separando os aposentos dele dos dela. E ele já imaginara que ela não traria uma camareira consigo. Seria a única dama sem uma camareira. E isso não era aceitável.

Wulfric se acomodou numa cadeira perto da dela e arrumou a cauda da casaca.

– Espero que tenha feito boa viagem.

– Sim – disse ela. – Obrigada.

– E espero que sua mãe esteja bem. E sua irmã.

– Sim, ambas estão bem. Obrigada.

– E sua irmã que mora na casa paroquial? – perguntou Wulfric. – E seus sobrinhos e sobrinha?

– Estão todos bem, obrigada. – Ela deu um meio sorriso para ele, enquanto seus olhos sorriam abertamente. – Assim como Charles... o reverendo.

Quando ele começara a se deliciar com o jeitinho como ela ria dele?

– Fico feliz em ouvir isso. – Os dedos da mão direita dele encontraram a haste do monóculo e, por um momento, os olhos da Sra. Derrick acompanharam o gesto e o deixaram consciente do próprio movimento.

Wulfric não era um homem particularmente sociável. Sempre que podia evitava eventos e conversas triviais. No entanto, era um cavalheiro e, portanto, adepto de conversas educadas sempre que necessário. Naquela noite, aquilo com certeza era necessário, afinal estava recebendo convidados na própria casa. E todos, inclusive seus irmãos e irmãs, só haviam sido convidados porque Wulfric precisava ter Christine Derrick ali e arrumar um jeito de conquistá-la.

Não conseguia pensar em nada para dizer a ela.

– Fiquei surpresa – comentou a Sra. Derrick –, ao encontrar os aposentos das crianças tão cheios e com algumas crianças tão novinhas.

– Meus irmãos e irmãs – disse ele – vêm sendo bastante prolíficos ao longo dos últimos anos. Mas não tema a possibilidade de a casa ser tomada por elas, ou uma eventual necessidade de a senhora precisar cuidar delas de novo. As crianças ficam nos aposentos designados a elas e serão cuidadas por suas amas.

A própria família dele, concluíra Wulfric, deveria fazer um uso menos livre da casa com suas crias agora que os outros convidados haviam chegado.

– Não devo temer – repetiu ela, baixinho. – Eles serão mantidos nos aposentos das crianças. Como é conveniente para os mais abastados terem aposentos para crianças e babás para ajudá-los a até mesmo esquecer que têm filhos... a não ser para sucessão.

– A senhora preferiria tê-los constantemente colados às suas saias, então? – perguntou ele. – Sempre interrompendo as conversas e testando a paciência dos adultos?

– Na minha experiência – comentou ela –, a situação costuma ser o contrário. Adultos interrompem constantemente a conversa das crianças e levam a paciência delas ao limite. Mas adultos e crianças *podem* coexistir para benefício e felicidade de ambos.

– Ou seja – disse Wulfric –, adultos devem embarcar em tapetes mágicos com crianças e balançar os braços com elas como se sobrevoassem o oceano Atlântico sem molharem os pés?

– Ah, Deus... – falou ela, enrubescendo –, então o senhor *realmente* viu parte daquela aula, não é? Não foi muito educado de sua parte ficar encostado àquela cerca bem no ponto em que o sol o atingia por trás, tornando-o imperceptível. O senhor desaprovou, então? Achou que me comportei de forma indigna? Então teria sido melhor manter as crianças sentadas em fileiras disciplinadas na grama enquanto eu deveria ficar de pé a fim de assegurar minha superioridade física e intelectual? Teria sido melhor simplesmente contar a elas a história do comércio de peles no interior do continente norte-americano, no interior do Canadá e descrever a rota seguida pelas canoas dos viajantes, bem como o leito do rio que seguiam, a flora e a fauna que testemunhavam? Seria melhor dar às crianças uma lista das comidas que os viajantes carregavam consigo e os itens que levaram para trocar por peles? E eu, então, teria razão em ficar aborrecida no dia seguinte, quando descobrisse que nem uma única criança era capaz de se lembrar de um único detalhe da aula?

Muitas pessoas costumam se comunicar apenas com os lábios. A Sra. Derrick se comunicava com os lábios, com os olhos, com todo o rosto, as mãos e o corpo – e com tudo dentro dela. Ela se comunicava tal qual como parecia viver – com avidez, até mesmo paixão. Wulfric a observava e ouvia, fascinado.

– Na verdade, Sra. Derrick – disse ele –, fiquei encantado.

– Ah. – Ela ficou claramente sem ação. Vinha se preparando para discutir com ele. Talvez, pensou Wulfric tardiamente, ele devesse ter aproveitado a isca. – E ainda assim, acredita que as crianças devem ficar confinadas aos seus aposentos?

– Eu me pergunto – disse ele –, o que as crianças que estão no andar de cima neste momento pensariam se invadíssemos os domínios delas ao nosso bel-prazer. Elas talvez não chegassem à conclusão de que, de um modo geral, os adultos devem permanecer no andar de baixo?

Ela riu.

– Devo confessar que esse é um pensamento novo – disse. – Na casa paroquial, Hazel está sempre pedindo silêncio aos filhos porque Charles invariavelmente está escrevendo e reescrevendo o sermão do domingo seguinte, e minha irmã passa o tempo todo corrigindo a gramática das crianças, criticando a postura delas ou orientando nas atividades. Talvez as crianças ficassem encantadas em ter aposentos só para elas, um domínio próprio.

– Então, no fim das contas, não sou o monstro que a princípio achou que eu fosse, Sra. Derrick?

– Mas precisamos entrar num acordo – argumentou ela. – Nós adultos devemos ter permissão para nos divertirmos sem que as crianças atrapalhem, e elas também devem ter permissão para *se divertirem* sem que *nós* as atrapalhemos. No entanto, se nunca virmos as crianças, como poderemos aprender com elas? E como elas poderão aprender conosco?

– *Nós* podemos aprender com *crianças*? – perguntou Wulfric.

– É claro que podemos. – Ela se inclinou mais para a frente na cadeira. – Podemos aprender a enxergar o mundo de um jeito novo através do olhar delas. Podemos aprender a ser espontâneos, alegres, deslumbrados, tolos, podemos aprender a rir. E a amar.

– Todos os atributos que acredito me faltarem, Sra. Derrick – comentou Wulfric.

Ela se encostou na cadeira e o fitou com cautela.

– Eu não saberia dizer – falou.

– Acredito que saberia, sim. – Ele levou o monóculo a meio caminho do olho. – Ou assim a senhora me disse certa vez.

– Eu não deveria ter feito aquilo – disse ela. – O senhor não deveria ter me provocado.

– Pedindo-a em casamento? – perguntou ele baixinho, encarando-a, os olhos semicerrados. – Eu a estava *provocando*?

– O senhor deveria agradecer com fervor em suas orações noturnas por eu não ter aceitado o pedido.

– Deveria? – Os olhos dela eram puro azul, percebeu Wulfric mais uma vez. Como o mar num dia de verão. Como seria fácil se afogar neles.

– Olhe ao seu redor, Vossa Graça – disse ela. – Veja só todas estas damas.

Ele olhou só para satisfazê-la. Chegou mesmo a levar o monóculo ao olho. Freyja, percebeu Wulfric, estava definitivamente magnífica naquela noite num vestido fluido dourado, com plumas combinando nos cabelos e diamantes cintilando no pescoço, nas orelhas, nos pulsos e em vários dedos. Mas ela era apenas uma entre muitas. Todas as outras damas pareciam tão elegante e ricamente adornadas quanto Freyja.

– Já olhei – disse Wulfric, abaixando o monóculo e voltando-se para Christine.

– Agora olhe para mim.

Ele viu o que já tinha reparado durante o jantar. O vestido dela obviamente era novo. Era mais elegante do que as roupas usadas por ela no último verão. Mas o modelo era simples, sem adornos, e ela não usava joias. Os cachos escuros brilhantes não tinham qualquer enfeite. As bochechas estavam ligeiramente coradas. Os olhos ornados por cílios escuros eram bem separados entre si e tinham uma expressão inteligente. As sardas pareciam ter desaparecido. Os lábios eram macios, generosos e estavam entreabertos.

– Já olhei – repetiu Wulfric em voz baixa.

– Agora diga-me que não percebe a diferença – desafiou.

– Vejo toda a diferença do mundo – disse ele. – Nenhuma destas outras damas é a senhora.

– Oh... – O rubor no rosto dela se aprofundou. – O senhor está muito espirituoso esta noite, Vossa Graça.

– Perdão – falou Wulfric. – Havia um roteiro predeterminado? Era esperado que eu desse outra resposta?

– Não faço parte do seu mundo – retrucou ela. – Já fui casada uma vez, embora tenha sido apenas a esposa de um filho caçula de um clã. Nunca tivemos muito dinheiro, principalmente nos últimos anos de vida do meu marido, e Oscar morreu deixando dívidas. Essas roupas novas, que escolhi com grande cuidado e atenção ao preço, foram compradas com um dinheiro que meu cunhando me enviou de presente assim que soube que eu fora convidada para o casamento de Audrey. Vivo satisfeita num vilarejo. Sou professora. E filha de um homem que era um cavalheiro no nome e na educação, mas não em bens. Meu avô paterno era um baronete, mas meu avô materno era médico. O senhor deve ficar *muito* grato, Vossa Graça, por eu ter recusado seu pedido. E eu posso me sentir igualmente grata. Eu preferiria estar morta, acredito, a ser a esposa de um duque.

Ele foi pego de surpresa pela firmeza da declaração dela.

– São palavras bem fortes, Sra. Derrick – disse Wulfric. – A senhora preferia estar morta a se casar com um homem que houvesse conquistado seu afeto, fosse ele um duque ou um limpador de chaminés?

– Mas meu afeto *não* foi conquistado – retrucou ela.

– Eis aí um modo de se fingir que respondeu a uma pergunta sem tê-la respondido de fato.

– Não acredito que eu poderia ser feliz casada com um duque ou com um limpador de chaminés, Vossa Graça – argumentou Christine Derrick. – Portanto, cabe a mim ser muito cuidadosa para não desenvolver afeto por qualquer um dos dois. Porque é claro que o dilema seria terrível, não seria? O fato de eu preferir estar morta a me casar com o homem que amasse... só porque ele era um limpador de chaminés, ou um duque? Não acha que eu me tornaria a heroína de uma grande tragédia no estilo de Shakespeare se a resposta fosse sim? Mas infelizmente eu não chegaria a saber, ai de mim. Estaria morta, meu corpo boiando rio abaixo, com meus cabelos espalhados ao redor... se eu já não os tivesse cortado...

Wulfric sentiu o coração afundar no peito.

Christine Derrick não pretendia aceitar o pedido de casamento dele, e o estava alertando – assim como naquele dia em Hyde Park – que não havia nada que ele pudesse fazer para persuadi-la a mudar de ideia. Ela estava lhe apresentando um desafio raro. Ele não poderia usar seu título ou sua enorme fortuna para seduzi-la, só que Wulfric não sabia como seduzir uma mulher sendo simplesmente um homem. E, mesmo se fosse capaz disso, ela ainda estaria imune a ele só *porque* ele também era um duque e um homem muito abastado.

Christine Derrick era extremamente realista – embora talvez também estivesse errada. Se houvesse uma solução prática em uma das mãos e um sonho na outra, por que escolher a solução prática? Só porque era sensato? Por que não escolher o sonho? Por que não viver perigosamente?

Aquele era mesmo ele, Wulfric Bedwyn, tendo aqueles pensamentos e sonhando em se rebelar contra tudo o que havia guiado sua vida por mais de vinte anos? E vivendo perigosamente?

Mas ele a convidara para vir à sua casa, não convidara?

Temia estar um pouco mais do que apenas apaixonado por Christine Derrick. Tinha muito medo de que ela tivesse se tornado essencial para sua felicidade. E esta, por si, já era uma ideia estranha e alarmante. Ele nunca buscara a felicidade. Nunca a considerara importante. Nunca nem sequer acreditara nela. Ou talvez houvesse acreditado. Ao longo dos últimos três anos, vira cada um de seus irmãos encontrar a felicidade e vivê-la. Vira todos aqueles Bedwyns impetuosos, às vezes frios e até desprovidos de coração, permanecerem impetuosos, porém se tornarem mais satisfeitos, quase domesticados. E, sem se dar conta disso plenamente, Wulfric se sentira abandonado, ficara até mesmo um pouco ressentido.

E solitário.

O silêncio se estendera por tempo demais, e era nítido que não seria a Sra. Derrick a quebrá-lo.

– Torçamos então, Sra. Derrick – falou Wulfric, por fim –, para que se algum dia a senhora for tema de uma obra literária, que seja como a heroína romântica, e não como a heroína trágica. Talvez haja um professor em algum lugar que vá conquistar sua admiração e o amor imortal de seu coração. Desejo que seja feliz com ele. Nesse meio-tempo, devo fazer o melhor possível para garantir à senhora e aos outros convidados um feriado memorável aqui.

Qualquer traço de riso desapareceu dos olhos dela, que voltou a inclinar o corpo para a frente na cadeira.

– Acho que o senhor usa uma espécie de máscara de pelo menos meio metro de espessura. É praticamente impenetrável. Por acaso o ofendi? – quis saber ela.

– Perdão? – O monóculo se dirigia ao olho mais uma vez.

– Seus olhos estão parecendo farpas de gelo novamente. Os olhos costumam ser o ponto mais fraco em qualquer disfarce, sabe, porque quem está disfarçado precisa ver o que acontece no mundo e acaba deixando-os expostos, não importa quanto todo o restante da pessoa possa estar coberto. Mas seus olhos *são* o seu disfarce, ou ao menos uma parte generosa dele. Não consigo ver nem mesmo um relance de sua alma ao mirá-los.

Se os olhos dele eram de gelo, então estavam congelando todo o seu ser. Wulfric voltou a olhar para ela do único jeito que sabia – com uma altivez fria. Como poderia olhar para ela de qualquer outra forma? Como poderia arriscar...

– Talvez, Sra. Derrick – disse ele –, eu devesse expor *abertamente* o que vai em meu coração, assim a senhora não seria obrigada a olhar em meus olhos de forma alguma. Mas esqueci... não possuo um coração.

– Acredito sinceramente, Vossa Graça – retrucou ela –, que estamos brigando. Mas o senhor está fazendo isso à própria moda inimitável, ficando ainda mais frio e mais arrogante em vez de mais acalorado como faz o restante de nós, meros mortais. É uma pena.

– Gostaria de me ver furioso, então? – Ele ergueu as sobrancelhas.

– Acho que gostaria muito.

– Mesmo se minha fúria fosse dirigida à senhora?

Ela o encarou pensativamente, a cabeça inclinada para um lado, um sorriso brincando na profundeza dos olhos.

– Sim, mesmo nesse caso – disse ela, por fim. – Eu daria conta de uma contenda com o senhor ainda que estivesse tendo um ataque de fúria. Acredito que o senhor pareceria terrivelmente perigoso, mas talvez assim eu conseguisse me comunicar com o homem de verdade caso não houvesse mais controle... se é que *existe* um homem de verdade aí bem no fundo do seu ser, e não apenas um duque.

– Está se tornando ofensiva, senhora – comentou Wulfric baixinho, sentindo uma fúria inconfundível pressionar seu peito com força.

– Estou? – Ela arregalou os olhos. – Eu o magoei? Ou o enfureci? Acho que tenho a esperança de ter feito ambas as coisas. Não me convidei para vir aqui, Vossa Graça. Não desejava aceitar seu convite e fui absolutamente sincera a esse respeito. O senhor me pediu para lhe dar a chance de me provar que há mais no senhor do que já revelou a mim. Ainda não vi nada. Mas quando o acuso de usar algum tipo de máscara, de se esconder atrás de olhos gélidos e de uma postura arrogante, o senhor se torna ainda mais frio e usa minhas próprias palavras contra mim, para que eu me sinta desconfortável. *Mas esqueci... não possuo um coração*, disse o senhor. Talvez esteja certo, então. Talvez não *haja* máscara. Talvez eu estivesse certa a seu respeito o tempo todo.

Wulfric se inclinou um pouco mais para perto dela.

– Por Deus – disse ele –, estamos *mesmo* brigando. E embora a senhora esteja sentada aí com um meio sorriso, falando suavemente e eu esteja sendo frio como sempre, vamos atrair a atenção das pessoas se continuarmos. *Vamos* continuar, mas não aqui e não agora. Se me der licença, preciso conversar com meus outros convidados. Posso levá-la até a companhia de alguém? De lady Wiseman, talvez ou lady Elrick?

– Não, obrigada – retrucou Christine Derrick. – Estou perfeitamente satisfeita aqui.

Wulfric se levantou e ofereceu uma mesura a ela antes de passar a uma das mesas de jogo, onde ficou parado olhando a mão de cartas de lady Renable sem de fato enxergá-las.

Com certeza estragara aquele encontro, pensou. Tivera a intenção de passar uns dez minutos com ela, de fazê-la sentir-se confortável na casa e na companhia dele, de começar a mostrar que era humano, e acabara... *brigando* com ela. Eles brigaram mesmo? Wulfric nunca brigava e ninguém jamais tentara brigar com ele. Ninguém *ousara*. Seria aquilo parte do fascínio que a Sra. Derrick exercia... o fato de ela ter ousado?

Mas será que ele ainda a achava fascinante? Christine Derrick *fora* ofensiva. Ela não sabia nada sobre civilidade, sobre não passar dos limites. Falara sobre máscaras, olhos e farpas de gelo. Insinuara que ele não apenas não possuía um coração, como também não possuía alma... *Não consigo enxergar nem mesmo um relance de sua alma.*

Wulfric respirou fundo, vacilante, quase sibilando, e tinha a sensação de que estava prestes a chorar.

Lady Renable deu uma olhadinha para trás para fitá-lo e riu enquanto devolvia para seu leque de cartas aquela que estava prestes a jogar na mesa. Aí escolheu outra.

– Está absolutamente certo, Bewcastle – disse ela. – Aquela com certeza não era a carta certa para se jogar.

Wulfric viu que Justin Magnus se juntara à Sra. Derrick no cantinho onde ela estava. Os dois estavam conversando e rindo juntos. Ela parecia feliz e à vontade de novo. Wulfric cerrou os dentes com força para não rangê-los, e lutou contra o ciúme.

Aquela seria a humilhação final.

16

Depois que todos os outros já haviam se recolhido aos seus aposentos, os irmãos Bedwyns e seus respectivos continuaram no salão de visitas – com exceção de Wulfric, que se recolhera à biblioteca, seu domínio particular.

– Gostaria que Wulf tivesse ficado aqui conosco – comentou Morgan.

– Já foi um espanto ele ter permanecido aqui a noite toda e ter aguardado até que todos os outros fossem se deitar sem arranjar algum pretexto para escapar – disse Freyja.

– Ora, eu imaginei que ele *ficaria* – argumentou Rannulf, sentando-se no chão, aos pés de Judith, e encostando a cabeça no colo da esposa –, depois de ter enchido a casa de hóspedes. Alguém entendeu por que ele convidou Elrick, Renable e todo o restante? Não faço objeções a nenhum deles, mas não me parecem muito o tipo que normalmente convive com Wulf, parecem?

– E por acaso Wulf *tem* um tipo específico de pessoa com quem convive? – perguntou Alleyne.

– Ele provavelmente está muito grato agora por *ter* convidado várias pessoas e não apenas a família – disse Aidan, espremendo-se ao lado de Eve numa poltrona larga e passando um braço ao redor dos ombros dela. – Tia Rochester está em plena atividade casamenteira. É difícil saber de quem devemos sentir mais pena, se de Amy Hutchinson ou de Wulf.

– Ele a devoraria no café da manhã depois do casamento deles – comentou Freyja com sarcasmo. – Josh, venha até aqui e me ajude a tirar estas plumas absurdas dos meus cabelos. Estão irremediavelmente embaraçados.

– Você deveria pedir por favor, Free – intrometeu-se Rannulf.

– Não precisa me encarar com essa irritação toda, meu coração – disse Joshua, sorrindo para a esposa enquanto sentava-se no braço da poltrona, junto a Freyja, afastava as mãos dela e começava a desenroscar as plumas. – Não fui eu que acabei de acusá-la de não ter boas maneiras.

– Talvez devêssemos fazer alguma coisa para ajudar – sugeriu Eve. – Para manter Amy e Wulf afastados.

– Tia Rochester lutaria com todas as armas de seu arsenal – retrucou Alleyne. – Ela está determinada.

– Posso recordá-los – adiantou-se Gervase, parando diante da lareira, de costas para o fogo – que Wulfric é páreo para a tia monstruosa? A ideia de interferirmos em auxílio de Wulfric soa um tanto absurda, não?

A maior parte de seus cunhados deu um risinho abafado em concordância.

– O que precisamos fazer – disse Morgan, franzindo a testa, concentrada –, é encontrar uma distração... outra pessoa para Amy, ou outra pessoa para Wulf.

– Não consigo imaginar Mowbury para o papel – comentou Aidan. – Nunca conheci sujeito mais avoado. Duvido que ele sequer tenha percebido a existência da moça. E o irmão dele deve ser mais baixo do que Amy pelo menos por uma cabeça... *e* é o caçula de um clã, portanto não se encaixaria nas expectativas de tia Rochester.

– O que não o exclui totalmente como um possível pretendente – argumentou Judith.

– Ele também é magricela e careca – disse Freyja sem meias palavras –, e com certeza não se encaixaria nas expectativas de *Amy*.

– O alvo tem que ser Wulf, então – declarou Morgan. – Temos que encontrar outra pessoa para *ele*.

– *Chérie* – disse Gervase com carinho –, teríamos tanta chance de sucesso quanto teve o rei Canuto de segurar as marés.

– E – voltou a falar Freyja – a Sra. Derrick parece ser a única candidata disponível como distração.

Aquilo silenciou a todos por alguns instantes. Então Joshua riu, retirando as últimas plumas dos cabelos da esposa.

– Eu teria pagado uma fortuna para ver Wulfric pescá-la do Serpentine – falou –, e então levá-la para casa em seu cavalo. E seria capaz de apostar que ele *não* ficou nada encantado com a situação.

– Ela fez uma entrada e tanto nessa tarde, também – disse Aidan. – Achei que os olhos de tia Rochester fossem saltar das órbitas e atravessar as lentes de seu *lorgnon*.

– Temi que a Sra. Derrick fosse ser transformada num cubo de gelo ante o olhar gelado de Wulfric – falou Morgan. – Mas sequer o notou, não é mesmo? Parecia um espantalho, mas fora ajudar aquela criança em vez de se apressar a fazer mesuras para todos nós. E quando nos conheceu, nos cumprimentou com a maior alegria.

– É preciso admirar a coragem dela – comentou Freyja. – Joshua diz que somos um grupo formidável quando estamos todos enfileirados juntos. Diz que podemos ser tão eficientes quando um pelotão de fuzilamento, sem toda a confusão de armas e sangue.

– A Sra. Derrick na verdade é uma pessoa muito alegre – foi a vez de Alleyne se manifestar. – Tem uma conversa animada e um senso de humor muito saudável.

– Mas está muitíssimo longe de ser o tipo de mulher que interessaria a Wulf – falou Freyja, passando a mão pelos cabelos despenteados agora que todas as plumas haviam saído e fazendo careta quando sentia algum nó. – Conseguem imaginá-lo se permitindo ser empurrado para a Sra. Derrick, mesmo sendo Amy a alternativa?

Houve uma risadaria geral enquanto todos tentavam imaginar a cena.

– Mas Wulf passou um tempinho conversando com a Sra. Derrick esta noite, Free – argumentou Rannulf –, e a razão para tal foi exatamente sua tentativa de fuga de Amy... ou melhor, de nossa tia.

– Mas Wulf não deixaria que acontecesse de novo – declarou Freyja. – Não, precisamos encontrar outra pessoa para ele.

– Mas não *há* mais ninguém, Free – foi a vez de Morgan argumentar –, a menos que o conde de Redfield tenha convidado hóspedes para Alvesley para o feriado. Talvez a prima de Lauren esteja hospedada lá.

– Lady Muir? – perguntou Rannulf. – Eu mesmo já estive interessado nela... – Ele inclinou a cabeça para trás e sorriu para Judith. – Mas então conheci Jude e me esqueci da existência da jovem.

Judith deu um empurrãozinho na cabeça do marido.

– Não estou tão certa de que a Sra. Derrick *seja* inadequada para Wulfric – declarou Rachel de repente. – Ela é viúva e muito mais próxima da idade dele do que Amy. E bonita, embora não de um modo *aristocrático*. E todos percebemos como é alegre, como seus modos são calorosos, como está sempre com um sorriso pronto. Há um brilho na Sra. Derrick que talvez seja exatamente o que Wulfric precisa.

– *Wulf?* – Rannulf a encarou sem entender. Assim como todos os outros.

– Wulfric é capaz de amar muito profundamente – comentou Rachel. – Ele só precisa que alguém o ajude a mostrar isso abertamente.

Rannulf gargalhou e Joshua deu uma risadinha.

Alleyne foi sentar ao lado de Rachel, pegou as mãos dela e entrelaçou os dedos aos da esposa.

– Rachel tem essa crença estranha a respeito de Wulf – disse ele –, desde o momento em que pousou os olhos nele.

– Fui a única a testemunhar a expressão de Wulfric quando ele reviu Alleyne depois de acreditar por vários meses que o irmão estivesse morto – explicou Rachel. – O restante de vocês só viu Wulfric atravessar o terraço correndo no dia do casamento de Morgan e abraçar Alleyne. Eu vi o *rosto* dele. E se alguém disser perto de mim que Wulfric é um homem frio, incapaz de emoções profundas, vou sempre rebater.

– E a fúria de Rachel é uma coisa terrível. – Alleyne levou as mãos unidas dos dois aos lábios e beijou a mão dela.

– Ah, bravo, Rachel! – exclamou Freyja. – Sempre admiro alguém que tenha a coragem de repreender a nós, os Bedwyns.

– E você está absolutamente certa, Rachel! – animou-se Morgan. – Nunca contei isso a ninguém, a não ser a Gervase. Parecia desleal, de algum modo, e na época devo admitir que fiquei apavorada. Depois do funeral que organizamos para Alleyne, quando pensamos que ele estava morto, fui até a biblioteca da Casa Bedwyn só para sentir o consolo de estar no mesmo cômodo que Wulf. Por sorte, ele não me viu. Wulf estava parado diante da lareira, chorando.

Houve um silêncio perplexo, um tanto constrangido até.

– Acho que Bewcastle não ficaria muito satisfeito com você se soubesse que andou contando uma história terrível dessas a respeito dele, *chérie*.

– É claro que Wulfric ama – disse Eve. – Ele deu uma mãozinha para reforçar minha união a Aidan, muito embora já estivéssemos casados quando isso ocorreu. E acredito que ele tenha feito o mesmo por Freyja e Joshua, e por Rannulf e Judith também. Seria muito fácil dizer que Wulfric fez tudo isso apenas pelo nome da família e por orgulho, mas acredito há muito tempo que ele realmente se importa. E que outro motivo que não amor poderia tê-lo feito ir a Oxfordshire a fim de garantir que eu não perdesse Davy e Becky quando meu primo estava disposto a tirá-los de mim? Mas *realmente* acha que a Sra. Derrick é a mulher certa para romper as defesas de Wulfric, Rachel?

Freyja bufou.

– É claro que é – disse inesperadamente. – Não consigo entender como não vimos isso antes. Wulfric não compareceu a uma das temporadas festivas na casa de lady Renable no verão passado? A Sra. Derrick provavelmente foi uma das convidadas. E não estávamos nos perguntando por que Wulf teria se dignado a resgatá-la do desastre no Serpentine quando, de acordo com todas as informações, metade da alta sociedade estava lá para ajudá-la, caso ele não o fizesse? Não é do feitio de Wulf se expor dessa forma e ficar sujeito a fofocas e escárnio. E por que ele convidou a família dela para a Páscoa quando nenhum de nós jamais soube de qualquer amizade mais profunda de Wulf com qualquer um deles, a não ser talvez por lorde Mowbury? Por que ele *nos* convidou para cá? Normalmente somos nós que nos convidamos.

– Você não está dizendo... – começou Alleyne.

– E *por que* – continuou Freyja, erguendo uma das mãos – ele fez com que nos enfileirássemos no salão nesta tarde, quando era apenas a carruagem de lorde Renable que se aproximava? Ficamos todos surpresos naquele momento.

– Santo Deus – disse Alleyne –, você está *mesmo* afirmando isso. Devo dizer que as mulheres têm uma imaginação maravilhosa. Elas saltam do ponto A ao D sem nem mesmo olhar de relance para os pontos B e C. Você acha que Wulf já tem um *tendre* pela Sra. Derrick, Free?

– É bastante provável – disse Rachel, virando a cabeça para encarar os olhos de Alleyne.

– Ora – disse Aidan de repente –, acho que todos concordamos que a péssima ideia de tia Rochester de juntar Amy Hutchinson e Wulf precisa ser derrubada... para o bem de ambos. E se um empurrãozinho da Sra. Derrick para os braços dele atender a esse propósito, então podem contar comigo. Se ainda por cima Wulf estiver apaixonado pela Sra. Derrick... embora eu acredite que *isto* seja um exagero até para a mais fértil das imaginações... Bem, então estou totalmente disposto a comprar roupas novas para Eve para o casamento.

– O que eu acho – disse Joshua –, embora seja irrelevante quando estamos falando dos Bedwyns, pois sei perfeitamente bem que eles invariavelmente fazem o oposto do que lhes é sugerido... O que *eu* acho é que não devemos nos meter. Não consigo pensar em nada mais ridículo do que num bando de Bedwyns bem-intencionados se unindo para salvar Wulfric... *Bewcastle*, pelo amor de Deus!... da perspectiva de um casamento indesejável, jogando-o em outro casamento de perspectiva ainda mais indesejável.

– É exatamente o que penso. – Gervase riu.

– Ridículo? – repetiu Freyja num tom arrogante. – Está nos acusando de sermos *ridículos*, Joshua? E você acha isso *engraçado*, Gervase?

Aidan ficou de pé.

– Acho que está na hora de todos irmos para a cama. Se tem uma coisa mais alarmante do que Bedwyns casamenteiros, são Bedwyns discutindo. Logo punhos estarão voando pelo salão e *há* duas ou três damas presentes.

– Duas ou... – Freyja ficou de pé num pulo, os olhos faiscando.

Mas Aidan levantou uma das mãos e todos ficaram em silêncio. Ele sabia ser quase tão intimidador quanto Wulfric quando se dispunha a tal, e ainda detinha a vantagem de ter sido um coronel da cavalaria por vários anos.

– Você sabe muito bem, Freyja – disse Aidan –, que em qualquer briga seus punhos seriam os primeiros a entrar em ação. Para a cama agora, e vamos ver o que o amanhã nos traz. Meu palpite é que Wulf irá frustrar as expectativas de tia Rochester *e* evitar a Sra. Derrick com a mesma facilidade com que ergue uma sobrancelha, e sem precisar de qualquer ajuda de nossa parte. – Ele ofereceu o braço a Eve.

– *Algumas* pessoas sempre precisam ter a última palavra – disse Freyja, empinando a cabeça de um jeito altivo.

Rannulf e Alleyne trocaram um olhar cheio de significado e se voltaram para Freyja, os lábios cerrados com força.

Joshua sorriu e passou o braço ao redor da cintura da esposa.

Enquanto os Bedwyns estavam reunidos no salão de visitas, Christine conversava com Hermione em seu quarto. A cunhada se juntara a Christine na escada, quando todos se retiravam para dormir, e então se convidara a entrar.

Christine fitou Hermione com cautela e lhe ofereceu uma cadeira enquanto se acomodava na beira da cama.

– Ah – disse Hermione, olhando ao redor –, que quarto perfeito e absolutamente agradável. Deve ser um dos maiores quartos e um dos melhores da casa.

Christine não tinha pensado nisso. Presumira que todos os quartos principais fossem igualmente grandes. Mas Hermione não deu continuidade ao assunto. Sentou-se na cadeira e encarou sua cunhada com muita seriedade.

– Christine – disse –, Basil e eu andamos conversando e nos questionamos sobre esse convite. Nossa proximidade com Sua Graça é praticamente inexistente e nunca se soube de qualquer temporada festiva que ele tenha organizado em Lindsey Hall. Por que nós? É verdade que ele é amigo de Hector, mas Melanie e Bertie são tão próximos dele quanto nós, apesar de Hector ter levado o duque a Schofield no último verão. Não... acabamos chegado à conclusão de que *você* é a razão para termos sido convidados para cá.

– Eu? – perguntou Christine.

– Por mais estranho e incrível que pareça – continuou Hermione –, realmente acredito nisso... e Basil concorda comigo... que Sua Graça está *enamorado* por você.

Christine mordeu o lábio.

– Está claro – seguiu Hermione – que a marquesa de Rochester tem outros planos para ele, e ela exerce uma influência considerável. E a família dele jamais aprovaria essa união, você sabe. Nem o próprio duque. Se ele está *mesmo* enamorado por você, acabará lhe oferecendo apenas um flerte.

– Está tentando me alertar, então, para não alimentar grandes esperanças? – perguntou Christine.

Hermione franziu a testa.

– Estou lhe *pedindo* para não fazer papel de tola, Christine... e para não nos fazer passar por tolos. Você nunca será a duquesa de Bewcastle... A mera ideia é absurda. Mas se lançar mão de algum de seus ardis habituais, sua ambição logo ficará óbvia para a marquesa e para todos os irmãos de Sua Graça, e a vulgaridade constrangedora de tudo isso se refletirá em todos nós.

– Meus ardis habituais. – Christine sentiu um calafrio.

– Fingir que caiu de uma árvore quando ele estava por perto – esclareceu Hermione, a voz amarga e desagradável. – Fingir que caiu acidentalmente no Serpentine quando por acaso ele estava passando a cavalo. Estar sentada na alameda de chuvas-de-ouro, mais uma vez por acaso, quando ele resolveu caminhar por ali. Fingir estar seriamente machucada quando Hector apenas pisara no seu pé e passar uma hora inteira ausente do salão de baile. E angariar a admiração de quase todos os outros cavalheiros presentes àquela temporada festiva. O conde de Kitredge a pediu em casamento em Londres. Mas você recusou o pedido, eu soube. Por que ser uma condessa, quando acredita que pode ser uma duquesa?

– Acho que é melhor você sair, Hermione – disse Christine.

A cunhada ficou de pé e se dirigiu à porta sem dizer mais nada. Mas sempre fora assim, pensou Christine de repente – ao menos nos últimos anos de vida de Oscar, e depois da morte dele, e no último verão, e agora acontecia mais uma vez. Elas sempre evitavam uma conversa de verdade.

– Espere! – chamou Christine, e Hermione olhou para trás.

Christine se levantou da cama e foi até a janela. Afastou as cortinas, mas obviamente não havia nada para ser visto lá fora – apenas gotas delicadas de chuva e a escuridão além.

– Houve uma época – começou Christine – na qual você costumava se divertir com meus desastres bastante frequentes. Costumava me dizer que a aristocracia estava encantada comigo, apesar dos risos que eu provocava. Você me dizia que aquelas risadas eram boas para a alma e para a aristocracia. Costumava dizer que eu tinha o dom do carisma... que as damas gostavam de mim, que os cavalheiros gostavam de mim e que até mesmo me admiravam porque isso era seguro para eles, já que eu era uma dama casada. Oscar me amava, eu o amava e éramos uma família feliz, de verdade. Você me disse que eu era a irmã que você nunca tivera mas sempre desejara ter. Você foi a irmã de que eu precisava para ocupar o lugar da minha própria irmã que estava longe. O que mudou? Nunca consegui compreender. Foi como um pesadelo do qual eu jamais acordei. De repente, todas as minhas gafes sociais eram constrangedoras e humilhantes para todos vocês. E de repente todos os cavalheiros com quem eu conversava, ou dançava, ou para quem sorria, eram vítimas de minhas manobras de sedução. E os rumores não se limitavam a sedução. De repente eu possuía uma fila de amantes clandestinos. O que motivou essa mudança?

Hermione ainda estava olhando para trás. Houve um breve período de silêncio.

– Diga-me você, Christine – disse ela, finalmente. – Acho que você se cansou de Oscar. Percebeu seu poder de atrair um peixe maior. Não tinha afeto por ele... ou por nós.

Christine piscou para conter as lágrimas.

– Eu sempre amei Oscar – falou. – Mesmo nos últimos anos, quando ele se tornou um homem difícil, quando começou a jogar de forma imprudente e perdeu toda a sua fortuna, eu nunca deixei de gostar dele. Eu era *esposa* de Oscar. Nunca, *jamais* pensei em traí-lo.

– Ora – retrucou Hermione. – Eu gostaria de acreditar em você, Christine. Mas sabemos que é mentira. Se não fosse, Oscar ainda estaria vivo.

– Você *não pode* acreditar que tive qualquer parcela de culpa naquela ocasião. Na época, eu implorei a você para perguntar a Justin. Por que não fez isso? Ele poderia ter confirmado a minha inocência.

– É claro que perguntamos a Justin – disse Hermione, a voz cansada. – E é claro que ele declarou sua inocência... muitas, muitas vezes e com grande indignação pelo fato de termos duvidado de você por um instante sequer. Mas Justin sempre a defendeu, não é? Não importava o que acontecesse, Justin sempre estava lá para ser seu defensor, para negar qualquer acusação contra você. Justin sempre foi apaixonado por você, Christine. Ele cometeria perjúrio diante do próprio túmulo para garantir que ninguém pensasse mal de você.

– Entendo – falou Christine. – E, portanto, sou culpada. A defesa de Justin em si apenas atesta minha culpa. Pobre Justin. Os esforços dele a meu favor sempre tiveram o efeito oposto ao pretendido. Pode acreditar no que quiser, então. Mas ao menos vou aliviá-la do fardo de uma preocupação. *Não* estou aqui por qualquer ambição de ser a duquesa de Bewcastle. Já recusei tal posição e a recusarei novamente caso a oferta volte a ser feita. Talvez eu esteja ainda mais ciente do que você e Basil de que seria uma união infernal... para mim e para o duque. Anseio pelo dia em que vou poder voltar para casa e retomar a vida que me fez feliz por quase três anos... embora eu tenha pranteado Oscar profundamente no primeiro ano de minha viuvez.

– Christine. – Inesperadamente, os olhos de Hermione também se encheram de lágrimas. – Quero *sinceramente* pensar melhor de você agora. Basil e eu queremos. Você é a viúva de Oscar.

Christine assentiu. Parecia não haver nada a dizer. Alguma espécie de paz estava sendo oferecida, supunha... mais uma vez.

Hermione saiu do quarto sem dizer mais nada, deixando Christine com a desagradável tarefa de tentar dormir numa cama e numa casa estranhas enquanto aquela conversa – *e* a discussão com o duque – zumbiam sem parar em sua mente.

17

Todos foram à igreja na manhã seguinte para a celebração da Sexta-feira Santa. Alguns dos convidados mais velhos seguiram de carruagem, mas a maior parte foi caminhando mesmo, já que o tempo melhorara consideravelmente.

Christine foi passeando ao lado de Justin. E percebeu que o duque estava de braço dado com a Srta. Hutchinson, embora lorde e lady Aidan se mantivessem próximos aos dois. A marquesa de Rochester estava, é claro, se empenhando em unir os dois. Christine simpatizava sinceramente com a Srta. Hutchinson, uma jovem dama ao mesmo tempo bela e de natureza doce... mas não era páreo para o duque.

Foi como se Justin tivesse lido os pensamentos dela.

– Pobre dama – comentou ele, acenando com a cabeça na direção do par. – Eu me pergunto se ela tem consciência do alto preço que lhe será cobrado caso se torne duquesa. Mas acredito que a tia dela explicará tudo antes das núpcias... *se* Bewcastle chegar a esse ponto, é claro.

Christine não fez comentário algum. Não queria conversar sobre o duque nem mesmo com seu amigo mais querido – principalmente depois da conversa com Hermione na véspera. Mas ele continuou:

– Lady Falconbridge com certeza compreenderá – disse Justin. – Imagino que não esteja mesmo esperando que o duque se case com ela. E suponho que a amante dele aprenderá a compreender... afinal não terá muita escolha, além de abandonar uma função que ouso dizer ser bastante lucrativa, não é mesmo?

– Justin! – falou Christine com severidade. – Você costuma conversar com damas sobre essas coisas?

Ele pareceu arrependido no mesmo instante.

– Peço que me perdoe – falou. – Mas você sabia sobre lady Falconbridge, e durante muitos anos ele teve uma amante sobre a qual, presumo, todos soubessem. Tolice da minha parte... você é mesmo uma dama. Mas você foi esperta, Chrissie. – Justin deu um tapinha na mão que Christine apoiava no paletó dele. – Não aceitou nada do duque. Imagino que ele não tenha gostado.

– Vou mudar de assunto *agora* – disse ela com firmeza. – Hector me contou que logo vai viajar novamente e que você deve ir com ele. É verdade?

Justin fez uma careta.

– Só se ele decidir ir a algum lugar civilizado. Itália, talvez.

Christine ouviu o relato do amigo sem prestar muita atenção. Sinceramente, não precisava saber sobre as mulheres do duque de Bewcastle. Que desagradável da parte de Justin tratá-la como se fosse um camarada, e não uma dama. O que o duque fazia não era problema dela, é claro, mesmo se ele mantivesse todo um harém de mulheres. Mas Christine não pôde evitar a lembrança do duque dizendo que, se algum dia se casasse, a esposa seria a única mulher com quem dividiria a cama pelo restante de seus dias. E por algum motivo ela acreditara nele. Mas na verdade isso não importava, não é mesmo? Jamais seria esposa dele. Estava absolutamente determinada a esse respeito, mesmo tendo sido convidada à casa do duque para que ele pudesse cortejá-la.

Então fora por *isso* que ele a convidara? Parecia totalmente inacreditável.

Christine evitou o duque por toda a manhã e sentou longe dele tanto no café da manhã quanto no almoço. No entanto, viu-se inesperadamente obrigada a tolerar a companhia dele durante a tarde. Lorde e lady Aidan anunciaram a intenção de levar suas crianças para uma caminhada ao ar livre, lorde e lady Rannulf decidiram se juntar a eles com os próprios filhos e, de repente, todo mundo resolveu sair. Todos se dispersaram para pegar os apetrechos necessários e para chamar os filhos, e concordaram em se encontrar no salão do primeiro andar. Christine ficou encantada com a perspectiva de apanhar um pouco de ar fresco e por perceber que os Bedwyns compartilhavam seu amor pela vida ao ar livre.

Ela se juntou a Audrey e a sir Lewis no salão e sorriu para todas as crianças menores, que corriam ao redor com a energia reprimida que estava prestes a ser liberada. Abraçou Pauline e Pamela, que vieram correndo cumprimentá-la antes de saírem em disparada de novo para se juntar aos companheiros da idade que elas. Justin, que estava conversando com Bertie, fez sinal de que logo se juntaria a ela. A marquesa de Rochester, que não iria com eles, desceu até o grande salão de qualquer modo para vê-los partir... e para organizar algumas coisas.

– Venho comentando com Amy sobre o belo caminho que liga o bosque ao lago, Wulfric – disse ela um tom de voz de quem nitidamente estava acostumada a comandar. – Você deve se certificar de mostrar o lugar a ela.

O duque fez uma reverência rígida para a tia e para a pobre Srta. Hutchinson, que quase se encolheu visivelmente diante da perspectiva de passar a tarde na companhia dele.

– Temo que esse passeio terá que esperar outro dia, tia – intrometeu-se a condessa de Rosthorn, enfiando o braço com firmeza no da Srta. Hutchinson e sorrindo para a marquesa e para o duque como quem pedia desculpas. – Prometi a Amy que conversaremos sobre a apresentação à rainha daqui a poucas semanas. Vou contar a ela sobre minhas experiências e lhe dar alguns conselhos, se é que vão servir de alguma coisa.

O marido da condessa, o conde com sotaque francês atraente, tinha um menininho encarapitado nos ombros – o filho deles, Jacques. Christine passara nos aposentos infantis antes de sair para a igreja e conhecera todas as crianças, incluindo os bebês.

– Ah, pobre Wulfric! – lamentou lady Alleyne. – Agora você ficou sem companhia. Talvez a Sra. Derrick se apiede de você.

Justin, que estava atravessando o salão para encontrar Christine, parou de repente, e o duque de Bewcastle se virou e inclinou a cabeça para ela.

– Senhora? – disse, e ofereceu o braço. – Aceita? Embora pareça que não lhe foi dada muita escolha.

Nem a ele, pensou Christine, relanceando um olhar pesaroso para Justin enquanto aceitava o braço do duque e saía da casa com ele. Ela tomou todo o cuidado para *não* olhar para Hermione nem Basil.

– Pelo visto as damas da minha família se uniram contra minha tia – comentou o duque. – Imagino se em meu favor ou pelo bem da Srta. Hutchinson.

– Sem dúvida para o bem da Srta. Hutchinson – retrucou Christine. – Ela está nitidamente apavorada com o senhor.

Ele relanceou um olhar de soslaio para ela, mas Christine não reagiu.

– E, é claro, foi por sua causa – voltou a falar o duque – que concordei em participar desta caminhada, de qualquer forma. No entanto, não pretendo ter crianças correndo à minha volta o tempo todo, atacando meus tímpanos com berros a cada passo. Elas estão indo com seus pais na direção dos gramados e árvores. Vamos abrir caminho para aqueles mais interessados numa caminhada vigorosa.

– Imagino – comentou Christine –, que o senhor nunca permita que sua paz seja perturbada.

– Não se eu puder evitar – concordou ele. – E normalmente eu posso. Venho ansiando por mostrar o parque à senhora. Acho que é ainda mais belo durante o verão. Mas há uma beleza revigorante nele na primavera... e o clima hoje está agradável.

– Também amo as paisagens de inverno – disse ela. – Têm a aparência de morte, mas todo o potencial de ressurreição. É possível entender todo o poder, o mistério e a glória da vida durante o inverno. E depois chega a primavera. Ah, como *adoro* a primavera! Não consigo imaginar seu parque num momento mais adorável do que agora.

Eles se desviaram por um longo gramado na lateral oeste da casa para subir pelo que deveria ser a trilha mais íngreme e então passaram por cerejeiras em flor. As crianças e seus respectivos genitores, um grupo animado e barulhento, seguiram pelo gramado.

– Acho que a senhora é uma eterna otimista, Sra. Derrick – comentou o duque. – Encontra esperança até na morte.

– A vida como um todo seria uma tragédia se não compreendermos que, na verdade, ela é indestrutível – retrucou ela.

Eles seguiram por uma trilha que subia por entre árvores que exibiam suas folhas novas e cintilantes e por arbustos mais escuros, até entrarem numa trilha mais plana que abria caminho em meio a arbustos de rododendro e árvores mais altas. Narcisos silvestres e prímulas atapetavam o solo nos espaços mais abertos. Vez ou outra um espaço entre as árvores permitia uma vista da casa mais abaixo, do parque ou da área rural ao redor. Havia um grande lago a leste da casa, cercado por árvores e com uma ilha bem no meio.

Alguns dos outros convidados também haviam resolvido seguir por aquela trilha mais árdua, mas logo ficaram para trás conforme Christine e o duque foram prosseguindo num passo firme. Ela sentiu o humor melhorar depois da chateação da noite anterior. Era verdade o que acabara de dizer. A Páscoa começava com o luto por uma morte e era melancólica por algum tempo. Mas então vinha a glória da ressurreição.

No fim de uma ladeira suave, a trilha alcançava o topo de uma elevação, onde havia sido construído um *folie* – uma bela torre em ruínas.

– É possível subir até o topo? – perguntou Christine.

– Lá de cima tem-se uma vida desimpedida por quilômetros ao redor – explicou ele. – Mas a escada lá dentro é íngreme, estreita e venta muito... também é escuro. Talvez a senhora vá preferir continuar caminhando, em vez de parar.

Christine relanceou o olhar demoradamente para ele.

– Na verdade, talvez não seja o que prefira – disse o duque. – Lembro-me de que gosta de subir em ameias de castelos antigos.

Ela riu.

Christine subiu a escadaria com cuidado, mantendo-se junto à parede mais longe do centro, onde os degraus eram mais largos, e segurando a bainha da saia para não tropeçar. Mas a vista do topo valeu a subida. Dali dava para ver como o parque de Lindsey Hall era vasto e magnífico, e como as fazendas que o cercavam eram extensas. A casa era enorme e imponente.

E com um simples sim, pensou Christine, ela poderia ter sido a senhora de tudo aquilo – e de todas as outras propriedades que o duque mencionara no último verão. E *ele* também poderia ter sido dela. Talvez ainda pudesse. Ele a *estava* cortejando?

Será que o duque não conseguia enxergar a impossibilidade de tudo aquilo?

Ele estava parado no topo da escada, olhando mais para ela do que para a vista, percebeu Christine ao voltar a atenção para o duque. Os olhos dele estavam semicerrados contra a luz do sol.

– É tudo absolutamente magnífico – comentou ela, virando-se lentamente ao redor.

– Sim, é – retrucou o duque. Mas era para ela que ele olhava.

E *ele* também era magnífico, pensou Christine. Estava imaculadamente vestido em marrom, amarelo-claro e branco, com as botas de cano alto pretas brilhando. O rosto belo e austero tornava ainda mais perfeita a imagem do aristocrata refinado e consumado. O duque sem dúvida seria o sonho de um pintor de retratos.

E então os dois estavam ali, imóveis, a poucos metros um do outro, encarando-se, ele com os olhos semicerrados, ela de olhos arregalados, sem nada para dizer.

O duque se adiantou depois de alguns momentos, apontou alguma coisa e Christine se virou para ver o que ele indicava.

– Vê aquela pequena construção entre as árvores ao norte do algo? – perguntou o duque.

Ela demorou um instante para encontrar, mas então notou um telhado arredondado, de palha. A construção de pedra abaixo também era arredondada.

– O que é? – perguntou. – Um pombal?

– Sim – confirmou ele. – Eu gostaria de mostrá-lo à senhora, mas não é muito perto daqui.

– Sou incapaz de caminhar até tão longe? – perguntou ela, rindo.

– A senhora virá? – O duque virou a cabeça para observá-la, os olhares se encontrando e se sustentando mais uma vez.

– Sim – disse Christine, e sentiu que de algum modo estava concordando com algo muito mais importante do que conseguia perceber.

O outro grupo de hóspedes estava se aproximando da torre quando eles desceram – a Sra. Pritchard e lorde Weston, lady Mowbury e Justin, Hermione e Basil. Audrey e sir Lewis vinham bem mais atrás.

– Vou sair da trilha com a Sra. Derrick – disse o duque de Bewcastle a eles. – Mas não queremos que os outros se incomodem conosco. Esta trilha acaba retornando na direção da casa e há vários lugares de descanso ao longo do caminho.

Christine e o duque caminharam em silêncio por uma curta distância, então viraram numa curva fechada à direita, para uma ladeira gramada que os levaria até as árvores que cercavam o lago. O duque voltou a oferecer o braço a ela, já que era uma colina alta, bastante íngreme, e seria difícil descer sem escorregar. Na verdade, pensou Christine, ignorando o braço oferecido, só havia um modo sensato de descer. Ela ergueu as saias acima dos tornozelos e correu.

A ladeira era mais extensa e mais íngreme do que Christine estimara. Quando chegou lá embaixo, estava quase voando. A aba da touca dobrara para trás com o vento e os cachos balançavam ao redor do rosto dela, que deu vários gritinhos. Mas como fora maravilhoso! Quando finalmente parou, Christine também percebeu que as famílias com crianças estavam se aproximando por entre as árvores – e a maior parte daquelas pessoas havia testemunhado a forma nada digna como ela descera a colina. Christine começou a rir e se virou para observar o duque de Bewcastle descendo com a maior seriedade, como se estivesse passeando pela Bond Street, em Londres.

– Que colina esplêndida para se descer rolando – gritou Christine para ele.

– Se não puder resistir à tentação, Sra. Derrick – disse o duque ao chegar aos pés da colina –, ficarei aguardando aqui enquanto a senhora sobe de novo e desce rolando. Serei um espectador.

Então se virou, as sobrancelhas erguidas, para ver crianças empolgadas chegando correndo ao terreno aberto, com os adultos atrás delas.

– Vamos subir? – berrou em sua voz infantil o jovem William Bedwyn para lorde Rannulf. – Quero subir, papai.

– Subir – exigiu o jovem Jacques ao próprio papai.

Daniel nem sequer perguntou. Subiu em disparada, deu meia-volta no meio do caminho e desceu em disparada de novo, as perninhas gorduchas rápidas o bastante apenas para garantir que ele aterrissasse em segurança nos braços de lady Freyja, antes que caísse. Ele se debateu até se libertar e subiu de novo.

A colina obviamente ia ser o lugar de brincadeiras por algum tempo. O duque de Bewcastle olhou para os sobrinhos com a expressão indecifrável de sempre antes de se virar para oferecer o braço a Christine. Porém seu movimento foi interrompido pela chegada de Pamela e Pauline, que agarraram as mãos dela, cada uma de um lado, e desataram a falar – ou melhor, gritar –, ao mesmo tempo, exigindo que Christine as observasse, embora Melanie e Bertie não estivessem muito longe. Christine riu e ficou olhando enquanto as duas saíam em disparada para se juntar à brincadeira de descer a colina correndo, até caírem. Beatrice Bedwyn foi a primeira a se machucar e começou a chorar até o pai pegá-la no colo, acomodá-la sobre os ombros e sair galopando por entre as árvores. Miranda Bedwyn, que era pouco mais do que um bebê, convenceu lorde Rannulf a subir uma pequena parte do caminho com ela e descer correndo. Ele levantou a menina soltando um rugido alto quando eles se aproximaram dos pés da colina, fazendo com que ela gritasse de satisfação e exigisse mais. Hannah Bedwyn estava andando em círculos, batendo palminhas e rindo para lorde Aidan, até que perdeu o equilíbrio e aterrissou em seu traseirinho bem acolchoado.

O barulho ao redor era ensurdecedor.

– Philip e Davy estão subindo até bem no topo – disse Pamela em alto e bom som com sua vozinha aguda enquanto agarrava novamente a mão de Christine –, e minha amiga Becky e eu queremos subir também. Venha com a gente, prima Christine.

Quando Becky pegou a outra mão dela, não ocorreu a Christine dizer não, embora houvesse acabado de descer a longa ladeira. Ela subiu com as duas meninas, parando no meio do caminho para observar os dois meninos mais velhos descendo muito depressa, sempre dando gritos de alegria descomunais.

– Querem saber – falou Christine quando elas já estavam perto do topo –, seria muito mais divertido descer rolando do que correndo.

– *Rolando*? – perguntou Becky dando risadinhas. – Como?

– Você se deita no topo da colina com as pernas bem juntas e os braços acima da cabeça – explicou Christine –, e se deixa rolar e rolar até lá embaixo. Nunca vi uma colina mais esplêndida do que esta para se descer rolando.

– Mostre para nós – exigiu Pamela.

– Vou mostrar – prometeu Christine. – Vou mostrar a vocês como se faz, mas não vou descer. Não seria nada digno para uma dama crescida, não é mesmo?

As duas meninas deram risadinhas de contentamento e Christine se juntou a elas. Mas quando estavam bem lá em cima, ela se deitou na grama para demonstrar a posição ideal para rolar.

– É muito fácil – garantiu. – Se vocês tiverem dificuldade para começar, eu darei um empurrãozinho. Mas depois que *tiverem* começado, não haverá necessidade de mais nenhuma...

A frase terminou com um grito agudo. As duas meninas começaram a rir de novo depois que quatro mãozinhas deram um empurrão em Christine, e logo ela estava rolando na ladeira. Por um instante, pensou em tentar frear, mas sabia por experiência que poderia se machucar se fizesse isso, ainda mais num declive tão íngreme; e mesmo se não se machucasse, seria tremendamente indigno ficar se debatendo em busca de apoio para diminuir a velocidade. Logo, tentar parar não era mais uma opção. Christine rolou e rolou numa velocidade alarmante, deixando escapar gritinhos no trajeto.

Quando chegou à base, seus pensamentos já não eram coerentes e seus berros haviam se transformado em risadas. Dois braços fortes a seguraram e dois olhos prateados severos a encararam. Quando os pensamentos de Christine *finalmente* ficaram coerentes, ela percebeu quem era o dono daqueles braços e olhos e se deu conta de que todos ao redor pareciam estar rindo, menos ele.

Christine escutou mais gritinhos quando as duas meninas desceram rolando logo depois dela. E então a natureza da brincadeira mudou quando todas as crianças exigiram rolar em vez de correr. Phillip e Davy já estavam subindo a colina em disparada.

– Então conseguiu realizar seu desejo, Sra. Derrick – disse o duque de Bewcastle.

– Que espetáculo animado! – comentou lorde Rannulf, sorrindo, a aparência vigorosamente bela.

– Agora estou morta de inveja – foi a vez de Freyja se manifestar. – Não faço isso há anos. Mas hoje farei. Espere por mim, Davy!

Christine passou a verificar rapidamente se suas pernas e sua cabeça estavam decentemente cobertas e se perguntava se deixara alguma relva restante na colina ou se estava tudo grudado em sua roupa. Começou a se espanar vigorosamente quando se levantou.

– Wulfric – disse lorde Aidan –, agora que a Sra. Derrick mostrou às crianças como *realmente* se divertir e apresentou um desafio a Free, por que não mostra o lago a ela?

– Farei isso, obrigada, Aidan, se a Sra. Derrick assim o desejar – respondeu o duque num tom seco. – Senhora?

– Eu gostaria, sim – aceitou Christine, rindo e aceitando o braço que ele oferecia. – Já me excedi demais para um dia.

E percebeu que o conde de Rosthorn lhe ofereceu uma piscadela.

O duque a levou por entre as árvores e logo eles se afastaram do barulho e das brincadeiras.

– Eu estava só mostrando às meninas como rolar pela colina – explicou Christine depois que o silêncio se estendeu entre eles. – Elas me *empurraram*.

Mais uma vez, ele não fez qualquer comentário.

– Deve ter sido o mais indigno dos espetáculos – comentou ela. – Seus irmãos e irmãs devem me achar a mais horrível das criaturas.

O duque também não comentou a declaração.

– O *senhor* deve estar pensando isso – acrescentou Christine.

Ela não compreendeu muito bem o que ele fez com o braço nesse momento. Mas fosse o que fosse, no instante seguinte se viu encostada ao tronco de uma árvore, com o duque de Bewcastle parado à sua frente, a expressão muito séria e perigosa. Uma das mãos dele estava apoiada no tronco, ao lado da cabeça dela.

– E a senhora se importa? – perguntou ele. – *Importa-se* com o que penso?

Era óbvio o que ele pensava. Estava furioso com ela. Achava que exibia um comportamento vulgar, nada digno de uma dama. Ela acabara de oferecer um espetáculo chocante a todos da família dele. E era uma convidada. Seu comportamento refletiria mal nele. Subitamente, Christine se lembrou dos avisos de Hermione na véspera.

– Não – respondeu Christine, embora estivesse se dando conta de que aquilo não era verdade. Ela se importava, sim.

– Foi o que pensei. – O ar dele era ártico.

– O senhor simplesmente não gosta de crianças, não é mesmo? – perguntou Christine. – Ou de qualquer coisa que lembre infância, exuberância ou pura diversão. A dignidade fria e sóbria é tudo para o senhor... *tudo*. É claro que não me importo com o que pensa de mim.

– Mas vou lhe dizer de qualquer modo – começou ele, os olhos ardendo com uma luz fria curiosa que Christine reconheceu como fúria. – Acho que a senhora foi colocada neste planeta para iluminar os outros mortais, Sra. Derrick. E acho que deve parar de presumir que me conhece e me compreende.

– Oh. – Ela aproximou a cabeça da árvore, amassando a parte de trás da touca. – Odeio quando o senhor faz isso. Logo quando acho que estamos começando uma briga saudável, o senhor me tira o chão. O que quer dizer com isso, pelo amor de Deus?

– Que a senhora não sabe nada de mim – retrucou ele.

– Estou me referindo a outra coisa que falou. Sobre eu estar aqui para iluminar.

O duque aproximou a cabeça um pouco mais, mas seus olhos ainda pareciam duas farpas de gelo ardentes... uma curiosa contradição!

– A senhora age de forma impulsiva, nada adequada a uma dama, de modo desajeitado e até vulgar – voltou a falar o duque. – Fala demais, ri demais e brilha de um modo nada refinado. Ainda assim, atrai quase todos para sua aura como uma chama atrai a mariposa. Acha que as pessoas a desprezam, que zombam da senhora e a evitam, quando na verdade o que acontece é o oposto. A senhora me disse que não se sai bem no convívio com a aristocracia. Não acredito nisso. Acho que a senhora se sai muitíssimo bem, na verdade... ou se sairia se lhe fosse permitido tal convívio. Não sei quem colocou em sua cabeça que isso não era verdade, mas é um engano. Talvez essa pessoa não seja capaz de suportar a força de sua luz, ou talvez não seja capaz de suportar a ideia de compartilhá-la com o seu mundo. Talvez essa luz tenha sido interpretada como sedução pura e simples. É isso o que *penso*, Sra. Derrick. Eu estava digerindo a maravilha que é Lindsey Hall estar viva novamente com a presença de crianças, a maior parte delas meus sobrinhos... então a senhora veio rolando pela colina em minha direção. Não *ouse* me dizer agora que não gosto de crianças, de exuberância ou de diversão.

Christine estava consideravelmente abalada. Ao mesmo tempo, sentia uma certa euforia – deixara o duque furioso! Ele estava obviamente furioso com ela. E aquela fúria transbordara. Desde que o conhecera, Christine nunca o ouvira pronunciar tantas palavras de uma só vez.

– E *o senhor* não ouse me dizer o que eu posso ou não falar – retrucou ela. – Pode ser que o senhor detenha poder total sobre seu mundo, Vossa Graça, mas eu não faço parte dele. O senhor não exerce poder algum sobre *mim*. E depois de ouvi-lo me descrevendo, ambos devemos ficar felizes com esse fato. Eu o envergonharia em todos os dias de sua vida... assim como fiz no Hyde Park, assim como fiz nesta tarde.

– Ao contrário do seu falecido marido, ou do irmão dele, ou de quem quer que a tenha convencido de que a senhora não passa de uma sedutora – continuou o duque –, acredito que eu *seria capaz* de suportar a força de sua luz, Sra. Derrick. Minha identidade não seria diminuída por isso. E a *sua* identidade não seria diminuída pelo meu poder. Certa vez a senhora me disse que eu drenaria sua alegria, mas se realmente acredita nisso, então a senhora se subestima. A alegria só pode ser drenada pela fraqueza. E, acredite, eu não sou um homem fraco.

– Que tolices o senhor está falando! – disse Christine quando ele finalmente se afastou dela e tirou a mão do tronco da árvore. – Para o senhor, as pessoas existem apenas como servos, para atender a todos os seus desejos rapidamente e para obedecer a todas as suas ordens. E o senhor as comanda com o mero erguer de um dedo ou de uma sobrancelha. É *claro* que teria que me controlar também caso eu fosse tola o bastante para me colocar sob seu poder. O senhor não conhece outra forma de se relacionar com as pessoas.

– E a senhora, Sra. Derrick – retrucou o duque, afastando-se alguns passos dela e então se virando para encará-la –, não conhece outra forma de lutar contra a atração que sente por mim que não se convencendo de que me conhece completa e absolutamente. Já concluiu, então, que não uso máscara alguma, afinal? Ou que a senhora estava certa na noite passada, quando disse que talvez eu simplesmente fosse o duque de Bewcastle até o âmago?

– Eu *não* me sinto atraída pelo senhor! – gritou Christine.

– Não? – Ele ergueu a sobrancelha e então o monóculo. – Então a senhora tem relações sexuais com todo parceiro de dança que a convida para acompanhá-lo a um lugar isolado?

Christine sentiu a fúria desabrochar. E se concentrar em um alvo.

– *Isso* – disse ela, caminhando com determinação na direção dele – é passar de todos os limites!

Ela arrancou o monóculo da mão imóvel dele, bem como a fita que o prendia ao pescoço, e jogou tudo longe com um movimento furioso.

Os dois observaram o monóculo fazer um arco bem amplo, atingir seu ponto mais alto ao passar entre duas árvores e então começar seu arco descendente... que nunca se completou. A fita ficou presa num galho alto e o monóculo balançava como um pêndulo a um quilômetro de distância do solo... ou ao menos assim pareceu a Christine.

Ela foi a primeira a falar.

– E desta vez não vou subir na árvore.

– Fico aliviado ao ouvir isso, senhora – disse o duque com o tom mais gélido que Christine já ouvira. – Eu odiaria ter que carregá-la até em casa em outro vestido arruinado.

Ela virou a cabeça para encará-lo com irritação.

– *Não* me sinto atraída pelo senhor – repetiu. – E *não* sou promíscua.

– Não acreditei que fosse – assegurou ele. – Este, na verdade, era exatamente o meu argumento.

– Imagino – atacou Christine, olhando com tristeza para o monóculo, que balançava suavemente na brisa –, que vá erguer uma sobrancelha no momento em que voltarmos para casa e logo um exército de jardineiros se apressará a vir aqui resgatar seu monóculo. Afinal, agora o senhor não poderá erguer o monóculo para eles, não é mesmo? Embora eu ouse dizer que deve haver um estoque interminável deles.

– Oito – disse o duque num tom objetivo. – Tenho oito deles... ou terei quando aquele em particular voltar ao meu poder. – Ele se afastou dela, então.

Por um momento, Christine achou que estava sendo abandonada por seu mau comportamento. Mas então percebeu que o duque se encaminhava na direção do velho carvalho para resgatar o monóculo. Ele subiu na árvore do mesmo modo que descera a colina íngreme quando caminhavam – com facilidade e elegância. Quando o duque chegou à altura necessária para alcançar o monóculo, que estava longe demais do tronco, o coração de Christine parecia prestes a sair pela boca. Ele precisou sentar-se em um galho e esticar o corpo na direção do objeto.

– Ai, meu Deus, tenha cuidado! – gritou Christine, levando as mãos à boca.

– Sempre sou cuidadoso. – Ele soltou a fita e deixou que o monóculo caísse para que Christine o aparasse. Então, ficou sentado no galho, olhando para ela. – Sempre. Com exceção, pelo visto, ao que se refere à senhora. Se eu fosse um sujeito prudente, ficaria aqui até a senhora retornar em segurança a Gloucestershire. Se eu fosse cuidadoso, teria fugido da senhora em Schofield Park como quem foge da praga. E no início deste ano eu teria me trancado dentro da Casa Bedwyn depois do casamento da Srta. Magnus até ter certeza de que a senhora estivesse a pelo menos 100 quilômetros de distância, já em seu retorno para casa. Depois de uma tentativa abortada de me casar quando eu tinha 24 anos, desisti completamente da ideia de casamento. Não procurei uma noiva desde então. Se eu *houvesse* procurado, ela certamente não teria sido a senhora. Eu teria tido muito *cuidado* para escolher com muito mais sabedoria. Na verdade, a senhora é a antítese da mulher que eu teria escolhido.

– É claro que não deseja se casar – retrucou Christine com acidez –, quando mantém duas amantes.

Tarde demais, ela percebeu que descera ao limite da vulgaridade. Mas como ele se atrevia a falar tão diretamente que ela era a antítese da mulher que ele desejaria para ser sua duquesa?

O duque a encarou do alto do galho, sombrio, ameaçador e absolutamente lindo.

– Duas – comentou. – Uma para os dias de semana e outra para os domingos? Ou uma para o campo e outra para a cidade? Ou uma para o dia e outra para a noite? Seu informante está *mal* informado, Sra. Derrick. A mulher que foi minha amante por muito tempo faleceu há mais de um ano, e não sei de mais nenhuma outra. E *certamente* perdoará minha vulgaridade por mencionar essa pessoa à senhora, já que foi a senhora quem fez referência a ela primeiro.

Há mais de um ano. Então, em Schofield Park, no último verão, ele estivera tentando substituir a amante... com *ela, Christine.*

– Fico constantemente enfurecido e encantado pela senhora – continuou o duque. – Quase sempre ao mesmo tempo. Como explicar isso?

– Não *quero* encantá-lo – gritou Christine. – Não quero nem mesmo enfurecê-lo. Não quero ser *nada* para o senhor. E o senhor não deveria nutrir sentimentos por uma mulher que tão obviamente despreza. Imagine como viria a me desprezar ainda mais caso fosse forçado a conviver comigo pelo restante de sua vida.

Ele a fulminou com seu olhar frio.

– Foi isso o que aconteceu com a senhora da última vez? – perguntou ele.

– Não é da *sua conta* o que aconteceu comigo da última vez, ou em qualquer vez – retrucou Christine. – *Eu* não sou da sua conta. Está planejando passar o dia todo sentado aí... ou vai ficar até eu ir embora para Gloucestershire? É uma grande tolice ficarmos brigando aqui quando o senhor pode cair a qualquer momento e eu posso acabar com um torcicolo.

Ele desceu da árvore sem nem mais uma palavra. Christine o observou calada também. O duque era um homem incrivelmente musculoso e viril, pensou ela, irritada. Também tinha uma presença muito perturbadora. Naquela tarde ela vira que havia mais no duque do que poder e gelo. Ela o vira furioso e frustrado. Ele dissera que ela o encantava... e o enfurecia.

Por que, pensou Christine, os opostos se atraíam? E eles eram os opostos mais extremos. Mas opostos certamente jamais progrediam além da mera atração. Eles jamais conseguiriam conviver em harmonia e felizes. Ela não ia desistir – ah, *jamais* – da própria liberdade de novo pelo mero capricho de uma atração física.

Ainda que parecesse amor.

O duque espanou o paletó e a calça enquanto Christine passava a fita do monóculo pela própria cabeça. Se ela pudesse evitar, ele não a fitaria mais através da lente naquela tarde.

– Já está muito tarde para caminharmos até o pombal hoje – disse ele. – Esse passeio terá que esperar. Deixe-me levá-la de volta pelas margens do lago... como Aidan sugeriu.

Os olhos do duque pousaram no monóculo, mas ele não fez qualquer comentário ou exigiu que Christine o devolvesse.

– Sim – concordou ela, cruzando as mãos atrás das costas. – Obrigada.

Acho que a senhora foi colocada neste planeta para iluminar os outros mortais, Sra. Derrick.

Será que algum dia ela seria capaz de esquecer a visão dele dizendo tais palavras? Palavras tão peculiares. Que a deixavam com vontade de chorar.

Ele a deixava com vontade de chorar, homem horrível.

18

Eles voltaram passeando ao longo da margem do lago. O vento cortava a água e, embora estivesse um lindo dia, era possível perceber que a primavera estava apenas começando.

Wulfric ficara abalado por ter perdido o controle com Christine Derrick. Esse era o tipo de coisa que ele nunca fazia. Mas e daí? Se apaixonar também era algo que nunca acontecia... até agora. Tinha dito a verdade a ela... ficava constantemente irritado em sua presença e também bastante encantado. Mesmo agora, estava tentado a deixá-la ir, a recuar, a reativar seu comportamento frio – de acordo com Christine Derrick, ele nunca desativava tal modo – e esquecer aquela loucura de conquistar o amor dela.

Quem já ouvira falar de uma duquesa de Bewcastle descendo uma colina rolando diante de uma enorme plateia de membros dos Bedwyns e de crianças enquanto gritava com exuberância e ria feliz? E, ao final, conseguia ostentar uma beleza tão vibrante que Wulfric quase a erguera e cobrira seu rosto de beijos?

Ele se perguntava como seus irmãos – e os Renables – teriam reagido caso tivesse feito algo assim.

Os dois seguiram caminhando em silêncio. E foi Wulfric quem rompeu o sossego por fim... ainda que meio a contragosto. Ele não sabia o que o pedido que estava prestes a fazer poderia desencadear. Não estava tão seguro assim se queria saber a resposta... *se* ela estivesse disposta a responder. Mas como poderia amá-la se não a *conhecesse*?

– Conte-me sobre seus anos de casada – pediu ele.

Christine Derrick virou o rosto na direção do lago. Wulfric abaixou os olhos e viu o monóculo dele ao redor do pescoço dela. Os minutos se passaram e ele achou que ela não fosse responder.

– Ele era louro, lindo, doce e encantador – disse Christine Derrick por fim. – Eu me apaixonei à primeira vista e, por mais incrível que possa parecer, ele se apaixonou por mim também. Nos casamos dois meses depois do nosso primeiro encontro e, durante algum tempo, pareceu que seríamos felizes para sempre. Eu amava toda a família dele, e eles também me amavam, até mesmo Basil e Hermione. Eu era louca pelos sobrinhos dele. A vida em meio à aristocracia nunca foi fácil, mas de algum modo eu era aceita, até mesmo bem-vinda... O senhor estava certo a esse respeito. Prestei minha obediência à rainha e ganhei a aprovação do comitê de senhoras do clube Almack's. Eu me achava a mulher mais sortuda do mundo.

Ela devia ter uns 20 anos na época – jovem, adorável e cheia de sonhos românticos com um belo marido e a felicidade eterna. Wulfric sentiu uma onda de ternura pela moça que ela fora. Se a houvesse conhecido na época, também teria se apaixonado?

– O que deu errado? – perguntou ele.

A Sra. Derrick deu de ombros e continuou meio encolhida, embora não tivesse reclamado do frio.

– Oscar me surpreendeu quando passei a conhecê-lo melhor. Mesmo com toda a beleza, charme, posição social e fortuna, ele era um homem muito inseguro. E se apoiava demais em mim emocionalmente. Oscar me adorava e não queria me deixar sair de suas vistas. Eu não me importava... é claro que eu não me importava. Para mim, o sol nascia e se punha nele. Mas então meu marido começou a demonstrar abertamente seu medo de me perder. Começou a me acusar de flertar com outros cavalheiros. A situação chegou a um ponto que, se eu falasse ou dançasse com outro homem, se eu até mesmo sorrisse para outro homem, ele entrava em depressão por dias. E sempre que eu saía sem ele, embora eu estivesse sempre com outra dama ou com a minha camareira, Oscar desconfiava que eu estava mantendo um caso secreto com outro homem. Ele chegou até mesmo a me acusar de... ora, não importa.

Oscar Derrick, percebeu Wulfric, fora um homem fraco e, por isso, possessivo. Ele medira o próprio valor pela quantidade de atenção que a esposa lhe dava. E quando isso não fora o bastante – como nunca poderia ter sido –, tornara-se petulante e até cruel.

– Adúltera? – sugeriu ele.

Ela inspirou lentamente. Seu rosto ainda estava voltado para o lago.

– Com o tempo, Hermione e Basil também passaram a acreditar nisso – continuou ela. – Deve ser terrível ser acusado de um pecado quando se é culpado. Quando se é inocente, é intolerável. Não, esta não é uma palavra forte o bastante. É... excruciante. Nos últimos anos do meu casamento, até a última partícula de alegria havia sido drenada de mim. E de Oscar também. Ele começou a beber muito e a apostar grandes somas no jogo. Nunca fôramos ricos, mas ele possuía uma renda confortável. Quando morreu, estava endividado de um modo que jamais o permitiria se livrar dos débitos. Não sei se eu teria conseguido sobreviver com minha sanidade intacta se não fosse por Justin. Ele era o único amigo que me restava, ao que parecia. Sempre acreditou em mim, sempre confiou em mim, sempre me consolou. Mas embora Justin tenha tentado, nunca pareceu conseguir convencer os primos de minha inocência.

Ela havia parado de caminhar e estava semicerrando os olhos para alguma ave marinha que arremessava na direção da água, perto da ilha. Foi bom para a Sra. Derrick Oscar ter morrido cedo, pensou Wulfric.

– Seu marido morreu em um acidente de caça? – perguntou Wulfric.

– Sim. – A resposta veio rapidamente.

– Uma vez a senhora me disse que fora acusada de matá-lo, embora não estivesse com seu marido no momento de sua morte.

– Oscar morreu num acidente de caça. – As palavras foram ditas com muita determinação.

O vento erguia a aba da touca e fazia voar a peliça que envolvia o corpo dela.

Wulfric pensara que talvez pudesse conhecê-la melhor depois daquela tarde. Planejara levá-la ao pombal, mas eles gastaram tempo demais na colina e depois brigando no bosque. Agora ela lhe contara certas coisas que ele desconfiava não terem sido reveladas à maioria das pessoas, mas era óbvio que ainda guardava algum segredo no que dizia respeito à morte do marido. Wulfric estava um tanto desapontado. E se deu conta de que quisera ser amigo dela. E quisera que ela fosse amiga dele.

Tolo! Nunca inspirara amizade verdadeira nas pessoas.

Ele desacelerou o passo então, e começou a subir o declive suave que levava para longe do lago e de volta às árvores que davam na casa.

– Ele foi morto em um duelo – disse ela rapidamente.

Wulfric parou de repente, mas não disse nada.

– Estávamos em Winwood Abbey – contou Christine Derrick, os punhos cerrados junto ao corpo, notou ele assim que a fitou. Ela se virou para encará-lo. – Hermione e Basil estavam passando alguns dias fora e Oscar tinha saído para jogar cartas com um vizinho. Outro vizinho apareceu para visitá-lo em nossa casa enquanto Oscar estava fora, um cavalheiro jovem e solteiro. Ele e Oscar eram amigos desde a infância. Eu o recebi do lado de fora da casa e ele não quis entrar porque Oscar não estava. Então saí caminhando com ele, já que eu estava de saída mesmo para me exercitar um pouco e ele estava a pé. Aí encontramos Justin, que aparecia com frequência para se hospedar conosco por alguns dias. Ele também conhecia o Sr. Boothby. Justin desmontou de seu cavalo e nós três ficamos conversando por um bom tempo, imagino. Quando Justin se acomodou em sua montaria para ir embora e eu estava acenando em despedida para o Sr. Boothby, Oscar apareceu a cavalo. Ainda consigo me lembrar do Sr. Boothby chamando-o, rindo... *Aí está você, Derrick*, disse ele. *Tem negligenciado sua esposa e por isso passei a última hora ocupado a entretê-la. Seu primo chegou e nos flagrou juntos. Agora chega você.*

– Ah... – comentou Wulfric. – Não é uma brincadeira inteligente para se fazer com qualquer marido. Mas certamente desastrosa quando se trata de um marido *ciumento*.

– Oscar não acreditou em meus protestos de inocência, ou na garantia de Justin de que ele fora meu acompanhante durante quase o tempo todo – falou Christine. – Naquela mesma noite, Oscar foi a cavalo até a casa do Sr. Boothby, arrastando o pobre Justin consigo, e desafiou o camarada para uma contenda. Na manhã seguinte, eles duelaram com pistolas. Foi horrível, terrível. – Ela estremeceu. – O Sr. Boothby disse que mirou na perna de Oscar e de fato atirou naquela direção. Mas atingiu uma artéria e Oscar sangrou até a morte, já que eles não haviam tomado a precaução de deixar um médico de prontidão. Hermione e Basil chegaram em casa no momento em que o corpo de Oscar estava sendo carregado para dentro. Eles... – Mas ela acenou subitamente e deu as costas a Wulfric. – Lamento. Não consigo mais...

Obviamente estava lutando contra as lágrimas e contra as lembranças.

– Eles também não acreditaram na senhora? – disse Wulfric após algum tempo.

Ela balançou a cabeça, negando.

– Ele estava tão lindo... tão em paz. Eu...

Mas não conseguiu continuar.

A vontade dizia a Wulfric para tomá-la nos braços. O instinto o alertava de que ela provavelmente precisava ficar sozinha. Se Oscar Derrick ainda estivesse vivo, Wulfric ficaria muito tentado a meter um pouco de bom senso na cabeça do homem à base de pancadas, pensou.

– Já contou essa história a alguém? – perguntou ele.

Christine voltou a balançar a cabeça, negando.

– Ficou combinado que todos diríamos que havia sido um acidente de caça – disse ela. – Desse modo o Sr. Boothby evitava qualquer problema com a lei e nós evitávamos nos desgraçarmos.

– Mas a senhora era inocente.

– Sim. – Ela olhou para ele, então. – Não consigo acreditar que contei isso ao senhor, entre todas as pessoas. Mas o senhor não faz ideia do quanto venho ansiando para desabafar com *alguém*.

Wulfric a encarou de volta. Talvez ele até fosse capaz de compreender a reação de Oscar Derrick aos eventos. O homem fora um tolo ciumento, e sem dúvida ainda mais enfraquecido pelo excesso de bebida e pelas dívidas desastrosas. Já o papel que os Elricks tinham naquela história, era mais difícil entender. Eles pareciam pessoas sensatas. Mas, é claro, Derrick era irmão de Elrick. Nem sempre conseguimos enxergar acontecimentos ou pessoas de forma objetiva quando nosso irmão está envolvido. É como dizem: nenhum vínculo é mais forte que o sangue.

– Obrigado – disse Wulfric por fim, com a estranha sensação de ter recebido um presente por ela ter lhe contado a verdadeira história. – Obrigado por me contar. Pode confiar na minha discrição.

– Sim, eu sei.

Ela se aproximou dele, as mãos ainda às costas, o monóculo dele pendurado pelo fitilho ao redor do pescoço. Os dois seguiram de volta para a casa, lado a lado e em silêncio.

Nunca se envolva emocionalmente com qualquer outra pessoa.

Nunca busque saber ou partilhar das emoções de outra pessoa.

Permaneça altivo.

Lide com os fatos.

Sempre busque um curso de ação racional em qualquer situação, evitando agir por impulso ou dominado pela emoção.

Aquelas eram as regras instiladas em Wulfric pelos dois tutores que o pai contratara para orientá-lo quando ele tinha 12 anos. E em algum momento ele acabara absorvendo e seguindo as regras, tornando-as dele, vivendo de acordo com elas sem questioná-las conscientemente. Altivez e racionalidade haviam se tornado sua segunda natureza.

E agora havia acabado de quebrar as regras. Adentrara na vida emocional de outra pessoa. E – que Deus o ajudasse – estava muito envolvido emocionalmente com ela.

– Ela jogou o monóculo dele no alto de uma árvore, estou lhe dizendo. – Alleyne se deitou de costas na cama de Aidan e Eve, cobriu os olhos com as costas da mão e deixou escapar uma risada. – Deve ter sido ela. Wulf com certeza nunca teria jogado o monóculo ali, e a coisa não foi parar em cima da árvore sozinha. Eles definitivamente estavam brigando.

– Ah, eu gosto dela – disse Morgan, encarapitada na beira da cama, e levou as mãos ao peito. – Ela é mesmo das nossas, não é?

Todos haviam se reunido no quarto de Aidan depois de devolverem as crianças aos aposentos infantis, pois Alleyne, depois de voltar galopando pelo bosque com Beatrice, dissera ter algo de grande importância para contar a eles.

– Não consigo imaginar ninguém cometendo a temeridade de sequer tocar no monóculo de Wulfric, quanto mais arrancá-lo dele e jogá-lo longe – comentou Gervase, gargalhando. – Isso é maravilhosamente divertido.

– E ele a fez subir na árvore para pegar o monóculo? – perguntou Joshua. – Lady Renable me contou, no começo de nossa caminhada, que no ano passado a Sra. Derrick subiu numa árvore no pátio de uma igreja e deixou metade do vestido para trás quando pulou de volta para o chão... à plena vista da maior parte dos convidados de Schofield. Foi Wulfric quem a resgatou.

– Gosto cada vez mais dela – declarou Freyja. – Quando a vi descer rolando aquela colina, soube que era a mulher certa para Wulf. Ela *subiu* na árvore para pegar o monóculo, Alleyne? *Por favor,* pode responder quando conseguir parar de gargalhar.

– Não, ela não subiu – esclareceu Alleyne. – Wulf subiu... e ficou sentado num galho, olhando para baixo com irritação enquanto os dois retomavam a discussão.

Mas a imagem mental do irmão mais velho subindo numa árvore para resgatar seu monóculo e então se acomodando no galho para continuar uma discussão foi demais para os Bedwyns e seus cônjuges. Todos passaram os minutos seguintes tendo convulsões de riso.

– Não ouvi a conversa deles – garantiu Alleyne quando eles já haviam se recuperado um pouco. – Não teria sido de bom gosto e acredito que Bea não teria cooperado. Tudo o que ouvi de fato foi Wulf dizendo que ela era o exato oposto de qualquer mulher que ele escolheria e a Sra. Derrick retrucando com o máximo do sarcasmo que é claro que ele não pensaria em se casar quando tinha duas amantes.

O quarto se manteve em silêncio por uma fração de segundos, então todos começaram a rir de novo.

– Estimado Wulfric – disse Rachel, secando os olhos com um lenço. – Deve estar mesmo apaixonado se acabou se permitindo ser tão terrivelmente descortês.

Os homens acharam a ideia de Wulfric estar apaixonado mais risível ainda, mas as damas claramente concordavam com Rachel.

– Eu simplesmente preciso tê-la como cunhada – declarou Freyja. – Não aceitarei ser frustrada em meu desejo.

– Pobre Wulfric – disse Joshua. – Ele não vai ter chance, o queridinho.

– Pobre tia Rochester! – falou Rannulf com um sorriso. – Está tão determinada a empurrar Wulf para a sobrinha de Rochester que mal consegue enxergar um palmo adiante... O que é uma distância considerável para um Bedwyn genuíno.

– Vamos descer para o salão de visitas para o chá – sugeriu Eve –, ou vão nos achar antissociais... E a pobre Amy acabará em um sofá qualquer num *tête-à-tête* com Wulfric.

– Precisamos nos esforçar para garantir que ele e a Sra. Derrick sejam deixados juntos com mais frequência – comentou Judith.

– Acredito que eles certamente podem cuidar disso sozinhos, Jude – falou Alleyne, sentando-se na cama.

– Não tenha tanta certeza assim – retrucou ela. – Eles não teriam ficado a sós esta tarde se Morgan não tivesse demonstrado a presença de espírito de dizer que combinara de conversar com Amy sobre a apresentação à rainha. E se eles não houvessem ficado juntos, não teriam tido a oportunidade de brigar.

– O que, de acordo com a lógica feminina, é uma boa coisa? – perguntou Rannulf, sorrindo com carinho para a esposa.

– Se eu um dia pensasse que chegaria a fazer parte de uma conspiração para casar Wulfric, teria atirado em mim mesmo no campo de batalha e acusado os franceses – disse Aidan muito sério, abrindo a porta para que todos saíssem.

Mas é claro que foram os Bedwyns a persuadir Christine, apesar de todos os protestos dela, de sair para cavalgar com eles na manhã seguinte. Como alguns dos outros hóspedes também iriam, eles confiavam que o senso de dever de Wulfric como anfitrião o impeliria a acompanhá-los.

Christine não deveria ter permitido que a convencessem a fazer aquilo, pensou enquanto apoiava o pé na mão em concha de lorde Aidan e aceitava sua ajuda para subir na cela.

Todos os Bedwyns, sem exceção, pareciam cavalgar com a mesma naturalidade com que caminhavam. O mesmo podia ser dito sobre a Srta. Hutchinson. E Christine sabia que Melanie, Bertie e Justin também eram excelentes em cima de um cavalo.

Não era o caso dela.

Em primeiro lugar, ela nem sequer tinha roupas de montaria, por isso colocou um vestido de passeio verde-escuro e um chapéu. Em segundo lugar, havia se humilhado pedindo na frente de todos que lhe dessem o cavalo mais tranquilo dos estábulos – qualquer animal preguiçoso e meio cego seria perfeito, dissera a lorde Aidan, que estava escolhendo as montarias. E, para culminar, uma vez em cima da sela, sentada de lado, permaneceu com o corpo rígido, determinada a não cair. Ficou agarrada às rédeas como se fossem a única coisa capaz de mantê-la em segurança acima do chão, embora soubesse que de qualquer modo não a salvariam. Naturalmente, a montaria dela, que não era preguiçosa nem cega, mas que lorde Aidan lhe assegurara ser o mais dócil que um cavalo poderia ser, mostrou-se arisca desde o primeiro momento.

Christine compreendia tudo isso, mas parecia impotente para corrigir qualquer um de seus problemas. E não ajudava o fato de ela estar há quase três anos sem cavalgar – o trajeto, ensopada, do lago Serpentine até a casa de Bertie em Londres não contava.

Os Bedwyns e seus cônjuges pareciam encantados de qualquer modo. Gritavam cumprimentos, conselhos e palavras de incentivo, e riam quando ela ria. Saíram do pátio do estábulo num grupo constrito que, por alguns momentos, deu a Christine a ilusão de segurança.

Então eles a abandonaram.

Uma parte do grupo arrastou a Srta. Hutchinson para o meio deles, embora a marquesa de Rochester houvesse recomendado que a jovem ficasse aos cuidados do duque. Outra parte do grupo levou consigo Melanie e Bertie, Audrey e sir Lewis, e Justin.

A única pessoa que restou para cavalgar com Christine foi o duque de Bewcastle. E a recíproca também era verdadeira, é claro.

Christine sentiu-se mais constrangida do que nunca na companhia dele. Ainda não conseguia acreditar que revelara a ele a verdadeira história de seu casamento e da morte de Oscar. Nunca contara nenhuma daquelas coisas nem para Eleanor, a irmã de quem era mais próxima. Sentira-se estranhamente reconfortada depois de falar com ele, embora o duque não tivesse oferecido palavras de consolo. Mas quando a manhã chegou, sentiu-se apenas constrangida... e um pouco deprimida. O duque não oferecera palavras de conforto. É claro que não. Provavelmente sentia desprezo, embora houvesse agradecido a Christine por lhe confiar a história. O duque mantivera distância dela durante toda a noite, na véspera, e naquela manhã não lhe dirigira uma palavra durante o café.

– Se quisermos alcançar os outros e chegar a Alvesley antes de escurecer – estava dizendo ele a ela, agora –, é melhor fazer este seu cavalo andar em vez de dançar, Sra. Derrick.

Agora que o cavalo havia sido abandonado pelo grupo, era exatamente aquilo que estava fazendo... dançando no lugar.

Christine riu, embora de certo modo estivesse aflita.

– Precisamos nos conhecer melhor – disse. – Dê-me um momento.

– Trixie – adiantou-se ele –, esta é a Sra. Derrick. Sra. Derrick, esta é Trixie.

– Fico encantada em saber que lhe inspiro tais arroubos de humor – retrucou Christine. Ela segurou a rédea direita com mais força e Trixie dançou obedientemente num círculo completo.

– Relaxe – orientou o duque. – Relaxe seu corpo... ela consegue sentir sua tensão e isso a deixa nervosa. E relaxe suas mãos. Ela é mais uma seguidora do que uma líder. Vai seguir Noble se deixá-la por conta própria.

Parecia tão simples... *Relaxe*. E, por mais incrível que parecesse, quando Christine tentou fazer o que ele dizia, funcionou, e Trixie seguiu obedientemente atrás do garanhão negro em que o duque estava montado.

– Agora é só torcer para que não surja de repente nenhuma sebe diante de nós. Imagino que Noble a saltaria e, já que Trixie é uma seguidora, saltaria atrás dele. Temo que eu acabe sendo deixada para trás, do outro lado da sebe.

– Prometo voltar para resgatá-la – garantiu o duque.

Christine riu e ele a encarou com olhos fixos e inescrutáveis.

– Conte-me sobre Alvesley Park e sobre as pessoas de lá – pediu Christine. Já tinha ficado sabendo que era para lá que eles estavam se dirigindo. – É a casa do conde de Redfield?

– É – respondeu o duque.

Christine achou que aquilo era tudo o que ele iria dizer e estava determinada a não se incomodar em tentar estabelecer uma conversa mais profunda enquanto seguiam a cavalo. Se o duque estava satisfeito com o silêncio, então ela também estava.

Mas aí ele continuou a falar e contou a ela sobre os três filhos do conde, sendo que o primogênito deles havia falecido alguns anos antes, enquanto o caçula era o capataz em sua propriedade no País de Gales. O rapaz fora terrivelmente mutilado na Guerra da Península e aparentemente estava determinado a provar que não era um inútil. Kit Butler, que era o visconde de Ravensberg e filho do meio, agora era o herdeiro do conde de Redfield e morava em Alvesley com a esposa e os filhos.

– As famílias de vocês sempre foram próximas? – perguntou Christine.

– Na maior parte do tempo – explicou ele. – Os filhos de Redfield, meus irmãos e Freyja sempre foram companheiros de brincadeiras... Morgan também, quando ficou maiorzinha.

– Mas não o senhor.

– Por algum tempo. – Ele deu de ombros. – Acabei ficando maduro demais para eles.

As palavras foram ditas de forma fria e desdenhosa. Será que aquele homem nunca conhecera alegria nas relações humanas, nem quando criança? Como ela poderia sequer ter imaginado estar apaixonada por ele? Como poderia ter feito confidências a ele na véspera? E *brigado* com ele? Christine quase se esquecera da briga. Ele não fora nem um pouco frio na hora da contenda. Ah, e revelou uma complexidade tão desafiadora...

– O senhor disse *na maior parte do tempo* – disse Christine. – Houve alguns desacordos, então?

E então o duque lhe contou uma história extraordinária sobre o plano dele e do conde de Redfield de combinar um casamento entre lady Freyja e o filho mais velho do conde, um plano que funcionara tranquilamente até Kit voltar da guerra num verão e ele e lady Freyja se apaixonarem. No entanto ela renunciara a Kit e anunciara o noivado com o irmão dele, de qualquer modo, e Kit voltara para a Guerra da Península, mas só depois de uma terrível troca de socos com lorde Rannulf no gramado de Lindsey Hall, certa noite. Aí, três anos depois, após a morte do primogênito, o duque e o conde tentaram combinar a união entre lady Freyja e Kit, presumindo que seria a vontade de ambos. No entanto, quando Kit voltou para casa, naquele verão, presumivelmente para as celebrações de noivado, trouxe consigo a atual lady Ravensberg, como sua noiva.

– Oh... – disse Christine. – E lady Freyja ficou muito aborrecida?

– Ficou furiosa – contou o duque. – Se ficou aborrecida, não admitiu. Mas para dizer a verdade, nenhum de nós ficou satisfeito com Kit... e deixamos isso claro, daquele nosso jeito bastante peculiar, tanto para ele quanto a dama escolhida. Mas agora as mágoas estão superadas. Freyja chegou até mesmo a se entender com lady Ravensberg depois de conhecer Joshua.

Era uma história complicada e, de forma alguma, o tipo de revelação que ele teria oferecido a ela no ano anterior, percebeu Christine, lembrando-se de como ele falara sobre suas propriedades e sobre sua família sem acrescentar qualquer detalhe desnecessário ou qualquer emoção. Agora, ele estava tentando se abrir com ela como ela fizera com ele na véspera, percebeu Christine. Estava tentando estabelecer alguma espécie de relacionamento. Estava, de certo modo, cortejando-a.

O duque falou durante todo o caminho para Alvesley, com pouquíssimas intervenções de Christine aqui e ali. Ele chegou até mesmo a contar coisas que ela não perguntara. Falou um pouco sobre a corte que levou aos casamentos de todos os seus irmãos e sobre os terríveis meses do verão de 1815, quando todos acreditaram que lorde Alleyne estivesse morto, perecido na Batalha de Waterloo, no meio da qual se vira quando fora entregar uma carta do embaixador britânico ao duque de Wellington. Na época, lorde Alleyne trabalhava na embaixada.

– Então – continuou o duque, encerrando a história –, quando chegamos a Lindsey Hall, vindo da igreja, depois da celebração do casamento de Morgan, lá estava ele, parado no terraço, esperando por nós.

Christine sentiu a garganta apertada de emoção.

– Deve ter sido um momento incrível, maravilhoso – comentou ela.

– Sim – disse ele num tom contido. – Alleyne caíra do cavalo depois de ser atingido por um tiro na perna, em Waterloo, e batera a cabeça com tanta força que é espantoso que tenha sobrevivido. Ficou desmemoriado por alguns meses. Foi Rachel que o encontrou e cuidou dele até que estivesse curado.

Christine fitou o duque enquanto Trixie acompanhava o cavalo dele mansamente. E percebeu algo nele que não tinha certeza se queria mesmo saber. Apesar da contenção do tom com que contara aquilo e da severidade de sempre em sua expressão, o duque estava revivendo uma situação que lhe causara profundo impacto emocional.

Então... lá estava ele, parado no terraço, esperando por nós.

Será que o duque tinha noção de como se traíra com apenas aquelas palavras cruas?

Christine piscou com força e virou a cabeça para olhar para a frente. Como explicaria as lágrimas se o duque reparasse nelas?

Pouco depois daquilo, eles chegaram a Alvesley, outra grande mansão, e o duque ajudou Christine a desmontar, entregou os cavalos aos cuidados do cavalariço e a acompanhou até onde estavam os outros, já dentro de casa. Foi um grande alívio não estar mais a sós com o duque. Ele estava começando a perturbar algumas das opiniões firmemente preconcebidas dela e Christine não queria que isso acontecesse. Queria sua vidinha estável de volta. Mais do que isso, queria recuperar sua segurança sem arrependimentos, sem qualquer dúvida de que aquela era sua escolha tanto com a cabeça quanto com o coração.

Para alguém que ficara tão relutante em se misturar aos membros da sociedade em Schofield Park no ano anterior e ainda mais relutante em se misturar à sociedade londrina depois do casamento de Audrey no início da primavera, lamentou Christine ao longo da hora seguinte, ela realmente permitira que seu controle sobre seu mundo lhe escapasse de forma alarmante. Primeiro todos os Bedwyns, e agora isso.

Depois de ser apresentada ao conde e à condessa de Redfield e ao visconde e à viscondessa de Ravensberg – nos quais Christine reparou com certo interesse depois da história que acabara de ouvir –, ela tivera que ser apresentada a todos os convidados da casa, e não havia ninguém entre eles sem um título: conde e condessa de Kilbourne, duque e duquesa de Portfrey, lady Muir, conde e condessa de Sutton, marquês de Attingsborough, e visconde de Whitleaf, todos parentes da viscondessa de Ravensberg.

Foi realmente avassalador. Mas por sorte havia tantas pessoas naquela reunião e tantas vozes tentando falar ao mesmo tempo que Christine pôde escapulir para um assento junto da janela do salão de visitas que a deixava relativamente imperceptível e resgatar a intenção que já vinha acalentando havia algum tempo de ser uma espectadora satisfeita da humanidade, em vez de uma participante de seus entretenimentos.

O duque de Bewcastle juntou-se a um grupo onde estavam o duque de Portfrey e Bertie, e logo estava imerso na conversa com eles. Era estranho como ele parecia o mais aristocrático se comparado a qualquer outra pessoa – e também o mais belo. O que era um pensamento bastante tolo, na verdade, quando Christine já admitira para si que lorde Alleyne era o mais bem-apessoado dos irmãos Bedwyn e quando o visconde de Whitleaf era um rapaz muito bonito, com olhos violeta devastadoramente atraentes – cujo efeito ele agora demonstrava em Amy Hutchinson. E o marquês de Attingsborough, alto, moreno, belo e charmoso, era interessante o bastante para fazer qualquer mulher ficar desconcertada. Isso sem mencionar o conde de Kilbourne e o visconde de Ravensberg...

– Divagando, Chrissie? – perguntou Justin, acomodando-se ao lado dela. – Lamento tê-la abandonado à própria sorte com Bewcastle no caminho para cá. Pareceu que não tive escolha. É melhor eu me esforçar mais no caminho de volta.

Ela sorriu para o amigo. Na noite anterior, ele lhe prometera que ficaria ao lado dela sempre que possível e que a protegeria do que tinha certeza serem investidas indesejadas do duque. Christine não o contradisse. Mas também não concordou com ele.

Ela dormira com o monóculo dele sobre o travesseiro ao seu lado – isto é, o monóculo do duque –, para não se esquecer de devolvê-lo na manhã seguinte. Aliás, ainda sentia o monóculo naquele momento, pesando no bolso do vestido.

– Não me importei – disse Christine. – Soube de coisas muito interessantes sobre a família do duque. São pessoas realmente agradáveis, não é verdade, Justin?

– *Agradáveis*? – Ele riu. – Se você gosta de pessoas arrogantes e controladoras, Chrissie, sim, acho que são. E se gosta de saber que de vez em quando se reúnem para rir de nós. Eu os *ouvi* ontem depois daquela caminhada... estavam todos juntos em um quarto. Eles não gostam do seu comportamento, posso lhe assegurar. Mas não se preocupe com isso. – Justin deu um tapinha carinhoso na mão dela. – *Eu* gosto, embora não tenha testemunhado sua performance na colina. E gosto de *você*. Vou a Schofield no verão, assim que a temporada social terminar. Vamos passar um tempinho juntos, você e eu. Vamos dar longas caminhadas, passear de carruagem e rir do mundo elegante.

Por que, se perguntava Christine, ela não fora capaz de se apaixonar por alguém seguro como Justin, nove anos e meio atrás... ou um ano antes? Também não acreditava que ele já houvesse sido apaixonado por ela, apesar do que Hermione dissera há algumas noites, e embora ele já tivesse lhe proposta casamento, mas mesmo assim...

– Sra. Derrick.

Christine levantou os olhos, surpresa, e viu que era observada por lady Sutton, uma jovem que dava a impressão de ser muito altiva.

– Não foi a senhora que causou grande comoção ao cair no Serpentine algumas semanas atrás?

– Ah, Deus. – Christine sentiu o rosto ruborizar quando todos no salão se voltaram para olhá-la, embora apenas um instante antes houvesse vários grupos de conversa em pleno andamento. – Lamento que seja meu esse mérito duvidoso.

O marquês de Hallmere riu.

– Ela se adiantou para pegar uma luva que uma certa, hum, *dama* deixara cair na água – comentou ele –, e acabou caindo. Lorde Powell a pescou, mas foi Bewcastle quem bancou o cavaleiro errante e a envolveu em seu casaco, levando-a para casa em seu cavalo.

– A história se espalhou por toda Londres em uma questão de horas, como bem se pode imaginar – acrescentou lady Rosthorn, subitamente soando tão arrogante quanto o irmão mais velho. – Todos deram uma bela gargalhada e ficaram encantados com uma certa dama que pusera a própria segurança em risco por motivo tão banal.

– Ficamos extremamente decepcionados – foi a vez de lady Hallmere falar, também parecendo formidável –, assim como muitas outras pessoas, por a Sra. Derrick ter desaparecido da cidade logo depois. Ela teria sido disputada para vários eventos. Mas tivemos a sorte de conhecê-la aqui, como uma das convidadas de Wulfric para passar a Páscoa em Lindsey Hall.

– E ontem – disse lorde Hallmere, abrindo um belo sorriso –, todos tivemos o privilégio de testemunhar a forma pouco convencional e exuberante de levar a vida da Sra. Derrick, quando ela desceu rolando uma colina para divertir nossas crianças... então todos quiseram imitá-la, é claro.

– Inclusive Free – acrescentou lorde Rannulf.

– Santo Deus – murmurou lorde Sutton.

– Todas as crianças a adoram – foi a vez de lady Aidan falar. – Elas se aglomeraram ao redor da Sra. Derrick nos aposentos infantis antes do café desta manhã.

– Posso imaginar – disse a adorável viscondessa de Ravensberg com um sorriso caloroso para Christine. – As crianças sempre escolhem as pessoas certas para amar. Tem muito contato com crianças, Sra. Derrick? Tem filhos?

Na verdade, percebeu Christine enquanto balbuciava uma resposta, todas aquelas pessoas a estavam *defendendo* do inegável veneno da condessa de Sutton. O duque de Bewcastle não dissera palavra, mas dirigira um de seus olhares gelados para a condessa e levara ao olho o monóculo – um dos sete que lhe restavam.

Durante a hora restante da visita, Christine foi forçada a abandonar seu papel de espectadora. Viu-se convidada a participar de várias conversas e, de algum modo, se flagrou sentada com o marquês de Attingsborough em vez de Justin. E que cavalheiro encantador era ele, também... Foi o marquês que a acompanhou até a porta no momento da partida e que a auxiliou a montar Trixie, que agora encarava Christine com uma expressão de paciência resignada, e se comportou com uma docilidade magnífica depois que Christine já estava sobre a sela, sentindo o corpo e as mãos bastante relaxados.

– Sra. Derrick – disse o marquês antes de recuar –, posso ter a esperança de que guardará uma dança para mim no baile de Lindsey Hall? A primeira, talvez?

– Obrigada. – Ela sorriu para ele. – Farei isso.

Christine notou que Justin estava junto ao duque de Bewcastle e engatara uma conversa. Sem dúvida estava mantendo a promessa de defendê-la o máximo possível da companhia do duque. Às vezes, pensou Christine, de forma desleal – e pela primeira vez desde que o conhecera – Justin conseguia ser bastante cansativo.

Mas ela não precisou temer pelo comportamento de Trixie sem a influência firme e dominante de Noble. Lorde Aidan se postou ao lado dela e Christine, ao se lembrar de que ele fora coronel da cavalaria, sentiu-se o mais segura possível, claro, levando-se em consideração que estava sentada de lado sobre uma sela, em cima de um cavalo e a uma distância que parecia muito longe do chão.

19

Embora Justin Magnus fosse irmão de Mowbury e Wulfric sentisse o maior respeito pelo amigo, que passara aquela manhã se deleitando com a oportunidade de perambular pela biblioteca de Lindsey Hall, ele jamais sentira qualquer afinidade com o rapaz. Wulfric chegou a se perguntar com considerável aversão se o ciúme poderia ser parcialmente responsável por aquela antipatia, já que Magnus obviamente era amigo íntimo da Sra. Derrick.

Mas passara metade da noite acordado, pensando. Então levantara-se muito cedo e saíra para uma cavalgada vigorosa a fim de pensar um pouco mais. E como ainda era cedo quando voltara para casa, sentou-se em sua biblioteca, ainda refletindo.

Na verdade, fora Wulfric quem manobrara Magnus para que voltasse ao lado dele para Lindsey Hall, embora o rapaz provavelmente tivesse achado ter sido o contrário.

– Attingsborough está se demorando em suas despedidas – comentou Wulfric com frieza. – Ele deveria ter encontrado tempo no salão de visitas para dizer tudo o que precisava dizer.

Wulfric se perguntou se aquelas poucas palavras seriam uma isca boa o bastante. Se não fossem, então estaria condenado a uma tediosa viagem de volta, já que os irmãos se mostraram tão ansiosos para fazê-lo acompanhar a Sra. Derrick quanto haviam estado na ida. E não poderia ser pelo bem de Amy Hutchinson, já que tia Rochester não estava ali para tentar forçá-lo a dar atenção à jovem. Os irmãos dele estavam agindo como *casamenteiros*, santo Deus.

– Attingsborough tem sido um dos mais notórios libertinos de Londres por anos – comentou Magnus com satisfação enquanto cavalgava ao lado de Wulfric, um pouco afastados do restante do grupo.

Era a primeira vez que Wulfric ouvia aquilo. Attingsborough sem dúvida fora um dos grandes partidos no mercado ao longo dos últimos anos, e era pouco provável que vivesse como um monge. Mas um libertino?

No entanto ele não fez nenhum comentário senão um grunhido nada comprometedor. E esperou para ver o que viria a seguir.

– Mas seria injusto acusar Chrissie de flertar com ele – disse Magnus. – Por mais que ela tenha sido casada e possua alguma experiência de convívio com a aristocracia, na verdade não é páreo para alguém como Attingsborough, não é mesmo? E acho que é natural que ele a escolha, já que lady Muir é prima dele, Whitleaf estava monopolizando a Srta. Hutchinson e não havia *nenhuma* outra dama não comprometida. Além do mais, Chrissie é muito bonita e muito mais encantadora do que se dá conta.

– É verdade – retrucou Wulfric, soando entediado.

– Imagino que você esteja aborrecido com ela por dar tanta atenção a ele – continuou Magnus. – É impossível não perceber... se me perdoa por comentar... que você a admira. Não o culpo por ficar um pouco irritado. Mas Chrissie é minha amiga mais querida e devo falar em sua defesa. Você não deve culpá-la porque homens como Kitredge e Attingsborough também a desejam. Não é culpa dela. Chrissie sempre causou tal efeito sobre os homens. Ela não consegue evitar. Oscar a fez terrivelmente infeliz acusando-a durante toda a vida matrimonial de flertar e até mesmo de ir além do flerte. Hermione e Basil a acusam do mesmo. E, é claro, houve toda a ocultação do verdadeiro motivo da morte de Oscar, da qual eles também a culpam. *Não* foi culpa dela. Só quero me certificar de que você compreenda isso.

– Parece-me que você repete muito isso – comentou Wulfric friamente. – Pela minha experiência, normalmente onde há fumaça, há fogo.

Magnus suspirou.

– O que espera que eu diga? – perguntou. – Chrissie é minha amiga. E é claro que é inocente. Eu a defenderia até o meu último suspiro. Mesmo que tivessem havido centenas de exemplos desde que a conheço, em vez de apenas dezenas, eu teria acreditado nela em todas as vezes. É isso que os amigos fazem.

Wulfric, que optara pelo caminho mais seguro para Alvesley por causa da Sra. Derrick, que não era uma boa amazona, não teve as mesmas inibições no trajeto de volta. Eles estavam trotando através de um campo e poderiam ter se desviado ligeiramente para passar por um portão aberto, mas Wulfric não saiu da trilha. Esporeou o cavalo para que o bicho seguisse em frente e tomou a parte mais alta e mais densa da sebe. Noble saltou com pelo menos 30 centímetros de folga. Wulfric cerrou os dentes e esperou que o outro homem também saltasse a sebe e se juntasse a ele.

– Santo Deus – comentou Magnus com uma risada –, já tem um tempinho que não faço nada tão temerário.

– Acredito que *você* está apaixonado pela Sra. Derrick – disse Wulfric, a voz dura, os olhos frios pousados no sujeito. – Acredito que diria qualquer coisa em defesa dela. Acredito que cometeria até perjúrio se fosse necessário.

Justin Magnus cavalgou em silêncio por algum tempo.

– A confiança é tão essencial para a amizade quanto para o amor, veja só – disse, por fim. – Confio em Chrissie. Sempre confiei e sempre confiarei. Se você a ama, Bewcastle, ou está envolvido com ela de alguma forma, então também confiará nela... mesmo se parecer que ela foi indiscreta. Você é um homem do mundo. Oscar não era, e também não era forte. Queria Chrissie toda para ele. *Não* que ela fosse realmente *fazer* algo indiscreto. Não estou dizendo isso... muito pelo contrário, na verdade. Chrissie é um exemplo de honra. Mas às vezes parece o contrário... como aconteceu na véspera da morte de Oscar, quando ela ficou a sós com um homem em Winwood Abbey por uma hora, sem nenhum acompanhante. Tentei servir de álibi para ela porque *confiei* em Chrissie quando ela disse que nada acontecera. Mas mesmo assim, ela foi indiscreta, você entende... *inocentemente* indiscreta. Mas estou falando demais. Você não estaria interessado nesse incidente em particular.

– Exatamente – concordou Wulfric.

– Prometi manter você longe dela o máximo que eu puder – confessou Magnus com um sorriso franco e pesaroso. – Por isso estou cavalgando ao seu lado agora. Acredito que Chrissie esteja tentada ante a ideia de se tornar duquesa... assim como deve estar ante a chance de ser condessa de Kitredge. Afinal, seria um feito e tanto para a filha de um professor, não é mesmo? Mas ao mesmo tempo, veja, ela tem medo de você... medo de que você viesse a ser ainda mais rígido com ela do que Oscar foi. Chrissie precisa sentir-se livre para...

– Flertar? – sugeriu Wulfric.

– Não gosto dessa palavra – Magnus soou aborrecido. – Chrissie nunca flerta. Ela precisa sentir-se livre para ser ela mesma.

– Livre para seguir com suas, hum, amizades com outros cavalheiros – continuou Wulfric.

– Ora, sim, se prefere colocar dessa forma – concordou Magnus. – Mas amizades *inocentes*.

– Entendo. – O caminho de volta de Alvesley nunca parecera tão demorado, pensou Wulfric quando Lindsey Hall finalmente surgiu à vista. – Mas estou achando esta conversa tediosa, Magnus. Ao contrário do que você parece acreditar, meu interesse na Sra. Derrick é mínimo. E é claro que não acredito numa palavra do que disse a respeito dela. Sua lealdade é admirável, mas a mulher é claramente uma dissoluta.

Foi com imenso prazer que Wulfric guiou o cavalo pela alameda de olmos que subia até a casa.

– *Vossa Graça*! – Magnus pareceu profundamente chocado. – Quero lembrar-lhe de que está falando da minha prima por matrimônio e da minha *amiga*.

– A quem o senhor defenderia com a própria vida – completou Wulfric. – Compreendo perfeitamente. Um homem enfeitiçado acreditará em qualquer coisa que deseje acreditar... ou ao menos ignorará qualquer coisa em que *não* deseje acreditar. Se você cavalgou de volta comigo não apenas para proteger a Sra. Derrick da minha companhia opressiva, mas também para defendê-la ante meu ponto de vista, falhou terrivelmente. E esta é minha palavra final sobre o assunto.

– Mas...

Wulfric esporeou o cavalo, deixando o outro para trás, e seguiu em direção aos estábulos.

Nunca sinta fúria. É contraproducente. E também desnecessário.

Se algo precisar ser dito, diga. Se algo precisar ser feito, faça.

Nunca sinta fúria. Acima de tudo, nunca demonstre fúria.

Fúria é sinal de fraqueza.

As velhas lições haviam sido bem aprendidas. Mas hoje a maestria dele vinha sendo severamente testada. Hoje Wulfric sentia ânsias de matar... com as próprias mãos.

Hoje ele estava muito, muito furioso.

O marquês e a marquesa de Hallmere estavam prestes a cantar um dueto, embora a marquesa houvesse protestado quando a ideia foi dada. Mas acabou sendo convencida por dois de seus irmãos.

– Deus nos ajude – disse lorde Rannulf, rindo –, você nunca ensinou Free a *cantar*, Joshua?

– Ouvi dizer, Ralf – intrometeu-se lorde Alleyne –, que no clima úmido da Cornualha os serrotes acabam enferrujando.

Bertie e Hector gargalharam com vontade, a marquesa de Rochester levou o *lorgnon* aos olhos, a Sra. Pritchard abriu um sorriso, acenou com o dedo para ele e lembrou que os galeses eram conhecidos pelas belas vozes *e* pelo clima úmido, enquanto lady Freyja se levantava com implacável dignidade.

– Joshua – disse ela –, vamos cantar. Então, se alguém tiver mais alguma brincadeira engraçadinha para fazer, acertarei alguns narizes com meus punhos.

– Ninguém faz isso melhor do que você, meu coração – retrucou ele, rindo. – Cantar, quero dizer.

Todos estavam se divertindo naquela noite. A Srta. Hutchinson tocara piano, lady Rannulf incorporara Desdêmona numa atuação espantosamente talentosa, Hector os brindara com uma rara apresentação de mágica e prestidigitação, e agora o dueto estava prestes a começar.

Christine estava tentando se distrair. Não havia nenhuma razão para não fazê-lo. Fora um dia bastante agradável, animado. Depois da cavalgada matinal, da visita e do almoço, o qual passara conversando com o barão de Weston, ela voltara a sair de casa com a maior parte dos mais jovens e das crianças. Brincara no gramado espaçoso com eles, jogara bola com os mais velhos e com alguns poucos adultos, enquanto outros brincavam de roda, com os pequenos. Perto deles, o conde de Rosthorn embalava seu bebê no colo, enquanto lady Alleyne aconchegava o bebê dos Hallmeres. Depois Christine saíra para uma caminhada apenas com Justin.

Ela certamente fora sábia em evitar Bewcastle e ignorar suas atenções, dissera Justin com um tapinha carinhoso na mão da amiga. O duque era um rabugento consumado e daria um marido terrivelmente ciumento para uma pobre dama. Ficara irritado quando o marquês de Attingsborough acompanhara Chrissie até o cavalo, a auxiliara a montar e então oferecera algumas palavras em despedida.

– O que foi terrivelmente injusto da parte dele – acrescentara Justin –, já que Whitleaf estava fazendo o equivalente com a Srta. Hutchinson. Mas Bewcastle se interessa por você, Chrissie, veja só, e por isso deseja sua atenção apenas para si. Eu disse ao duque, sem meias palavras, que você é um espírito livre, que necessita ser livre para ser você mesma. Não me importo se ele gostou ou não.

O duque permanecera dentro de casa durante toda a tarde – ao menos até onde Christine sabia. E embora houvesse aparecido à mesa do jantar – muito glacial e praticamente passando a refeição inteira calado –, ele não passara ao salão de visitas quando os outros cavalheiros se juntaram às damas lá.

Para Christine, não fez qualquer diferença. É claro que não. Fora tolice da parte dela brigar com o duque na véspera, e então confiar nele. As próprias revelações dele naquela manhã sobre a família e os vizinhos não significaram nada. Fora mera conversa para passar o tempo.

Mas aí, bem no momento em que o marquês e a marquesa estavam se acomodando no banquinho diante do piano, Christine sentiu um ligeiro toque no ombro e, ao levantar os olhos, viu um criado inclinando-se para falar baixinho ao seu ouvido.

– Sua Graça pede o favor de sua companhia na biblioteca, senhora – disse o homem.

Christine o encarou, surpresa. Mas então viu Hermione e Basil ficando de pé e se dirigindo à porta. Eles também haviam sido convidados? Ela se levantou e seguiu em direção à biblioteca enquanto a música começava.

Os três desceram a escadaria juntos depois de trocarem olhares ligeiramente constrangidos. Embora não tivesse havido qualquer hostilidade aberta durante os últimos dois dias, eles mantiveram distância, como se por um acordo mútuo.

– Do que se trata isso? – perguntou Hermione.

– Acredito que Bewcastle queira ser sociável, mas não deseje permanecer no salão de visitas apinhado – sugeriu Basil.

Christine não disse nada.

O mesmo criado que fora buscá-los os guiava agora e abriu as portas da biblioteca quando chegaram lá.

– Lorde e lady Elrick e Sra. Derrick, Vossa Graça – anunciou.

Era um aposento enorme, percebeu Christine, sentindo cheiro de couro, madeira e velas. Devia haver milhares de livros ali, calculou ela. Os livros enchiam as estantes que iam do chão ao teto. Havia uma escrivaninha enorme perto das janelas e um círculo de poltronas grandes ao redor da lareira, onde o fogo ardia.

O duque de Bewcastle estava parado diante da lareira, de costas para o fogo, muito frio e austero em suas roupas pretas e brancas. Ele não estava sozinho. Justin estava se levantando de uma das poltronas de couro ao lado da lareira, com uma expressão surpresa. Mas logo sorriu.

O duque fez uma mesura, cumprimentou os recém-chegados e ofereceu assento a todos, tudo isso sem sair do lugar ou relaxar sua postura austera. Mas ele raramente fazia isso.

Christine o encarou com firmeza. Como ele *ousava* ter ficado irritado naquela manhã por ela ter conversado com o marquês de Attingsborough e aceitado uma simples ajuda para montar? Como *ousava*! Por um momento seus olhares se encontraram, e Christine não hesitou. Foi ele quem teve de fazê-lo.

E era assim mesmo que tinha que ser, sujeitinho desagradável! Ele por acaso acreditava que era dono dela só porque ela aceitara o convite para ir a Lindsey Hall e porque eles conversaram em particular algumas vezes?

– Estávamos nos divertindo imensamente no salão de visitas – comentou Hermione. – Lady Rannulf é uma atriz magnífica. Por alguns minutos cheguei a esquecer que ela não era mesmo a pobre Desdêmona, prestes a ser assassinada por Otelo. E Hector apresentou alguns de seus truques de mágica. Sempre assisto com a maior concentração, determinada a *daquela* vez descobrir exatamente como ele faz, mas nunca consigo. Como um pedaço de barbante pode se transformar em dois, então em um novamente, quando ele sequer aproximou as mãos dos bolsos e tinha as mangas da camisa arregaçadas?

– Hector tem esse talento desde menino – contou Justin com uma risada. – Ele costumava distrair a mim, a Mel e a Audrey em nossos aposentos, mas nunca nos deixava saber o segredo.

– É tudo uma ilusão – comentou o duque de Bewcastle. – A atuação e a mágica. É o truque de fazer o espectador aceitar a aparência de normalidade. É algo que exige dedicação e talento.

– Ora – retrucou Justin –, está além de minha compreensão. Mas lamento ter perdido a apresentação de lady Rannulf. Talvez ela repita em alguma outra noite.

– Algumas pessoas, por exemplo – voltou a falar o duque, ignorando Justin –, têm o talento para dizer uma coisa que na verdade significa outra coisa.

– A ironia frequentemente pode ser divertida – falou Basil. – Você está certo, Bewcastle. Algumas pessoas são mestras em tal arte, e alguns de nossos maiores escritores a utilizam com perfeição. Veio à minha mente Alexander Pope. *O rapto da madeixa* sempre me fez rir.

– E algumas pessoas – continuou o duque como se Basil não houvesse aberto a boca –, têm o dom de falar a verdade e convencer as pessoas de que é uma mentira.

Hermione, Basil e Justin o fitaram educadamente, sem dizer nada dessa vez. Christine continuou a encará-lo com firmeza, os olhos frios. Era um homem arrogante e egocêntrico, pensou ela. Naquele momento, Christine não conseguia entender como chegara a pensar que havia algo mais nele. Seria parte daqueles truques de ilusionismo aos quais ele estivera se referindo, talvez?

Christine não tinha ideia de por que fora convidada para estar ali.

– Tenho a distinta impressão – falou o duque –, de que a Sra. Derrick, de um modo geral, é considerada uma sedutora.

– Que diabos! – Justin ficou de pé num pulo.

Hermione levou as mãos às pérolas que tinha no pescoço.

– Acho que deve um pedido de desculpas à minha cunhada, Bewcastle – disse Basil num tom tenso.

Christine ficou congelada em sua poltrona.

O duque agarrou com seus dedos longos o cabo de um monóculo de modelo mais elegante, para a noite.

– Acredito que todos vocês vão me ouvir – continuou o duque, soando quase entediado. – Sente-se, Magnus.

– *Não* – disse Justin –, até você se desculpar com Chrissie.

O monóculo ducal foi erguido até quase tocar o olho do duque.

– Eu disse que *eu* a considero uma sedutora? – perguntou ele com arrogância.

Justin voltou a sentar-se, mas estava nitidamente furioso. Christine sorriu para tranquilizá-lo antes de voltar a encarar o duque, torcendo para que seu olhar estivesse tão duro quanto o dele.

– Foi assim que a senhora se referiu a ela – disse o duque com uma inclinação de cabeça para Hermione –, em Schofield, no ano passado. No entanto, devo confessar que aquela foi a única vez que realmente a ouvi ser chamada de sedutora. Todavia, já ouvi um número vasto e tedioso de vezes que ela *não* é uma sedutora.

Os olhos cor de prata pousaram em Christine por alguns instantes. Ela o encarou de volta com firmeza e irritação. Adoraria se levantar e lhe acertar uma bofetada, mas duvidava que suas pernas a sustentariam. E estava com tanta dificuldade para respirar que estava quase arquejando.

– A senhora me disse – o duque se dirigiu a Hermione outra vez –, que a Sra. Derrick havia flertado com todos os cavalheiros na temporada festiva em Schofield, e que flertara *comigo* quando passeamos juntos pela alameda de chuvas-de-ouro com a intenção de vencer uma aposta feita junto às outras jovens. Peço-lhe que por favor tente se lembrar do que a fez pensar assim. Foi apenas o resultado de sua observação e conclusão? Ou alguém lhe garantiu tão apaixonada e determinadamente que a Sra. Derrick *não* estava flertando, que deste modo acabou despertando suas desconfianças e levando a essa conclusão?

– Está vendo? – gritou Justin antes que Hermione pudesse responder. – Eu lhe disse essa manhã que era assim que sempre acontecia, Bewcastle. Está se referindo a mim, não está? Desejaria *nunca* ter falado em defesa de Chrissie. Sempre pareço acabar fazendo mais mal do que bem. *Sempre*! Mas basta! Nunca mais farei isso de novo. – Ele virou-se para Christine, aparentemente à beira das lágrimas. – Sinto muito, Chrissie.

Mas ela o estava encarando, perplexa.

– Todos sabemos que Justin é muito apegado a Christine – disse Hermione com gentileza. – Talvez seja até apaixonado por ela. E sempre soubemos que ele não consegue enxergar defeitos nela. Que a defenderia mesmo se houvesse testemunhado alguma indiscrição patente. É uma bela qualidade dele. Mas não lhe dá crédito. Perdoe-me, Justin. Sei que sempre teve boa intenção.

– Se há uma palavra além de *sedutora* que parece ter se tornado associada à Sra. Derrick em todas as histórias que ouvi sobre o casamento dela, e em tudo o que soube dela no último ano – continuou o duque –, é a palavra *Justin*.

– O que está sugerindo? – Justin voltou a ficar de pé num salto. – Seu desprezível...

O duque de Bewcastle, absolutamente imperturbável, levou o monóculo ao olho novamente.

– Estou sugerindo que volte a sentar-se, Magnus – disse ele.

E, por mais incrível que parecesse, Justin obedeceu.

– Eu pediria a você que tentasse se lembrar, Elrick – pediu o duque –, de todas as ocasiões durante o casamento da Sra. Derrick nas quais o marido dela, você ou lady Elrick a viram flertando ou se comportando de maneira indiscreta com outros cavalheiros, e que se pergunte se você, seu irmão ou sua esposa alguma vez viram qualquer evidência incontestável de que a Sra. Derrick fosse culpada, ou se já receberam qualquer queixa de terceiros. E peço que tente se lembrar se já ouviu diretamente alguma maledicência a respeito dela.

Christine estava sentindo frio, embora estivesse sentada bem ao alcance do fogo da lareira. E já não olhava mais para o duque. Estava olhando para Justin.

Hermione engoliu em seco e foi tão flagrante que Christine ouviu.

– Foi Justin quem sempre comentou a respeito conosco – disse ela. – Ele trazia notícias dos clubes de cavalheiros e de outros lugares, intrigas que não seriam mencionadas quando Basil ou Oscar estivessem presentes. Ficava sempre furioso, muito aborrecido ao contar. E sempre defendia Christine e insistia que não havia qualquer veracidade em qualquer uma daquelas histórias e rumores. Ele sempre...

Ela levou a mão à boca.

– Justin – falou Christine –, o que você fez?

Era tudo muito simples, na verdade. Muito, muito simples. E quase impossível de se detectar.

– Hoje de manhã, quando voltava de Alvesley com Magnus, a cavalo, ouvi que a Sra. Derrick não deveria ser culpada por corresponder às atenções do marquês de Attingsborough, nem acusada de ser uma sedutora, já que o sujeito em questão era um libertino – voltou a falar o duque. – Ouvi que ela não conseguia evitar o efeito que exercia sobre homens como Attingsborough, Kitredge, ou mesmo eu. Que esse é apenas o jeito de ser da Sra. Derrick... embora ela *seja* compreensivelmente ambiciosa e deseje conseguir o título de nobreza mais alto que puder. Ouvi que se ele soubesse de centenas de indiscrições da Sra. Derrick, em vez das dezenas que sabe, ainda assim a defenderia todas as vezes, porque é isso o que os amigos fazem. Ouvi que embora a Sra. Derrick tenha ficado mais de uma hora a sós com um cavalheiro na véspera da morte do marido, que Justin se dispusera a lhe garantir um álibi, porque confiava nela.

– Justin. – Christine não tirara os olhos do rosto dele. – Você destruiu meu casamento deliberadamente? Fez Oscar enlouquecer de ciúmes? Você realmente o levou à morte?

– Você não pode acreditar nisso, Chrissie! – gritou ele, o olhar desesperado. – Sou seu amigo. Sou o único que a compreende. *Amo* você!

Basil pigarreou.

Hermione apoiou os dedos de uma das mãos na testa. Estava de olhos fechados agora.

– Isso está se assemelhando demais a um pesadelo – disse ela. – *Não pode* ser verdade. Certamente não pode. Mas sei que é. Você foi tão convincente, Justin. Nós sempre *lamentamos* por você. E não acreditamos numa palavra do que você disse.

– Você! – Justin apontou um dedo acusador para o duque. – Você, Bewcastle! Chamou Christine de dissoluta nesta manhã.

– Então fui até os estábulos – disse o duque de Bewcastle, levando o monóculo ao olho mais uma vez –, para que você pudesse saborear seu triunfo de maneira particular.

– E depois você foi me procurar, Justin – voltou a falar Christine –, para me contar que Sua Graça daria um marido terrivelmente ciumento e possessivo, já que ele ficara irritado com o fato de o marquês de Attingsborough ter me acompanhado até o lado de fora da casa e me ajudado a montar. Justin! Ah, Justin. Pobre, pobre Oscar!

Ela cobriu o rosto com as mãos e sentiu a pele fria de alguém tocando sua nuca – era a mão de Hermione.

– Ninguém a ama como eu, Chrissie – bradava Justin. – Mas é claro, você sempre se encanta com a boa aparência. Primeiro Oscar, e agora Bewcastle, e toda uma horda de outros belos homens entre eles. E olhe só para mim... ou melhor, *não* olhe. Nenhuma mulher jamais olha, você menos ainda. Nunca me levou a sério. Não consigo suportar vê-la com outros homens que não sabem estimá-la adequadamente. Chrissie, eu *amo* você.

Christine tirou as mãos do rosto a tempo de ver o duque de Bewcastle se inclinando sobre a poltrona de Justin e pegando-o pelo colarinho, aparentemente sem nenhum esforço, e aí erguendo-o de forma que Justin só conseguia tocar o piso com as pontinhas dos dedos dos pés.

– Compartilho seu talento de um modo em particular, Magnus – falou Sua Graça numa voz tão suave e tão fria que Christine estremeceu. – Nunca

tive certeza do que era o amor, mas sei com certeza o que *não* é. O amor não destrói a amada, ou causa a ela um sofrimento sem fim.

As mãos de Christine voltaram a cobrir o rosto. Mas as lágrimas quentes escorreram por entre seus dedos e pingaram no colo.

– Eu gostaria de sacudi-lo como um rato até deixá-lo desfalecido e inerte – continuou o duque no mesmo tom de voz –, mas você é um hóspede na minha casa, assim como outros membros de sua família, incluindo sua mãe. Sua família pode lidar com você como achar melhor mais tarde, mas por ora você vai inventar qualquer pretexto razoável para deixar este lugar antes do café da manhã. E se for esperto, vai se manter o mais longe possível das minhas vistas pela próxima década, ou quem sabe duas.

Christine percebeu que Basil se levantava.

– Mas antes de você partir, Justin – disse Basil. – Antes de deixar tanto Lindsey Hall quanto a Inglaterra, isto é, eu o verei do lado de fora da casa. Agora.

– Basil... – começou a falar Hermione, e Christine levantou os olhos.

– Você fica aqui, Hermione – ordenou ele. – E você também, Christine. Justin? Do lado de fora.

Justin parou diante da poltrona de Christine, o rosto pálido e atormentado. Havia lágrimas em seus olhos.

– Chrissie? – chamou ele.

Algo realmente impressionante e chocante aconteceu então. O duque de Bewcastle deu um pontapé e acertou Justin bem no meio do traseiro, erguendo-o e mandando-o aos tropeços na direção de Basil, que já estava saindo da biblioteca.

Houve um momento de silêncio depois que eles partiram. Então o duque se inclinou numa cortesia para as duas damas.

– Vou deixá-las a sós – avisou ele. – As senhoras não serão perturbadas.

Mas antes de sair, parou diante da poltrona de Christine e deixou um grande lenço de linho em suas mãos.

Christine e Hermione ficaram sentadas lado a lado por algum tempo.

– Christine – disse Hermione por fim –, como algum dia poderei esperar que nos perdoe?

– Fui tão ludibriada quanto vocês – retrucou Christine. – Ele era *meu* amigo. Naqueles poucos anos antes da morte de Oscar, Justin era a única pessoa em quem eu confiava.

As duas estavam aos prantos, então, uma nos braços da outra, chorando pelos anos perdidos, pelas amizades perdidas, pela morte desnecessária de um homem fraco e atormentado, pela culpa que sentiam por terem se deixado envolver num plano tão diabolicamente simples que acabara sendo totalmente bem-sucedido.

Quando as lágrimas cessaram, Christine assoou o nariz no lenço emprestado.

– Espero sinceramente que Basil não se machuque – disse ela. – Que tolice a dele levar Justin lá para fora...

– Basil é homem – disse Hermione com carinho. – De que outra forma um homem pode reagir a esse tipo de revelação? Espero que ele dê uma surra e tanto em Justin.

As duas deram risadinhas nervosas, e então choraram um pouquinho mais.

20

O domingo – domingo de Páscoa – passou em relativa paz. Foram todos à igreja pela manhã, houve atividades em família à tarde e uma noite tranquila regada a música, conversas e leitura.

Ninguém deu grande atenção ao súbito desaparecimento de Justin. Foi dito que ele se desculpara com o duque de Bewcastle, pois de repente se lembrara de um compromisso em Londres e, como reiterara a mãe dele, Justin sempre fora de ir e vir a seu bel-prazer durante toda a vida adulta, então sem dúvida deveria haver uma boa razão para a partida repentina. Todos aceitaram a explicação reticente de Basil de que havia batido a lateral direita do rosto e arranhado os nós dos dedos depois de um tombo na banheira – ou, se alguém não acreditou, manteve a desconfiança para si.

Basil assegurara tanto a Christine quanto a Hermione, quando se juntara novamente a elas na biblioteca, que Justin ficara em estado bem pior do que o dele. Depois de dizer isso, dera um abraço primeiro em Hermione, e depois em Christine – muito apertado e demorado.

– Oscar amava você, Christine – dissera Basil, a voz um tanto embargada. – Ele realmente a amou até o fim, mesmo tendo deixado de confiar em você.

– Sim, eu sei. – Foi tudo o que ela conseguiu dizer.

– E assim – continuara ele –, tínhamos obrigação de ter tomado conta de você depois que ele se foi. Não peço perdão... peço apenas sua permissão para compensar o tempo perdido.

Christine assoara novamente o nariz no lenço do duque.

– E se você escolher se casar com Bewcastle – completara –, então terá minha bênção, e creio que a de Hermione também.

– Ah, sim – concordara Hermione. – Acredito que ele gosta profundamente de você, Christine, se não, por que teria falado naquele tom mortífero com Justin esta noite?

Depois disso eles saíram da biblioteca e Christine retornou para o salão de visitas, onde a Sra. Pritchard estava cantando de forma um tanto trilada, porém muito doce, uma balada do País de Gales. Hermione seguira com Basil para os aposentos dos dois para banhar o rosto do marido em água fria.

A segunda-feira amanheceu nublada, fria e tempestuosa. Um grupo de bom tamanho chegou de Alvesley a cavalo e teve uma recepção calorosa. Logo depois que partiram, já era hora do almoço. Então Lorde Aidan anunciou sua intenção de sair com os barcos pelo lago, apesar do clima ruim, e muitos ao redor da mesa aprovaram a ideia em coro. Logo houve um êxodo geral do salão de jantar em direção aos aposentos das crianças, a fim de prepará-las para o passeio.

– Você deve levar Amy de barco até a ilha, Wulfric – disse a marquesa de Rochester. – Há várias paisagens agradáveis que podem ser vistas dali.

O duque se levantou do lugar que ocupava à cabeceira da mesa.

– Estou certo de que outra pessoa ficará encantada em levá-la até lá, tia – disse ele. – Já estou com tudo preparado para levar a Sra. Derrick para um passeio... a menos que ela por um acaso não possa ir, claro.

Os olhos do duque pousaram sobre Christine no que certamente devia ser a primeira vez desde que ele saíra da biblioteca, duas noites antes, deixando o lenço na mão dela. Normalmente ela teria retribuído o olhar com um sorriso, já que os dois sabiam que ele havia acabado de contar uma mentira deslavada. Mas o coração dela estava disparado no peito e ela definitivamente estava sem fôlego de novo. E estava muito consciente do súbito escrutínio da marquesa.

– Ah, não, Vossa Graça – falou Christine –, eu estava mesmo esperando ansiosamente por esse passeio.

A marquesa deixou escapar um som muito semelhante a um muxoxo e Christine se levantou antes que fosse deixada a sós com a mulher no salão de jantar.

– Vou pegar minha touca e minha peliça – disse.

E aí, apenas dez minutos depois, ela estava saindo da casa, logo depois de ter encontrado todo um exército de Bedwyns nas escadas, com os filhos. Eles a convidaram a se juntar a eles e Christine se vira obrigada a declinar do convite e dizer que iria sair com Sua Graça.

Ela poderia jurar que a notícia fora recebida por todos com uma risadinha coletiva contida.

– Imagino – comentou Christine, tomando o braço que o duque ofereceu –, que o senhor estava ansiando por uma tarde tranquila em sua biblioteca, não?

– Imaginou mesmo? – perguntou ele. – Como a senhora acha que me conhece bem, Sra. Derrick.

Eles caminharam em silêncio por algum tempo. Ainda estava nublado e ventando, e o clima mais uma vez se assemelhava a um final de inverno em vez de um início da primavera. Mas ao menos o vento estava por trás deles.

– Preciso lhe agradecer – voltou a falar Christine, por fim –, pelo que o senhor fez por mim no sábado à noite. Sinto-me tão tola por jamais ter nem sequer desconfiado. Parece tão óbvio agora que sei a verdade.

– Com muita frequência – comentou o duque –, os planos mais diabólicos e mais bem-sucedidos são os mais simples. Por que a senhora *deveria* desconfiar? Ele lhe oferecia amizade, compaixão e apoio quando a senhora precisava. E por que seu marido ou seus cunhados desconfiariam? Ele era parente deles, e todos sabiam... corretamente, aliás... que Magnus nutria um apego especial pela senhora. Sendo assim, parecia perfeitamente lógico para eles que ele a defendesse com todas as suas forças. Talvez tenha sido mais fácil para mim, que estava de fora, descobrir que aquelas duas palavras... *sedutora* e *Justin*... pareciam surgir juntas com tediosa regularidade. Além do mais, nunca vi a senhora flertando nem uma vez sequer. Está muito chateada?

– Pela perda de Justin? – perguntou Christine. – Não. Só estou triste por Oscar ter perdido a vida antes de saber a verdade, por ter morrido pensando que eu o traíra. Meu marido não era um homem forte emocionalmente, e suponho que tenha sido o alvo perfeito para um plano como aquele. Justin deve ter percebido isso. Mas Oscar também era um homem de natureza doce quando o conheci, e poderíamos ter tido um bom casamento, embora ele tenha se revelado diferente do que eu imaginara em meus sonhos românticos de menina. Sim, estou triste, mas também estou em paz. Hermione e Basil agora sabem a verdade e eu *realmente* me importo com isso. Sempre houve um profundo afeto entre nós, até os problemas começarem. Tenho muito a lhe agradecer, Vossa Graça. O senhor não precisava se empenhar em meu benefício como fez.

– Apenas segui meu desejo – disse o duque baixinho.

Ele não explicou a frase e ela não perguntou. Eles caminharam em silêncio, atravessaram o gramado acima do lago e a fileira de árvores, abaixo da trilha mais fechada, passaram pela colina de onde Christine rolara alguns dias antes e por entre as árvores onde ela arrancara o monóculo dele – o mesmo que *ainda* não devolvera. Christine percebeu que deviam estar a caminho de onde ele desejara levá-la naquela outra tarde, ao pombal ao norte do lago.

O silêncio entre duas pessoas não precisava ser algo desconfortável, pensou Christine. Não quando havia uma certa harmonia mental. E *havia* certa harmonia. Ela percebeu que estava gostando cada vez mais dele e, embora saber disso a enervasse em parte – porque, é claro, as diferenças entre eles ainda eram enormes demais para serem transpostas –, Christine resolveu relaxar e aproveitar a tarde. Afinal, ela aceitara o convite dele para ir até ali. E recentemente o duque havia feito algo incrivelmente maravilhoso por ela.

Apenas segui meu desejo.

De se empenhar em benefício dela, é claro.

Christine relanceou o olhar para o perfil rígido e aristocrático. Estranhamente, embora ele não apresentasse nada de diferente, estava começando a se tornar um perfil querido para ela.

Eles finalmente chegaram a uma clareira no bosque, no meio da qual estava a antiga construção de pedra que o duque havia apontado da torre. Era alta e arredondada, com um teto pontudo de palha e pequenas janelas no alto das paredes. Um lance de escada dava numa porta de madeira abaixo do nível do solo.

– Ah, o pombal – comentou Christine. – Como é bonito! Está ocupado?

– Por pássaros? Não, o prédio deixou de ser usado para esse fim e de receber manutenção ainda na época do meu pai. Eu sempre gostei da aparência dele, mas só há alguns anos decidi fazer alguns reparos e melhorias, principalmente na parte interna. Não queria atrair a atenção fazendo mudanças no exterior, embora eu tenha refeito o telhado. Deixe-me mostrar à senhora.

Ele desceu os degraus, girou uma chave na fechadura e abriu a porta antes de se afastar para o lado para dar passagem a Christine.

Ela não soube dizer o que esperava encontrar. Mas o que viu a fez ofegar e ficar imóvel, olhando ao redor, maravilhada. E *conseguia* enxergar perfeitamente embora não houvesse luz direta. Havia seis janelas ao todo, percebeu, todas bem acima do nível de sua cabeça. Todas feitas de vitrais em cores fortes e translúcidas.

Dava para ver a extremidade do teto. As paredes eram de pedra lisa, mas havia nichos feitos originalmente para acomodar os pombos do chão ao teto – provavelmente existiam desde a época em que centenas de pássaros moravam ali. Mas os nichos estavam limpos agora, e muitos deles, os mais baixos, guardavam velas em castiçais ou livros. Em um dos nichos, Christine viu um tinteiro, em outro, uma caixa com material para acender lampiões e a lareira.

No único cômodo redondo em si, havia uma cama baixa coberta com uma manta de pele de carneiro, uma escrivaninha simples e uma cadeira, uma poltrona de couro grande e uma lareira, a qual obviamente havia sido construída recentemente, junto com a chaminé que se erguia na parede oposta à porta. Uma pilha de lenha ocupava uma caixa de madeira ao lado da lareira, junto a um conjunto de atiçadores de ferro.

Era um pequeno refúgio delicado, que parecia mágico graças à luz multicolorida que o banhava.

Christine girou para olhar o duque. Ele estava parado ainda perto da porta, o chapéu na mão, os olhos fixos nela. Foi um momento assustador. O momento que Christine teria preferido evitar. O momento em que ela finalmente, com absoluta consciência, *soube*. Soube que estava profundamente envolvida com o duque de Bewcastle, sem ter como escapar... e certamente sem ter como concretizar o que sentia.

Só que era tarde demais para esconder ou negar seus sentimentos.

O duque passou por Christine antes que ela pudesse encontrar qualquer palavra adequada. Ela tirou a touca e as luvas, embora estivesse frio dentro do pombal, e as deixou sobre a escrivaninha enquanto o duque se adiantava para acender o fogo na lareira já preparada. As chamas logo ganharam vida, embora Christine duvidasse que tivessem o poder de aquecer por completo uma construção tão alta.

– Por quê? – perguntou ela. – Se Lindsey Hall é sua e o senhor também é dono de outras casas enormes, por que isto aqui?

Mas de algum modo ela sabia a resposta. Era como se já tivesse vivido aquele momento e soubesse exatamente o que ele ia dizer. Sentia-se estupidamente assustada, como se uma enorme montanha de neve estivesse prestes a atingi-la numa avalanche.

– Uma pessoa pode se perder na vastidão – respondeu ele. – Às vezes, chego a esquecer que sou algo além do duque de Bewcastle.

Christine engoliu em seco, constrangida.

– Aqui – continuou ele –, consigo me lembrar. No entanto, curiosamente, não venho aqui há um ano... e só voltei a me lembrar deste lugar na semana passada, quando me ocorreu que deveria trazê-la aqui.

Então Christine soube... que aquele momento era inevitável, que aquela era a chance que ele havia pedido, que a visita àquele pequeno refúgio num canto da propriedade imensa era o que aquele homem sonhara e planejara. Tudo era limpo e confortável, ainda assim ninguém ia ali, a não ser ele. O duque limpara e arrumara o lugar e deixara a lareira pronta para ser acesa.

Christine olhou ao redor em busca de um lugar para sentar e escolheu a cadeira de madeira diante da escrivaninha. Acomodou-se e puxou as pontas da peliça ao redor do corpo.

– E do que o senhor se lembra quando está aqui?

– Que também sou Wulfric Bedwyn.

A avalanche desabou de vez sobre a cabeça dela.

Sim. Ah, sim. Sim, ele era. Durante os poucos dias que passara em Lindsey Hall, Christine já descobrira que havia uma pessoa de verdade espreitando por trás da formidável figura do duque de Bewcastle. Eles eram um só, é claro, o homem e o duque. Nem por um momento Christine achou que ele fosse algum louco, que havia duas pessoas completamente diferentes habitando o mesmo corpo. Mas não tinha certeza se desejava ver mais do homem, ou *saber* mais a respeito dele. Há quase três anos a vida dela voltara a ser tão segura... e ela agora tinha Hermione e Basil de volta, também.

Mas Christine sentiu o coração doer com as palavras dele... *Também sou Wulfric Bedwyn.*

– Fale-me sobre... o senhor – pediu Christine.

Ela quase dissera *a respeito dele*, como se Wulfric Bedwyn fosse realmente uma pessoa diferente do homem que estava parado diante do fogo, rígido, altivo e, ao que parecia, totalmente no controle de seu mundo.

– Não, esta é uma pergunta ruim – continuou ela. Não há nada melhor para travar a língua de alguém. Fale-me sobre sua infância.

Se ela iria conhecê-lo – embora tivesse medo disso – teria que começar pela infância dele. Era quase impossível imaginar que aquele homem já fora um bebê, uma criança, um menino. No entanto, é claro que fora tudo isso.

– Passe para a poltrona – pediu ele, indicando o móvel com uma das mãos. Quando Christine acatou, o duque pegou a manta de pele de carneiro da cama e colocou sobre o colo dela, antes de sentar-se sobre a escrivaninha, um dos pés calçados com botas apoiado no chão de terra batida, o outro balançando. Ele havia tirado o casaco e jogado sobre as costas da cadeira diante da escrivaninha. A luz azul e púrpura brincava na figura dele.

– Como o senhor era?

– Eu era um feixe de energia e de inquietude – disse o duque. – Iria viajar pelo mundo quando crescesse. Iria ampliar as fronteiras dos Estados Unidos. Iria além dos Estados Unidos e atravessaria o Pacífico de barco até a China. Iria penetrar nos mistérios da África e experimentar a atração exercida pelo Extremo Oriente. Iria ser um pirata no estilo Robin Hood, ou iria ser um caçador de piratas. Quando fiquei mais maduro... com 9 ou 10 anos, eu acho... iria ser capitão do meu próprio navio e me tornar almirante de uma esquadra, ou iria ser um oficial militar, me tornar general e comandar o Exército britânico onde quer que ele fosse lutar, liderando-o em brilhantes vitórias. Mas enquanto esperava crescer para minha vida de glória, eu tocava o inferno em casa e no parque dos arredores. Era o terror de todos os jardineiros, cavalariços e criados de um modo geral. Era o desespero da minha mãe e o maior desafio que meu pai já havia enfrentado.

Ele se levantou de novo e foi até a lareira, onde empurrou uma tora com o pé para que queimasse com mais facilidade.

– Certa vez, Aidan e eu arquitetamos um plano – continuou ele. – Acho que ainda éramos bem meninos na época. Pretendíamos trocar de roupa um com o outro e, assim, de identidade. Nosso pai jamais saberia a diferença. Aidan ficaria em casa e se tornaria duque um dia, e eu velejaria pelos sete mares e viveria qualquer aventura que o mundo e a vida tivessem a oferecer.

Christine se manteve em silêncio, perplexa e fascinada. O duque encarava o fogo e o passado distante. Depois de um minuto ou dois, ele olhou para ela e se virou.

– Mas desde o instante em que nasci, fui destinado ao título de duque e a todos os deveres e responsabilidades que vinham a reboque. E desde o momento em que *Aidan* nasceu, já fora destinado ao Exército. Sonhamos em trocar de lugar, mas isto não poderia ser feito, é claro. No fim, eu o traí.

Sob a manta aconchegante, embaixo da qual enfiara as mãos, Christine estremeceu.

– Aidan não desejava a carreira que fora escolhida para ele. Era um menino tranquilo, amante da paz. Costumava seguir nosso pai por todo lado como uma sombra quando papai ia às fazendas e passava muito tempo com o capataz. Aidan implorou ao nosso pai e pediu ajuda à nossa mãe para interceder por ele. Tudo o que queria era viver tranquilamente na propriedade, cuidar das fazendas, administrar tudo. Não entendo o destino cruel que me fez ser o primeiro filho e ele o segundo... Depois que nosso pai faleceu, eu poderia ter atendido aos anseios dele, é claro. Eu tinha apenas 17 anos, ele, 15. Aidan passou alguns anos no colégio depois disso, mas quando voltou para casa voltou a se dedicar às fazendas com grande entusiasmo. Conhecia muito bem as fazendas ao redor de Lindsey Hall. Sabia como dirigi-las. Seu instinto para isso era melhor do que o meu. Aidan tentou me aconselhar... e os conselhos eram mesmo muito bons. Ele quis que eu aposentasse o capataz de nosso pai, que já estava velho para o trabalho, e que o deixasse assumir o posto. Tentou me indicar melhorias para o que estava sendo feito e meios de se consertar outras coisas que eu vinha fazendo de errado. Aidan tinha boa intenção... ele amava este lugar, o conhecia melhor do que eu, e eu era seu *irmão*. Comprei um posto no Exército para ele e o convoquei à biblioteca para dar a notícia. Aidan quase não teve escolha senão me obedecer. Tal era o meu poder como duque de Bewcastle, mesmo quando eu era ainda tão jovem. E exerci meu poder com determinação. E continuei a exercer desde então.

– E nunca se perdoou – comentou Christine... Ela não precisou colocar a frase como uma pergunta. – Embora tenha feito a coisa certa.

– É verdade – concordou ele. – Mas tive que escolher entre meu papel como duque de Bewcastle e meu papel como irmão... do menino que antes conhecera tudo o que havia em meu coração. Essa foi a primeira ocasião importante na qual tive que enfrentar um conflito e escolher. Escolhi o papel de duque, e venho fazendo escolhas similares desde então. E acredito que vá continuar a fazê-las até morrer. Afinal, sou esse aristocrata, e tenho deveres e responsabilidades para com centenas, talvez milhares, de pessoas das quais não posso e não vou me esquivar. Assim, veja só, não posso lhe assegurar de que me tornarei um homem diferente para me encaixar em seu sonho. A senhora me acha frio, reticente, duro, e sou tudo isso. Mas não sou *apenas* isso.

– Não – disse Christine, embora não tivesse certeza de que o som realmente saíra de seus lábios.

Ele estava de pé diante da lareira, as mãos às costas, os pés ligeiramente afastados, a expressão altiva e fria, numa discrepância em relação ao que acabara de relatar... ou talvez não. Ele escolhera fazer do duque de Bewcastle o papel dominante em sua vida.

– Não posso lhe oferecer nada que eu não seja, entenda – voltou a falar o duque. – Só posso torcer para que a senhora consiga compreender que qualquer pessoa que já tenha vivido por quase 36 anos é muito complexa. Algumas noites atrás, a senhora me acusou de usar um tipo de máscara e estava equivocada. Eu uso o manto de duque de Bewcastle sobre o de Wulfric Bedwyn, mas ambos os mantos são meus. Não sou menos o homem porque escolhi colocar o dever em primeiro lugar. E aí a senhora questionou se eu era um aristocrata frio e desprovido de sentimentos até o mais íntimo do meu ser. Não sou. Se fosse, será que eu teria me encantado pela senhora e sido assombrado pela sua lembrança desde que a conheci? A senhora não é o tipo de pessoa que Bewcastle sequer perceberia, quanto mais escolheria cortejar.

Christine permaneceu sentada, imóvel.

– Mas estou me adiantando – disse ele. – Tive uma boa infância. Era impetuoso e feliz. Tive bons pais, embora, quando menino, tivesse a impressão de que meu pai não se importava muito comigo.

– O que aconteceu? – perguntou Christine.

Ele se encantara por ela. E fora assombrado pela lembrança dela? *Assombrado*?

– Meu pai sofreu um infarto quando eu tinha 12 anos – disse ele. – Sobreviveu, mas foi alertado de que seu coração estava fraco, que poderia parar de bater a qualquer momento. Ele era um dos homens mais abastados e poderosos do Reino Unido. Possuía mais propriedades do que quase qualquer outro homem. Seus deveres e responsabilidades eram enormes. E no entanto seu filho mais velho, seu herdeiro, era um diabrete rebelde e sem limites.

Era quase impossível imaginar que era de si mesmo que o duque estava falando.

– Embora eu tenha permanecido em Lindsey Hall – continuou –, fui quase totalmente separado de minha família. Fui colocado sob os cuidados de dois tutores. Via meu pai muito pouco e minha mãe raramente. Aidan, depois Rannulf e finalmente Alleyne, partiram para o colégio, conforme era esperado que eu também fizesse, e eu quase nunca os via... Mesmo durante as férias e feriados, quando eles vinham para casa. Fui praticamente isolado. Briguei, gritei, fiz birra, fiquei de mau humor... e aprendi. Tive cinco anos para aprender tudo que havia para se aprender sobre o restante da minha vida. Ninguém sabia que seriam cinco anos, é claro. Poderia ter sido apenas um ano, ou ainda menos. Meu pai morreu quando eu tinha 17 anos. Em seu leito de morte, beijou minha mão e disse que às vezes o amor machuca, embora nunca deixe de ser amor. Ele não teve escolha, veja só. Eu era filho dele e ele me amava. Também era seu herdeiro. Tive que aprender como assumir seu lugar.

De repente, Christine se deu conta de que o duque provavelmente jamais contara aquela história a mais ninguém – assim como ela nunca havia contado a história dos eventos que cercavam a morte de Oscar. Foi essa percepção que a deixou realmente apavorada – e que ameaçou fazê-la chorar. Porque... porque ele ficara encantado por ela, e então fora assombrado pelas lembranças com ela. Porque ele a levara até ali deliberadamente – ali para Lindsey Hall, ali para o pombal, o refúgio secreto dele –, apenas com aquele propósito. Porque implorara a ela para lhe dar uma chance.

Christine percebeu que estava terrivelmente apaixonada pelo duque. E ainda assim...

Ainda assim ela não acreditava num "e viveram felizes para sempre." Não era mais a jovenzinha que fora há dez anos, quando se jogara de cabeça num relacionamento que certamente teria evitado caso tivesse se dado mais tempo para conhecer Oscar. *Amara* o marido até o fim, sem dúvida, mas em seu coração sempre tivera noção da fraqueza essencial de caráter dele, desde o início do casamento. O que houvera entre os dois não fora a paixão imensa e eterna dos sonhos de Christine.

Dessa vez, ela estava mais sábia e muito mais cautelosa. Dessa vez, sabia muito bem que nenhum "e viveram felizes para sempre" dançava alegremente adiante de um pedido de casamento e do "sim" a ele. E ainda assim...

Ainda assim, o duque era um homem de quem, contra todas as expectativas, ela viera a gostar. E era um homem que mesmo contra a vontade ela passara a admirar. Como *não* admirar um homem para quem o dever e a responsabilidade eram tudo na vida? Um homem cujo senso de responsabilidade para com centenas ou até mesmo milhares de dependentes era mais importante do que a gratificação pessoal? A educação dele pode ter sido opressora, talvez até mesmo brutal, mas o pai cuidara para que a disposição do filho se mantivesse intacta. E aí, depois da morte do pai, poderia muito bem ter dado as costas a tudo que lhe fora ensinado. Poderia ter se tornado um jovem descontrolado, extravagante, como acontecia com tantos homens em situação semelhante. Afinal, tivera poder e meios para fazer o que quisesse.

Mas se mantivera firme. Desde os 17 anos, cobrira-se com o manto do duque de Bewcastle e o usara sem vacilar.

Como *não* admirá-lo? E, que Deus a ajudasse, como não *amá-lo*?

Christine sorriu para ele.

– Obrigada – disse. – Compreendo que o senhor é uma pessoa muito reservada. Obrigada por me mostrar este seu refúgio particular encantado e por me contar sobre sua vida.

Ele a encarou, tão firme e formidável como de costume, os olhos tão inescrutáveis quanto sempre foram.

– Sonhei... – começou ele – ... por quase um ano sonhei em vê-la aqui, sentada aí, exatamente onde está. Não vou lhe fazer nenhuma pergunta hoje. Não é o momento certo. Mas vou lhe dizer uma coisa. Não a trouxe aqui para seduzi-la. Mas eu a desejo. A senhora sabe disso. Quero possui-la agora, aqui sobre esta cama. Quero isso como uma livre expressão do que sinto pela senhora e pelo que talvez a senhora sinta por mim. Sem compromissos, sem obrigações... a menos que haja consequências, o que a senhora já me disse ser improvável. *Vai* se deitar comigo? Ah, acabei fazendo uma pergunta...

Christine sentia a mente entorpecida, embora ao mesmo tempo houvesse um milhão de pensamentos se atropelando em disparada. Mas o corpo dela não estava nada entorpecido. Seus seios intumesceram com o desejo instantâneo e uma pontada ardente atingiu seu ventre, descendo então pela parte interna de suas coxas. A respiração lhe faltou. Ali? Naquele momento? *De novo*? Lembranças da noite perto do lago, em Schofield, voltaram na mesma hora. E ela disse exatamente o que dissera naquela noite, quando ele basicamente fizera a mesma pergunta.

– Sim.

O duque avançou os três passos que o separavam dela e estendeu a mão direita com a palma voltada para cima. Christine afastou a manta para o lado e pousou a mão sobre a dele.

O duque levou a mão dela aos lábios.

21

Wulfric pegou a manta de pele de carneiro e a jogou sobre a cama antes de puxar uma das pontas juntamente aos lençóis. Quando se virou novamente, Christine Derrick continuava onde ele a deixara, observando-o, embora houvesse despido a peliça e a jogado sobre as costas da cadeira.

Ela estava usando um vestido de lã amarelo-claro, embora um dos lados parecesse mais cor do damasco por causa da luz vermelha que entrava por uma das janelas acima. Era um vestido de cintura e gola altas, mangas longas e livre de adornos. Moldava o corpo esguio e bem delineado e dispensava qualquer outro enfeite.

– Venha mais para perto do fogo – disse ele, voltando até onde ela estava, pousando a mão em suas costas e levando-a para mais perto da lareira, onde aproveitariam plenamente o calor da lenha que ardia.

Wulfric não queria que aquele momento fosse apenas para alívio do desejo sexual, como na última vez. Embora não houvesse usado a palavra com ela e não *fosse* usar, queria fazer amor com Christine Derrick.

Ele não a beijou imediatamente. Tomou o rosto dela entre as mãos e correu os polegares por suas sobrancelhas. Os olhos dela estavam arregalados e brilhavam. A luz rosa e cor de lavanda que entrava pelos vitrais das janelas acima a fazia cintilar. Christine Derrick era dona de uma boca adorável, com lábios suaves e macios que quase sempre estavam com os cantinhos inclinados num sorriso. Wulfric deixou os dedos correrem pelos cabelos dela. Eram macios e limpos. Os cachos curtos e flexíveis logo voltavam ao lugar depois que ele passava os dedos. O estilo combinava com ela à perfeição.

Ele desceu as mãos pelos ombros dela, então pelas costas, sentiu a fileira de botões nas costas do vestido e desabotoou um a um até poder afastar o tecido dos ombros e descê-lo pelos braços, até a cintura. Então o vestido caiu sozinho até o chão. Christine não usava espartilho. O belo formato do corpo era inerente, como a natureza pretendera. Usava apenas uma camisola que a cobria dos seios até logo abaixo do joelho.

Wulfric se afastou um passo e se apoiou num dos joelhos para descalçar os sapatos dela, um de cada vez. Então soltou a liga antes de descer as meias pelas pernas até tirá-las.

Ele beijou a lateral de um dos pés dela antes de voltar a pousá-lo no chão, então beijou a parte interna do joelho.

Christine ainda não o tocara, percebeu Wulfric quando voltou a se levantar. No entanto, ele soube pelos lábios levemente entreabertos dela e pelas pálpebras cerradas que ela o desejava com a mesma intensidade.

Ele pousou os lábios no ombro de Christine e lambeu a pele quente e macia, de sabor levemente salgado. Ela estremeceu, apesar do calor do fogo. Ele afastou uma das alças da camisola, desnudou um dos seios e o tomou na mão enquanto ia beijando até ali. Eram perfeitos – macios e pesados, mas também firmes e empinados. Wulfric capturou os mamilos entre os lábios, soprou devagarinho uma vez, e mais outra, e sugou. Pela primeira vez, Christine o tocou. Ela enredou os dedos aos cabelos dele, abaixou a cabeça até tocar a dele e deixou escapar um som baixo e gutural.

Ocorreu a Wulfric que, embora já tivessem se encontrado intimamente, ele nunca a vira despida. E queria ver agora. Queria fazer amor com ela sem barreiras entre os dois.

Um desejo intenso pulsava nele a cada batida do coração. Wulfric sentia o calor do fogo aquecendo o lado esquerdo de seu corpo.

Ele ergueu a cabeça e as mãos dela voltaram a cair junto às laterais corpo.

– Venha para a cama – disse ele.

Wulfric a despiu completamente antes que ela se deitasse. Uma faixa de luz cor-de-rosa vinda de uma das janelas refletiu no tronco dela, misturando-se ao vermelho que se refletia nas pernas e num lado do quadril. Mas embora ele pudesse ter ficado parado em pé ali por algum tempo, apenas sorvendo a visão dela, os dois estavam a certa distância do fogo e o frio do quarto ainda não se dissipara por completo. Ele cobriu Christine com o lençol e com a manta de pele e sentou na beira da cama para descalçar as botas de cano alto antes de se levantar de novo para despir o restante das roupas. Quando estava nu, ergueu as cobertas e se deitou ao lado dela.

Christine estava tentadoramente quente. Wulfric a virou em sua direção, aconchegou bem a ambos sob as cobertas e a tocou de novo.

Aí se dedicou a excitá-la com toda a experiência e paciência que possuía, usando as palmas das mãos, os dedos, os lábios, a língua, os dentes. E, durante todo esse tempo, ele estava ardendo de desejo por ela e ansiando pelo momento no qual ia poder montá-la e consumar novamente a paixão que sentia.

Christine não ficou parada. Suas mãos começaram a passear pelo corpo dele, hesitantes a princípio, mas com ousadia crescente conforme Wulfric ia sentindo o corpo dela ficar mais excitado e sua respiração cada vez mais entrecortada.

Finalmente, Wulfric percebeu que a hora chegara – e a tentação foi de rolar e cobrir o corpo de Christine com o dele, enfiar as mãos no meio das pernas dela e abri-las com as próprias pernas, montá-la e levar ambos ao êxtase.

Mas ele queria fazer *amor* com ela.

Wulfric ergueu a cabeça e a encarou.

– Christine – sussurrou ele, e a beijou pela primeira vez, suavemente, roçando os lábios entreabertos sobre os dela.

Ela arregalou os olhos.

– Oh – murmurou.

– Christine – repetiu ele –, você é tão linda.

E então lhe deu um beijo profundo.

Mas os dois já estavam dominados pela paixão sexual. Wulfric se deitou em cima dela, que se abriu para ele, afastando bem as pernas, erguendo-as da cama e entrelaçando-as ao redor do corpo dele. Wulfric deslizou as mãos por baixo dela, se posicionou e penetrou com uma estocada lenta e satisfeita. No mesmo instante, Christine se inclinou para recebê-lo melhor e assim permitir que ele adentrasse mais fundo, apertando-o com os músculos internos.

Wulfric tirou as mãos de baixo dela, apoiou parte do peso sobre os braços e levantou a cabeça para fitá-la de novo. Os olhos dela sorriram sonhadoramente para os dele.

– Wulfric – disse ela. – Um nome poderoso para um homem poderoso. *Muito* poderoso. – Christine riu baixa e maliciosamente.

Wulfric desceu a cabeça até o ponto macio sob uma das orelhas dela e gemeu. Ela riu de novo, apertou mais as pernas ao redor dele e usou novamente os músculos internos.

Wulfric a amou lentamente e por um longo tempo sob o casulo quente das cobertas enquanto o fogo crepitava na lareira e a luz vermelha, rosada e lavanda dançava sobre a superfície da manta de pele de carneiro. Ele a amou até os dois estarem arquejantes e seus corpos estarem úmidos, deslizando calidamente um no outro. Ele a amou até ela gemer a cada arremetida e erguer o corpo com mais força ao redor do dele.

Wulfric levou ambos a um clímax rápido e intenso.

– Wulfric – protestou Christine, sonolenta, quando ele rolou de cima dela para voltar a se deitar na cama depois de perceber que seu peso a esmagava contra o colchão. De imediato ele sentiu o frio bater no peito, mas logo as cobertas o aqueceram.

Ele se virou e fitou Christine com olhos semicerrados. Ela dormia. Feixes pálidos de luz iluminavam um dos lados do rosto dela, enquanto o outro estava à sombra. Seus cachos estavam desalinhados.

Ele era, como ela acabara de lembrá-lo, um homem poderoso. Tinha, ao que parecia, tudo o que um homem poderia querer na vida. Mas havia algo mais que Wulfric queria, e não tinha certeza se algum dia poderia ter. Com certeza não perguntaria a ela naquele dia. Talvez nem no dia seguinte ou no outro.

Estava com medo de perguntar.

Estava com medo de receber um não como resposta. E se assim fosse, nunca mais voltaria a perguntar.

Assim, a pergunta teria que esperar.

Wulfric queria o amor dela.

As nuvens haviam se afastado e o sol brilhava quando os dois deixaram o pombal. Mas o vento ainda soprava e o dia continuava frio.

Eles caminharam de volta para casa da mesma forma que fizeram ao voltar do lago para Schofield – sem se tocar e sem conversar. Mas agora tudo parecia diferente. Agora o silêncio era camarada, assim como a proximidade entre eles. Embora talvez não completamente. Havia um *entendimento* entre eles. Tinham compartilhado mais do que compartilharam em Schofield. Na primeira vez, partilharam seus corpos. Agora, haviam compartilhado tudo.

Christine estava com as pernas bambas e sentia-se um tanto vulnerável. Estava profundamente apaixonada. Ao mesmo tempo, tentava se convencer de que estar apaixonada e amar eram coisas completamente diferentes, e por isso precisava ser sensata. Ficou aliviada quando ele não fez a pergunta. Torcia para que ele não fizesse... nunca. Porque se isso acontecesse, ela teria que lhe oferecer uma resposta e, sinceramente, não sabia o que iria dizer.

Sabia o que *deveria* dizer, mas não o que *diria*.

Mas e se ele nunca perguntasse? Como ela iria suportar?

Ele tinha feito o pedido uma vez e ela respondera não. Com certeza o duque não se humilharia propondo casamento de novo.

E mais: qual era o motivo para aquele convite a Lindsey Hall? Qual havia sido a intenção com o passeio daquela tarde?

Ele a chamara de *Christine*. Era uma loucura se lembrar daquilo como talvez o momento mais terno e precioso de todos. Mas fora *mesmo* precioso... *Christine*, dissera ele na voz muito refinada e aristocrática. Embora houvesse sussurrado da primeira vez. E quando ela o chamara *Wulfric*, ele gemera.

Christine virou a cabeça para olhar para ele e descobriu que o duque também a estava encarando. Ela afastou o olhar rapidamente.

– O quê? – brincou ele. – Venci o jogo com tanta facilidade assim hoje?

Mas Christine sentiu que ruborizava.

– Há árvores demais aqui – disse. – Se eu não olhar para onde estou indo, com certeza esbarrarei em uma delas e passarei vergonha.

Na segunda vez que fizeram amor no pombal, a iniciativa fora dela, lembrou, por isso Christine sentiu o rubor ficando cada vez mais intenso. Ao acordar, sentira-se aquecida, aconchegada e satisfeita e ao virar a cabeça no travesseiro flagrara o duque olhando-a intensamente. Então Christine se apoiara em um dos cotovelos, se inclinara e o beijara de língua. E quando ele se deitara de costas, ela não perdera tempo e montara sobre o corpo masculino quente, nu e maravilhosamente musculoso, se esfregando contra ele num convite óbvio que foi aceito sem demora.

Ela nunca fizera nada parecido antes.

Fazer amor com o duque de Bewcastle – com Wulfric – foi de longe a experiência mais empolgante, mais arrebatadora da vida dela.

Mas ela *não* devia igualar estar apaixonada, ou mesmo fazer amor, com amar.

O duque acabara escolhendo um caminho diferente para voltar. Eles saíram das árvores no extremo do lago, a parte menos elegante, onde as árvores cresciam à beira d'água. E ali, logo adiante deles, estava o grupo de hóspedes da casa, adultos e crianças, nitidamente envolvidos numa brincadeira de pique-esconde entre as árvores.

Pamela viu Christine e veio saltitando até ela, com Becky ao lado.

– Prima Christine! – chamou a menina com um gritinho. – Saímos em um barco e botei a mão na água, e Phillip quis tentar remar, mas o papai de Becky disse que não, que hoje não porque a água estava agitada, e Laura passou mal e vomitou na beira do barco, e nós paramos na ilha, e aí Laura não queria entrar no barco de novo, mas o papai de Becky disse a ela que se ela ficasse olhando para o horizonte não ia enjoar de novo, e ela não enjoou mesmo, só que Phillip disse que eu enjoaria, porque sempre enjoo na carruagem.

Christine riu.

– Que tarde animada vocês tiveram – falou. E percebeu que Becky dera a mão ao tio e balançava o braço dos dois.

– Tio Wulf – disse Becky –, Pamela e eu queremos brincar de escolinha, mas não podemos porque nossos aposentos estão muito cheios de crianças. Pode nos emprestar sua biblioteca quando chegarmos em casa?

– Se você prometer não levar a brincadeira muito longe... – respondeu ele.

As duas meninas caíram na risada, encantadas.

– Bobo! – disse Becky. – Não vamos *levar* a brincadeira a lugar nenhum, tio Wulf, vamos só *usar* a biblioteca.

– Ah... Então podem.

A brincadeira de esconde-esconde, ao que parecia, tinha chegado ao fim. Adultos e crianças estavam reunidos na margem do lago, e Christine e o duque foram arrastados pelas meninas para lá também.

– Estávamos acabando de contar às crianças – explicava lorde Rannulf –, que embora sempre tivéssemos permissão para nadar mais adiante, aqui era proibido.

– Isso porque a tentação de mergulhar do galho de uma árvore teria sido forte demais – completou lorde Alleyne.

– Mas seria muito divertido – falou o jovem Davy. – Veja aquele galho, tio Aidan. Aposto que eu poderia pular dali.

– Parece muito perigoso, Davy – disse lady Aidan.

– Estritamente proibido, camarada! – falou lorde Aidan ao mesmo tempo.

– Sempre foi, Davy – lamentou lorde Rannulf. – É mesmo uma pena.

– Mas nunca os deteve – foi a vez de o duque de Bewcastle se manifestar. – A nenhum de vocês. E isso inclui Freyja... *especialmente* Freyja, na verdade. E até Morgan.

Melanie riu e todos os Bedwyns se voltaram para olhar o irmão mais velho com certa surpresa.

– Ô-ôu – disse lorde Alleyne. – Você *sabia*, Wulf? E nós pensávamos que estávamos sendo tão sorrateiros.

– Na primeira vez que tentei, Kit se posicionou embaixo do galho, dentro d'água, e se ofereceu para me segurar – contou lady Rosthorn. – Eu tinha 8 anos, se me lembro bem, e teria preferido morrer a deixar que ele pensasse que eu era uma covarde. Estava desesperadamente apaixonada por ele.

Todos riram com ela. Lorde Rosthorn passou o braço ao redor dos ombros da esposa.

– Essa é a *minha* idade – lembrou Becky num tom de lamento. – Papai, quero tentar em um dia mais quente.

– Agora vejam só o que vocês começaram ao falar disso na frente das crianças – reclamou lady Aidan, exasperada.

– Foi Wulf que começou – acusou lady Hallmere. – Como você sabia que nós costumávamos mergulhar aqui, Wulf?

– Porque eu mesmo costumava fazer isso quando criança – disse ele. – Eu e Aidan fazíamos. Nunca trouxemos Rannulf conosco porque tínhamos medo de ele bater a cabeça numa pedra, ou na raiz de uma árvore, rendendo assim uma surra de cinto no traseiro.

As crianças riram, encantadas.

– Tio Wulf disse *traseiro* – gritou William, e todos caíram na gargalhada de novo.

– Wulfric *mergulhando*? – disse lorde Hallmere, sorrindo. – E indo *contra as regras*? Não acredito.

– Nem eu – concordou lorde Rannulf num tom zombeteiro. – Eu jamais teria concordado em ser largado para trás.

O duque de Bewcastle ergueu o monóculo até o olho.

– Se estou entendendo bem, estou sendo chamado de *mentiroso*? – perguntou.

Mas a pergunta pareceu apenas provocar mais zombaria e risadas.

Christine notou que Becky estava puxando a mão do duque, que ainda segurava a dela.

– Mostre a eles, tio Wulf – sussurrou. – Mostre a eles!

Ele abaixou os olhos para a menina e Christine o ouviu suspirar.

– Não há outro modo, não é mesmo? – retrucou o duque.

E para encanto e perplexidade de Christine – e de todos os outros – ele tirou o chapéu, as luvas e o sobretudo e os entregou a Becky.

– Ah, Deus – disse lady Hallmere. – Wulf vai mergulhar. Fique atrás de mim, Josh. Estou prestes a desmaiar.

– Wulfric – alertou lady Aidan –, a água vai estar congelante.

– Está congelante *fora* da água – lembrou Melanie.

Bertie resmungou.

– Ah, isso é esplêndido! – falou lady Alleyne.

O duque tirou o paletó e o colete, o monóculo e a gravata, e entregou tudo a Christine. Então tirou a camisa pela cabeça e colocou sobre a pilha.

– Wulfric – pediu lady Rannulf –, não permita que o provoquem a fazer isso. É perigoso. Você vai se machucar.

As crianças estavam saltitando ao redor, animadíssimas.

– Isso eu tenho que ver – comentou lady Rosthorn, dando um tapinha na mão que o marido apoiava em seu ombro.

Lorde Rannulf e lorde Alleyne ficaram parados lado a lado, ostentando sorrisos quase idênticos.

O duque conseguiu descalçar as botas sem precisar sentar. E as deixou na grama, arrumadinhas.

Ele deve estar semicongelado, pensou Christine. Mas ainda assim ela o observava maravilhada.

As meias também foram descalçadas e enfiadas nas botas.

Tudo o que ele usava agora eram a calça e os calções de baixo, os quais aliás Christine sabia muito bem estarem ali.

O duque se afastou deles pisando firme com os pés descalços e subiu no carvalho como se fizesse aquilo todos os dias. É claro, ele *mostrara* alguma prática ao subir para resgatar o monóculo alguns dias antes.

O duque caminhou pelo galho que se estendia sobre a água, segurando num galho acima para se equilibrar enquanto pôde. Quando não foi mais possível, seguiu se equilibrando sem ajuda. Ele caminhou até o extremo do galho, testou para ver se aguentava seu peso, dobrou os joelhos algumas vezes e flexionou os braços. Ele estava se exibindo para a plateia, percebeu Christine, que estava adorando a cena.

Então ele mergulhou de cabeça, os braços esticados, as pernas unidas e também esticadas, os pés com a ponta retesada. Ouviu-se um "splash" alto quando seu corpo atingiu a água.

Houve, no entanto, um arquejo coletivo da margem, seguido por aplausos. Christine levou a mão livre à boca até a cabeça de Wulfric surgir na superfície e ele secar a água dos olhos.

– Alguém devia ter me avisado que a água está fria – gritou o duque.

Foi naquele momento que Christine se viu irremediavelmente apaixonada.

E então algo extraordinário aconteceu – algo *ainda mais* extraordinário, na verdade. Lady Hallmere se colocou diante de Christine, a testa franzida ferozmente, e a abraçou com força, as roupas do duque esmagadas entre elas.

– Se *isto* é o que você fez por ele – disse ela –, eu a amarei por toda a minha vida.

E aí se afastou para assistir ao espetáculo ao lado de todos os outros enquanto o duque de Bewcastle nadava as poucas braçadas que o separavam da margem, saía do lago e ficava de pé sobre a grama, pingando feito uma foca molhada.

– E pular *neste* lago *destas* árvores *ainda* é estritamente proibido – disse ele para todas as crianças, com algo da sua rigidez habitual, embora estivesse batendo os dentes.

– Isso foi um pouco extremo, não, Wulf? – perguntou lorde Aidan. – Se eles quisessem saber se você estava falando a verdade, bastava terem me perguntado. – Ele deu um de seus raros sorrisos e de fato ficou muito belo.

Christine correu na direção do duque com as roupas dele, mas as entregou a lorde Aidan.

Os olhos do duque, muito prateados sob os cabelos escorridos e molhados, encontraram os dela.

– Fico feliz em recordá-la, senhora – disse ele –, que não ri da senhora naquele dia, ao lado do Serpentine. Agora entendo o desconforto que a senhora estava sofrendo.

Mas *ela* riu *dele*. Não riu alto. Mas riu com os olhos.

Christine tinha certeza de que o duque tinha feito aquilo por ela.

Para provar a ela que ele era Wulfric Bedwyn, assim como era o duque de Bewcastle.

22

O baile em Lindsey Hall foi bastante concorrido, já que a maior parte das famílias ainda estava no campo por causa do feriado de Páscoa. E grandes bailes oferecidos pelo duque de Bewcastle eram eventos raros. Todos compareceram, vindo de quilômetros nas redondezas.

Wulfric certamente não organizara o evento por conta própria. Tinha um secretário para cuidar de todos detalhes mundanos, além de irmãos e irmãs para fazer aquele estardalhaço resolvendo outras necessidades, como arranjos florais no salão de baile e a escolha dos pratos da ceia e do salão de acepipes. No entanto, ele demonstrou mais interesse do que o normal nos preparativos no dia do evento, indo da biblioteca para o grande salão de baile, incapaz de se concentrar em qualquer atividade em particular.

Os convidados da casa partiriam dali a dois dias. Inclusive a família dele, alguns para a cidade, outros para suas casas no interior. E ele teria que deixar todos partirem. Teria que *deixá-la* partir. Já decidira isso.

Mas queria que aquela noite fosse especial.

Assim, ficou andando de um lado a outro, inquieto, permanecendo afastado do salão de visitas e se recusando a participar de qualquer atividade que alguém pudesse ter planejado.

O salão de baile estava realmente magnífico, pensou Wulfric quando a noite chegou e ele se viu de pé, na fila de cumprimentos, vestindo seu usual traje de gala preto e branco, com a tia e o tio ao seu lado. Havia flores primaveris penduradas nas paredes e acima das portas, e grandes vasos de samambaias e lírios brancos cercando as três pilastras centrais.

E *ela* também estava adorável – Christine Derrick, que sorria e transbordava luz e alegria ao passar pela fila de cumprimentos e absorver a primeira visão do salão. O vestido dela era branco. A bainha e as mangas curtas e bufantes eram bordadas com ranúnculos amarelos, margaridas e folhas verdes. Ela parecia um pedaço de primavera.

O coração de Wulfric se elevou ao vê-la.

Após o almoço, ao deixarem o salão de refeições, ele lhe perguntara se ela reservaria a primeira valsa para ele. Aquelas foram praticamente as primeiras palavras que os dois trocaram desde a véspera, depois que ele mergulhara no lago.

Wulfric estava se sentindo absurdamente tímido.

Ou talvez fosse pânico. Ele queria acreditar que agora estava tudo bem entre os dois, que seu sentimento por Christine era correspondido, e que – mais importante que tudo – agora ela conseguia enxergar a possibilidade de um futuro ao lado dele. Mas Wulfric não tinha certeza. E como a vida adulta não costumava lhe oferecer muitas incertezas, ele não sabia exatamente como lidar com aquela.

Wulfric abriu o baile com a viscondessa de Ravensberg, que muito sabiamente descobrira um vestido violeta que combinava exatamente com a cor de seus olhos adoráveis. E então ele dançou com a bela e loura lady Muir, irmã do conde de Kilbourne, e se perguntou, tal como já fizera antes, por que ela não voltara a se casar, embora já estivesse viúva havia alguns anos e fosse bastante requisitada. Estranhamente, talvez, ele mesmo nunca considerara a possibilidade de cortejá-la. A terceira dança de Wulfric foi com Amy Hutchinson, por uma artimanha de sua tia, claro. Na véspera, tia Rochester entrara na biblioteca sem se anunciar e lhe dera um sermão daqueles sobre deveres e suas obrigações de fazer jus ao nome da família. De acordo com a tia, tais obrigações *não* envolviam a filha de um professor, a qual sorria demais e nem sempre sabia como se comportar. Wulfric a ouvira sem qualquer comentário, aí erguera o monóculo quase até o olho e agradecera pela preocupação, restando assim pouca escolha à tia senão dar meia-volta e deixá-lo dono de seus domínios, levando suas plumas arrepiadas consigo. Mas, ao que parecera, tia Rochester não desistira de sua esperança de empurrar a sobrinha para ele.

A quarta dança era uma valsa.

Christine Derrick já havia dançado com Attingsborough, com Kit e com Aidan. Estava corada, com os olhos cintilando e nem de longe aparentando aquele jeito distante e levemente entediado que era esperado de uma dama num baile grandioso daqueles. Na verdade, ela estava adorável. E neste momento estava do lado oposto ao de Wulfric no salão, com lady Elrick e a duquesa de Portfrey.

Os olhos dela encontraram os dele cruzando o salão vazio.

Wulfric não conseguiu resistir. Seus dedos seguraram a haste cravejada do monóculo e o ergueram até o olho antes de abaixá-lo levemente. Mesmo a distância, ele viu o riso nos olhos dela

Então Christine Derrick enfiou a mão na bolsinha de noite que estava pendurada em seu pulso e tirou alguma coisa lá de dentro. Por um momento, Wulfric só conseguiu distinguir uma fita preta. Christine então levou o objeto até o olho lentamente e encarou o duque... através da lente do monóculo dele.

Wulfric Bedwyn, oh-tão-arrogante e oh-tão-frio duque de Bewcastle ficou tão surpreso que não conseguiu controlar uma risada baixa. Então sorriu lentamente para ela até todo o seu rosto cintilar de prazer e afeição.

Christine Derrick já não estava mais sorrindo, percebeu ele enquanto atravessava o salão na direção dela – não ocorreu a Wulfric que seria muito mais correto caminhar discretamente pelo perímetro. Mas os olhos de Christine estavam arregalados, cintilando, e ainda por cima ela mordia o lábio.

– Acredito, Sra. Derrick – disse ele, inclinando-se numa cortesia quando chegou até ela –, que esta dança é minha?

– Sim, Vossa Graça – respondeu ela. – Obrigada.

Foi só então, quando estendeu a mão para ela, que Wulfric se deu conta do quase silêncio que tomara conta do salão de baile. Ele virou a cabeça e olhou ao redor com certa surpresa, as sobrancelhas erguidas, a fim de descobrir o que acontecera. Mas quando fez isso, todos se apressaram para voltar a suas conversas.

– Perdi alguma coisa? – perguntou Wulfric.

Christine Derrick pousou a mão sobre a dele – o monóculo desaparecera de novo dentro da bolsinha.

– Sim – disse ela. – Mas precisaria de um espelho para ver. O senhor perdeu seu próprio sorriso.

Que diabos? Ele franziu a testa para ela.

– Acredito que seja um evento tão raro quanto uma rosa no inverno – comentou Christine. E ela estava *rindo* dele de novo, a insolente.

Que tolice, pensou ele. Que tolice! Mas não fez comentário algum.

Wulfric valsou com ela por meia hora e o mundo ao redor pareceu deixar de existir. Não havia Hector dessa vez para vir da direção oposta tropeçando neles – Hector se acomodara no salão de jogos bem antes de a primeira dança começar. Não havia nada para causar dano a ela, ou desviar a atenção dele, que permanecia concentrado nela. Christine Derrick cintilava. Wulfric sentia como se tivesse a alegria em pessoa encarnada nos braços. Ele mantinha o olhar fixo nela, maravilhando-se com sua beleza, inalando seu perfume, e não se preocupando em fazer qualquer esforço para tentar esconder a admiração que brilhava no fundo dos olhos dele.

– Obrigado – disse Wulfric quando a dança finalmente terminou e ele se viu obrigado a voltar à realidade. Então, numa voz mais baixa: – Obrigado, Christine.

O dever o chamava. Ele era o anfitrião do baile. Sua casa estava cheia de convidados. Sua meia hora de autoindulgência terminara.

Christine não conseguia se lembrar de já ter ficado mais triste. É claro que aquele era o pensamento padrão de uma pessoa triste. Mesmo assim, aquela era uma tristeza capaz de bater todas as outras.

O duque quisera provar algo a ela. Ele a levara até ali para isso... e *conseguira*. Mas essa era a única intenção dele.

Christine tivera sua chance no ano anterior e a rejeitara – com firmeza e escárnio. Ele não a pediria em casamento de novo. É claro que não faria isso. Afinal, era o duque de Bewcastle.

E se já não bastasse tudo, naquele dia estava *chovendo*. Ah, não o bastante para impedi-los de viajar e mantê-los em Lindsey Hall por mais um dia. Graças *aos céus* não estava chovendo tão forte assim. Mas era o bastante para deixar o mundo cinzento, melancólico e para embaçar as janelas da carruagem quando eles estivessem a caminho.

Christine deu uma última olhada ao redor do adorável quarto chinês que fora dela durante sua estada ali. A bolsa de viagem já fora levada para baixo e acondicionada na carruagem.

Apenas duas noites antes, ela estivera feliz como nunca. O duque sorrira para ela do outro lado da pista de dança depois que ela o fitara através do monóculo – que agora pesava no bolso da peliça de Christine, aninhado em segurança entre as dobras do lenço dela. O duque sorrira, e naquele momento Christine poderia jurar que seu coração dera uma cambalhota. E então ele valsara com ela, os olhos devorando-a o tempo todo. Ela estava certa de que havia um sorriso nas profundezas daqueles olhos. A cor prata subitamente se tornara tépida, repleta de luz. Christine sentira como se suas sapatilhas mal estivessem tocando o chão da pista durante todo o tempo em que eles dançaram.

Todas as dúvidas se foram, todas as barreiras simplesmente deixaram de existir.

E aí a valsa findara – e o duque mal dirigira uma palavra a ela desde então.

Na véspera, Christine e os outros haviam se ocupado com as diversões mais variadas de manhã até a noite. Mas o duque de Bewcastle permanecera na biblioteca e apenas Bertie, Basil, Hector e lorde Weston tiveram permissão de entrada em seus domínios sagrados.

E agora ela estava partindo. As duas carruagens de Bertie já haviam sido levadas ao pátio. As crianças estavam sendo arrastadas pela ama para o segundo transporte. Melanie e Bertie provavelmente estavam no salão abaixo, perguntando-se onde ela estava.

Christine respirou fundo e deixou o quarto sem olhar para trás. Colocou um sorriso no rosto.

Havia uma multidão no salão.

– Ah, *aí* está você, Christine – disse Melanie.

Ela se viu cercada por apertos de mão e abraços, então. Eles seriam os primeiros a partir, embora todos os outros também tivessem se programado para ir embora naquele dia. Hermione estava de fato chorando, e aquilo quase incitou Christine a começar a chorar também. Ela se obrigou a sorrir ainda mais.

Melanie e Bertie se apressaram na direção da carruagem.

– Sra. Derrick. – Era a voz fria e altiva do duque. – Permita-me acompanhá-la com um guarda-chuva para que não se molhe.

Ela acrescentou uma faísca ao olhar.

– Obrigada – disse.

Christine abaixou a cabeça quando eles saíram pelas portas da frente e o duque abriu um guarda-chuva imenso. Ela tentou correr. Mas ele a segurou com força pelo braço.

Ela se virou e sorriu para ele.

– Nossa, a chuva acabou me deixando mal-educada – desculpou-se Christine. – Não agradeci por sua hospitalidade, Vossa Graça. Foi uma estadia realmente esplêndida.

– Mas sua mãe não está aqui, Sra. Derrick – disse ele –, nem suas irmãs, ou seu cunhado. Há uma pergunta que desejo lhe fazer, mas a cortesia dita que eu fale ao menos com sua mãe primeiro. Foi algo que aliás deixei de fazer no verão passado. *Permite-me* falar com sua mãe? E me *permite* fazer a pergunta depois disso? Não vou perturbar a senhora ou a ela se a senhora achar melhor que eu não faça a pergunta.

O guarda-chuva dava a ilusão de isolamento e privacidade. Christine ouvia a chuva tamborilando suavemente sobre o tecido. Ela olhou dentro dos olhos dele e, subitamente, a depressão que sentia desapareceu e a alegria mais reluzente ocupou seu lugar.

– Sim – disse Christine, a voz ofegante. – O senhor pode visitar minha mãe. Ela ficará honrada. E pode me visitar. Eu ficarei...

– Christine? – instou ele, baixinho.

– Satisfeita – disse ela.

Então saiu de baixo do guarda-chuva e subiu os degraus da carruagem sem aguardar que ele a ajudasse a entrar.

E de repente lágrimas tolas tomaram os olhos dela, nublando sua visão e ameaçando escorrer.

Melanie deu um tapinha carinhoso na mão da amiga quando a porta foi fechada com firmeza e a carruagem sacolejou levemente, entrando em movimento quase no mesmo instante.

– Lamento tanto, Christine – disse ela. – Esperei que fosse haver algum anúncio no baile. *Todos* esperaram. Mas não importa. Ele é um homem arrogante e desagradável, não é mesmo, e vamos encontrar outra pessoa para você. Não vai ser difícil, você sabe. Você é incrivelmente atraente para os homens.

Não houve anúncio no baile, pensou Christine, *porque a mãe dela não estava lá*, ou Eleanor, ou Hazel, ou Charles. E ele achara – tão diferente do ano anterior! – que seria descortês se adiantar sem a formalidade de consultá-los primeiro.

Ela não estava apaixonada, pensou. De forma alguma.

Estava *amando*!

Wulfric imaginava que Christine Derrick não teria contado à família que ele iria visitá-los. Estava sentado na sala de estar de Hyacinth Cottage se esforçando para conversar com eles, e já ficara claro que estavam todos apavorados. Pelo menos a Sra. Thompson e a Sra. Lofter estavam – a última chegara logo depois de Wulfric para fazer uma visita e, ao vê-lo na sala de estar, pareceu muito propensa a sair de novo caso tivesse encontrado um modo educado de fazê-lo. A Srta. Thompson olhava para Wulfric por cima dos óculos, os quais não retirara, embora tivesse fechado o livro que estava lendo quando ele chegou. Havia um certo ar de diversão na expressão dela, o qual o lembrou bastante a caçula da família.

Haviam se passado oito dias desde que Christine deixara Lindsey Hall com os Renables. E é claro que ele foi chegar exatamente na tarde em que ela não estava em casa, embora fosse esperada a qualquer momento para o chá. A Sra. Thompson não parava de olhar nervosamente para a janela, como se assim fosse conseguir apressar a chegada da filha mais nova.

Na verdade, era bom que Christine não estivesse em casa, concluiu Wulfric. E já conversara demais sobre banalidades.

– Há um assunto que eu gostaria de discutir com a senhora – disse ele, dirigindo-se à Sra. Thompson –, antes que converse com a Sra. Derrick. E talvez seja bom também que suas outras filhas estejam presentes. Gostaria de saber se vocês teriam alguma objeção ao fato de eu fazer da Sra. Derrick a duquesa de Bewcastle.

A Sra. Thompson o encarou, boquiaberta. A Sra. Lofter levou as mãos às bochechas. Foi a Srta. Thompson quem perguntou depois de um curto silêncio:

– Christine o está aguardando, Vossa Graça?

– Acredito que sim.

– Então se foi a perspectiva desse pedido a responsável por conferir mais leveza ao caminhar dela e um sorriso ainda mais cálido do que o normal em seus lábios desde que ela voltou de Hampshire na semana passada – continuou ela –, acredito que ficaríamos encantadas, Vossa Graça. *Não* porque ela será a duquesa de Bewcastle, mas porque Christine será feliz de novo.

– Mas, Eleanor, Christine está sempre feliz – argumentou a Sra. Lofter.

– Está? – perguntou a Srta. Thompson, porém sem desenvolver o assunto.

– Ah, meu Deus – disse a Sra. Thompson –, Christine, uma duquesa. É extremamente cortês de sua parte nos perguntar, Vossa Graça. Estou certa de que não precisava fazê-lo, já que é um duque e Christine tem idade o bastante para decidir por si mesma. Se ao menos o pai dela estivesse vivo para ver este dia.

Nesse momento eles ouviram o som de vozes no saguão, logo além da sala de estar.

– Estou atrasada para o chá, Sra. Skinner – dizia Christine Derrick. – Eu estava lendo para o Sr. Potts e ele acabou adormecendo como sempre acontece quando chego ao terceiro parágrafo, pobrezinho. Mas quando me levantei com todo o cuidado para voltar para casa, ele acordou e me entreteve por meia hora sem parar com todas as suas histórias antigas. Gostaria que alguém me desse um xelim para cada vez que ouvi tais anedotas. Mas ele fica tão feliz por me ouvir rindo e exclamando nos momentos certos...

Ela estava rindo da lembrança quando abriu a porta da sala de estar e entrou toda faceira, a velha touca de palha com a aba flácida, usando um vestido de popelina listrado de verde e branco, do qual aliás Wulfric se lembrava do ano anterior, e tão bela quanto estivera em Londres e em Lindsey Hall, quando usara roupas novas e elegantes.

– Oh – disse Christine, o sorriso estampado no rosto.

Wulfric tinha se levantado e agora estava se inclinando para ela numa cortesia.

– Sra. Derrick – disse ele.

– Vossa Graça. – Ela fez uma mesura.

A Sra. Thompson também ficou de pé.

– Vossa Graça deseja conversar com você em particular, Christine – falou ela. – Venha, Eleanor. Venha, Hazel. Vamos para outro lugar.

– Eu preferiria levar a Sra. Derrick para o jardim lateral, madame – pediu Wulfric. Fora lá que ele cometera o mais terrível erro no ano passado. Parecia importante que tentasse se redimir ali.

Então, não mais do que um ou dois minutos depois, eles saíram pela porta da frente, subiram os degraus baixos até o arco de treliça e entraram no jardim tranquilo que fora o cenário de muitos pesadelos de Wulfric durante semanas depois de sua passagem por ali.

– A Sra. Skinner, deveria ter dito alguma coisa antes de eu entrar na sala de estar – comentou Christine. – Eu poderia ter me arrumado um pouco, ficado mais apresentável.

– Em primeiro lugar – disse Wulfric –, pensei que sua governanta não houvesse tido a oportunidade de dar nem um pio. Além disso, a senhora está adorável exatamente desse jeito.

– Oh. – Ela havia contornado o banco de madeira, assim como fizera da outra vez. E apoiava as mãos no encosto.

– Antes de mais nada – começou Wulfric com as mãos junto às costas –, preciso lhe dizer que nunca poderei ser o homem dos seus sonhos...

– Sim, o senhor poderá – disse Christine rapidamente, interrompendo-o. – O senhor poderá e o senhor é. Não me recordo bem do que estava naquela lista que lhe apresentei no ano passado, mas ela não vale mais. O senhor é *tudo* que eu poderia sonhar e mais ainda.

E, assim, o discurso que ele preparara com tanto cuidado perdeu o sentido.

– Vai me aceitar, então? – perguntou ele.

– Não. – Christine balançou a cabeça, e Wulfric fechou os olhos. – Não posso de forma alguma ser o tipo de mulher da qual o senhor precisa como sua duquesa – disse ela.

Wulfric abriu os olhos.

– Não está planejando despejar um monte de bobagens em cima de mim, está? – perguntou ele. – Fui informado pela mais alta autoridade, a de Freyja, que nenhum de meus irmãos, irmãs, seus cônjuges, *ou mesmo* os filhos deles, jamais voltará a falar comigo se eu não lhe oferecer exatamente esse título *e* persuadi-la a aceitá-lo. E nenhum membro da aristocracia é mais persistente do que qualquer um dos Bedwyns.

– A marquesa de Rochester é – lembrou Christine.

– Minha tia é como o restante de nós – esclareceu Wulfric –, gosta de ter as coisas à sua maneira. Ela teve a impressão tola de que a sobrinha de meu tio e eu faríamos um bom par. Mas vai conseguir superar sua decepção. Tia Rochester me adora. Sou seu sobrinho favorito. Por sinal, nenhum de meus irmãos têm inveja de mim por isso...

Christine riu, como ele pretendia. Ela deu a volta e sentou no banco.

– Vossa Graça – disse ela –, eu...

– *Precisa* mesmo me tratar como *Vossa Graça*? – perguntou ele. – Precisa, Christine?

– Parece pretensioso chamá-lo de Wulfric – disse ela.

– Você não pensou assim quando estava na cama comigo, no pombal – lembrou ele.

Christine ficou ruborizada, embora não tivesse afastado o olhar dele. Era impressionante pensar que fora exatamente esse tipo de gesto que o fizera prestar atenção nela pela primeira vez em Schofield Park.

– Wulfric – voltou a falar Christine –, tenho 30 anos. Completados há três dias.

– Ah – comentou ele. – Por algumas semanas, então, posso fingir que sou apenas cinco anos mais velho do que você. Ainda não completei 36 anos.

– Ah, você deve ter entendido o que eu quis dizer. Mesmo se eu não fosse estéril, já estaria me aproximando do fim de meus anos férteis. Mas *sou* estéril. Deveria ter dito não quando você perguntou se poderia vir até aqui. Mas eu não estava pensando direito. Estava pensando apenas no quanto foram maravilhosos aqueles dias em Lindsey Hall e...

– Christine, *pare* de falar bobagens. Eu já lhe disse antes que tenho três irmãos e que ficaria feliz em ser sucedido por qualquer um deles. Você mesma os conheceu. E se Aidan não tiver filhos homens, eu ficaria feliz em um dia entregar meu título a William. Sinceramente, eu não esperava me casar. Depois de tentar fazer um casamento dinástico quando tinha 24 anos, e fracassar, eu soube que jamais me casaria, a menos que encontrasse minha alma gêmea. E devo confessar que nunca esperei que isso fosse acontecer. Não sou um homem que inspira muito amor.

– Seus irmãos e irmãs o amam com devoção – lembrou Christine.

– Christine – disse Wulfric –, você é luz, alegria, é a personificação do amor. Se concordar em ser minha esposa, eu *não esperaria* que você se moldasse à imagem do que deveria ser uma duquesa... à imagem que costumam fazer de uma duquesa, de qualquer modo. Tia Rochester até tentaria. Eu esperaria... exigiria... apenas que você fosse você mesma. Se alguém não gostar de seu estilo como duquesa, que essa pessoa vá para o inferno. Mas não creio que isso aconteceria. Você tem o dom de atrair amor e risadas, mesmo de pessoas que não têm a intenção de amá-la ou de rir com você.

Christine baixou os olhos para as mãos pousadas no colo, e seu rosto ficou escondido sob a aba da touca.

– Sempre serei o aristocrata severo, frio e arrogante que você despreza – continuou ele. – Tenho que ser. Eu...

– Eu sei – interrompeu Christine, e ergueu o olhar rapidamente. – Eu não esperaria ou desejaria que você mudasse. Amo o duque de Bewcastle como ele é. Um homem formidável, magnífico e perigoso... principalmente quando ergue vilões do chão e os sacode acima do chão, deixando-os apavorados com apenas algumas palavras ditas em tom suave.

O riso já conhecido cintilou nos olhos dela.

– Mas eu sempre serei Wulfric Bedwyn também – disse ele. – E Wulfric descobriu que, de vez em quando, pode ser divertido saltar do alto de árvores proibidas diretamente no lago.

O riso tomou conta de todos os pedacinhos do rosto dela.

– *Amo* Wulfric Bedwyn – declarou Christine, e havia um toque de travessura em seu tom.

– É mesmo? – Wulfric atravessou a distância que os separava e segurou as mãos dela. Em seguida deu um beijo em cada uma. – É mesmo, meu amor? O bastante para se arriscar comigo? É melhor eu alertá-la. Há uma tradição entre os Bedwyns, que dita que não precisamos necessariamente nos casar cedo, mas que *quando* nos casamos, entregamos toda a devoção e fidelidade ao cônjuge. Se você se casar comigo, deve esperar ser adorada pelo restante de seus dias.

Christine suspirou.

– Acho que se eu me esforçar muito, consigo suportar isso – disse. – Mas só se eu puder fazer o mesmo por você.

Christine riu para ele e Wulfric sorriu lentamente.

– Ora. – Ele segurou as mãos dela com mais força. – Ora.

Aí se ajoelhou na grama, diante do banco, e beijou as mãos dela que estavam novamente pousadas no colo.

– Aceita se casar comigo, Christine?

Ela se inclinou para a frente e deu um beijo no rosto dele.

– Sim, eu aceito – respondeu. – Ah, sim, eu aceito, Wulfric, se você desejar.

E então os lábios se encontraram.

Estar sentada num banco na Igreja de St. George, em Hanover Square, quando metade do local estava ocupado para o casamento de Audrey com sir Lewis Wiseman no fim de fevereiro, já havia deixado Christine um tanto impressionada.

Agora, em meados de junho, vislumbrar a igreja do início da nave – apinhada com quase todos os membros da aristocracia que estavam ali para assistir ao casamento *dela* – deixava Christine tão apavorada que ela teve medo de seus joelhos cederem, de suas pernas se esquecerem de como andar e, por fim, de acabar tendo um colapso humilhante assim que o órgão iniciasse a melodia – fato que aliás *já* estava acontecendo – e que como consequência Basil tivesse que arrastá-la até o altar para que ela não perdesse a oportunidade de se tornar duquesa.

Charles estava auxiliando-a no altar, deste modo não haveria qualquer conflito sobre qual dos cunhados a entregaria ao noivo.

– Ai, meu Deus – murmurou Christine, muito nervosa.

– Aguente firme. – Basil deu um tapinha carinhoso na mão dela. – Estão todos esperando para vê-la, Christine.

Aquele era *exatamente* o problema, pensou ela.

Wulfric a deixara escolher o local de celebração das núpcias. Christine teria ficado muito feliz com a igreja do vilarejo, com Charles oficializando a cerimônia. Também teria ficado igualmente feliz com a igreja de Lindsey Hall. E *ele* também teria ficado. Afirmara isso. Mas não, ela precisara ser magnânima em relação à coisa toda. Afinal, ele era o duque de Bewcastle, um dos homens mais poderosos e abastados da terra. Com certeza então era importante para ele que o casamento fosse celebrado com toda a pompa e circunstância exigidas por sua posição social. Assim, Christine escolhera a St. George, onde aconteciam todos os casamentos elegantes do *beau monde* durante a temporada social.

Portanto, não havia ninguém a culpar por aquele momento aterrador que não ela mesma.

Basil deu mais um tapinha na mão dela e ambos começaram a caminhar em direção ao altar – e Christine descobriu que suas pernas e joelhos *felizmente* se lembravam de sua função. Mas não era às próprias pernas ou joelhos que ela precisava agradecer.

Christine olhou para a frente – para o outro extremo da longa nave que levava ao altar.

Ele estava usando creme, marrom e dourado e estava absurdamente lindo. Houve um segundo – talvez dois, para dizer a verdade –, em que Christine se viu dominada por uma sensação de irrealidade, como se não conseguisse acreditar. Ele não poderia estar esperando por *ela*. Será que ela havia invadido sem querer o sonho de alguém e que acordaria a qualquer momento na sala de estudos do vilarejo, ou em Hyacinth Cottage?

Mas então o rosto dele entrou em foco. Era belo de um modo frio e austero, com o maxilar severo, os lábios finos, os malares altos e um nariz proeminente, elegante, ligeiramente adunco. O rosto do duque de Bewcastle.

O rosto do homem que ela amava com todo o seu coração.

O rosto de Wulfric.

Através do véu da touca verde-musgo que usava, Christine sorriu para ele.

Mas finalmente, conforme se aproximava, ainda de braço dado com Basil, Christine só conseguia enxergar os olhos de Wulfric – os olhos prateados, cintilando com uma luz intensa conforme ele a observava se aproximar, aparentemente esquecido de lorde Aidan ao seu lado, bem como de todos os outros na igreja.

Então Wulfric sorriu lentamente para ela, daquele jeito que certamente o transformava no homem mais belo que já existira.

Christine se viu ao lado dele, e já não lhe ocorreu mais a possibilidade de permanecer tensa. Não havia mais ninguém no mundo a não ser ela e Wulfric – e o reverendo que os declararia marido e mulher pelo restante da vida deles.

– Estimados presentes – começou o reverendo, naquele tom pomposo, tão peculiar aos clérigos em todas as ocasiões solenes.

Wulfric tivera seu primeiro lampejo do que o aguardaria pelo restante de seus dias de casado assim que a cerimônia terminou, a certidão foi assinada e o órgão começou a tocar a melodia de encerramento para a saída da procissão solene da igreja, passando por todos os convidados, que permaneceram sentados numa dignidade contida.

Christine deu o braço a ele e Wulfric a encarou com uma expressão cálida, solidária. Sabia que ela havia escolhido a St. George, que optara por um casamento grandioso e muito público, por causa dele. E imaginava que por isso Christine deveria estar muito tensa, enfrentando os convidados pela primeira vez.

Ela estava sorrindo, feliz, radiante, o véu erguido acima da aba da touca. Sorria para a direita e para a esquerda, para a família dela e para os poucos da família dele que estavam em evidência, sorria também para outros conhecidos.

Ah, ele não precisava ter se preocupado.

Então, quando estavam a meio caminho da saída e o órgão atingira um crescendo no hino majestoso, Christine apontou para uma das extremidades da igreja.

– Ah, veja, Wulfric – disse em voz alta –, as crianças estão aqui.

Estavam mesmo – até as mais jovens também, com suas respectivas amas, perto o bastante do fundo da igreja para que pudessem ser levadas para fora se começassem a causar problemas.

– É tia Christine – falou William num tom bem audível.

– E tio Wulf – disse Jacques.

E aí Christine erguera o braço e acenara alegremente para eles – com toda a aristocracia assistindo.

Wulfric fez uma pausa e esperou até que a esposa estivesse pronta a seguir com a procissão solene. E como não havia mais nada a se fazer enquanto esperava, ele acenou também. E sorriu.

A vida seria uma aventura agora que ele completara 36 anos, pensou. Aliás, aquele era o dia do seu aniversário.

– Acho melhor avisá-la – murmurou ele quando chegaram às portas da igreja. – Não sei se durante nossa saída você percebeu que havia alguns bancos vazios na frente da igreja. As pessoas que deveriam estar ocupando aqueles lugares estão esperando por nós lá fora.

E, conforme avisado, lá estavam todos os Bedwyns e seus cônjuges e respectivos filhos mais velhos, enfileirados entre as portas e a carruagem à espera, armados com pétalas de rosas.

Havia hordas de outras pessoas ali também – a massa de curiosos que fora ver um casamento da alta sociedade. Alguém começou a aplaudir e o restante da multidão acompanhou.

– Ah, Wulfric – disse Christine –, que empolgante!

Ele riu, pegou a mão dela e saíram correndo. Pétalas choveram sobre os dois. Mas, inevitavelmente, Christine parou no meio do caminho para a carruagem e se abaixou para pegar um punhado de pétalas, as quais jogou de volta em Rannulf, Rachel e Gervase com uma risada de satisfação.

Logo eles estavam na carruagem aberta e Christine ajeitou ao redor do corpo o vestido muito elegante – cor de creme com enfeites verdes, enquanto Wulfric pegava uma bolsa no assento e jogava moedas para a multidão reunida. Um criado de libré se juntou ao cocheiro na carruagem e dois outros subiram na parte de trás. A carruagem partiu, fazendo um enorme estardalhaço, já que arrastava consigo uma boa quantidade de botas e outras quinquilharias, bem como cascatas de fitas de cores vibrantes.

Wulfric olhou para a noiva, sua esposa, sua duquesa, e segurou a mão dela.

– Finalmente – disse ele –, eu não havia me permitido acreditar no nosso "e viveram felizes para sempre" até agora.

– Ah, "e viveram felizes para sempre", não, Wulfric – retrucou Christine. – É uma frase tão estática. Não quero "viver feliz para sempre". Quero *felicidade* e vida e briga e reconciliações e aventura e...

Ele se inclinou e a beijou.

– Ora, e isto também – disse ela com uma risada enquanto a multidão ao redor da igreja aplaudia novamente e os dois criados na parte de trás da carruagem mantinham os olhos fixos no caminho adiante.

EPÍLOGO

Era aniversário do duque de Bewcastle – que completava 37 anos. No entanto, ele nunca tivera o hábito de comemorar a ocasião com muitos convidados em Lindsey Hall.

Era também seu primeiro aniversário de casamento. Mas embora sem dúvida ele pretendesse celebrar a ocasião com sua duquesa, era improvável que teria convidado terceiros para se juntar a eles.

Era mais provável, pensou Wulfric enquanto permanecia sentado pacientemente, aguardando que seu criado desse o nó perfeito em seu lenço de pescoço, que eles tivessem ido para o pombal, onde haviam passado a maior parte do feriado de Natal.

No entanto, havia uma multidão de hóspedes em casa – ainda maior do que aquela na Páscoa do ano anterior. E mais convidados eram esperados em casa depois da cerimônia na igreja, à qual todos compareceriam.

A celebração não era nem pelo aniversário de Wulfric, nem pelo aniversário de casamento deles. O duque e a duquesa nem sequer esperavam ser o foco das atenções.

James Christian Anthony Bedwyn, marquês de Lindsey, tinha essa distinção.

Mas uma hora depois de o lenço de pescoço ter sido amarrado a contento ao redor do pescoço do duque de Bewcastle, e de o restante do traje também estar arrumado, depois de a duquesa de Bewcastle estar adequadamente elegante num vestido azul novo que combinava com seus olhos, e usando uma nova touca que combinava com ambos, o marquês parecia absolutamente disposto a ceder a atenção a eles.

O marquês estava dormindo.

Mas acordou com um susto quando a água que deveria estar morna, mas que lhe pareceu muito gelada, caiu em sua testa e escorreu pela parte de trás de sua cabeça. E por dois ou três minutos ele demonstrou nitidamente sua fúria.

Mas uma toalhinha logo secou aquela água e o marquês foi entregue aos cuidados de alguém cujos braços lhe diziam com bastante firmeza que, mesmo ele sendo amado incondicionalmente, ainda assim deveria aprender a não se desonrar berrando por nada.

Em vez de discutir a respeito, lorde Lindsey voltou a dormir.

Havia acabado de ser batizado. Estava usando a linda camisola de batismo que todos os filhos dos duques de Bewcastle tinham usado nas gerações passadas.

O menino tinha muitos tios e tias ansiosos para paparicá-lo, assim como uma avó e uma tia-avó, a qual aliás viu a haste de seu *lorgnon* se prender à renda de saia da camisola de batismo num momento de nervosismo. O marquês também tinha primos, e a maior parte deles exigira permissão para carregá-lo depois que o primo-bebê fora levado de volta para casa nos braços do pai – para surpresa e decepção de sua ama. Os únicos que não fizeram tal exigência provavelmente foram o primo mais velho, Davy, que considerava tal coisa abaixo de sua dignidade masculina, e o caçula, Robert, filho de tio Alleyne e de tia Rachel, que estava dormindo em seu berço, nos aposentos infantis. A permissão infelizmente fora negada a quase todos os primos, com exceção de Becky e Marianne, que foram solicitadas primeiro a sentar, para então esticar os bracinhos e segurar o marquês de Lindsey por um minuto cada uma.

Havia também muitos vizinhos para paparicar a criança.

E havia a mãe dele para beijar uma das bochechinhas gorduchas e o pai para beijar a outra, depois de levarem o filho para os aposentos das crianças, para que assim ele não fosse perturbado pela multidão que ocupava a casa.

Ele não se perturbou. Permaneceu absolutamente indiferente, enrolado em sua manta e adormecido.

Todavia, o menino já estava começando a distinguir as duas vozes que falavam acima dele, enquanto era acomodado no berço. Eram as vozes que ele teria considerado as mais amadas se sua mente fosse capaz de tal raciocínio na tenra idade de seis semanas e dois dias.

– Nosso pequeno milagre – disse a mãe num tom piegas e carinhoso.

– Nosso pequeno diabrete – disse o pai com mais firmeza, porém com a mesma ternura. – Ele não ficou apenas irritado na igreja, Christine. Ficou furioso. Acredito que logo, logo vamos ter trabalho com ele.

Se não estivesse tão profundamente adormecido, o marquês de Lindsey teria sentido as costas de dois dedos acariciando seu rosto com gentileza.

– Espero que sim, Wulfric – declarou a mãe num tom ainda mais piegas do que o que usara antes. – Ah, espero mesmo que sim. E espero que ele tenha irmãos e irmãs para nos dar ainda mais trabalho.

– Ora – disse o duque de Bewcastle, parecendo muito arrogante e até um pouco entediado –, se houver algo que eu possa fazer para realizar seu desejo, meu amor, avise-me.

A duquesa de Bewcastle riu baixinho.

O marquês nem sabia ainda o que eram irmãos e irmãs.

Mas saberia...

CONHEÇA OS LIVROS DE MARY BALOGH

Os Bedwyns

Ligeiramente casados

Ligeiramente maliciosos

Ligeiramente escandalosos

Ligeiramente seduzidos

Ligeiramente pecaminosos

Ligeiramente perigosos

Clube Dos Sobreviventes

Uma proposta e nada mais

Um acordo e nada mais

Uma loucura e nada mais

Uma paixão e nada mais

Uma promessa e nada mais

Um beijo e nada mais

Um amor e nada mais